SARA PABORN

Der Sommer der Distelblüten

Roman

Aus dem Schwedischen von Nina Hoyer

PENGUIN VERLAG

Die Originalausgabe erschien 2020
unter dem Titel *Tistelhonung*
bei Albert Bonniers Förlag, Stockholm.

FSC www.fsc.org MIX Papier | Fördert gute Waldnutzung FSC® C014496

Klimaneutral* Druckprodukt ClimatePartner.com/14044-1912-1001

Penguin Random House Verlagsgruppe FSC® N001967

1. Auflage 2023

in der Penguin Random House Verlagsgruppe GmbH,
Neumarkter Straße 28, 81673 München
Umschlag: Favoritbüro
Umschlagmotiv: © Westend61/Torsten Becker/mauritiusimages,
© CoSveta/Shutterstock, © Ildiko Neer/Trevillion Images
Redaktion: Friederike Arnold
Gesamtherstellung: GGP Media GmbH, Pößneck
Printed in Germany
ISBN 978-3-328-10928-0
www.penguin-verlag.de

Für zwei Freunde, die mir geholfen haben,
Licht ins Dunkel zu bringen:
Anna Wilson und Paul Danielsson

Was für ein ungewöhnlicher Leserbrief. Ich sitze im Wartezimmer der Praxis und blättere in einer Zeitschrift. Sofort springt mir die Überschrift »Denkt meine Jugendliebe noch an mich?« in der Kolumne »Frag das Medium« ins Auge. Unterschrieben ist der Brief mit den Worten »Eine Träumerin«. Der ernste, erhabene Ton des Leserbriefs steht in starkem Kontrast zu dem Sammelsurium von Rezepten und praktischen Tipps zum Überwintern von Hyazinthenzwiebeln wie in solch einer Zeitschrift üblich. Mit wachsendem Interesse lese ich:

Liebe Monica,

ich schreibe Ihnen, weil ich in den vergangenen Monaten immer wieder verstärkt an einen jungen Mann habe denken müssen, mit dem ich im Sommer 1955 eine kurze, heftige Liebesbeziehung verband. Er studierte Kunst und war für einige Wochen Pensionsgast bei meiner Mutter auf der Halbinsel Bjärehalvön. Wir wurden damals unter ziemlich dramatischen Umständen voneinander getrennt, und ich habe ihn seither nie wiedergesehen.

Nun verhält es sich so, dass mein Mann vor gut einem Jahr gestorben ist. Wir waren sechzig Jahre lang verheiratet und haben ein schönes, erfülltes Leben miteinander verbracht, obwohl unsere Ehe kinderlos blieb. Währenddessen habe ich kaum jemals an den anderen gedacht. In der letzten Zeit aber schweifen meine Gedanken immer häufiger zu ihm. Er erscheint sogar nachts in meinen Träumen. Was kann das bedeuten? Versucht er vielleicht, mit mir Verbindung aufzunehmen, oder ist das doch nur ein »Hirngespinst« meinerseits? Was raten Sie mir? Ich bin neunundsiebzig Jahre alt.

Für eine baldige Antwort wäre ich dankbar.

Eine Träumerin

Unter dem Leserbrief ist die – gelinde gesagt erstaunliche – Antwort des Mediums abgedruckt. Auf dem dazugehörigen Foto ist eine rundliche Dame mit Pausbäckchen und Tiara zu sehen:

Liebe Träumerin,

Ihre einstige Liebe ist noch am Leben! Ich sehe ganz deutlich einen gut aussehenden Mann mit nunmehr grauem Haar vor mir. Er trägt ein hellblaues Hemd und winkt fröhlich. Menschen, die sich einmal sehr nahegestanden haben, können manchmal, selbst Jahre später, noch seelisch miteinander verbunden sein. Es kommt also durchaus vor, dass man spürt, wenn der andere in Schwierigkeiten ist und die Hilfe des anderen benötigt. Es könnten aber auch unverarbeitete Gefühle Ihrerseits dahinterstecken. Warum haben Sie sich getrennt? Sie schreiben, dass Sie unter ziemlich dramatischen Umständen voneinander getrennt wurden. Vielleicht müssen Sie diesen erst einmal auf den Grund gehen, um Ihren Seelenfrieden zu finden? Wissen Sie, wo Ihre Jugendliebe heute lebt? Falls nicht, können Sie ihn vielleicht einfach im Internet googeln. Ich wünsche Ihnen viel Glück!

Herzliche Grüße,
Monica

Ich nehme zuerst gar nicht wahr, dass mein Therapeut mich aufruft. Ich bin ganz ergriffen. Sechzig Jahre! Und dann dieser Brief an eine völlig fremde Person, der sie noch nie zuvor begegnet ist. Wenn das Medium nun erwidert hätte: Er hat Sie längst vergessen. Hat sich sowieso nie besonders für Sie interessiert. Und gestorben ist er auch schon.

Widerwillig lege ich die Zeitschrift beiseite und gebe Joar die Hand. Wir hatten noch nicht oft das Vergnügen, aber er ist schon wie ein alter Bekannter für mich. Vielleicht bin ich ihm ja als Jugendliche mal auf einem Festival begegnet. Seine dunklen Locken, die ihm bis zum Kinn reichen, die leicht gebeugte Haltung, die engen schwarzen Jeans und dieser unglaublich warmherzige Augenausdruck sind mir angenehm vertraut. Er hält mir die Tür zu seinem Zimmer auf, das Platz für zwei blaue Sessel und einen ausladenden Schreibtisch bietet.

Sonnenlicht fällt auf den kleinen Tisch aus Furnierholz mit der obligatorischen Box Papiertaschentücher. Joar holt eine bereits beunruhigend dicke Akte hervor und setzt sich. Sein Schlüsselbund am Hosenbund klimpert.

»Und, wie geht es Ihnen so?« Er sieht mich freundlich an.

»Beschissen!«, erwidere ich.

Joar lächelt.

»Haben Sie die Entspannungsübungen gemacht, die wir besprochen haben?«

»Ja, aber es fällt mir schwer, mich darauf zu konzentrieren. Ich bemerke auch gar keinen Unterschied. Ich habe das Gefühl, es ist zwecklos.«

Ich rutsche unruhig auf dem Sessel hin und her.

»Es muss aber nicht alles zwecklos sein, nur weil es sich so anfühlt«, schärft Joar mir ein. »Die Übungen zeigen erst nach mehreren Wochen Wirkung. Es ist wichtig, dass Sie dranbleiben! Sonst werden wir nie erfahren, ob sie helfen.«

Ich beäuge ihn skeptisch. Joar ist noch jung, erst so um die dreißig, aber vollkommen in sich gefestigt. An den Wänden seines Behandlungszimmers hängen Kunstdrucke. Sein Schreibtisch ist vorbildlich aufgeräumt. Auf einem Flipchart sind Dreiecke abgebildet, darüber der Text *Automatische Gedanken.*

»Existiert dieses Geräusch überhaupt? Oder ist das pure Einbildung?«, frage ich.

»Sie hören es, also existiert es. Das stimmt doch, oder?« Joar betrachtet mich aufmerksam. »Manche Menschen stören sich schon enorm an einem leisen Geräusch, andere wiederum hören einen lauten Ton, der sie gar nicht weiter beeinträchtigt. Nur die persönliche Wahrnehmung ist entscheidend.«

Er blättert in der Akte auf seinem Schoß. Ich suche Joar aus so vielen Gründen auf, dass jedes Gebiet einen eigenen Reiter für sich beansprucht. Der Tinnitus ist vermutlich das geringste meiner Probleme. Da sind auch noch meine Schuldgefühle, weil ich Tom verlassen und Oskar zum Scheidungskind gemacht habe. Meine Liebe zu Erik und die Trennung von ihm. Meine darauffolgende öffentliche Demütigung. Die Trauer über den Verlust des besagten Erik. Meine latenten Depressionen. Und dazu die Ängste wegen meiner freiberuflichen Arbeitsaufträge beziehungsweise ihrem Ausbleiben. Der Tinnitus ist da eher das Sahnehäubchen obendrauf.

»Seit Ihrem letzten Besuch habe ich mich mehr über den Tinnitus informiert«, sagt Joar mit einem Kopfnicken. »Viele sind ja der Ansicht, das ist ein neuzeitliches Phänomen wegen zu hoher Lärmbelästigung, aber das gibt es wohl schon seit Anbeginn der Menschheit. Ich bin da auf ein paar interessante Aspekte gestoßen. Darunter auch auf eine Schrift über eine medizinische Behandlungsmethode aus dem alten Ägypten. Damals goss man dem Leidenden ein spezielles Öl ins Ohr. Man glaubte, im Ohr wohne ein böser Dämon.«

Joar zieht ein Blatt Papier aus einem Stapel.

»Und nach Aristoteles' Theorie war der Tinnitus ein Wind, der im Ohr gefangen war und nicht wieder herausfand. Den Betroffenen wurden übernatürliche Fähigkeiten zugeschrieben. Sie könnten irgendwelche Sachen spüren, durch die Zeit reisen und dergleichen. Es galt mit anderen Worten irgendwie als cool. Die Behandlung war allerdings weniger effektiv. Man bohrte einfach ein Loch in den Schädel des Betroffenen, damit der Wind wieder entweichen konnte. Natürlich starb der Patient. Deshalb macht man das heute auch nicht mehr, also Löcher bohren.«

Joar lächelt so breit, dass die Lücke zwischen seinen Schneidezähnen deutlich zu sehen ist.

»Möchten Sie eigentlich etwas trinken? Es ist ganz schön heiß hier drinnen.«

Er schenkt mir ein Glas Wasser aus einer Karaffe ein.

Joar ist verlobt, er trägt einen schlichten Goldring am Finger. Im Herbst wird er Vater. Ich halte ihn für einen glücklichen Menschen. Zumindest erweckt er diesen Eindruck. Vermutlich gehen seine Freundin und er sehr rücksichtsvoll miteinander um. Hören dem anderen zu. Erheben nie grundlos dem anderen gegenüber die Stimme, geben einander Sicherheit und Geborgenheit. Ob Joar wohl auch irgendwo eine alte Flamme hat, die im Hintergrund herumspukt? Aber nein, das kann ich mir kaum vorstellen. Und falls er eine gehabt hätte, hätte er die Angelegenheit mittlerweile sicherlich mit ihr geklärt. Joar zieht es vor, im Hier und Jetzt zu leben, er ist nicht der Typ, der über alten Geschichten brütet. Er trifft Entscheidungen.

Während unserer Sitzungen mache ich mir Notizen, die ich dann später an »sicheren« Orten deponiere. Dahinter steckt die Idee, sie wieder hervorzukramen, wenn ich plötzlich Lust dazu verspüre, und die Ratschläge in die

Tat umzusetzen, wenn ich sowieso gerade nichts Besseres vorhabe, als ziellos durch die Wohnung zu schlendern. Aber es ist etwas anders gekommen als gedacht. Ich vergesse regelmäßig, wo ich die Notizen hingelegt habe, so wie ich auch fast alles andere vergesse. Aber manche Sprüche kenne ich sowieso in- und auswendig:

In der Ruhe liegt die Kraft.
Warten, bis der Sturm sich legt und einen sicheren Hafen anlaufen.
Handle nie impulsiv.
Betrachte die Angelegenheit von außen.
Die Zeit heilt alle Wunden.

Diese Merksätze sind kleine Hoffnungsschimmer, die mich immerhin für einen flüchtigen Moment glauben lassen, dass auch wieder bessere Zeiten kommen werden. Leider aber lässt ihre Wirkung häufig schon nach, sowie ich aus der Praxistür bin. Und ich weiß auch nicht, wie ich diese Ratschläge in mein Leben integrieren soll. Das Gebiet zwischen Herz und Verstand ist so unwegsam. Und die Wege in meinem Inneren sind so ausgelatscht, dass jeder Versuch, Berge zu versetzen, um mir neue Wege zu erschließen, mir unmöglich erscheint. Trotzdem habe ich hier, in Joars kleinem Behandlungszimmer, manchmal das Gefühl, dass Veränderungen möglich wären.

Joar nimmt eine Broschüre von seinem Schreibtisch.

»Frisch aus der Druckerei. Nehmen Sie sie ruhig mit, vielleicht sind ja ein paar nützliche Tipps drin.«

Er reicht sie mir: *Der kleine Tinnitus-Wegweiser.*

Nachdem der nächste Patient in Joars Zimmer gegangen ist, gehe ich unauffällig zu dem Tisch mit den Zeitschriften, trenne diskret die Seite mit dem Leserbrief heraus und stecke sie in die Hosentasche. Dann verlasse ich die Praxis, nehme den Aufzug in die dunkle Eingangshalle und trete hinaus ins grelle Sonnenlicht.

Man denkt, man würde sich immer an das Gefühl der Einsamkeit erinnern.

Man denkt, man würde sich immer an das Gefühl erinnern, geliebt zu werden.

Doch das ist ein Trugschluss. Man weiß später kaum noch, wie das war, selbst wenn man sich geschworen hat, es nie zu vergessen.

Ich kann mich an vereinzelte Momente erinnern, an denen mir durch den Kopf gegangen ist: »Dieses Gefühl musst du bewahren.« So wie damals an einem Tag im Herbst, als ich während eines Platzregens am Zebrastreifen stand, nachdem ich gerade Erik kennengelernt hatte. »Vergiss nicht, wie glücklich du gerade bist«, sagte ich zu mir. »Versuche, dich daran zu erinnern.«

Doch dann vergaß ich es.

Nun hocke ich meistens in der glühend heißen kleinen Neubauwohnung, die wir gemeinsam in einem Stockholmer Vorort erworben haben, und bemühe mich, etwas zu finden, an das ich mich halten könnte: eine Zukunft, einen Plan, eine Vorstellung davon, wie ich den Rest meines

Lebens verbringen will. Solche Kleinigkeiten eben. Vor zwanzig Jahren war ich von meiner untrüglichen Fähigkeit überzeugt, stets zu wissen, welcher Weg der richtige für mich sei. Heute stehe ich in einem undurchdringlichen Dickicht und kann nicht mal mehr einen Weg erkennen. Irgendwo in der Ferne scheint da etwas vor sich zu gehen, ich kann ein Rauschen hören, aber zu vieles trübt mir die Sicht. Aber vielleicht ist das Rauschen ja auch nur in meinem Ohr.

Es ist nicht übertrieben, wenn ich sage, dass ich mich verloren fühle und von Leid erfüllt bin.

Auf dem Heimweg schlüpfe ich in eine Konditorei. Ich bestelle mir einen Kaffee und ein Gebäck und setze mich damit nach draußen an einen Tisch an der Straßenecke, wo die Frühsommersonne ihre dekorativen Strahlen hinwirft. Das war immer unser gemeinsames Sonntagsvergnügen – zu verschiedenen Cafés zu fahren und den Anschein zu erwecken, wir würden in dem jeweiligen Viertel wohnen. Erik bestellte dann immer etwas Üppiges mit Sahne, grünem Marzipan oder zittrigem Gelee. Ich nahm meistens eine Punschrolle oder ein Mandeltörtchen. Wir lasen die Zeitung und tauschten sie untereinander aus. Tranken Unmengen von Kaffee. Wir beiden liebten diese kleine Auszeit.

Heute kommt mir die Fahrt mit Bus und U-Bahn in die Stockholmer Innenstadt vor wie eine Reise in die Vergangenheit. Eine Vergangenheit, in der ich noch Programmchefin beim Radiosender war und niemals Zeit gehabt hätte, am helllichten Tag in einem Café zu sitzen. Eine

Reise zu einem jüngeren, unbeschwerteren Ich. Vielleicht suche ich diese Gegend deshalb immer wieder auf; mein Zahnarzt und jetzt auch Joar haben hier ihre Praxis. Eigentlich kann ich mir weder die Kognitive Verhaltenstherapie noch den Kuchen von einem der teuersten Cafés der Stadt leisten. Aber ich sehe es als Ausdruck eines letzten Funkens Lebenswillen, der mir noch geblieben ist – trotz allem hier an der Straßenecke zu sitzen und vorzugeben, als gehörte diese kleine Auszeit im Café zu meinem gewohnten Tagesablauf.

Zweiunddreißig Kronen für eine Punschrolle. Achtunddreißig für einen stinknormalen Kaffee. Welch ein Glück, dass man sich umsonst nachschenken darf. Und dass es dazu kleine viereckige Servietten mit dem Aufdruck *Tösse* in Royalblau gibt. Ich lasse einige davon mit einem Tütchen Zucker in meiner Jackentasche verschwinden. Wer weiß, ob ich sie nicht irgendwann mal gebrauchen kann.

Aus den Augenwinkeln merke ich, wie mich ein Mann mit silbernem, sorgfältig gekämmtem Haar einige Tische entfernt misstrauisch ansieht. Vor zehn Jahren hätte er sich vielleicht ein klein wenig schüchtern vorgebeugt und gefragt: »Entschuldigen Sie die Störung, aber sind Sie nicht die Autorin dieses Buches, wie man seine Beziehung rettet? Ich kenne Sie aus dem Fernsehen.«

Und dann hätte ich gnädig erwidern können: »Ja, ganz richtig. Hoffentlich hat es Ihnen gefallen. Und vielen Dank, dass Sie sich für *mein* Buch entschieden haben!«

Und daraufhin hätte ich mich wieder meinem Sonnenbad gewidmet. Aber so ist das eben. Niemand kennt mich heute noch. Mein heutiges blasses, schmal gewordenes Gesicht hat nicht mehr viel gemein mit dem Hochglanzporträt auf dem Klappenumschlag meiner Selbsthilferatgeber.

Nie ohne Versöhnung ins Bett, *Liebe jeden Tag* und *The best of Liebeslabor*, so lauten die Titel meiner Bücher. Alles Bestseller – zumindest in Schweden.

Mein Buch *Harmonische Scheidung*, dessen Publikation ich bereue im Hinblick auf alles, was später geschah, wurde bedauerlicherweise viel besprochen, verkaufte sich jedoch nicht. Immer wieder wurde daraus irgendein schlauer Rat höhnisch im Zusammenhang mit meiner eigenen schmutzigen Scheidung zitiert.

Ich habe alle meine Bücher in meinem früheren Leben geschrieben, als ich noch dachte, dass ein bisschen guter Wille und Beharrlichkeit die beste Medizin seien. Nichts hört der Mensch lieber als das – dass alles wieder ins Lot kommt, solange man es nur wirklich will. Dass man alles selbst beeinflussen kann. Dass man alles sein kann, was man will. Sein eigenes Schicksal in der Hand hat. Es stimmt nur nicht, und das weiß niemand besser als ich.

Es gibt da auch noch diesen Aspekt des Unvorhersehbaren, diesen kleinen Fluss des Lebens, der in ein unbekanntes Meer mündet, von dessen Existenz wir vielleicht nie etwas geahnt haben.

Nachdem ich vor meiner zweiten Tasse Kaffee sitze, ziehe ich den Leserbrief aus meiner Hosentasche und lese ihn noch einmal. Wie die Frau wohl aussieht, die ihn geschrieben hat? Und wie heißt sie? Wo lebt sie? In einem

Haus, einer Wohnung oder vielleicht in einem Altenheim? Nennt man das heute überhaupt noch so? Ich frage mich, ob sie sich tatsächlich auf die Suche nach ihrer Jugendliebe machen will. Was sie wohl zu ihm sagen würde, falls sie ihn fände? Was sagt man nach sechzig Jahren? Ich habe dich vermisst? Wo bist du gewesen?

Die Briefschreiberin hat ihren Mann zur selben Zeit wie ich verloren. Ihrer ist gestorben. Meiner hat mich nur verlassen.

Doch während ich es kaum wage, mich selbst im Spiegel anzusehen, träumt sie von ihrer Jugendliebe. Ist »eine Träumerin«. Träumt davon, dass ihre einstige Liebe noch immer an sie denkt und nach all dieser Zeit Verbindung zu ihr aufnehmen will. Vor ein paar Jahren noch hätte ich das Ganze als Spleen abgetan. Ich weiß nicht, ob das Alter, meine eigene Krise oder meine plötzliche Wesensveränderung schuld daran sind, dass ich andere jetzt nicht mehr so vorschnell verurteile. Wie gut es sich doch anfühlte, sich sicher zu sein, wer schlau war und wer dumm. Von seinem eigenen untrüglichen Urteilsvermögen überzeugt zu sein und davon, alles im Griff zu haben. Damals konnte ich beim Seitensprung anderer sogar eine gewisse Schadenfreude empfinden. Es ist wirklich ein Jammer, dass einem dieses Vergnügen geraubt wurde. Heute stimme ich im besten Fall in das Gelächter anderer mit ein. Und wenn ich jetzt über jemanden lache, dann aus Angst wegen des hauchdünnen Grats, der mich vom Leid des anderen trennt.

Ich war nie jemand, der besonders solidarisch mit den Schwächeren war. Es hat sich einfach so ergeben.

Eine Träumerin würde das Glitzern auf längst verebbten Wellen sehen.

Eine Träumerin würde sich fragen, wie sie Seelenruhe fände. Da wäre sie nicht die Einzige.

Trotz allem drängt sich mir immer wieder der Gedanke auf, wie rührend es doch ist, wenn Menschen ihr Schicksal in die Hände einer ihnen vollkommen fremden Person legen, solange es nur um etwas von großer Wichtigkeit geht.

Ich war über viele Jahre Moderatorin einer beliebten Radiosendung zum Thema Liebe und Beziehungen, bei der die Hörer anrufen und sich beteiligen konnten. Weil ich diese Rolle so gut ausgefüllt habe, bekam ich schließlich eine eigene Sendung, *Das Liebeslabor*, bei der mir eine Gruppe von Experten zur Seite stand. Wir wollten für *den* Singlemann oder *die* Singlefrau der Woche einen passenden Partner finden, haben über Fehltritte beim ersten Rendezvous Witze gerissen und Beziehungsratschläge erteilt. Als sich ein Verlag bei mir meldete und mich fragte, ob ich nicht ein Buch darüber schreiben wolle, schien das nur eine natürliche Folge zu sein. Auf das erste Buch folgte ein zweites, und beide wurden ein großer Erfolg. Ich nahm es als selbstverständlich hin, dass es auch in Zukunft so weitergehen würde. Dass ich vor großem Publikum Vorträge halten und man mich um Mitwirkung bei diesem und jenem bitten würde. Mein Ehemann Tom und ich waren der beste Beweis dafür, dass man mit seiner Jugendliebe dauerhaft zusammenbleiben konnte. Wir hatten uns mit Anfang zwanzig kennengelernt und waren ein umtriebiges Paar voller Elan. Ich zitierte ihn in meinen Büchern häufig als Beispiel und gab humorvolle und lehrreiche Anekdoten aus unserem Leben zum Besten. Nicht selten über kleine Meinungsverschiedenheiten mit glücklichem Ausgang. Zwischen uns herrschte eine unglaubliche Einigkeit darüber, wie gut wir einander doch ergänzten. Ich war impulsiv, er nachdenklich. Er plante vorausschauend, ich spontan. Dem Vier-Farben-Modell der Persönlichkeitstypen zufolge war Toms Persönlichkeit blau, und meine rot. Und beide langweilten sich.

Mittlerweile ist mir nur eine einzige Kolumne in einer Monatszeitschrift geblieben. Allerdings hat die Redakteurin zuletzt eine gewisse Besorgnis darüber geäußert, dass meine zunehmend deprimierenden Texte meine Leserschaft dazu bewegten, ihr Leben beenden zu wollen, statt es zu bejahen. Die Widrigkeiten des Lebens sind nur so lange kommerziell interessant, wie sie sich im Leben glücklicher Menschen abspielen. Wenn der Leser sich sicher sein kann, dass sie nur vorübergehend sind. Das pure Elend verkauft sich schlecht.

Um meine Kasse aufzubessern, habe ich im letzten Jahr einen Fernkurs in Kreuzworträtsel-Erstellung absolviert und entwickle jetzt für diverse Magazine ausgeklügelte Kreuzworträtsel – in die ich gerne Wörter wie *Zweifel*, *Ohnmacht* und *Seelenpein* unterbringe. Damit wenigstens einige Leute über diese Dinge zum Nachdenken gezwungen werden, auch wenn sie es nicht wollen.

Ich trinke meine vierte Tasse Kaffee aus und schlendere

widerwillig in Richtung U-Bahn. Es gibt nichts, was mich zu Hause erwartet, aber irgendwann lässt sich das Heimfahren nicht länger vermeiden.

In der Bahn schlage ich Joars Broschüre über den Tinnitus auf und lese:

Der Begriff Tinnitus kommt von lateinisch tinnīre – klingeln. Der Tinnitus kann als ein Pfeifton, Brausen oder Rauschen in Erscheinung treten, als ein Knacken, Zischen oder Klingeln. In den vergangenen Jahrhunderten wurde der Tinnitus durch die Verabreichung von Fuchsfett, Stiergalle, Blattläuse, Zedernbaumsaft, Rosenöl, Honig, Essig und Weißwein behandelt.

Mit Weißwein kann ich dienen.

Ich sehe aus dem verdreckten U-Bahnfenster. Wir fahren gerade in die Station ein. Ganz in der Nähe wohnt Erik mit seiner Neuen. Die Wagons quietschen und rumpeln. Ich habe schon monatelang nicht mehr mit Erik gesprochen. Irgendwo da über mir sitzt er vielleicht gerade mit ihr am Küchentisch, oder sie liegt auf dem Futonbett, auf dem ich früher lag, während er auf der Suche nach Embryogeräuschen ein Ohr an ihren Bauch presst. Jedenfalls befinde ich mich gerade direkt unter ihm. Stecke tief unten im Felsgestein in einem Tunnel.

Ich versuche die Symbolik zu verdrängen.

Vor meinem geistigen Auge flackert eine flüchtige Erinnerung vorbei. Wie wir in seinem Bett liegen und er zu mir sagt: »Wären wir uns doch bloß früher begegnet, dann wäre uns mehr Zeit miteinander geblieben.«

Der Zug bremst, die Schienen klirren. Ich schließe die Augen, spüre den Luftzug vom Bahnsteig.

Seitdem ich keine feste Stelle mehr habe, habe ich mir angewöhnt, morgens lange zu schlafen. Je länger man schläft, umso schneller geht der Tag rum. Mehr Schlaf ist auch gut für den Teint. Wenn andere zu Mittag gegessen haben, mache ich mich mit dem Gedanken vertraut, aufzustehen. Ausgerechnet heute aber weckt mich vorzeitig das Klingeln des Handys, das ich auszustellen vergessen habe. Ich werfe einen Blick auf die Uhr. Halb zehn. Im Prinzip noch Nacht. Anna, die Redakteurin der Zeitschrift, für die ich schreibe, meldet sich.

»Hej, Ebba, wie geht's dir?« Ihre Stimme klingt zerstreut, geistesabwesend.

»Gut«, erwidere ich schlaftrunken. »Beziehungsweise so gut es eben geht.«

»Mmm. Weißt du, Ebba, wir haben uns hier in der Redaktion ein bisschen unterhalten …« Einen Augenblick herrscht Stille in der Leitung. Im Hintergrund sind Lärm und Stimmengewirr zu hören. Gewöhnliche Geräusche, wie sie Menschen von sich geben, die eine Arbeit haben, der sie nachgehen können. »… und wir sind zu dem Ergebnis gekommen, dass wir bei der Kolumne Umstrukturierungen vornehmen müssen.«

»Und was heißt das?« Ich richte mich im Bett auf.

»Wir brauchen eine neue Kolumnistin, jemanden, der präsenter in den heutigen Medien ist.« Anna räuspert sich. »Ich weiß, dass deine Kolumne beliebt ist, aber du hast sie mittlerweile ja schon ziemlich lange, und im letzten halben Jahr … na ja, da schienen dir ein wenig die Ideen auszugehen. Außerdem ist es vielleicht auch für dich besser, deine privaten Probleme nicht in der Zeitschrift breitzutreten. Ich mache mir ehrlich gesagt ein bisschen Sorgen um dich.«

Ich sage nichts. Mir wird eiskalt. »Du kennst das ja – wir bekommen selbst Druck von oben. Wir müssen neue Weichen stellen.«

»Diese Kolumne ist mein einziges regelmäßiges Einkommen«, erwidere ich mit gepresster Stimme.

In Annas Stimme schleicht sich ein angespannter Ton. »Ich weiß, dass das hart ist, aber so ist die Lage nun mal. Wir müssen umstrukturieren.«

»Und was heißt das konkret? Soll ich die Arbeit an der Kolumne erst mal unterbrechen?«

»Das heißt, dass wir im Moment keine Möglichkeit sehen, unsere Zusammenarbeit mit dir fortzuführen. Jedenfalls nicht die augenblickliche, aber es können sich ja andere Aufträge ergeben. Einzelprojekte.«

»Aber meine nächste Kolumne über mentale Erschöpfung und Selbstzweifel ist doch schon fertig!«, protestiere ich mit schriller Stimme.

»Sie wird auch wie geplant ins Magazin kommen, aber danach … danach wird jemand anderes deine Kolumne übernehmen.«

Mir will keine Erwiderung mehr einfallen. Stattdessen starre ich aus dem Fenster. Die Kiefer hat ihre Nadeln verloren.

»Bist du noch dran, Ebba?«, fragt Anna mit besorgter Stimme.

»Jaja«, antworte ich.

»Wir können ja nach den Ferien noch einmal bei einem Kaffee über die Sache reden. Jetzt ist hier gerade die Hölle los.« Sie scheint die Hand vor die Muschel zu halten und spricht gedämpft mit jemandem im Hintergrund. Als sie das Gespräch wieder aufnimmt, klingt ihre Stimme gehetzt. »Ich muss jetzt los zu einer Besprechung. Wir unterhalten uns später weiter. Pass auf dich auf!«

Mit diesen Worten legt sie auf.

Nach meiner Scheidung von Tom vor zwei Jahren wollte niemand mehr sechzehntausend Kronen für einen Vortrag zum Thema Beziehungsrettung bezahlen. Meine Dating-Sendung wurde auf Eis gelegt, und meine im Affekt getroffene Entscheidung, beim Sender zu kündigen, erwies sich als heftiger Irrtum. Danach wurde ich nicht gerade mit freiberuflichen Aufträgen überschüttet. Meine Kolumne im Magazin *Die neue Frau* (deren Auflage sich gerade im Sinkflug befindet) war die einzige, die mir noch geblieben war. Sie ist von symbolischem Wert für mich, obwohl ich mein Einkommen zurzeit vor allem durch die Kreuzworträtsel bestreite.

Mir InDesign für meine Kreuzwortkonstruktionen anzueignen und nur noch die Hälfte meines vorherigen Einkommens zu verdienen, war nach den vielen Umwälzungen der letzten Jahre wie eine mentale Reinigung. So eine Art seelische Darmspülung. Die strenge, begrenzte Form der Kreuzworträtsel hat mir große Befriedigung geschenkt. Das Triumphgefühl, das sich beim Aufspüren des exakt passenden Wortes mit der richtigen Anzahl Buchstaben einstellt, damit das Rätsel aufgeht, ist nicht zu unterschätzen.

Bedauerlicherweise sind seitens meines größten Auftraggebers *Nostalgische Kreuzworträtsel* kürzlich Beschwerden über meine Wortwahl laut geworden. Manche Leser sind anscheinend der Ansicht, ich würde immer wieder dieselbe Art von Lösungswörtern verwenden. Das finde ich – gelinde gesagt – undankbar, habe ich doch so viel Mühe darauf verwandt. Irgendwer muss sich immer über irgendetwas beschweren, ganz egal, wie gut man seine Sache auch macht.

Trotzdem muss ich mich bei der kleinen Handvoll an Aufträgen, die ich noch habe, mehr ins Zeug legen. Sonst bleibt mir bald nichts anderes übrig, als mich den weniger kreativen und schlechter bezahlten Sudokus zu widmen. Ich umklammere das Handy. Wie lautet diese eine Redewendung gleich noch mal? Ach ja. Noch niemand ist daran erstickt, seinen Stolz herunterzuschlucken. Ich rufe Anna an. Sie nimmt nach fünfmaligem Klingeln ab.

»Ja?«, meldet sie sich atemlos.

»Entschuldige die Störung, aber falls im Sommer noch irgendwelche Aufträge eintrudeln, kannst du dich dann bei mir melden? Ich habe noch ein paar Slots, die ich füllen könnte.«

»Was für ein lustiger Zufall, dass du gerade jetzt anrufst.«

»Ach ja? Wieso denn?«

»Wir haben gerade einen Auftrag reinbekommen, für den wir einen Autor brauchen. Die eigentliche damit beauftragte Journalistin hat ihn zurückgegeben, weil er ihr zu schlecht bezahlt ist.«

»Das klingt interessant«, sage ich und lege mich wieder ins Bett. »Worum handelt es sich genau?«

»Um eine Artikelserie über Paare, die sehr lange miteinander liiert waren. Länger als zwanzig Jahre. Dein früheres Metier, könnte man so sagen.« Anna räuspert sich. »Wir wollen uns stärker der älteren Generation zuwenden und herausfinden, wie sich die Sichtweise auf die Liebe und die Erwartungen über die Jahre verändert haben. Drei Porträts sind schon fertig, eines fehlt noch. Aber ist das denn überhaupt etwas für dich? Es ist nur ein einziges Interview.«

»Doch, das ist was für mich«, erwidere ich wie aus der Pistole geschossen.

»Die Story soll aber humorvoll rüberkommen. Leicht und unbeschwert. Und keine Weltuntergangsstimmung verbreiten.«

»Verstehe.«

»Zehntausend Zeichen. Abgabe in zwei Wochen. Schaffst du das?«

»Und wen soll ich interviewen?«

»Das ist das Problem. Die Frau, die wir dafür vorgesehen hatten, ist gestorben, wir sitzen also etwas in der Tinte. Wir müssen eine andere auftreiben.«

Mein Mund fühlt sich mittlerweile ganz trocken an, aber irgendwie bringe ich die Worte doch hervor:

»Ich kenne da vielleicht jemanden.«

»Und wen?«

»Eine … äh … Bekannte. Eine alte Freundin. Sie war sechzig Jahre lang verheiratet – glücklich verheiratet.«

»Sechzig Jahre?!«, erwidert Anna ungläubig.

»Ja. Aber ihr Mann ist vor einem Jahr gestorben. Vielleicht kann sie sich ja vorstellen, sich dafür zur Verfügung zu stellen. Ich könnte mal mit ihr reden.«

»Lebt sie denn in Schweden?«

»Ja, in Schonen.«

»Das zählt zu Schweden.« Anna verstummt kurz.

»Na gut, frag sie. Und sag mir Bescheid, wenn du Genaueres weißt.«

»Natürlich. Kein Problem.«

»Prima. Dann mach's gut, Ebba«, sagt Anna, und ihre Stimme klingt jetzt eine Spur weicher.

Ich liege im Bett. Die Jalousie hängt schief. Das tut sie schon lange, aber ich habe noch nicht die Kraft gehabt, es zu ändern. Unter meinem Bett liegt ein Haufen Schmutzwäsche. Die Handtücher im Badezimmer sind an den Rändern ausgefranst. In den letzten neun Monaten habe ich alles einfach nur schleifen lassen. Manchmal erscheint es einem sicherer, in seinem Elend zu verharren, als es hinter sich zu lassen. Richtet man den Blick nach vorn, rückt die Zeit vor dem Elend nur noch mehr in weite Ferne. Will man das?

Manchmal hält man die Vergangenheit einfach fest, selbst wenn das bedeutet, dass die Gegenwart beschissen ist.

Man kann sich selbst bestrafen, indem man nicht länger für sich selbst Verantwortung übernimmt, indem man alles um sich herum zugrunde gehen lässt, so wie man selbst zugrunde geht.

All diese Erkenntnisse sind mir im letzten Jahr gekommen. Es waren vielleicht nicht unbedingt die Erkenntnisse, die ich mir erhofft hatte, doch was soll's.

Mein Sohn Oskar ist gerade mit seinem Vater und dessen neuer Freundin Malin – einer Biologielehrerin – unterwegs. Sie ist ein Jahr nach unserer Scheidung bei Tom eingezogen, hat dort rasch rigorose Ordnungsregeln eingeführt und den Scherbenhaufen seines Lebens zusammengekehrt. Sie haben Pläne: Wollen zu dritt eine Gebirgstour in Norwegen machen. Wollen mit dem Auto umherfahren und zelten. Zwei Gemeinschaftsschullehrer, die dazu imstande sind, Rücksichtnahme zu zeigen, zu fischen und Pilze zu sammeln. Abends werden sie ihre Wollkleidung zum Lüften raushängen und im Zelt Gesellschaftsspiele spielen.

Ich habe keine Pläne.

Wir haben jetzt Ende Mai. Es ist der wärmste Mai seit hundertfünfzig Jahren. Die Vogelkirsche ist schon verblüht. Die Fliederblüten an den Zweigen vertrocknet. Und der ganze Sommer liegt noch vor mir.

Ich kann mich nirgendwohin flüchten. Also kann ich genauso gut versuchen, diese Frau zu finden.

Die Träumerin.

Wenn man nur will, lassen sich die meisten Menschen aufspüren. Manche bleiben natürlich unter dem Radar, aber es ist schwer, keinerlei Spuren zu hinterlassen. Wer keine Spuren im Netz hinterlässt, gilt rasch als suspekt. Die meisten Personen treten in irgendeinem Kontext in Erscheinung, selbst wenn sie es nicht darauf anlegen: als Mitglied eines obskuren Gremiums oder als Fußnote in einem Schreiben an den örtlichen Segelverein oder die Hausverwaltung. Aber da dieser Leserbrief nicht mit richtigem Namen unterschrieben wurde, bleibt mir nichts anderes übrig, als mich zuerst an die Zeitschriftenredaktion zu wenden, die ihn veröffentlicht hat.

Ich schustere eine E-Mail zusammen und schreibe, ich sei Journalistin und würde gerne für eine Reportage über lang währende Partnerschaften Kontakt zur Verfasserin des Leserbriefes, signiert mit *Eine Träumerin*, aufnehmen. Die Briefschreiberin könne sicher so manche Erkenntnis dazu beitragen.

Schon nach zwei Stunden bekomme ich Antwort.

Hallo!
Vielen Dank für Ihre Nachricht. Wir freuen uns, dass Sie unsere Zeitschrift Goldener Herd *lesen! Wenn ich mich recht entsinne, haben wir in unserem Magazin auch einmal Ihr letztes Buch empfohlen. Aber inzwischen ist es wohl schon länger her, dass Sie etwas geschrieben haben, oder? Nichtsdestotrotz habe ich Ihre Anfrage an unser Medium weitergeleitet und hoffe, dass Sie sich baldmöglichst bei Ihnen meldet. Lesen Sie gern weiterhin* Goldener Herd. *Im Moment haben wir sogar ein Sonderangebot für ein halbjähriges Abo. Nur 143 Kronen! Darüber hinaus erhalten Sie eine schöne Vase von Alvar Aalto dazu.*

Klicken Sie auf folgenden Link, um mehr darüber zu erfahren!
Mit freundlichen Grüßen,
Jaana Isaksson, Chefredakteurin

Ich versuche tunlichst darüber hinwegzusehen, dass ich inzwischen vor allem in meiner Eigenschaft als potenzielle Abonnentin gefragt bin, nicht als Promi, über den man Artikel schreibt. Falls das Medium sich nicht im Laufe einiger Tage bei mir meldet, werde ich mich selbst an sie wenden. Und bis dahin? Auf der Couch liegen und warten. Mir irgendeine Fernsehserie reinziehen. Oder vielleicht den Pollenstaub von den Fensterscheiben wischen, damit ich die blühende Heckenkirsche auf dem Hof sehen kann. Ich könnte nach dem Großreinemachen auch ein paar rosa- und orangefarbene Blüten davon abschneiden und auf den Küchentisch stellen.

Vielleicht in einer Vase von Alvar Aalto?

1955

In jenem Sommer gab es massenhaft Bienen in der Pension. Buchstäblich eine Invasion. Niemand wusste, woher sie kamen oder wo sie ihr Nest hatten, aber sie waren überall. Vor allem im Haus. Sie kamen in Scharen, krochen über den Boden und an Tischbeinen hinauf, fielen in den Saft und blieben an den klebrigen Likörflaschen in der Bar hängen. Manche lagen tot in den Fensterrahmen, andere krabbelten in die Bodenabläufe der Badezimmer.

Am Anfang des Sommers waren noch alle davon ausgegangen, dass es sich bei ihnen um Wespen handelte. Beim Frühstück wurden die unterschiedlichsten Ratschläge ausgetauscht, wie man sie loswerden könnte. Den Hals mit Essig einreiben! Keine bunte Kleidung tragen! Nicht barfuß gehen! Ein weiblicher Stammgast seit vielen Jahren, Frau Cedergren, meinte, man solle weißen Pfeffer in die Rabatten schütten. Eine andere Dame wiederum schwor, dass nur eine frisch aufgeschnittene Zwiebel, unmittelbar auf der vom Wespenstich betroffenen Stelle, Hilfe verspräche. Sie selbst hatte sich mit Gummiband eine Zwiebel am Fuß befestigt und lag im Liegestuhl.

Im Juli hatte ein bescheidener Dozent aus Lund Veronika darüber aufgeklärt, dass es Bienen seien, die da ihr

Unwesen trieben. Veronikas Mutter, die Pensionswirtin, wurde gleich darauf mit allerhand Fragen von den Gästen überschüttet. Die gesamte Pension stellte Mutmaßungen über dieses Rätsel an. Wieso tauchte wie aus dem Nichts plötzlich ein ganzer Bienenschwarm auf? Waren sie vielleicht einem Imker entwischt? Doch wer sollte das sein? Oder waren es gar Wildbienen? Diese gruben sich offenbar Erdhöhlen oder hausten in verlassenen Wühlmausgängen. Aber weshalb hatten sie ausgerechnet diese Pension gewählt? Die Meinungen darüber gingen auseinander.

Die Köchin Signe hatte auf den Tischen der Veranda Saftflaschen verteilt, um dieses verfluchte Geschmeiß anzulocken. Die meisten Gäste zogen sich unter die Sonnenschirme im Garten zurück, spielten eine Partie Krocket oder dösten während der heißesten Stunden in der Hollywoodschaukel vor sich hin. Andere wiederum gingen an den Strand. Es war August, und das Wasser war mehr als zwanzig Grad warm. Man sprach schon von einem Hitzerekord.

In den letzten Sommerwochen half Veronikas ältere Cousine Francie beim Pensionsbetrieb mit. Sie hatte gerade ihre Verlobung mit einem jungen Mann namens Roy gelöst, war aber eigentlich viel zu faul, um eine echte Hilfe zu sein. Die meiste Zeit verbrachte sie in der Hängematte auf der kleinen Rasenfläche hinter dem Kücheneingang und gab vor, sich erheben zu wollen, wenn man an ihr vorbeiging. Stapelweise Zeitschriften lagen im Gras, und sie trank immerzu Eistee. Damit hatte sie in Kopenhagen während ihrer einjährigen Ausbildung zur

Stenografin begonnen. Eigentlich wollte sie aber überhaupt nicht Stenografin werden, sondern Schauspielerin. Francie zufolge konnte Stenografin aber durchaus ein Sprungbrett zur Schauspielerei sein. Sie könnte damit vielleicht eine Stelle an einer Theaterkasse oder -verwaltung bekommen und für eine kranke Schauspielerin einspringen. Schauspielerinnen waren schließlich ständig krank. Da galt es dann, zu zeigen, was man draufhatte.

Francie schlief in einem Nebengebäude und war dort vollauf damit beschäftigt, sich vor dem Spiegel mit Marilyn Monroe zu vergleichen. Sie bleichte sich ihre Haare mit Wasserstoffperoxid, erhitzte ihren Lockenstab auf dem Küchenherd und belegte zum Verdruss das WC der Gäste. Die Haushaltsarbeiten rangierten unter ferner liefen. Folglich wischte meistens Veronika die Böden, bezog die Betten und stellte frische Blumen auf die Nachttische.

Veronika war siebzehn. Ein Alter, in dem man davon ausging, dass es die Blütezeit junger Mädchen und das Leben einfach nur wundervoll sei. Weibliche Pensionsgäste höheren Alters kniffen Veronika gelegentlich ahnungslos mit den Worten in die Wange: »Und, wie sieht es aus? Haben Sie schon einen feschen Verehrer, Fräulein Veronika?«, oder »Wie schön es doch ist, jung zu sein und das ganze Leben noch vor sich zu haben!« Veronika mochte dieses Gerede überhaupt nicht. Sie empfand sich selbst überhaupt nicht als jung, jedenfalls nicht von ihrem Wesen her. Sie war nicht wie Francie, die sich wie selbstverständlich das vom Leben nahm, was es ihr bot. Sie war nicht davon überzeugt, dass sie eine strahlende Zukunft vor sich hatte, und ging nicht davon aus, glücklich zu werden. Andere Mädchen ihres Alters schienen anzunehmen, dass ihr Leben mit Heirat und Familie, einem eigenen Haus und wiederkehrenden Festen nach einer festen Gesetzmäßigkeit und in heimeliger Harmonie verlaufen würde. Veronika wusste nicht, woher sie diese Gewissheit nahmen. Francie zum Beispiel ging wie selbstverständlich davon aus, dass sie einen neuen Mann kennenlernen würde, sowie sie sich aus der Hängematte bequemte.

Veronikas Gedanken dagegen kreisten vor allem um das, was *nicht* eintreffen würde. Um alles, was schiefgehen konnte. Das Leben mit all seinen Anforderungen erschien ihr übermächtig – alles, was man lernen sollte, womit man umgehen sollte, was man wuppen, was man durchmachen sollte. Da reichte ja schon ein Blick auf die Pensionsgäste. Manche von ihnen waren gezeichnet vom Leben, unglücklich, einsam, voller Kummer. Das wusste sie einfach. Nicht selten hatten sie Veronika im Gesellschaftszimmer ihr Herz ausgeschüttet, ihre Hand umklammert und sich lang und breit über ihre Gebrechen, über Todesfälle und Zipperlein ausgelassen. Dann tat Veronika immer ihr Bestes, um sie zu trösten, obwohl sie sich eigentlich gar nicht mit deren Problemen auskannte. Doch natürlich war jeder Mensch Prüfungen unterworfen. Und der Schein trog nicht selten.

Und obwohl Veronika wusste, dass man nicht viel erwarten konnte, wartete sie insgeheim auf etwas. Es war ein Gefühl, wie wenn man ein Sammelalbum mit getrockneten Schmetterlingen aufschlug, oder wie der Nervenkitzel, der einen kurz vor dem Ende einer Spukgeschichte packte. Die Erwartung von etwas Rätselhaftem, von einem Mehr.

Sie wusste nur nicht, was es war.

Veronika hatte gerade ihren Realschulabschluss gemacht. Sie war noch nie richtig verliebt gewesen, hatte nur einige Jungen sympathisch gefunden und für sie geschwärmt, in die andere Mädchen verliebt gewesen waren. Manchmal hatte sie einen als möglichen Anwärter zu sehen versucht, aber nie ein echtes Interesse für denjenigen aufbringen können. Die gleichaltrigen Jungs, die es wagten, sich ihr zu nähern, obwohl sie selbst einen Kopf größer als die meisten von ihnen war, interessierten sie nicht. Ihre unbeholfene Art, ihr den Hof zu machen, verursachten ihr höchstens Beklemmungen. Manchmal wurde sie von älteren, beschwipsten Pensionsgästen umworben. Diese musste Veronika dann vorsichtig dazu bringen, sie in Ruhe zu lassen. Man konnte es ihnen ja nicht geradeheraus auf den Kopf zusagen, das wäre unhöflich gewesen. Dass sie für andere auch immer ein offenes Ohr haben musste! Immer gut gelaunt und verständnisvoll tun musste. Manchmal hatte sie das so satt! Und während die Gäste mit leichtem Herzen davongingen, blieb sie zurück mit der Last.

Sie war zu groß. Eine Zeit lang war sie nur die Zweitgrößte in der Klasse gewesen, was ihr nur entgegenkam, wenn jemand einwandte, wie groß sie sei. Doch dann hatte die noch größere Margareta Kjellgren die Klasse verlassen, und Veronika bekam den Spitznamen *Pat* verpasst.

»Steh gerade!«, sagte Veronikas Mutter ärgerlich. »Du siehst nicht kleiner aus, nur weil du dich duckst!«

Aber das glaubte Veronika nicht. Sie *musste* doch wohl etwas kleiner wirken, wenn sie den Kopf einzog? Das war doch nur logisch. Eine Weile hatte sie mit einem kleinen, pummeligen Mädchen aus ihrer Klasse herumgehangen, die den Beinamen *Patachon* hatte. Pat und Patachon. Nach dem gleichnamigen, beliebten dänischen Komikerpaar. Der Spitzname blieb sofort an Veronika kleben und war nur schwer wieder loszuwerden. Eine Zeit lang war sie so schnell gewachsen, dass sie nachts Rückenschmerzen bekam und zur Behandlung zu einem amerikanischen Chiropraktiker gehen musste.

Manchmal zog Veronika sich mitten am Tag zurück in das Gesellschaftszimmer der Pension mit seinen durchgesessenen Samtsesseln, dem Bridgetisch mit grünem Filzbezug und dem Regal, in dem die Bücher standen, die die Gäste zurückgelassen hatten. Dort war es angenehm dunkel. In dem Zimmer stand auch ein Sekretär mit Briefpapier, Kuverts und Stiften, falls jemand Briefe schreiben wollte. Die Stammgäste bekamen ihre Post immer direkt in die Pension geschickt. Manchmal saß ein Gast dösend im Gesellschaftszimmer und schnarchte die Tapete an, oder an dem runden Jacaranda-Tisch wurde Karten gespielt.

Es war noch gar nicht so lange her, da hatten die älteren, jährlich wiederkehrenden Gäste immer ihr Portemonnaie gezückt und Veronika etwas Geld zugesteckt, sowie sie ins Zimmer kam. Einen Groschen für die Kinder, damit sie sich etwas Süßes kaufen konnten, vielleicht ein Eis von Angels Kiosk. Das war Usus. Viele der Stammgäste, zumindest die weiblichen, hatten Namen, die auf Y endeten: Henny. Elsy. Evy. Elvy. Lilly. Dagny. Vielleicht hatten ihre Mütter auf diese Weise dem gewöhnlichen, etwas derben Namen einen glamouröseren und weicheren Klang geben wollen, obwohl die Damen selbst meistens ziemlich robust waren. Viele hatten in eigens dafür mitgebrachten Cretonne-Taschen mit Bambusgriff Handarbeiten dabei. Brüsseler Spitze. Stricknadeln mit halb fertigen Strümpfen. Kinderkleidung für eine Cousine oder einen Vetter, stramm gehäkelt, wie um nicht in Vergessenheit geraten zu lassen, wie hart und unerbittlich das Leben war. Westen, die an Kettenhemden erinnerten. Jacken, die kleinen gestrickten Rüstungen glichen. In diese Kinderkleidung war eine versteckte Warnung eingearbeitet: *Das Leben ist nicht so einfach, wie du dir vorstellst! Du brauchst Schutz!*

Die Damen nahmen alles sehr genau. Einige versahen Kopfkissen mit Hohlsäumen, deren Fertigstellung den ganzen Sommer dauerte. Andere wiederum stickten Monogramme auf mitgebrachte Handtücher oder Bettwäsche. Veronika gefielen diese weiblichen Stammgäste, ihre patente und unverblümte Art. So wie Veronikas Mutter waren viele verwitwet. Einige wenige waren nie verheiratet gewesen.

Jetzt gerade war Veronika jedoch allein im Gesellschaftszimmer. Die Pendeluhr an der Wand tickte laut. Auf dem Tisch lag ein abgegriffenes Kartenspiel in einem

Holzkästchen neben einem Stapel mit Illustrierten. Abends nahm Veronika häufig einige mit auf ihr Zimmer und blätterte die Gesellschaftsseiten mit den Bildern von Premieren durch. Im *Taschenjournal* waren Fotografien eines amerikanisch inspirierten Luxushotels namens Arizona in Farbe abgebildet. Die Französische Riviera im fluoreszierenden Licht. Eine prominente Schauspielerin in Shorts und geblümter Bluse, das Haar uneitel hochgesteckt. Ganz hinten befand sich die Ratgeberspalte *Vertrauenssache*, wo Menschen um Rat in Liebesdingen baten. Zum Beispiel: Darf ich meine Ringe weiterhin tragen, obwohl ich Witwe geworden bin?, oder: Wie lange sollte man nach einer gelösten Verlobung warten, bis man etwas Neues anfängt?

Man muss einander genügend Raum zum Atmen geben! Dann hält die Liebe lange, erwiderte die verantwortliche Redakteurin Eva dann vielleicht.

Die Menschen waren vollauf beschäftigt mit ihren Beziehungen und Bewunderern. Veronika selbst war nie auch nur annähernd mit dergleichen in Berührung gekommen. Sie konnte sich nicht beschweren. Musste nichts fragen. Nichts betrauern. Es war ungerecht, dass so viele andere Menschen, die weitaus hässlicher und sicherlich größer als sie waren, geliebt wurden. Was würde sie nicht dafür geben, um einmal die Liebe zu erleben? Eine einzige, richtige Liebeserfahrung zu machen, wie teuer erkauft sie auch wäre.

So dachte sie.

2019

Nach zwei Tagen habe ich den Leserbrief fast vergessen. Bis es auf meinem Handy plötzlich Pling! macht. Zuerst bin ich verärgert, schließlich habe ich es mit Ausnahme von Oskars Nummer und der einiger weniger Freunde auf lautlos gestellt. Vor allem, um nicht auf Anrufe zu warten, die sowieso nicht kommen. Doch offenbar bin ich selbst an dieser nicht allzu schwierigen Aufgabe gescheitert. Eine Sekunde später sehe ich, von wem die SMS stammt.

Liebe Ebba!
Sie haben sich vor Kurzem mit der Frage an mich gewandt, wer die eigentliche Verfasserin des Leserbriefes Eine Träumerin *in meiner Kolumne ist. Ich habe mich bei ihr erkundigt, ob wir ihre Kontaktinformationen an Sie weitergeben können. Sie dürfen sich herzlich gern bei ihr melden. Ihr Name lautet Veronika Mörk und sie lebt in der Seniorenresidenz Tallgården in Båstad. Sie freut sich, von Ihnen zu hören. Ich hoffe, dass alles seinen Gang geht!*
Herzliche Grüße,
Monica Molnia

Veronika Mörk. Der Name klingt wie aus einem Roman.

Tatsächlich hege ich schon lange den Wunsch, mit einer älteren Frau Bekanntschaft zu schließen. Mit einer klugen und warmherzigen Frau, die gern bereit ist, mich an ihren durch ein langes Leben herausgesiebten Weisheiten teilhaben zu lassen. Am liebsten jemanden, der mich auf Anhieb als den Menschen erkennt, der ich bin, und an meiner Stelle kluge Entscheidungen trifft. Jemand, an den ich mich klammern kann, von dem ich lernen kann. Vielleicht ist Veronika Mörk ja die Frau, nach der ich gesucht habe? Dieser Gedanke löst zwar nicht gerade eine sofortige überschäumende Freude bei mir aus, jedoch ein leises Prickeln. Ein Zeichen von Hoffnung? Lang ersehnter Ablenkung? Gefühle, auf die man hervorragend zurückgreifen kann, wenn die Freude noch in zu weiter Ferne liegt.

Aus dem Durcheinander meiner Schreibtischschublade krame ich ein Set mit Büttenpapier, ein Flohmarktfund. Wenn ich diese Sache wirklich angehen will, kann ich es auch gleich richtig machen. Ältere Menschen sind doch sicherlich ganz angetan von handgeschriebenen Briefen, oder? Wer wäre das nicht? Ich hole meinen Füllfederhalter der Marke Pelikan hervor, ein Weihnachtsgeschenk von Erik. Sicherheitshalber habe ich ihn persönlich im Internet auf einer Auktionsseite ersteigert. Die Tinte im Füller ist vertrocknet (Schon wieder ein Symbol!), ich muss erst mit warmem Wasser nachspülen, bis wieder Flüssigkeit aus der Feder fließt.

Danach mache ich es mir mit einem Glas Weißwein und einem Kissen als Schreibunterlage auf dem Balkon bequem und fange an zu schreiben:

Liebe Veronika!

Der Brief muss einen professionellen Anschein erwecken, muss mein ernsthaftes Anliegen unterstreichen. Aber vielleicht klingt *Liebe Veronika* doch zu gekünstelt? Ich ändere das noch einmal und schreibe einfach nur ganz gewöhnlich »Hej«.

Ich habe Ihre Adresse von Monica Molnia von der Zeitschrift Goldener Herd *erhalten. Mein Name ist Ebba Lindqvist. Ich bin Journalistin und schreibe an einem Artikel über Beziehungen, die ein Leben lang währten. Zufällig ist mir Ihr Leserbrief in* Goldener Herd *ins Auge gestochen. Ihre Geschichte hat mich sehr berührt, sowohl der Teil über Ihre langjährige Ehe als auch der über Ihre Jugendliebe.*

Ich lege den Stift beiseite. Auf dem Spielplatz unseres Wohnblocks beobachte ich, wie eine Katze ihre Notdurft im Sandkasten verrichtet, während ein kleiner Junge daneben vollkommen ungerührt schaukelt. Mein Blick folgt ihm einen Moment, bevor ich weiterschreibe. Einmal Mutter, immer Mutter. Wer jemals kleine Kinder hatte, dem ist es in Fleisch und Blut übergegangen, auch auf fremde Kinder zu achten. Ich fahre fort:

Ich möchte gerne Menschen porträtieren, die eine lange Partnerschaft geführt haben. Wie haben sich die Erwartungen an die Liebe die Jahre hindurch verändert? Wie ist eine lange, glückliche Beziehung beschaffen? Welche Kompromisse waren nötig? Wie ist man mit Rückschlägen umgegangen? Hat sich die Sichtweise auf die Liebe mit dem Älterwerden geändert, und wie ist es, nach so vielen Jahren auf einmal allein zu sein? So wie Sie sich in Ihrem Leserbrief ausgedrückt haben, könnte ich mir vorstellen, dass wir ein interessantes Gespräch führen könnten. Ein Gespräch, das unseren Leserinnen vielleicht einen Einblick in die Sichtweise Ihrer Generation auf die Liebe und die Ehe geben könnte.

Ein klein wenig Honig um den Bart schmieren hat ja noch nie geschadet. Niemand ist gegen Komplimente gefeit.

Und nun zu meiner Bitte: Gewähren Sie mir ein Interview? Ich komme dafür auch gerne nach Båstad, wann immer es Ihnen passt. Ich habe den ganzen Sommer über Zeit.

Oder klingt das zu verzweifelt?

(…) Ich bin zeitlich flexibel, falls Sie im Sommer einen Termin mit mir vereinbaren möchten.

Bevor ich den Brief in das Kuvert mit hoffnungsvollem lindgrünem Seidenfutter tue, notiere ich meine Adresse und meine Handynummer unter die Grußformel. Danach schreibe ich sorgfältig die Adresse in Druckbuchstaben auf den Umschlag und radle in Kleid und Sandalen zum

Pressekiosk am Busbahnhof, kaufe eine Briefmarke und stecke den Brief in den Briefkasten.

Ein paar Tage vergehen. Dann erreicht mich eine lange SMS mit der Frage, weshalb ich davon ausgegangen sei, dass Achtzigjährige nicht simsen würden.

Hej, Ebba!
Wie schön, dass Sie mich kennenlernen möchten. Ich befürchte nur, Sie vielleicht zu enttäuschen. Ich weiß gar nicht, ob ich Ihnen etwas erzählen könnte, das für Sie von Interesse wäre. Vermutlich werden Sie die Reise hierher ganz umsonst antreten, aber damit rechnen Sie vielleicht auch? Wenn Sie dennoch das Risiko eingehen wollen, sind Sie herzlich willkommen. Möchten Sie nur für einen Tag nach Båstad kommen, oder benötigen Sie eine Unterkunft? In der Stadt gibt es noch ein oder zwei Pensionen (bedauerlicherweise nicht mehr die von meiner Mutter, sie wurde abgerissen). Aber Sie sollten eine Unterkunft unbedingt rechtzeitig buchen.

Ich kann Sie leider nicht bei mir beherbergen, weil ich in einer Seniorenresidenz lebe, die nicht auf Übernachtungsgäste ausgerichtet ist. Dafür haben wir einen Wintergarten und eine eigene Töpferwerkstatt. Lassen Sie mich wissen, für wann Sie Ihren Besuch planen und ob ich etwas Besonderes bedenken soll. Wie bereits erwähnt, bin ich mir nicht sicher, ob ich Ihnen helfen kann, aber ich muss zugeben, dass die Sache sehr spannend klingt.

Mit freundlichen Grüßen,
Veronika Mörk

P.S. Wird für das Interview eine Vergütung gezahlt?

Man sollte wissen, worum man bittet. Es könnte eintreffen. Jetzt bleibt mir also nichts anderes übrig, als nach Båstad zu fahren und einen Artikel zu schreiben.

Ich war dort sogar schon einmal in Verbindung mit einem von mir gehaltenen Vortrag zum Thema *Seines eigenen Glückes Schmied sein.* Wenn ich mich richtig entsinne, wimmelt es in Båstad nur so von verwöhntem, Champagner schlürfendem Jungvolk in Polohemden und zurückgegelten Haaren. Will ich mich dem wirklich aussetzen? Das ganze Vorhaben erscheint mir auf einmal als ein unüberwindlicher Kraftakt. Andererseits war schon länger beinahe alles ein unüberwindlicher Kraftakt für mich. Sogar das Aufstehen und Anziehen. Wozu erst Knöpfe schließen, wenn sie sowieso wieder geöffnet werden? Damit ich nicht mehr so häufig waschen muss, habe ich mir angewöhnt, meine Kleider mehrmals zu tragen, bevor sie im Wäschekorb landen. Sogar die Nahrungsaufnahme erscheint mir überschätzt. Und nicht täglich zu duschen, ist mein Beitrag zur Klimarettung, rede ich mir ein. Ich bin schon so lange passiv, dass mir der Gedanke, aktiv zu werden, ungewohnt erscheint.

Verwirrung ist stets der Beginn kreativen Wandels.

Eine Psychologin, die häufiger in meiner Radiosendung zu Gast war, behauptete, der Mensch sei seiner wahren Natur dann am nächsten, wenn er ein klein wenig aufgebe. Dass Verwirrung etwas Befreiendes an sich haben könne und man dadurch Dinge ehrlicher beurteile. Ich weiß noch, wie ich damals dachte, dass man anscheinend mit jeder Art von Verzweiflung Geld machen konnte. Aber jetzt ist meine eigene Situation so schlimm, dass ich selbst willens bin, all meine Hoffnungen in einen haltlosen Sinnspruch zu setzen, der mit verschnörkelter Schrift auf einen Kieselstein geschrieben wurde. *Irrtümer sind Tore zu neuen Entdeckungen.* Tore. Oh mein Gott!

Ich gehe ins Badezimmer. Im Abfluss liegt ein dickes Haarbüschel. Meinem Arzt zufolge ist es nicht ungewöhnlich, nach einer aufreibenden Trennung unter Haarausfall zu leiden. Es dauere etwa sieben Monate, bis der Schock die Haarfollikel erreiche, dann fielen einem die Haare aus.

Ich futtere Vitamin B5, Zink und Biotin, aber vielleicht haben meine Follikel jegliche Nahrungsaufnahme blockiert, denn ich kann noch immer keine Besserung feststellen. Meine Haare fallen einfach weiter aus. Ich nehme ein Paar altersschwache Plastikhandschuhe aus dem Putzschrank, Natronlauge und Seife, knie mich hin und lege los.

Zuerst lese ich die Büschel mit Toilettenpapier auf. Es sind nicht gerade wenige. Sie zeugen von viel zu vielen

Tagen und Wochen voller Schuldgefühle, Grübeleien, Traurigkeit. Und Verwirrung. Nachdem ich mit der Badewanne fertig bin und die Ränder ordentlich entfernt habe, mache ich mich an die Kühlschranktür und den Handgriff. Man vergisst leicht, die Handgriffe von Schränken zu säubern. Handgriffe gehören zu den schlimmsten Bakterienherden.

Unsanft ziehe ich die Glasböden heraus, spüle sie im Spülbecken mit heißem Wasser und bearbeite sie mit der Wurzelbürste, bis die Küche so gesättigt von Dampfschwaden ist, als hätte ich eine Gesichtsreinigung mit Bedampfer gemacht. Jetzt können alle Unreinheiten aus meiner Haut entweichen. Vielleicht sogar aus meinem ganzen Wesen.

Im letzten Jahr habe ich mich kaum einmal selbst im Spiegel angesehen. Nur rasch aus den Augenwinkeln durch die Duschschwaden. Es ist, als ertrüge ich mein jetziges Aussehen nicht; als wollte ich nicht feststellen, ob es sich verändert hat. Ob der Kummer und der Schock wohl Spuren in meinem Gesicht hinterlassen haben? Ob man es in meinen Augen, an neuen Fältchen erkennen kann? Ich möchte es nicht wissen. Man kann sich nicht immer im Leben ehrlich in die Augen sehen.

Ich trinke zwei große Gläser eiskaltes Zitronenwasser und ziehe mir einen Pullover an. Eriks kleine Hinterlassenschaften liegen immer noch überall in der Wohnung herum. Ich war einfach noch nicht in der Lage, sie zu beseitigen. Die Muschelhalskette auf der Schlafzimmerkommode. Das Eishockeyspiel im Bücherregal. Einige

Unterhosen und Unterhemden in den Schubladen. Ein Kabel für den Synthesizer. Unbedeutende Kleinigkeiten, aber dass ich sie als Staubfänger habe liegen lassen, verrät meinen Unwillen, mich überhaupt zu bewegen. Wie ein verängstigtes Tier habe ich mich viel zu lange in Schockstarre befunden.

Es ist an der Zeit, wieder einen Schritt zu machen. In welche Richtung, ist egal.

1955

Die Pension lag oberhalb des Strandes am Hang hinter Kiefernbäumen, die vor dem Flugsand schützen sollten. Ursprünglich hatte man diese Gegend für wertlos gehalten. Das einzig Wertvolle war der Seetang, den die Brandung im Herbst ans Ufer warf und mit dem die Bauern ihre Felder düngten. Nach und nach aber erfreute der Strand sich der Beliebtheit der Gäste, die sich hier in Malen erholten, eine Trinkkur machten und die frische Waldluft genossen. Mittlerweile war der kilometerlange Sandstrand ein größerer Touristenmagnet als die ländliche Umgebung.

Die Pension selbst war im späten neunzehnten Jahrhundert erbaut worden, als die Eisenbahn hierherkam. In den Dreißigerjahren hatte sie fließend Wasser erhalten und einige Zimmer modernisiert, ansonsten war so gut wie alles beim Alten. Im Speisesaal lag Eichenparkett. Die zierlichen Möbel stammten aus Dänemark. Ab und an wurde samstags zum Tanz mit einem Mietorchester aufgespielt. Letztes Mal, als Dollar-Nisse zu seinem fünfzigsten Geburtstag ein großes Fest gegeben und dafür Wickmans Cocktailquartett bestellt hatte. Veronika hatte mit gestärkter Schürze Schnittchen serviert.

Das Frühstück wurde den Gästen immer zwischen halb neun und zehn Uhr serviert. Bis dahin musste Veronika warme Hafergrütze, Eier und Brotscheiben bereitgestellt haben. Kaffeetassen und Teebeutel. Milch- und Fruchtsaftkännchen. Butter und Käse und selbst gemachte Leberpastete. Immer dasselbe. Nach dem Frühstück mussten die Tische wieder abgeräumt und alles für den Mittagsimbiss hergerichtet werden, der üblicherweise aus einer Suppe oder einer Fruchtkaltschale bestand. Manchmal gab es auch einen herzhaften Pfannenkuchenauflauf. Viele Pensionsgäste hatten Vollpension gebucht und nahmen es mit der Uhrzeit sehr genau.

Es wurde auch nie irgendetwas weggeworfen. Möbel, Porzellan, Kochtöpfe, Garderobenhaken, Bettwäsche, Schuhlöffel und Gartenmöbel waren immer noch dieselben, seit Veronikas Mutter den Pensionsbetrieb übernommen hatte. Veronikas Mutter hatte früher als Kaltmamsell gearbeitet, aber sofort zugegriffen, als man ihr vor sechs Jahren die Pachtung der Pension angeboten hatte, die während der Saison nur drei Monate geöffnet war. Das Winterhalbjahr verbrachten Veronika und ihre Mutter in ihrer Wohnung in Malmö. Dort übernahm ihre Mutter Näharbeiten und arbeitete nebenher in der Küche des Hotel Savoy. Ihr gefiel der Ortswechsel.

Die Stammgäste wiederum verabscheuten Veränderungen. Alles sollte so sein wie im Jahr zuvor. Und so stand der Schirmständer aus Messing mit denselben schwarzen Regenschirmen genau dort, wo er immer gestanden hatte – neben der Eingangstür. Auch die Eisenbetten hatte man nie woanders hingestellt. Einige Matratzen waren – allerdings erst, nachdem sie immer mehr an Hängematten erinnerten – gegen neue derselben Marke ausgetauscht worden. Die weißen gehäkelten Tagesdecken knisterten, wenn sie aus dem Winterschlaf geweckt wurden. Die cremefarbenen Spitzengardinen hatte die Schwägerin des vorigen Pächters genäht.

Sogar die dicken Socken aus dem blau gestrichenen Korb unter der Hutablage in der Eingangshalle waren nach wie vor dieselben. Sie wurden vor ihrem erneuten Gebrauch noch nicht einmal gewaschen, höchstens ein klein wenig draußen gelüftet. Man hatte die Gegenstände, die man hatte. Sie einfach so zu ersetzen, wäre partout zu einfach gedacht. Denn diese Dinge waren mit viel Aufwand erschaffen worden und symbolisierten Nachhaltigkeit und Wertigkeit. Fing man erst an, daran herumzudoktern und einzelne Bestandteile zu ersetzen, wäre der gesamte Eindruck ein anderer. Über manche Gegenstände ärgerte man sich, aber sie gegen etwas Neues auszutauschen, kam nicht infrage. Und dennoch war alles stilistisch, beinahe wie aus einem Guss. Schlicht. Ungekünstelt. Zweckdienlich. So als hätten sämtliche Dinge ihre persönlichen Eigenheiten für das große Ganze aufgegeben. Und Veronikas Mutter besaß eine einzigartige Begabung, allem etwas Stilvolles und Heimeliges zu verleihen. In der Pension wurden schmackhafte Mahlzeiten gekocht. Alles war sehr reinlich. Die Betttücher wurden in kochend heißem Wasser gewaschen und von Fräulein Björk, die unweit der Pension wohnte, kalt gemangelt.

Viele aus Veronikas Verwandtschaft waren Geschäftsleute, wenngleich auf bescheidenem Niveau. So importierte ihr Onkel Saatgut für eine große Gärtnerei und reiste in der Welt umher, um Preise auszuhandeln und Geschäftskontakte zu diversen Erzeugern zu unterhalten. Er war in Amerika gewesen und voll des Lobes über veredeltes Saatgut und Maiskolben so groß wie Limonadenflaschen. Veronikas Großvater hatte einst ein Milchgeschäft besessen. Veronika erinnerte sich heute noch an den süßen Geruch und die drallen Verkäuferinnen in gestärkten weißen Schürzen und Hauben, die die weiße Milch aus den Milchkübeln hinter dem Tresen abfüllten. Mittlerweile aber waren ihr Großvater und ihr Vater tot. Trotzdem kamen ihre Mutter und Veronika gut zurecht. Man musste im Leben weiterkommen. Und wenn man selbst nicht wusste, wie, musste man andere darüber entscheiden lassen, die es besser wussten. So hatte Veronikas Mutter Veronika zum Herbst in der Haushaltsschule in Malmö angemeldet, es war eine zweijährige Ausbildung und eine gute Grundlage für so manches. Nicht zuletzt für die Aufgaben als Ehefrau und Mutter.

Veronika dagegen wusste nicht so recht, was sie eigentlich werden wollte.

Sie wusste ja noch nicht einmal, wer sie war.

Signe war natürlich schon aufgestanden, kochte Eier und schnitt in der Küche Brot auf, zusammen mit Sölve, dem flinken Faktotum der Pension. Sölve war Junggeselle und früher selbst einmal Gast der Pension gewesen, half mittlerweile aber mit. Er war kein schlauer Kopf, konnte aber Stecker ersetzen, Gartenmöbel reparieren und aus dem Erdkeller Limonadenkästen heraufschleppen.

Signe plapperte unentwegt, es war anstrengend, ihr länger zuzuhören. Verließ man die Küche, dudelte sie wie ein Radio einfach weiter. Sowie jemand in ihre Nähe kam, legte sie los. An wen sie sich dabei richtete, war ihr egal. Wenn sie einmal Luft schöpfte, musste man sich beeilen, einen Satz unterzubringen, sonst hatte man keine Chance. Sie erzählte im Wesentlichen immer dasselbe: wie geschickt sie doch sei, dass sie im Nullkommanichts eine Suppe kochen könne, dass sie sämtliche Lebensmittel verwerte und sie nicht wie manch andere Köchin – sie würde sich natürlich nicht erdreisten, Namen zu nennen – einfach entsorge. Sie liebte es einfach, zu reden und sich plappern zu hören, während sie eifrig mit ihren Händen ihren Beschäftigungen nachging. Sie hatte kurze, dicke Finger, die immerzu halb geöffnet waren, als wollten sie einen Kuchen aus dem Ofen holen oder eine Milchflasche ergreifen.

Veronikas Mutter stand nie still und setzte sich nie. Sie aß sogar im Stehen, neben der Spüle, damit sie nach dem Essen gleich den Teller spülen und wegräumen konnte. Sie nahm sich selbst nur ungern etwas frisch Zubereitetes, sondern aß die Reste von den Tellern. Das war effektiver, dann gab es nicht so viel zu spülen. Selbst wenn sie Lippenstift auflegte und die Frisur richtete, geschah dies stets in Eile.

»Sie hetzt zu viel herum«, sagte Signe immer. »Deine Mutter hetzt viel zu viel herum.«

In diesem Jahr würden sie einen ungewöhnlichen Gast haben. Einen Kunststudenten aus Göteborg. Er hatte irgendeinen Wettbewerb gewonnen und sollte jetzt für drei Wochen eines der kleinsten Zimmer im Obergeschoss beziehen. Der Schulrektor hatte persönlich angerufen und das Zimmer reserviert. Ihre Mutter hatte Veronika darum gebeten, sich heute um ihn zu kümmern. Er sollte mit dem Zwei-Uhr-Zug kommen. Unter den Gästen waren selten Künstler. Sie konnten sich den Aufenthalt in einer Pension nicht leisten, obwohl Veronika gehört hatte, dass manchmal eigens aus Japan Künstler anreisten, die sich für das Diabas-Gestein ganz in der Nähe interessierten. Diabas, eine schwarze und feinkörnige Gesteinsart, war bei Bildhauern aus der ganzen Welt sehr begehrt. Gerüchten zufolge war anscheinend sogar das New Yorker Empire State Building mit diesem Stein aus der hiesigen Gegend verziert worden. Veronika interessierte sich nicht für Diabase. Sie fand Steinbrüche mit ihren Seen unheimlich und badete nur im Meer, wo sie sich verstohlen mit Seegras das Gesicht abrieb, es machte die Haut so schön glatt. Wie bei einer Nixe.

Der Erste beim Frühstück war immer Arvid Lundqvist, ein Mann mittleren Alters, der jedes Jahr dasselbe Zimmer mietete und den Veronika einmal, als sie unten im Garten an seinem Fenster vorbeigegangen war, dabei ertappt hatte, wie er sich in die Gardine schnäuzte. Sie hatte aber kein Wort darüber verloren, nach seiner Abreise nur stillschweigend die Gardine abgenommen und in die Wäscherei gegeben. Arvid war Dozent für Archäologie an der Universität von Lund. Angeblich hatte er mit dem König höchstpersönlich an einer Ausgrabung teilgenommen, außerdem hieß es, er sei schwul.

Er trug immer nur verschlissene, helle Leinenanzüge. Francie behauptete, dass die wahrhaftig Gebildeten immer etwas schäbig aussähen. Das wäre ihr Markenzeichen. Nur neureiche Aufschneider seien darauf bedacht, wie aus dem Ei gepellt zu wirken. In der Pension gab es die unterschiedlichsten Menschen. Landgerichtsräte. Ingenieure. Lehrerinnen. Magister. Direktoren. Manchmal ein junges, frisch verheiratetes Paar.

Veronika besaß ein Transistorradio, das sie regelmäßig zu einer kleinen schilfgeschützten Senke am Strand mitnahm. Es hatte einen Weltempfänger. Sie hatte auch immer eine Thermoskanne, ein paar Illustrierte und ein Paket mit Zitronencreme-Keksen dabei. Nachdem sie ein Weilchen im Sand gedöst und Fortsetzungsromane über Ärzte und Krankenschwestern und herrschaftliche Anwesen gelesen hatte, schweiften ihre Gedanken ab, und sie gab sich ihren Fantasien hin. Vagen Sehnsüchten über Körperlichkeiten. Es war eine ungestillte Erregung, die kein Ventil fand. Veronika hatte in ihrem Leben erst zwei Jungen geküsst. Zuletzt im vergangenen Herbst auf dem Heimweg von einer Tanzveranstaltung. Aber dann hatte er ihr zugezischt, dass sie kindisch sei, und war erbost fortgegangen, nachdem er zudringlicher geworden war und sie sich aus seiner Umarmung gewunden hatte. Danach hatte sie ein paar blaue Flecken gehabt, sich gedemütigt gefühlt und möglichst nicht mehr an diesen Vorfall gedacht. Jetzt aber schwoll eine andere Sehnsucht in ihr an; ein klarer, reiner Ton, ihr ganz eigener Wesenston. An anderen Tagen wiederum war sie unerklärlich traurig, niedergeschlagen und enttäuscht, so als wäre sie allem, was sie erwartete, längst überdrüssig. Als wäre es auf einer bestimmten Ebene bereits geschehen. In solchen Momenten erschien ihr alles übermächtig und erdrückend. Wie sollte es einem da nur gelingen, genügend Kraft für ein ganzes Leben aufzubringen?

Wenn sie auf die Haushaltsschule ging, würden zumindest ihre Gedanken über die Zukunft nicht mehr so viel Raum einnehmen. Und was sollte sie auch sonst tun? Sie las gerne und hatte Freude daran, die auf Nähanleitungen abgebildeten Frauen in schmal geschnittenen Oberteilen und weiten Röcken abzuzeichnen, aber davon konnte man wohl kaum seinen Lebensunterhalt bestreiten.

Aber jetzt war Sommer, und sie konnte es sich erlauben, hier zu liegen und sich durch das Geräusch der Wellen in den Schlaf wiegen zu lassen. Aus der Ferne drangen Gelächter und der Pfeifton des Zuges zu ihr herüber. Ob das wohl der Zwei-Uhr-Zug war? Aber dann schlief sie ein und hörte nichts mehr.

Als Veronika in die Pension zurückkam, war es schon nach fünf. Francie fing sie am Empfang ab.

»Der Student aus Göteborg ist da. Er wirkt etwas seltsam …«, raunte sie Veronika zu.

»Inwiefern seltsam?«

»Er trägt eine Lederjacke. Bei dieser Hitze, stell dir mal vor!«

»Und wo ist er jetzt?«

»Auf seinem Zimmer. Er kommt bestimmt zum Abendessen runter.«

Aber das tat er nicht. Der Student aus Göteborg blieb oben. Er war offenbar nur kurz zum Empfang heruntergegangen, um Francie nach einem Leihfahrrad zu fragen. Sie hatte erwidert, er könne sich gern eines der Damenfahrräder aus dem Schuppen nehmen. Die Herrenfahrräder hätten leider alle einen Platten. Wollte er etwa auf einem Damenfahrrad zu seinem Atelier fahren? Offenbar schon. Als Großstädter konnte man sich alles erlauben, da scherte man sich nicht um die Regeln. Man hatte den Mut, *man selbst* zu sein, was immer das heißen sollte.

Als Veronika abends um halb elf in ihrem stickigen Zimmer immer noch nicht zur Ruhe gekommen war, ging sie in das Gesellschaftszimmer, um sich etwas Lesestoff zu holen. Viele Gäste hielten sich nach dem Abendessen dort noch ein Weilchen auf, spielten Karten oder tranken ein Gläschen Likör, bevor sie sich auf ihre Zimmer zurückzogen. Jetzt aber war dort niemand.

Als sie das Bücherregal nach einem Heft mit ungelösten Kreuzworträtseln oder einem Buch durchstöberte, das sie noch nicht gelesen hatte, fiel ihr Blick auf eine Jacke, die über dem Schreibtischstuhl hing. Der Stuhl war hervorgezogen worden, so als hätte gerade noch jemand dort gesessen. Es war eine braune Lederjacke mit Bündchen und glänzendem Futter. Veronika ergriff sie. Das Leder knarzte. Ein schwacher Tabakgeruch stieg von der Jacke auf, und noch etwas anderes, ganz Eigenes. Sie durchforstete die Jackentaschen – sie konnte sich schließlich nicht sicher sein, dass diese Jacke wirklich dem Künstler gehörte – und fand eine in Göteborg abgeknipste Zugfahrkarte. Sie nahm die Jacke mit zu dem Ganzkörperspiegel in der Zimmerecke. Draußen war es immer noch ein klein wenig hell. Nur der dünne Schleier der Sommernacht hatte sich über den Garten gelegt.

Im Dämmerlicht, vor allem, wenn sie die Augen leicht zusammenkniff, sah sie gar nicht mal so übel aus. Auch nicht mehr so groß, vor allem weil niemand da war, mit dem sie sich vergleichen konnte. Sie imitierte die Modelle aus den Illustrierten, senkte das Kinn, riss die Augen auf und stützte die Hände in die Hüften. Veronika stellte den Jackenkragen auf und trat näher an den Spiegel. Er hatte hier schon gehangen, als ihre Mutter und sie nach Malen gekommen waren. War ein wenig fleckig, und im Rahmen waren ein paar Kratzer. Veronika hielt sich das Haar zu einem Pferdeschwanz hoch und betrachtete sich im Profil. Ein Gast hatte ihr im letzten Jahr gesagt, dass sie so aussähe, wie er sich Kristin Lavransdotter aus dem Roman der norwegischen Autorin Sigrid Undset vorstelle. Wegen ihrer langen blonden Haare und dem wehmütigen Ausdruck in ihren großen Augen. Das mit dem wehmütigen Ausdruck hatte Veronika traurig gemacht. Sie wollte doch so gerne unkompliziert und fröhlich sein, das war das heutige Ideal. Wer hatte schon etwas für schwermütige Naturen übrig?

Sie hob ein klein wenig ihr Kinn an und verzog das Gesicht. Wenn sie sich nur genügend Mühe gab, könnte sie fast wie jemand anderes aussehen. Seltsam. Als ließe sich das Aussehen durch schiere Willenskraft verändern. Modelle waren schließlich auch groß. Das wurde sogar von ihnen verlangt.

»Die Jacke steht Ihnen.«

Beim unerwarteten Klang der Stimme fuhr sie zusammen. Sie hatte niemanden hereinkommen gehört. Hinter ihr, das sah sie im Spiegel, stand ein junger Mann. Er war hochgewachsen und hager und hatte dichte, nach hinten gekämmte Haare. Aus der Brusttasche seines Hemdes lugte ein nachlässig hineingestecktes Zigarettenetui. In Windeseile zog Veronika die Jacke aus.

»Verzeihung, ich wollte sie nur einmal anprobieren.«

»Nur zu. Das macht mir nichts aus.«

Er hatte irgendwie etwas Aufgesetztes und Durchtriebenes an sich. Nüchtern stellte sie fest, dass viele Mädchen aus ihrer Schulklasse ihn jedoch für gut aussehend befunden hätten. Wie schön es doch sein musste, einen gängigen Geschmack zu haben.

»Sind Sie der Künstler?«

»Woher wissen Sie das?«

»Meiner Mutter gehört die Pension. Wir haben heute einen neuen Gast, einen Studenten, erwartet. Wir haben hier sonst nicht so viele jüngere Gäste.«

Er reichte ihr die Hand.

»Bo ...«

Seinen Nachnamen verstand sie nicht, er ging in einem polternden Geräusch unter, das von dem Zimmer über ihnen kam. Sie blickten beide nach oben.

»Und wie lautet Ihr Name?«, fragte er schließlich.

»Veronika Mörk.«

»Veronika.« Er nickte, als hätte er ihren Namen schon gewusst, ihn nur vorübergehend vergessen.

Von oben waren jetzt schlurfende Schritte zu hören. Vermutlich lief Frau Cedergren auf und ab. Sie litt unter

Schlafstörungen und ging nachts endlos in ihrem Zimmer hin und her, legte Patiencen und trank Kirschlikör. Manchmal begab sie sich auch für einen kleinen Tapetenwechsel im Morgenrock hinunter in das Gesellschaftszimmer.

»Wohnen Sie auch hier in der Pension?« Bo sah sie an.

»Ja, genau unter Ihnen. Im ersten Stock.«

Sofort bereute sie ihre Worte. Das klang ja fast so, als hätte sie nichts Besseres zu tun gehabt, als herumzuschnüffeln, in welchem Zimmer er wohnte.

»Dann wollen wir mal hoffen, dass ich nicht schnarche. Falls es hier hellhörig ist, meine ich. Hoffentlich stört es Sie nicht, wenn ich auf meinem Zimmer etwas Musik abspiele? Ich habe ein Reisegrammofon dabei. Man weiß schließlich nicht, ob es hier manchmal etwas eintönig ist. Und abends muss man sich ja irgendwie die Zeit vertreiben.«

Er zog das Blechetui mit Chesterfields aus der Hemdtasche.

»Möchten Sie?« Er hielt es ihr hin.

»Nein, danke. Ich rauche nicht.«

»Ich wollte gerade ein bisschen frische Luft schnappen«, entgegnete er unvermittelt. »Kommen Sie mit?«

Er ging zu den Verandatüren und öffnete sie mit einer Selbstverständlichkeit, als wäre er hier zu Hause.

Plötzlich war sie sich der Bewegungen ihres eigenen Körpers sehr bewusst. Sie hob ein klein wenig den Kopf. Weshalb tat sie das? Wollte sie ihm etwa gefallen, obwohl sie ihn ein wenig affig fand? Sie gingen hinaus. Am Strand raschelte das Schilf. Es klang wie das Tippgeräusch vieler winziger Schreibmaschinen oder Insektenzirpen. Manchmal kamen ihr solche merkwürdigen Gedanken. Sie behielt sie aber für sich, denn sie beunruhigten sie.

Bo steckte sich die Zigarette in den Mund, hielt ein Streichholz daran und legte die Hand schützend um die Flamme. Es sah sehr elegant aus. Sie hatte diese Geste nur einmal in einem Kinofilm gesehen und war darüber erstaunt gewesen. Kam denn keiner auf die Idee, dass man sich dadurch die Handfläche verbrennen konnte? Ihr flößte Feuer Angst ein. Selbst Wunderkerzen. Ihr machte alles Unkontrollierbare Angst.

»Es ist gut, dass Sie Nichtraucherin sind. Das ist auch gar nicht gut für Sie.« Er betrachtete sie und stieß hastig über ihrem Kopf den Rauch aus.

Sie fand es befremdlich, dass er zu wissen glaubte, was gut für sie wäre. Dass er sich die Freiheit herausnahm, das zu sagen.

»Liegt der Strand dort drüben?«, fragte er und nickte zur Front des Hauses hinüber.

»Ja. Auf der anderen Straßenseite führt ein Weg direkt hinunter.«

»Da, wo ich herkomme, gibt es keine Sandstrände. Nur Felsklippen. Ich würde mir gern das Meer hier ansehen.« Nachdenklich spähte er mit leicht zusammengekniffenen Augen in die Dämmerung und nahm einen weiteren Zug von seiner Zigarette.

Ein wenig enttäuscht ging ihr durch den Kopf, dass es irgendwie albern war, sich das Meer nur *anzusehen*. Nicht darin zu baden oder an seinem Ufer entlangzuspazieren. Es nur anzustarren. So etwas würde jemand von hier nie sagen.

»Um diese Uhrzeit gibt es da nicht viel zu sehen«, erwiderte sie kurz.

»Für Sie vielleicht nicht. Wie alt bist du eigentlich?«

»Siebzehn.«

»Ich hätte dich für mindestens zweiundzwanzig gehalten.« Er spuckte ein Stück Tabak aus. »Ich bin einundzwanzig. Habe also schon eine Menge gesehen«, fügte er hinzu und nickte selbstsicher.

»Ich habe gehört, dass du einen Wettbewerb gewonnen hast. Worum ging es dabei?« Veronika verlagerte ihr Gewicht von einem Fuß auf den anderen, weil sie hoffte, so um ein paar Zentimeter zu schrumpfen und etwas kleiner zu wirken.

»Ich erhalte ein Stipendium und soll eine Skulptur anfertigen. In Laholm läuft gerade eine große Ausschreibung, dort möchte die Stadt einen Haufen neuer Kunstobjekte erwerben. Vor allem von namhaften, aber auch von ein paar Nachwuchskünstlern.«

Er zuckte mit den Schultern.

»Und deshalb hat sich die Stadt an Valand, meine Kunsthochschule, gewandt, und dort haben sie beschlossen, einem Schüler des Abschlussjahrgangs eine Chance zu geben. Den dafür angesetzten Wettbewerb habe ich gewonnen. Das Stipendium schließt Unterkunft und Verpflegung mit ein, und ich habe drei Wochen für die Skulptur Zeit. Das ist ein schöner Auftrag, ein richtiger Auftrag. Ich kriege sogar ein wenig Geld dafür.«

»Und was wird deine Skulptur darstellen?«

Er zog an seiner Zigarette und runzelte die Stirn.

»Man könnte sagen, sie besteht aus zwei geometrischen Formen, einem Dreieck und einem Rechteck. Sie sollen den Mann und die Frau symbolisieren. Das Rechteck stellt ihn dar, das Dreieck sie. Es ist ein Dreieck, das auf der Spitze balanciert. Umgekehrt, du weißt schon. Sieht aus wie ein weiblicher … ähm, nun ja.«

Er hustete. Sie wandte das Gesicht ab, damit er nicht sah, dass sie errötete.

»Das Modell für die Skulptur habe ich schon fertig, aber jetzt möchte ich sie in richtigem Maßstab anfertigen. Kennst du den Bildhauer Hugo Nording?«

Veronika schüttelte den Kopf.

»Ich darf in seinem Atelier arbeiten. Es liegt offenbar nicht weit von hier entfernt, am Rand von Båstad auf Lyckan. Weißt du, wo das ist?«

»Natürlich.«

»Ist es weit von hier? Ich möchte gern mit dem Fahrrad hinfahren.«

»Es ist nicht besonders weit entfernt, das schaffst du in einer Viertelstunde. Und wo soll die Skulptur stehen, wenn sie endgültig fertig ist?«

»Das weiß ich noch nicht. Aber es soll wohl an einem bedeutenden Platz in Laholm sein.« Er drückte seine Kippe aus.

»Das klingt aufregend.«

»Das ist es auch.«

Ein intensiver Blütenduft wehte über die Terrasse. Der Pfeifenstrauch hatte in diesem Jahr ein enormes Ausmaß angenommen. Wie auch die Heckenkirsche, der Taschentuchbaum und die Rhododendrenbüsche. Veronika hatte zuvor noch nie eine solch üppige Vegetation gesehen. Niemand wusste, woran das lag. Vermutlich an dem langen Sommer und der Hitze in Verbindung mit der Feuchtigkeit des Halland'schen Höhenzugs. Der Blumenduft war beinahe erstickend, vor allem nachts.

Sie standen eine Weile schweigend da. Irgendwie fühlte es sich besonders an, so dazustehen, einander so nahe zu sein in der sommerlichen Dunkelheit, ohne etwas sagen zu müssen und es zu wagen, sich nicht zu bewegen. Erwachsen irgendwie. Bedeutsam.

»Deine Schwester meinte, dass ich ein Fahrrad leihen könnte.«

»Meinst du Francie? Sie ist meine Cousine.«

»Aha. Ihr ähnelt euch auch nicht sonderlich.« Gedankenverloren musterte er sie, als ob er gerade etwas entdeckt hatte, was keinem zuvor aufgefallen war. Etwas, von dem sie selbst wusste, dass sie es besaß, und das darauf gewartet hatte, dass auch jemand anderes es erkennen würde.

»Sie sagte, dass es in irgendeinem Schuppen steht.«

»Ja, er ist da drüben.« Veronika zeigte mit dem Finger in die Richtung.

»Prima!« Er schob die Hände in die Hosentaschen.

Das Schweigen zwischen ihnen dehnte sich aus. Ringsum waren die nächtlichen Insekten zu hören; das Summen der Libellen und der Mücken, das schriller wurde, bis es plötzlich wieder aufhörte. Es gab hier selten viele Mücken, die meisten wehten über das Meer davon.

»Ich werde mich jetzt mal aufs Ohr legen. Muss morgen früh aufstehen.«

Er nahm seine Lederjacke, ging zur Veranda, hielt ihr die Tür auf und schloss sie anschließend sorgfältig hinter ihr.

»Klopf an meine Tür, falls ich zu laut schnarche. Ich möchte schließlich nicht riskieren, dir schlaflose Nächte zu bereiten.« Er lächelte, schlenderte zur Treppe und stieg hinauf. Bevor er verschwand, drehte er sich noch einmal nach ihr um und winkte. Linkisch erwiderte sie sein Winken. Dann hörte sie seine Schritte auf den Stufen verhallen und wenig später das gedämpfte Geräusch einer Tür, die geöffnet und wieder geschlossen wurde.

Sie blieb mit klopfendem Herzen zurück. Es klang lauter als das Klopfen des herannahenden Zuges auf den Schienen.

Veronika lag im Bett und starrte an die Decke. Jetzt fand sie erst recht keinen Schlaf. Eine verstohlene Hitze pulsierte in ihrem Körper. Sicherlich, weil sie dort unten im Gesellschaftszimmer so jäh überrascht worden war. Und wegen dem Gespräch, das sich fast wie von selbst ergeben hatte. Sie nahm die Erregung so stark wahr wie sonst nur ihre Angst. Es war, als würde eine innere Stimme sie warnen. Mucksmäuschenstill lag sie da und wartete darauf, dass die Erregung in ihr abflauen würde, aber das tat sie nicht.

Das Zimmer erschien ihr jetzt anders, seitdem sie wusste, dass seines über ihrem lag. So als könnte er geradewegs auf sie in ihrem Bett hinunterblicken. In dem sie mit eng aneinandergepressten Schenkeln lag, zwischen denen es kribbelte. Obwohl sie noch unschuldig war, war Veronika mit ihrer eigenen Sexualität ziemlich gut vertraut. Sie hatte sich selbst beigebracht, sich bis zum Höhepunkt zu bringen – zuerst nur behutsam und äußerlich, und dann, erst vor einem Jahr, hatte sie schockiert ihre Vagina entdeckt. Sie hatte sich immer vorgestellt, dass diese direkt in den Körper hineinführte, aber als es ihr schließlich gelungen war, einen Finger einzuführen, stellte sie fest, dass sie schräg nach oben verlief, am Bauch entlang. Diese Entdeckung musste sie erst einmal verdauen. Sie hatte sich vor allem anhand eines Abschnitts aus dem Fortsetzungsroman *Chickie, die Demütigung eines Mädchens und ihre Wiedergutmachung* in Erregung versetzt. Einige Sätze hatten sich unwiderruflich in ihr Gedächtnis eingebrannt, sodass sich ihre Fantasie unzählige Male daran entzünden konnte, bevor sich ihre Wirkung verlor. Jetzt aber schweiften ihre Gedanken zu keine jener Phrasen, zu keine jener Figuren aus einem Roman. Jetzt stellte sie sich *ihn* vor, den Studenten über ihr. Bo. Dort oben war alles still. Ob er wohl schon schlief? Schnarchlaute konnte sie jedenfalls keine hören. Wenn es doch so wäre! Dann könnte sie auf den Schreibtischstuhl klettern und an die Decke klopfen. Dreimal lang und dreimal kurz. Wie ein Morsezeichen. Zu guter Letzt stand Veronika auf, öffnete das Fenster und steckte den Kopf hinaus, um nachzusehen, ob sein Fenster vielleicht einen Spaltbreit offen stand. Ja, tatsächlich. Sie sah den Schein einer Lampe, aber es war kein Ton zu vernehmen. Aber jetzt wusste sie immerhin, wo er war. Er würde dort in dem Zimmer über ihrem sein, noch den ganzen restlichen August. Mit diesem tröstlichen Gedanken kehrte sie wieder zurück in ihr Bett.

Zuletzt schlief sie endlich ein, aber da hatte draußen schon die Morgendämmerung eingesetzt, und die Farbe des Himmels glich empfindlich rot verbrannter Haut.

2019

Ich bin schon immer gern Zug gefahren. Vor allem mit den Schnell- und den alten Intercityzügen, die noch immer auf einigen Strecken unterwegs sind. Ich malte mir schon aus, wie ich mit einem solchen Zug nach Båstad reisen würde. Doch dann stellte sich heraus, dass ich einen Umweg über Göteborg machen und anschließend in einen stinklangweiligen Regionalzug umsteigen musste. Auf der Strecke nach Båstad fuhr auch kein Intercity. Nur der Hochgeschwindigkeitszug X2000.

Meine letzte Zugfahrt Richtung Süden war mit Erik nach Kopenhagen gewesen. Wir hatten unseren eigenen Proviant dabei, darunter einen dänischen Stinkekäse, der so müffelte, dass wir uns auf der Zugtoilette verbarrikadierten, um ihn zu essen. Der Schaffner klopfte gegen die Tür, und wir haben uns vor Lachen gekrümmt. Ich schiebe die schmerzhafte Erinnerung beiseite.

Zugreisen sind immer ein kleines Wagnis. Man ist seinem Sitznachbarn auf Gedeih und Verderb ausgeliefert. Der Mann auf dem Platz neben mir trägt am Haaransatz ein Tattoo; es zeigt eine Reihe von Sternen, wohl so etwas wie seine persönliche Interpretation der Milchstraße. Zum Glück sagt er kein Wort, sondern ist vollauf damit beschäftigt, Candy Crush auf dem Handy zu spielen. Ich lehne mich gegen die Kopfstütze und beobachte, wie er methodisch bunte Süßigkeiten zu einem höllisch schweren, niemals vollendeten Puzzle zusammensetzt, dessen Motiv man nie im Ganzen erkennt. Es ist wie eine üble Metapher für das Leben selbst.

In einträchtigem, friedvollem Schweigen sitzen wir da, während Einkaufszentren und Baumärkte draußen vor dem Fenster an uns vorbeisausen. Hier und da ein paar triste Innenstädte mit ihren einst stattlichen Hotels, die jetzt neben den weitaus größeren, pompöseren Neubauten lächerlich wirken. Ein paar heruntergekommene Arbeitersiedlungen flimmern vorbei. Auf einer Hügelkuppe thront ein Sommerhaus mit Turm und vorspringenden Veranden. Ein blaues Missionshaus mit Halbmondfenstern schließt sich an. Kleine bauliche Zeugnisse von Menschen, die sich und ihrer Epoche mit einem schönen Haus ein Denkmal setzen wollten in der Hoffnung, die Nachwelt würde ihre Mühen zu schätzen wissen. Doch nein. Die Nachwelt hat diese Versuche zubetoniert, sowie sich Gelegenheit dazu bot.

In letzter Zeit habe ich mir selbst manchmal eine Portion dieses unsentimentalen Unternehmergeistes gewünscht. Braucht man nicht, fort damit! Nach vorne schauen! Stattdessen wurde ich zur Couch-Potato, die entweder vor sich hin ins Leere gestarrt oder Tränen über YouTube-Clips mit irgendwelchen Kleintieren vergossen hat, die über ihre Artgrenzen hinaus einen Narren aneinander gefressen oder sich den Bauch gekrault haben. Ich bin noch nicht einmal mehr in der Lage gewesen, den Kontakt zu meinen Freunden zu halten, weil ich nicht die Kraft hatte, meine eigene Stimme sagen zu hören, dass es mir immer noch schlecht geht. Und noch weniger war ich in der Lage, mich mit jemandem in der City zum Essen oder auf einen Kaffee zu treffen. Ich finde es überflüssig, andere Menschen meiner deprimierenden Gesellschaft auszusetzen. Mir die Seele aus dem Leib zu heulen ist mittlerweile fast so etwas wie ein Hobby von mir geworden. Das schmerzhafte Brennen herannahender Tränen ist mir schon ebenso vertraut wie das Gefühl, ständig pinkeln gehen zu müssen.

Um einen neuen Weinkrampf zu unterbinden, erhebe ich mich abrupt von meinem Platz und gehe in den Speisewagen. Vor dem Glastresen bleibe ich stehen. Salat mit Hühnchen oder Hirtenkäse, das ist die Frage. Früher fiel es mir immer leicht, mich zu entscheiden. Für Aufträge, zwischen Richtig und Falsch, für das richtige Tagesgericht. Konnte mir schnell eine Meinung bilden. Für Zweifel war kein Platz. Im Gegenteil, ich habe andere Menschen sogar dafür verachtet, dass sie Zweifel hatten. So schwer konnte es doch wohl nicht sein, eine Entscheidung zu treffen?! Die Hühnchenstücke sehen etwas größer aus als die Hirtenkäsewürfel. Aber der Hühnchensalat ist ohne Avocado. Der Mann hinter mir in der Schlange räuspert sich diskret, und so nehme ich mir schließlich den Hirtenkäsesalat und ein alkoholfreies Bier, bezahle und setze mich in Fahrtrichtung an einen klebrigen Ecktisch.

Ich habe drei Übernachtungen in der Pension Furuhem gebucht. Mein Honorar für das Interview deckt keine Übernachtungen ab, diese Kosten muss ich also selbst tragen. Zu meiner Rechtfertigung stelle ich mir vor, dieser Ausflug wäre eine Mischung aus Geschäfts- und Urlaubsreise. Drei Tage sollten jedenfalls mehr als genug sein. Und abends kann ich ja am Strand spazieren gehen. Und Schneckenhäuser sammeln. Vielleicht auch im Meer schwimmen gehen, wenn es warm genug ist.

Ich nehme ein paar Bissen vom Salat und bereue sofort, mich nicht für den Salat mit Huhn entschieden zu haben, trinke ein paar Schlucke Bier und rufe auf meinem Laptop die Internetseite von Veronika Mörks Seniorenresidenz auf.

In der Seniorenresidenz Tallgården gibt es eine Bibliothek sowie einen Aufenthaltsraum mit Gemeinschaftsküche für diverse Aktivitäten und Kaffeekränzchen. Sämtliche Appartements sind frisch renoviert, behindertengerecht und von guter sanitärer Ausstattung. Als Mieter haben Sie Anspruch auf einen Hausmeister-, Hausdamen- und Beratungsservice, dadurch erhalten Sie die bestmögliche Betreuung. Sämtliche Wohnungen haben ein Notrufsystem, über das unser Personal rund um die Uhr für Sie erreichbar ist.

Ein Notrufsystem. Das bräuchte ich auch. Jemand, der sofort angerannt kommt, mit tröstender Hand und aufmunterndem Blick – vielleicht sogar einem Becher warmer Milch –, wenn ich unsicher und ängstlich bin.

Wir arrangieren gemeinsame Aktivitäten wie Gesellschaftsspiele, Bingo, Musiknachmittage, Kaffeekränzchen mit gemeinschaftlichem Singen sowie Quiznachmittage. Darüber hinaus bieten wir gemeinsame Mahlzeiten und Rückenmassagen bei klassischer Musik an. Feierliche Anlässe begehen wir zusammen mit Musik, Unterhaltungsprogramm und gutem Essen.

Ich verspüre einen Anflug von Neid. Welches Alter muss man wohl erreicht haben, um dort einziehen zu dürfen? Ich bin dreiundvierzig. Vielleicht noch etwas zu jung.

Mein Blick schweift zu den weißen Kunststofftischen und den roten Vinylsitzen im Speisewagen.

Irgendwo habe ich einmal gelesen, dass es früher an Bord der Züge elegant gekleidete junge Kellner gegeben hat, deren einzige Aufgabe darin bestand, auf einen Gong zu schlagen, um mitzuteilen, dass das Essen an den gedeckten Tischen mit weißen Stofftischtüchern und -servietten serviert sei. So einen Kellner könnte ich jetzt gut gebrauchen. Ein Notrufsystem. Einen Weg. Ein Ziel. Einen Sinn.

Erik hat mir einmal gesagt, dass ihm meine unerschütterliche Überzeugung, immer zu wissen, was ich tat, am besten an mir gefalle. Da hätte er mich jetzt mal sehen sollen. Auf meiner – zurzeit nicht sonderlich gut besuchten Website – steht:

Ebba – Referentin, Coach und unermüdlicher Energiebolzen, hilft Ihnen mit effektiven Methoden, sich irrationales Verhalten abzutrainieren, sich kluge Ziele zu stecken und die Zuversicht zu finden, dass sich alle Probleme lösen lassen.

Ich trinke noch einen Schluck Bier und schließe die Augen.

Es ist Viertel vor fünf, als ich im Bahnhof von Båstad aus dem Zug steige. Der Bahnsteig flimmert vor Hitze. Das Bahnhofsgebäude ist ein neu erbauter Klotz aus rotem Ziegelstein mit winzigen Fenstern und der Parkplatz halb leer. Sämtlichen Anforderungen an Barrierefreiheit und Übersichtlichkeit wurde Genüge getan. *Wir bauen die Zukunft!*, proklamiert ein Banner an einem Baugerüst. Schnell ziehe ich meinen Rollkoffer zur Bushaltestelle. Zu Fuß ist es zu weit bis ins Zentrum, aber zum Glück steht da schon ein Bus. Nach einer Weile fährt er mit mir als einzigem Passagier los. Der Busfahrer dreht sich zu mir um.

»Und wo möchten Sie aussteigen?«

»Bei der Pension Furuhem«, erwidere ich.

»Dann lasse ich Sie unterhalb der Pension in Stationsterrassen raus, das letzte Stück müssen Sie dann zu Fuß gehen.«

Ich setze mich ganz vorn auf den Platz für Behinderte. Das ist nur recht und billig, ich habe schließlich leichte Kopfschmerzen, wenn ich genauer in mich hineinhorche, und das tue ich gern. Im Bus läuft das Radio, es klingt wie die Sendung *Erkennen Sie die Melodie?* oder eine andere vorsintflutliche Rundfunksendung. Der Bus rüttelt mich ordentlich durch. Wir fahren an Gartencentern und Elektronikläden vorbei. Ab und zu sehe ich mein eigenes Spiegelbild in der Fensterscheibe, wenn ich nicht schnell genug den Kopf wegdrehe. Meine Wangenknochen zeichnen sich deutlich ab, ich habe viel an Gewicht verloren. Meine Nase, die, wie Erik früher sagte, einen dazu verleite, spielerisch hineinzubeißen, ragt stark hervor. Wie ein Grabstein aus kargem Boden. Meine Haare habe ich schon seit Ewigkeiten nicht mehr schneiden lassen. Sie sind schulterlang und hängen leblos herunter. Ich ähnele mir selbst kaum noch, aber was soll's. Es ist sogar irgendwie ganz beruhigend, dass mein Aussehen und meine Gefühlslage übereinstimmen.

Schließlich bremst der Bus am Straßenrand. Der Fahrer dreht sich zu mir um und nickt.

»Wir sind jetzt da. Gehen Sie einfach nur den Hang linker Hand hinauf, dann kommen Sie zum Furuhem.«

Ich bedanke mich und steige aus. Die Räder meines Koffers quietschen, während ich ihn mühevoll den Hang hinaufziehe. Auf der linken Seite liegt der ehemalige Bahnhof; das Bahnhofsschild hängt noch. Wilder Wein und eine andere abscheuliche Pflanze mit Dornen haben Teile der Fassade überwuchert. Ein Vogel zwitschert irgendwo im Dickicht. Der App auf dem Handy zufolge soll sich die Pension hundertfünfzig Meter vor mir befinden. Ein launischer Wind trägt Salzgeruch heran. Seltsamerweise ist die Straße wie ausgestorben, obwohl es Anfang Juni ist und das Wetter schön. Aber vielleicht ist es für Urlauber noch zu früh. Irgendwo erklingt ein Windspiel. Ansonsten höre ich nur meinen Tinnitus klingeln.

Im Empfangsbereich liegen Lokalzeitungen und Touristenmagazine aus. Ein Ständer mit Broschüren zur Freizeitgestaltung nimmt eine Wand der Sitzecke ein. *Kultur auf Bjäre. Fahrrad- und Wanderwege.* An der gegenüberliegenden Wand steht eine Mora-Uhr, die falsch geht. Vermutlich steht sie nur um einer gewissen Atmosphäre willen dort. Ich drücke auf die kleine Tischglocke auf dem Empfangstresen. Eine junge Frau in den Zwanzigern mit blondem Haarknoten und langen Wimpern kommt aus einem angrenzenden Raum. Hochnäsig sieht sie mich an.

»Guten Tag! Ich habe für zwei Nächte ein Zimmer gebucht. Ebba Lindqvist.«

»Einen Moment, bitte.« Die Frau schluckt irgendetwas herunter und blättert in einem Ordner. »Unser Computersystem funktioniert gerade nicht, es läuft alles etwas provisorisch. Aber jetzt habe ich Sie gefunden.« Sie tippt mit dem Finger auf ein Blatt Papier. »Sie haben das Pensionspaket gebucht. Inklusive Frühstück und einem Drei-Gänge-Menü, das stimmt doch?«

»Ja, das stimmt«, erwidere ich.

»Möchten Sie im neuen oder im alten Trakt übernachten? Wir haben zurzeit nicht so viele Gäste, Sie können sich also ruhig ein Zimmer aussuchen.«

»Wo ist es denn am schönsten?«, frage ich.

Die Frau zuckt mit den Schultern.

»Ich persönlich mag die Zimmer hier im Hauptgebäude am liebsten. Sie liegen in der Nähe des Speisesaals. Der Stil ist etwas altmodischer, aber das ist ja Geschmacksache.«

»Dann nehme ich gerne ein Zimmer im Hauptgebäude«, sage ich.

»Die 103 vielleicht? Sie liegt direkt über dem Empfang. Nur eine Treppe höher.«

»Das klingt gut.«

Sie reicht mir einen Messinganhänger mit dem Schlüssel.

»Das Frühstück wird zwischen sieben und neun Uhr serviert. Im Keller befindet sich eine Sauna. Sagen Sie einfach Bescheid, wenn Sie saunieren möchten, dann bereite ich alles vor. Ich bin heute Abend bis um zehn Uhr im Dienst. Falls Sie länger ausgehen möchten, können Sie mit Ihrem Schlüssel die Eingangstür öffnen. Das Menü der Woche finden Sie hier.« Die junge Frau reicht mir mit elegant abgespreiztem kleinem Finger ein einzelnes Blatt. »Wir öffnen den Speisesaal um siebzehn Uhr. Viele Gäste ziehen es vor, früh zu speisen.«

»Aha.«

Ich blicke mich um. Auf dem Korridor ist niemand zu sehen, auch nicht in der kleinen Lobby mit zwei Ledersesseln.

»Zögern Sie nicht, sich zu melden, falls Sie Fragen haben.«

»Vielen Dank.«

Ich schleppe meinen Koffer die schmale Treppe hinauf. An den Wänden hängen gerahmte Fotografien des ehemaligen Königs und ein Artikel mit der Schlagzeile *Kennedys Woche in Båstad* mit einem Bild von John F. Kennedy und einer Blondine im Gegenlicht. Es gelingt mir, die Bildunterschrift zu entziffern: *Gunilla zufolge hat er blaue Augen, die wie tausend Sterne funkeln.* Diesen Satz habe ich schon einmal gelesen. In tausend Variationen. Ich gehe weiter.

Der Korridor liegt im Dunkeln, aber schließlich finde ich die richtige Tür und öffne sie mit dem Schlüssel. Keine elektronische Schlüsselkarte, die versagen kann. Ein kleiner Triumph. Im Zimmer stehen zwei Betten mit antikgrauem Kopfteil. An der Decke hängt ein Kristalllüster; ein wenig bizarr angesichts der Scheinwerferspots, die ein Ölgemälde mit einem Obststillleben anstrahlen. Die Gardinen mit den französischen Lilien sind dunkelblau-golden gestreift. Auf einem Tischchen steht ein kleiner Fernseher. An einer Wand hängt ein weiß gerahmter ovaler Spiegel. In einer kleinen Truhe am Fußende der Betten befinden sich, wie sich herausstellt, weitere Kissen und Decken. Es ist ein gemütliches Zimmer, da kann man sich nicht beklagen. Ich sehe im Bad nach, ob ich etwas für zu Hause mitgehen lassen kann. Leider nein. Das einzige Bewegliche ist eine zweite Toilettenpapierrolle, gemustert immerhin. Die Dusche ist schlicht, mit blauem PVC-Boden ausgekleidet, und hat einen Seifenspender von Lux. Ich trete mir die Turnschuhe von den Füßen, setze mich auf das Bett und werfe einen Blick in die braune Begrüßungsmappe.

Die Pension Furuhem hat seit 1932 Touristen angezogen, und tut dies bis heute. Damals führten die Fräuleins Ståhl und Olsson den Betrieb und gaben sogar Kurse zur Tischdekoration und im Backen.

Damals versprach man dem Gast fünfzehn sonnige Zimmer ohne Straßenstaub, denn die Kieswege in der Gegend wurden im Sommer zweimal täglich gewässert.

Sämtliche Zimmer sind mit WiFi, Flachbildfernsehern, Föhn sowie Wasserkocher ausgestattet. Kaffee und Kekse stehen rund um die Uhr im Speisesaal bereit. Wir umsorgen unsere Gäste bestmöglich mit gutem Essen und liebevollem Service.

Heute ist die Pension Furuhem die einzige ganzjährig geöffnete Pension in Båstad.

P.S. Nehmen Sie bitte Ihren Zimmerschlüssel mit, wenn Sie das Haus verlassen. Die Rezeption ist nachts nicht besetzt.

Ich trete ans Fenster. Das Meer ist von hier aus nicht zu sehen, aber ich blicke auf ein weißes Haus namens Bergliden, das aussieht wie eine Schweizer Sahnetorte. Wie wohl die Pension von Veronikas Mutter früher ausgesehen hat? Und wo lag sie? Ich stelle mir vor, dass sie eine verglaste Veranda mit Blick auf die Dünen hatte, einen abgenutzten Parkettboden, vielleicht ein Raucherzimmer mit Palmen, die auf kleinen Podesten standen, eine tickende Standuhr. Kartenspiele. Fadengebundene Bücher in Bücherregalen. Ob es solche Orte wohl heute noch gibt? Vielleicht sollte ich eine alte Pension kaufen und noch einmal von vorne anfangen. Wenn da nur nicht die Gäste wären. Das ist es eben. Man musste die Gesellschaft von anderen Menschen ertragen.

Ich öffne die Balkontür und trete auf die ausgeblichenen Holzlatten. Auf der rechten Seite erhebt sich der steile, grüne Höhenzug Hallandsåsen wie eine üppig grüne Wand. Ich habe gelesen, dass in dieser Region durch das feuchte Meeresklima und im Schutz des

Höhenrückens eine Art Regenwaldklima entstanden ist. Nicht dass ich mich sonderlich für Vegetationszonen interessieren würde, aber solche Dinge bleiben mir im Gedächtnis hängen, wohingegen mir andere, weitaus wichtigere entfallen.

Veronika Mörk werde ich erst morgen Vormittag treffen. Vor mir liegt ein langer, ereignisloser Abend. Vielleicht sollte ich vor dem Abendessen einen kleinen Strandspaziergang machen? Das wäre doch ganz sinnvoll und vernünftig. Wenn man nicht so richtig etwas mit sich anzufangen weiß, muss man einfach das Naheliegendste tun.

Ich schlüpfe in meine Sandalen und verlasse das Zimmer.

Er übernahm beim Sender vertretungsweise die Stelle des Tontechnikers. In gewisser Hinsicht kannte ich ihn da schon. Als liebestoller Teenager hatte ich ihn auf diversen Plattencovern gesehen, in Fernsehsendungen und auf Postern, und einmal sogar bei einem Livekonzert. Hatte seine Songtexte genauestens studiert und analysiert und während seiner kurzen, intensiven Zeit als B-Popstar mit Kajalschwung seiner gebrochen klingenden Stimme gelauscht. Übrigens eine verheerend erfolgreiche Kombination.

Danach hatte ich keinen Gedanken mehr an ihn verschwendet, bis Lina mich eines Tages in der Teeküche beiseitenahm.

»Johan ist leider noch länger krankgeschrieben, aber am Montag kommt ein neuer Tontechniker. Er hat vorher ein paar Jahre in Norrland gearbeitet. Er heißt Erik Erkils.«

»Erik Erkils? *Der* Erik Erkils? Der Sänger?« Ich blieb mit der Kaffeekanne in der Hand stehen und starrte sie an.

»Kennst du ihn?«

»Na, und ob ich das tue. Ich habe *Die Kosmonauten* vergöttert!«

»Ich wusste gar nicht, dass er mittlerweile als Tontechniker arbeitet, aber von irgendwas muss er ja leben.«

Lina zuckte mit den Schultern.

»Wenn Popstars nicht schon jung sterben, enden sie irgendwann beim Radio. Ist dir das noch nicht aufgefallen? Wie auch immer, er wird vor allem deine Sendung machen. Bis zum Sommer wohnt er zur Untermiete irgendwo außerhalb der Stadt. Danach wird hoffentlich Johan wieder da sein.«

»Und er kommt diesen Montag?«

»Ganz genau. Ihr müsst euch allerdings das Arbeitszimmer teilen. Ich kann ihn leider nirgendwo anders hinsetzen, aber das macht nichts, oder? Für eure Zusammenarbeit ist das sicher nur von Vorteil, dann habt ihr Gelegenheit, euch gut aufeinander einzuspielen.«

Lina drehte sich um, fing einen anderen Kollegen ab, winkte und verschwand in einem Besprechungsraum. Ich hatte mich immer noch nicht vom Fleck gerührt. Erik Erkils. Das Idol meiner Jugend. Ein eigenbrötlerischer, eigensinniger Künstler, von dem man nach einer skandalösen Tournee nichts mehr gehört hatte, auf der er Gerüchten zufolge anscheinend Hotelzimmer zu Kleinholz zerlegt und Schlagzeilen wie *Chaos ist mein Lebenselixier* und *Ich will allein und mit einem Kater aufwachen* gemacht hatte. Mit anderen Worten ein Mensch, der zu allem auf Distanz gegangen war, was ich als Erwachsene als schätzenswert erachtet hatte. Fast fünfundzwanzig Jahre lang hatte ich nichts von ihm gehört.

Und jetzt sollten wir also zusammenarbeiten. Trotz meiner Abgeklärtheit als Moderatorin einer Dating-Sendung schlug mein Herz einen Salto.

Er kam zu spät zur wöchentlichen Redaktionssitzung. Schneite schniefend herein und zog einen Geruch nach Abgasen hinter sich her. Er trug eine Lederjacke und offene Turnschuhe.

»Entschuldigt die Verspätung. Ich konnte keinen Parkplatz für meine Maschine finden. Ich bin Erik, der neue Tontechniker.« Er hob die Hand. Ich hatte für mich beschlossen, ihn keinesfalls anzustarren, aber es fiel mir sichtlich schwer. Er hatte ein wenig zugelegt, man sah es an seinem Gesicht, aber das tat dem Gesamteindruck keinen Abbruch. Seine Haare waren etwas dünner als damals, jedoch noch immer genauso dunkel. Eine Schachtel Zigaretten steckte in der Brusttasche seines Hemdes. Alles in allem sah er so aus wie früher. Etwas gealtert, aber cool, wie Oskar sagen würde. Erik zog den Stuhl neben mir hervor und warf seinen Stoffbeutel auf den

Tisch. Er schien nicht viel mehr als einen Schlüsselbund und eine Brieftasche zu enthalten.

»Darf ich die da nehmen?«, flüsterte er mir zu und deutete auf meine Serviette. Ich nickte stumm.

Er nahm die schon etwas zerknüllte Serviette und schnäuzte sich laut und deutlich.

»Ich habe eine Allergie. Gegen Lieschgras«, erklärte er im Flüsterton und mit einem entschuldigenden Lächeln.

Lieschgras? Machte er Witze? War Erik Erkils etwa allergisch gegen Lieschgras, und wo zum Teufel wuchs das denn? War das überhaupt die richtige Jahreszeit?

»Dann machen wir jetzt weiter. Wir werden dich gleich noch richtig vorstellen, Erik.« Lina, die Sitzungsleiterin, nickte ihm zurechtweisend zu.

Erik schlug sich wie ein Kind, das beim Petzen ertappt worden war, die Hand vor den Mund, drehte sich zu mir und verzog schuldbewusst das Gesicht. Ich war schon seine Verbündete, obwohl ich noch keinen Ton gesagt hatte.

Ich hatte über die Jahre hinweg meinen bescheidenen Anteil an Promis kennengelernt und war oftmals überrascht und enttäuscht gewesen, wenn sich herausstellte, dass selbst diejenigen, die nach außen hin so uneitel und schüchtern wirkten, im Grunde schamlose Narzissten waren. Meine Schlussfolgerung lautet demnach, wer berühmt werden will, muss aus diesem Holz geschnitzt sein, und wenn sie noch so naiv und verschlafen rüberkommen. Jedenfalls die meisten von ihnen. Erik sandte Vibes aus, die auf einen ausufernden, kompromisslosen Lebenswandel deuteten, aber zugleich hatte er etwas

Bescheidenes. Etwas Linkisches. Etwas Vertrautes. Das konnte natürlich daran liegen, dass er früher einmal mein Idol gewesen war oder weil seine Kleidung Erinnerungen an längst vergangene Zeiten in mir wachrief. Lederjacke? Zerrissene Jeans?

Aber da war auch noch etwas anderes, Rätselhafteres an ihm. Während ich so dasaß, überfiel mich plötzlich das Gefühl, dass dieser Mensch mein Leben verändern würde. Ob zum Besseren oder Schlechteren, konnte ich nicht sagen. Nur dass es ein mächtiges Gefühl war. Ich war sonst niemand, der an Omen glaubte, deshalb machte mich diese Erkenntnis unglaublich nervös. Meine Hände begannen zu zittern. Seine Hand mit den verfärbten Fingerkuppen lag wie hingeworfen dicht neben meiner. Ich starrte sie an. Mir wurde heiß, und die Hitze erfasste meinen ganzen Körper. Der Puls in meinen Schläfen hämmerte.

Um uns herum ging die Sitzung weiter, als wäre nichts geschehen. Wortfetzen über Sendepläne und das Scheppern der ständig defekten Klimaanlage drangen an mein Ohr. Vorsichtig, ohne ihn anzusehen, schob ich meinen Kaffeebecher zu Erik hinüber. Er hatte sich ja vor der Sitzung keinen Kaffee mehr aus der Teeküche holen können. Aus den Augenwinkeln sah ich, wie er die Hand nach dem Becher ausstreckte, und als er danach griff, streifte er meinen kleinen Finger. Ein heftiger Stromschlag durchzuckte mich. Es funkte dermaßen zwischen uns, dass alle anderen am Tisch sich zu uns umdrehten.

»Wolltest du noch etwas hinzufügen, Ebba?«, fragte Lina mit hochgezogenen Augenbrauen.

Ich schüttelte den Kopf.

Liebe auf den ersten Blick. Ich hatte schon davon gehört, es aber noch nie selbst erlebt.

Und so fing alles an.

Ein Stromschlag durchzuckte mein Leben und wirbelte es durcheinander – bis alles in Rauch aufging.

»Welcher erwachsene Mann trägt denn drinnen eine Lederjacke?«, sagte ich zu Tom, als ich nach Hause kam und mich an den Esstisch setzte. Tom hatte schon das Abendessen fertig. »Er hat sie während der gesamten Besprechung nicht ausgezogen.«

»Vielleicht ist das gerade wieder in«, erwiderte Tom und stellte einen Linseneintopf mit Tofu auf den Tisch. Ich aber hatte keinen Hunger. Ich hatte Bauchschmerzen.

»Er musste schon um drei Uhr gehen, zum Zahnarzt. An seinem ersten Arbeitstag, stell dir das mal vor!«, fuhr ich fort. »Und er riecht nach Zigaretten.«

»Dann gib ihm doch ein Kaugummi.«

»Du bist manchmal so mitfühlend, dass es fast provozierend ist«, sagte ich.

»Ich muss ja auch nicht mit ihm arbeiten.«

Tom zuckte mit den Schultern und reichte mir den Schöpflöffel. Ich sah ihn an. Den Mann, der mir in meinen Selbsthilferatgebern als Beispiel gedient hatte und von dem ich regelmäßig behauptete, ohne ihn nicht zurechtzukommen.

Mein bester Freund. Mein Lebensgefährte.

Zu jener Zeit stand ich im Scheinwerferlicht der Öffentlichkeit und war auf den Titelseiten der Rätselhefte, für die ich heute nur noch die Kreuzworträtsel mache. Ich war erst vierzig, hatte aber auf alles eine Antwort. Ab und zu ging ich auf Vortragsreisen, stellte meine Bücher vor und moderierte live das *Liebeslabor*. Ich hatte früh meine Nische in der Beziehungscoaching-Branche gefunden; plädierte für Beharrlichkeit und Geduld in Beziehungsfragen. In Anbetracht dessen, wie stressig die Situation für viele getrennte Paare mit Kindern sei, könne man die Beziehung genauso gut aufrechthalten und das Beste aus der Situation machen, so mein Tenor. Da sollten sie sich nur mal Tom und mich zum Beispiel nehmen! Wir beide gingen nicht nur gemeinsam durch dick und dünn, wir hatten es auch zur Kunst erhoben, wie man sich konstruktiv stritt und einander genügend Freiraum ließ. Man konnte nicht immerzu nur Spaß haben, und es war auch gar nicht so schlimm, sich mal mit dem Partner zu langweilen. Ich posaunte hinaus, dass die große Leidenschaft sowieso nichts als ein Mythos und lang währende Partnerschaften kurzen, heftigen Liebeleien vorzuziehen seien. Liebe erschaffe man gemeinsam.

In den letzten Jahren aber war trotz meiner zahlreichen Erfolge ein Gefühl der Leere in mir aufgekeimt. Das Gefühl, alles schon einmal erlebt, alles durchschaut zu haben, mit allem fertig zu sein. Was blieb einem dann noch? Sollte das schon alles gewesen sein? Vielleicht war es dieses Gefühl, das mich für das Chaos empfänglich machte. Denn in meinem tiefsten Inneren fand ich meine ganze vernünftige Weisheit zum Kotzen. Meine leuchtenden Beispiele. Die Vorhersehbarkeit von allem. Die Überzeugung, wie alles zu sein hatte. Ich hatte andere und mich selbst so lange durch das Vergrößerungsglas betrachtet, dass mir der Blick auf das große Ganze abhandengekommen war.

Offene Schnürsenkel. Ein Stoffbeutel mit einem Schlüsselbund für eine Wohnung zur Untermiete.

Diese beiden Bilder verfolgten mich. Sie und das Wort *Lieschgras*.

Nachts lag ich schlaflos im Bett.

Im Speisesaal ist klassische Musik zu hören, ein Klavierkonzert in gedämpfter Lautstärke. Ein kleines, aber ausgesuchtes Frühstücksbüfett ist nur für mich hergerichtet worden. Keine Spur von anderen Gästen oder vom Personal. Ich nehme mir etwas Apfel- und Zimtjoghurt *nach Art des Pensionswirts* und setze mich mit meinem Notizblock an einen Fenstertisch.

Für mein heutiges Treffen mit Veronika Mörk habe ich eine Handvoll Fragen notiert: Kann man nach sechzig gemeinsamen Jahren überhaupt auf sich selbst gestellt existieren? Was heißt es, miteinander zu verschmelzen? Gibt es Teile des eigenen Ichs, die ganz und gar dahinschmelzen? Die jetzt, nach dem Tod des Ehemannes, womöglich zutage treten? Waren Veronika und ihr Mann während ihrer Ehe auch einmal in andere verliebt? Wie sind sie damit umgegangen? Wie haben sie Konflikte gelöst? Wie haben sie ein halbes Jahrhundert lang ihre Liebe am Leben erhalten?

Ich bin seltsam nervös, als ich zur Seniorenresidenz aufbreche. Früher habe ich keine Nervosität gekannt. Als ich meine berufliche Laufbahn als Nachrichtenreporterin bei einem lokalen Radiosender begann, war ich für verschiedene Aufträge mit einem schweren Tonbandgerät umhergelaufen. Viele Reporter bekamen Beschwerden, weil sie die Ausrüstung immer über der Schulter trugen. Die Rücken der alten Hasen waren ganz krumm, aber diese arbeitsbedingten Leiden flößten einem immerhin einen gewissen Respekt ein. Damals waren die Kollegen sowieso von einem ganz anderen Schlag als heute, viel robuster. Mein erster Redaktionsleiter, ein ehemaliger Auslandskorrespondent, begann den Tag immer mit einem Glas Milch und einem Weinbrand, weil das – seiner persönlichen Aussage zufolge – so gut den Magen beruhige. Heutzutage behalten die Menschen sowohl ihren übermäßigen Alkoholkonsum als auch ihr privates Martyrium mehr für sich.

Die Aufnahmefunktion meines Handys reicht für Interviews locker aus, obwohl ich mir immer noch lieber handschriftliche Notizen mache. Das übt nicht zuletzt eine beruhigende Wirkung auf den Interviewpartner aus.

Ich komme an einem Supermarkt und einem Thai-Imbiss vorbei und biege in eine ruhige, von Einfamilienhäusern gesäumte Straße ein.

Es ist heiß und vollkommen windstill. Die Sonne brennt schon jetzt herab. Eine rote Katze liegt schlafend auf der Vortreppe eines Hauses. Einige Häuser haben Spionspiegel an den Fenstern, wie es früher häufiger üblich war. Andere bestickten, auf den Rahmen gespannten Spitzenstoff als Sichtschutz. Alles wirkt leer und unbewohnt. Vermutlich sind es Sommerhäuser der Wohlhabenden aus den Städten. Auf den Fensterbänken tummelt sich ein Sammelsurium aus Zierfiguren, kunstvoller Keramik, nichtssagenden Botschaften aus weißen Holzbuchstaben und silbernen Kerzenhaltern.

Die Residenz Tallgården ist ein modernes Gebäude mit Balkonen aus Glas. In der Eingangshalle ist es dunkel, die Decke ist niedrig, glänzend grauer PVC-Boden. Irgendwo sind gedämpfte Stimmen und das Klirren von Porzellan zu hören. Linker Hand befindet sich eine Art Aufenthaltsraum mit zwei roten Sofas; die Fenster zeigen zur Hofseite. Auf einem Sofa liegt jemand und ruht sich aus. Im Fernsehen wird gerade eine Parlamentssitzung übertragen. Eine junge Frau stellt Tassen auf einen Tisch. CAMILLA ERIKSSON lese ich auf ihrem Namensschild.

»Entschuldigen Sie, ich möchte Veronika Mörk besuchen«, sage ich zu ihr. »Können Sie mir sagen, wo sie wohnt?«

Die junge Frau betrachtet mich prüfend von Kopf bis Fuß.

»Sind Sie denn eine Verwandte von ihr?«

»Nein, aber wir haben eine Verabredung. Mein Name ist Ebba Lindqvist. Ich bin Journalistin und soll sie interviewen.«

»Was sagt man dazu! Das wusste ich nicht. Veronika hat sonst eher selten Besuch, sie hat ja keine Kinder.« Die Frau angelt einen dicken Schlüsselbund aus ihrer Gesäßtasche und deutet auf die Thermoskanne.

»Nehmen Sie ruhig zwei Becher Kaffee mit zu ihr nach oben. Er ist ganz frisch gebrüht, sie trinkt immer gerne einen um diese Uhrzeit. Vergessen Sie nur nicht den Zucker. Und die Kekse.« Sie schiebt einen Karton mit Haferkeksen zu mir hinüber. »Ist es draußen auch so heiß wie hier drinnen?«

»Ja. Sogar noch heißer«, erwidere ich.

»Unsere gesamte Klimaanlage droht zu kollabieren; wir sind so eine Hitze gar nicht gewöhnt. Alle stehen kurz vor einem Hitzschlag. Schon zu Mittsommer wird die gesamte Vegetation verblüht sein, verrückt ist das. Veronika wohnt übrigens in der zweiten Etage, hatte ich das schon erwähnt? Auf der linken Seite. Ihr Name steht auf der Tür, der Fahrstuhl ist da drüben.« Camilla zeigt auf einen verglasten Aufzug von der Größe einer kleineren Einzimmerwohnung. »Richten Sie ihr doch bitte aus, dass die Altenhilfe das Mittagessen heute später bringt, sie haben mich gerade angerufen. Es gibt heute Kabeljau mit Eisoße.« Mit einem Nicken verabschiedet sie sich und wendet sich wieder dem Eindecken des Tisches zu.

Ich richte ein Tablett mit Kaffee und Keksen her und gehe zum Fahrstuhl. Das Geräusch meiner Schritte wird vom PVC-Boden verschluckt. Das Herz flattert mir in der Brust.

Die Frau, die mir die Tür öffnet, sieht ganz und gar nicht so aus, wie ich mir sie vorgestellt habe. Sie hat keinen krummen Rücken, wie es viele Menschen ab einem gewissen Alter haben, sondern eine kerzengerade Haltung, und sie ist sehr groß. Größer noch als ich. Mindestens eins achtzig. Eine silbergraue Pagenkopffrisur mit

Seitenscheitel rahmt ein herzförmiges Gesicht mit hohen Wangenknochen ein. Die kleine scharf geschnittene Nase sticht zwischen einem mandelförmigen graublauen Augenpaar hervor. Der Lippenstift ist korallfarben. Die Frau wirkt einerseits zart wie ein Vögelchen und hat zugleich etwas Unbeugsames an sich. Als lauerte ein starker Wille unter der zarten Schale. Ich bin immer wieder darüber erstaunt, wie viel man doch in kurzer Zeit von einer so alltäglichen Kombination wie Nase, Mund und Augen ablesen kann. Beispielsweise kann ich erkennen, dass die Frau vor mir künstlerisch begabt, intelligent und voller Neugier ist. Eine Hand stützt sie auf einen Gehstock. Die andere reicht sie mir zur Begrüßung.

»Guten Tag, mein Name ist Ebba Lindqvist«, stelle ich mich vor. »Ich habe Kaffee und Kekse mit heraufgebracht.«

»Wunderbar! Ich habe ja ganz vergessen, Ihnen zu sagen, wo Sie mich finden. Aber Sie haben mich ja trotzdem gefunden.«

»Frau Eriksson hat es mir gesagt«, erwidere ich und betrete den dunklen Eingangsflur.

»Ja, sie ist hier die Hausdame und hält Verbindung zu den Ärzten und dem Pflegedienst. Es ist schön, sich um all so was nicht selbst kümmern zu müssen.«

»Das kann ich gut verstehen. Wo soll ich das Tablett hinstellen?«

»Stellen Sie es doch auf den Tisch am Fenster, dann setzen wir uns dorthin. Mir fällt es inzwischen schwer, vom Sofa hochzukommen. Am sichersten ist es, sich gar nicht erst hinzusetzen.«

Mit einer zarten Geste weist sie mir den Weg in den Hauptraum. Ein höhenverstellbares Bett mit abnehmbarem Kopf- und Fußteil und einer Halteschlaufe an einer Art Galgen nimmt zusammen mit einem Rollator eine Wand ein. Auch der Nachttisch scheint zur bereits vorhandenen Ausstattung zu gehören, während der rechte Teil des Raumes individueller eingerichtet ist. Dort stehen ein gepflegtes graues Veloursofa und ein runder Couchtisch. Auf dem Fensterbrett Blumen in Keramikübertöpfen. Ein Holzklapptisch mit zwei Sprossenstühlen vor dem Fenster. Die andere Längswand ziert ein Bücherregal mit jeder Menge Lesestoff und Keramikskulpturen. Ein Sekretär aus dunklem Furnier ist in die Ecke gequetscht. Im Zimmer ist es unglaublich heiß und stickig, so als wäre hier viel zu lange nicht mehr gelüftet worden.

»Und Sie sind gerade erst mit dem Zug angekommen?«

»Nein, ich bin schon seit gestern Abend hier.«

»Und wo haben Sie übernachtet?«

»In der Pension Furuhem«, erwidere ich und stelle das Tablett ab.

»Ach ja, das Furuhem …, stimmt, die gibt es immer noch. Nehmen Sie doch bitte Platz!«

Ich setze mich und ziehe diskret meinen Notizblock aus der Tasche. Auf dem Stuhl liegt ein Sitzkissen aus schwarzem Schaffell.

Veronika lässt sich vorsichtig auf den anderen Stuhl nieder und zieht ihre Strickjacke zurecht. Darunter trägt sie eine weiße Bluse. Eine silberne Halskette liegt eng an ihrem Hals an, der von Sommersprossen übersät ist.

»Ich bin wegen Ihres bevorstehenden Besuches ein wenig nervös gewesen. Ich bin mir nicht sicher, ob ich etwas von Wert zu sagen habe, ob ich so viel zu erzählen habe. Sie müssen sich wohl einfach mit dem begnügen, was dabei herauskommt.«

»Natürlich«, versichere ich ihr und nicke beruhigend. »Sie haben wirklich eine schöne Wohnung. Wie lange wohnen Sie schon hier?«

»Tja, wie lange ist das jetzt her? Das müssten bald zwei Jahre sein. Mein Mann Uno starb, und kurz danach bin ich hierhergezogen. Ich wollte nach seinem Tod nicht mehr allein in unserem Haus wohnen bleiben, nicht mehr nach meinem Schlaganfall. Meine rechte Seite ist seitdem etwas unbeweglich, deshalb habe ich auch den Gehstock. Es war also ein Glück, dass ich das Haus rechtzeitig verkaufen konnte und sich diese Lösung ergab. Diese Einrichtung ist sehr begehrt. Hier einen Platz zu bekommen, ist gar nicht so leicht.«

Sie greift nach dem Kaffeebecher. Ich verfolge, wie sie drei Stück Würfelzucker hineingibt und umrührt.

»Und, gefällt es Ihnen hier?«, frage ich.

»O ja! Hier ist alles so gut geregelt. Sucht man Gesellschaft, ist immer jemand zum Reden da. Aber in dieser Jahreszeit esse ich meistens allein auf dem Balkon. Ich habe ja so eine schöne Aussicht auf den Hof. Im Augenblick sind hier nur so schrecklich viele Pollen.« Veronika pustet über den Kaffee.

»Båstad scheint ein nettes kleines Städtchen zu sein, von dem wenigen zu schließen, das ich bisher gesehen habe«, sage ich etwas anbiedernd.

»Ja, die Natur ist hier immer noch herrlich. Ansonsten ist Båstad ja nur dafür bekannt, dass sämtliche schönen historischen Gebäude abgerissen worden sind, nicht zuletzt draußen in Malen, wo die Pension meiner Mutter sich befand. In Mölle hat man nicht so viel abgerissen. Und dann kommen natürlich all diese Ballsportbegeisterten hierher, die Tennisspieler. Aber noch sind sie nicht wieder in die Stadt eingefallen, oder?«

»Ich habe jedenfalls keine gesehen«, erwidere ich.

»Die Saison beginnt später. Aber dann, wenn sie hier sind, ziehen überall die Preise an.«

Mit einer nervösen Geste fährt sie sich über ihre Halskette.

Ich nehme mir einen Haferkeks und beiße hinein. Er ist knusprig und schmeckt süß und vertraut, nach Kindheit.

»Wir haben hier sogar eine Töpferwerkstatt im Keller, habe ich das schon erwähnt? Aber nur zwei weitere Damen außer mir machen davon Gebrauch. Wir haben einen eigenen Brennofen und eine Töpferscheibe, alles ist sehr aufwendig ausgestattet. Zu Ostern kam eine Frau, die Raku-Keramiken anfertigt. Sie hatte sogar einen Brennofen für draußen und alles Mögliche andere dabei.«

»Haben Sie immer schon getöpfert?«, frage ich.

»Nein, noch nie. Vielleicht hätte ich es früher gern einmal ausprobiert, aber es ist irgendwie nie etwas daraus geworden. Typisch, dass man erst alt und gebrechlich werden muss, bevor man damit anfängt, oder?«, meint Veronika mit einem Kopfschütteln.

»Besser spät als nie«, sage ich und bereue es sofort. Es kommt mir vor, als hätte ich mich das ganze letzte Jahr nur auf solche hohlen Phrasen gestützt. Oder besser gesagt – mein ganzes Berufsleben. Ich trinke einen Schluck Kaffee. Er ist reichlich dünn und schmeckt nach gar nichts.

»Töpfern ist auch gut für die Motorik. Es kräftigt den ganzen Körper. Die Bauchmuskulatur muss an der Töpferscheibe ganz schön hart arbeiten, kann ich Ihnen sagen!«

Veronika streicht einen Kekskrümel vom Tisch. Ihre Hand bleibt dort liegen. Für einen flüchtigen Moment scheinen die Adern ihres Handrückens mit der Maserung des Tisches zu verschmelzen. Beide haben viele Jahre auf dem Buckel, sind aus altem Holz geschnitzt.

»Wovon soll Ihr Artikel gleich noch mal handeln?« Veronika sieht mich stirnrunzelnd an.

»Von langjährigen Beziehungen. Wie es ist, ein ganzes Leben mit jemandem zusammenzuleben, und wie einem das gelingt. Und nicht nur das – wie es einem gelingt, sich gut damit zu arrangieren, sich wohlzufühlen, das Miteinander zu genießen. So in die Richtung«, erläutere ich.

»Ach ja, genau.« Sie verstummt.

An der Wand tickt geduldig und beflissen eine Pendeluhr. Ich persönlich habe tickende Uhren noch nie gemocht. Sie sind eine unnötige Erinnerung an die Vergänglichkeit aller Dinge. Ich klicke mit meinem Kuli.

»Wie war Ihr Mann denn so?«, frage ich sie.

»Uno? Er war ein guter Mann.«

Ich warte darauf, dass Veronika weiterspricht, aber es kommt nichts mehr. Durch das offene Fenster sind knirschende Schritte auf einem Kiesweg zu hören. In der Ferne bellt ein Hund.

»Und wo haben Sie sich kennengelernt?« Zum Schein nippe ich an meinem Kaffee.

»Beim Tanzen auf Nylids Tanzboden. Es gibt ihn inzwischen nicht mehr, aber in meiner Jugend war das ein beliebter Treffpunkt. Es war Damenwahl, so hieß das, wenn die Frauen die Männer aufforderten. Meine Freundinnen hatten sich allesamt jemanden ausgeguckt, aber ich wusste nicht, was ich tun sollte. Schließlich habe ich den Mann direkt neben mir gefragt. Und das war Uno. Er willigte ein. Er trug schwarz-gelbe Schuhe, das weiß ich heute noch, habe ich doch beim Tanzen immerzu auf sie hinabgestarrt.«

Veronika fährt sich durch die Haare.

»Ich wollte eigentlich überhaupt nicht dorthin, wissen Sie. Ich kam mir so riesig vor. Meistens habe ich den anderen Mädchen nur die Handtaschen gehalten. Ich war eher so etwas wie eine wandelnde Garderobe, ein nützliches Etwas.« Ihr Mund verzieht sich zu einem feinen Lächeln. Mir fällt auf, dass ihr rechter Mundwinkel nicht richtig reagiert. Er scheint zu einem anderen, ernsteren Teil ihres Wesens zu gehören.

»Sechzig Jahre Ehe sind eine lange Zeit«, bemerke ich.

»Die Zeit verging eigentlich ziemlich schnell.« Veronika sieht mich an. Ihre Augen sind klar. Wie zwei klare Seen unter den faltigen Augenlidern mit dem glänzenden perlmuttfarbenen Lidschatten. »Damals war es vermutlich einfacher, jemanden kennenzulernen, als heute. Es gab nicht so eine große Auswahl. Man stellte auch nicht so hohe Ansprüche; es musste nicht alles perfekt sein. Und ich habe sowieso nie damit gerechnet, jemals glücklich zu werden. Es war also eine freudige Überraschung.«

»Und weshalb haben Sie nicht damit gerechnet, glücklich zu werden?« Interessiert beuge ich mich vor.

»Ach, das war nur so ein Gefühl …« Veronika zuckt mit der Schulter. »Dass es meine Bestimmung war, unglücklich zu sein. Ich weiß nicht, ob es nur mir so ging. Vielleicht kennt das jeder junge Mensch. Aber diese Antwort wollen Sie sicherlich nicht hören, nicht wahr?«

»Also, ich finde das interessant«, sage ich.

»Na ja, ich weiß nicht«, erwidert sie und wirft verächtlich den Kopf in den Nacken.

»Wie sind Sie überhaupt auf mich gekommen?«

»Durch den Leserbrief, den Sie an den *Goldenen Herd* geschrieben haben«, antworte ich. »Ihr Brief an das Medium.«

»Ach ja, genau, daher. Die Einrichtung abonniert so viele Zeitschriften, dass es einem das Auseinanderhalten manchmal schwerfällt. Ich hatte wohl nur so eine fixe Idee, als ich ihn geschrieben habe, die ganze Angelegenheit war nicht so durchdacht. Außerdem ist das mittlerweile schon lange her, bestimmt ein Jahr.«

Veronika senkt den Blick. Eine flammende Röte überzieht ihren Hals.

»Manchmal kommt man spätabends auf solche fixen Ideen und bildet sich Dinge ein«, fügt sie hinzu. »Ich bin ein Nachtmensch, wissen Sie. Das bin ich immer schon gewesen, aber ich erlaube mir erst jetzt, dem auch nachzugeben. Dann schlendere ich abends in meiner Wohnung umher, höre Radio und erledige bis in die frühen

Morgenstunden irgendwelchen Kleinkram. Versinke ins Grübeln. Löse Kreuzworträtsel.«

Ich zucke zusammen. Am liebsten würde ich sie fragen, ob sie das Heft *Nostalgische Kreuzworträtsel* kennt, beherrsche mich aber.

»Es ist schön, morgens nicht mehr so früh aufstehen zu müssen. Das ist beinahe das Beste am Rentnerdasein. Uno war ein Morgenmensch, deshalb galt während unseres gemeinsamen Lebens immer sein Tagesrhythmus. In dem Punkt musste ich nachgeben. Darum geht es ja häufig in einer Partnerschaft.«

»Darum, nachzugeben?«

»Ja. Kompromissbereit zu sein. Seinen eigenen Willen dem anderen ein wenig unterzuordnen. Wenn man jünger ist, fällt einem das leichter. Aber jetzt bin ich mit alldem durch.« Trotz der Hitze im Zimmer zieht sie die Strickjacke fester um sich.

»Wie lebt man eigentlich sechzig Jahre lang glücklich mit einem anderen Menschen zusammen?«, frage ich. »Das interessiert unsere Leserschaft, glaube ich, am meisten.«

Veronika nimmt sich einen Keks und kaut nachdenklich.

»Man sollte nicht zu viel reden und sich selbst um seine Probleme kümmern.«

»Man soll nicht miteinander reden?«

»Nicht zu viel, jedenfalls. Das bringt nichts. Das kostet nur Kraft.«

Perplex sehe ich sie an.

»Und was, denken Sie, sollte man stattdessen tun?«

»Man sollte etwas Praktisches tun. Etwas Eigenes machen. Uno und ich haben ja zusammengearbeitet. Zuerst in der Pension meiner Mutter und später in dem neuen Esso-Rasthaus bei Helsingborg. Uno hatte dort die Nachtschicht an der Rezeption, und ich habe mich um die Auszahlung der Gehälter gekümmert. Wir waren immer beschäftigt. Und dann hatten wir noch unseren Garten. Und das war gut so.«

»Wann haben Sie geheiratet?«

»Da müssen Sie mal auf die Rückseite des Hochzeitsfotos sehen. Es steht da drüben.« Veronika nickt zum Bücherregal hinüber. »Nach meinem Schlaganfall fällt es mir ein wenig schwer, mich an Jahreszahlen zu erinnern, aber es muss wohl 1959 gewesen sein. Und seitdem wohnten wir dort.«

»Und wo?«

»In der Apelgatan. Aber die Wäschemangel war vielleicht langsam, unvorstellbar langsam!«

Ich lasse diese seltsame Antwort unerwidert. Veronika sieht gedankenverloren aus dem Fenster und knabbert an ihrem Keks. Das Thermopenfenster ist voller Pollen. Es hat keine Haken, nur solide Griffe. Aus einem Busch ist der eintönige Gesang eines Vogels zu hören.

»Und wie lange haben Sie die Pension Ihrer Mutter gemeinsam weiterbetrieben?«, frage ich schließlich, um das Gespräch wieder in die richtige Bahn zu lenken.

»Wir haben Anfang der Siebziger aufgegeben, weil der Pauschaltourismus und das Reisen mit dem eigenen Auto immer beliebter wurden. Die Pension konnte da nicht mithalten, und die Leute zogen das Unpersönliche und Kostspielige vor, sie glaubten wohl, das sei kultivierter.«

Veronika schnäuzt sich in ein Stück Haushaltspapier von der Rolle auf dem Tisch.

»In der Pension ging es zu wie in einer Großfamilie. Die Stammgäste kannten sich, bei den Mahlzeiten unterhielt sich jeder mit jedem. Eigentlich ist der Geist des Ganzen sehr modern, besonders heutzutage, wo viele Menschen unter Einsamkeit leiden. Nach dem Abendessen versammelten sich immer alle im Gesellschaftszimmer, um Karten zu spielen und Schallplatten oder Radio zu hören. Selbst die Kinder, alle waren dabei. Wir hatten eine kleine Bar, an der sich die Gäste selbst bedienen konnten; das Geld taten sie einfach in eine Dose auf dem Tresen.«

»Das klingt gemütlich und familiär«, sage ich.

»Ja. Es war ein riesiger Unterschied zu dem Hotel, in dem wir später arbeiteten. Wie stolz die Betreiber doch darauf waren, weil sie siebzig exakt gleich aussehende Räume hatten! Dabei erinnerte es an eine Kaserne. Aber natürlich war das Hotel dafür mit sämtlichem Komfort ausgestattet. Fernsehen und Minibar auf den Zimmern, weshalb ein Besuch der gemeinschaftlichen Einrichtungen auch überflüssig wurde. Sämtliches Serviergeschirr im Speisesaal war aus Edelstahl. Das Essen in Silberschüsseln aufzutragen, galt als zu mühsam.«

Veronika klopft gedankenverloren auf die Tischplatte.

»Später wurde das Hotel von einer anderen großen Hotelkette aufgekauft. Den Namen weiß ich nicht mehr. Manche Dinge sind mittlerweile einfach weg. Mein

Gedächtnis macht inzwischen das, was es will, aber nach und nach tauchen die Erinnerungen dann meistens wieder auf.« Gereizt schüttelt sie den Kopf.

»Das ist nicht so schlimm, das geht mir genauso«, sage ich beschwichtigend. »Ich vergesse ständig etwas. Aber wie war das überhaupt? Mit dem eigenen Ehemann zusammenzuarbeiten?«

»Das ging gut. Es gab keine Probleme.« Veronika umfasst mit beiden Händen den Kaffeebecher und trinkt vorsichtig.

»Haben Sie sich denn niemals gestritten?«

»Daran kann ich mich nicht erinnern. Vielleicht hier und da mal, ganz vereinzelt.«

»Aber was haben Sie denn gemacht, wenn Sie verschiedener Meinung waren?«

»Dann musste wohl einer von uns entscheiden, nehme ich an.« Zögernd streicht Veronika sich eine Haarsträhne aus der Stirn und sieht mich starr an.

Plötzlich weiß ich nicht mehr, wie ich das Gespräch weiterführen soll, und sehe mich im Zimmer um. Die Tapete hat ein dezentes Blumenmuster. Eine große Muschel mit rosafarbenem Trichter liegt auf dem Nachttisch. Ihr Rauschen scheint bis zu mir zu dringen. Aber das ist vermutlich nur wieder mein Tinnitus. Er kann einfach mir nichts dir nichts seine Beschaffenheit und Tonart ändern, je nachdem, wo ich mich gerade befinde. Manchmal vernehme ich eher einen hohen Piepton, ein anderes Mal ein Flüstern. Jedenfalls ziehe ich das Meeresrauschen dem unablässigen Piepen vor, an das ich mich während der Therapie zu gewöhnen versucht habe.

Draußen auf dem Korridor wird eine Tür geschlossen, und Schritte entfernen sich. Ich unternehme einen neuen Versuch.

»Und was hat Ihnen an Uno am besten gefallen? Eine bestimmte Eigenschaft?«

Veronika schließt die Augen und scheint intensiv nachzudenken.

»Er konnte auf eine angenehme Art schweigen«, sagt sie schließlich.

Ich sehe sie fragend an.

»Er konnte gut schweigen?«

»Es ist eine Kunst, so zu schweigen, dass andere sich damit wohlfühlen. Wenn man lange zusammenlebt, gibt es ja auch viele Momente der Stille. Es kommt sehr darauf an, dass man sich auch in diesen Momenten miteinander wohlfühlt.«

»Darüber habe ich mir noch nie Gedanken gemacht«, gebe ich zu. »Und gab es noch etwas anderes, außer seine Art zu schweigen?«

»Wir konnten uns gemeinsam gut über lustige Kleinigkeiten amüsieren.«

»Worüber zum Beispiel?«

»So aus dem Stegreif fällt mir nichts ein. Da muss ich erst einmal drüber nachdenken.«

Veronika trinkt noch einen Schluck Kaffee. Weil mir nichts Besseres einfällt, folge ich ihrem Beispiel. Auf einmal ist mein Kopf leer, wie leer gefegt, aber trotzdem ist da etwas in diesem Raum, das mich zur Ruhe kommen lässt. Hier drinnen scheinen sämtliche Geräusche gedämpft zu sein, so als würden sie von einer Matratzenwand geschluckt. Ein Vogel hat sich auf dem Balkongeländer niedergelassen und scheint ins Zimmer zu spähen.

»Sie haben da einen Besucher«, sage ich mit einem Kopfnicken.

»Ja, manchmal kommt sie angeflogen. Dann füttere ich sie mit dem hier.« Veronika hält einen Haferkeks hoch. »Den frisst sie direkt aus meiner Hand. Aber sie hatte heute schon einen. Sie darf nicht zu fett werden. Dann kann sie nicht mehr fliegen.«

»Nein, natürlich nicht«, sage ich.

»Haben Sie Tiere?«

»Mein Ex-Mann und ich hatten eine Katze, aber sie ist inzwischen gestorben.«

»Das passiert nun mal«, bekräftigt Veronika mit einem Nicken.

Ich nehme mir noch einen Keks. Es fällt mir schwer, wieder ein sinnvolles Gespräch zu beginnen. Das Interview hat zweifelsohne zu nichts geführt. *Konnte gut schweigen* notiere ich auf meinem Notizblock, um mich mit irgendetwas zu beschäftigen.

Ich könnte auch noch ein paar Zeilen über mich selbst hinzufügen, die sich auch gut in meiner Patientenakte machen würden:

Nach außen gewandt = positiv. Versucht zu arbeiten = Anzeichen für Gesundung. Auf meiner Minusseite würde die grenzenlose Dreistigkeit stehen, so mir nichts, dir nichts eine mir Fremde aufzusuchen, die einen Leserbrief an ein Magazin geschrieben hat. Ein deutliches Anzeichen von Größenwahn. Ein offensichtliches Warnzeichen. Eine unüberlegte impulsive Handlung.

»Und Kinder haben Sie nie bekommen?«, frage ich zögernd. Nach Kindern zu fragen ist immer etwas heikel.

»Nein. Dazu kam es nicht. Wir haben es eine Zeit lang versucht, aber es klappte leider nicht. Wir mussten uns auf andere Dinge konzentrieren. Man kann nicht alles im Leben haben. Ich war von anderen Kindern umgeben. Kindern von Freunden und von denen der Gäste.« Veronika kneift die Lippen zusammen.

»Und was ist Ihrer Meinung nach das Allerwichtigste, um die Liebe am Leben zu erhalten?«, frage ich. »Haben Sie da ein paar Tipps?«

»Was genau meinen Sie?«

»Nun ja, sind Sie als Paar vielleicht manchmal zusammen zum Essen ausgegangen, oder so? Was haben Sie gemacht?« Ich versuche, vertrauenerweckend zu lächeln. Früher konnte ich das gut.

»Zum Essen ausgegangen? Nein, wir hatten doch zu Hause Essen. Wir sind abends manchmal zusammen spazieren gegangen. Einmal um den Block. Oder zum Bahnhof, um Briefe aufzugeben. Dort wurde der Briefkasten erst spät geleert.«

Abendspaziergänge, notiere ich. Das Gespräch nimmt allmählich fast parodistische Züge an. Mir bricht der Schweiß aus. Veronika fährt sich mit der Hand über die Stirn.

»Würden Sie mir vielleicht ein Glas Wasser aus dem Bad holen? Es ist so furchtbar heiß hier drinnen.«

»Selbstverständlich.«

Ich stehe auf und gehe ins Badezimmer. Rosafarbener PVC-Boden und Feuchtraumtapete. Badezimmer älterer

Menschen haben mir immer etwas Angst eingeflößt. Dort riecht es meistens etwas seltsam, und ich fürchte mich vor dem Anblick ihrer dritten Zähne oder etwas anderem, das mich an das Ende aller Dinge erinnert. Aber im Bad riecht es gut, irgendwie nach Menthol. Am Handtuchhalter hängen ein Duftsäckchen mit Lavendel und ein Holzkamm. Ich fülle ein Glas mit Wasser. Plötzlich erinnere ich mich wieder an das Bad meiner Oma, mit in den Stanniol eingeschweißten Badetabs mit Apfelsinengeruch und Salubrin. Es kommt mir vor, als wäre das in einer ganz anderen Zeit gewesen. Auch ich werde allmählich alt. Ich bespritze mein Gesicht mit kaltem Wasser, damit ich wieder etwas munterer werde. Als ich ins Zimmer zurückkehre, sind Veronikas Augen geschlossen, und sie sitzt, die Hände im Schoß, reglos da. Ich räuspere mich und halte ihr das Wasserglas hin, aber sie rührt sich nicht. Für einen flüchtigen Moment stehe ich Todesängste aus. Wenn sie jetzt mitten im Interview gestorben ist! Einen weiteren Schlaganfall erlitten hat. Das fehlte gerade noch!

»Veronika?« Ich berühre sie leicht an den Schultern. Sie fährt zusammen.

»Ja? Was ist?« Schlaftrunken sieht sie mich an.

»Sie sind nur eingenickt. Ich habe Sie gerade interviewt.«

»Das weiß ich noch!« Missmutig greift sie nach dem Glas, trinkt und stellt es auf den Tisch. »Ich träume nachts immer noch von ihm. Warum, weiß ich nicht. Vielleicht liegt es an dieser Hitze. Der Sommer damals war auch sehr heiß. Wir hatten Probleme mit den Bienen, sie waren überall. In diesem Jahr habe ich noch keine einzige Biene gesehen. Überhaupt keine Insekten. Den Blumen gelingt es ja noch nicht einmal mehr, die Köpfe aus dem Graben zu strecken, da mäht die Gemeinde sie nieder. Die haben nicht begriffen, dass Blumen erst Samen tragen müssen, um sich zu vermehren. Und wenn die Insekten nirgends etwas zu fressen finden, wie sollen sie dann überleben? Darüber sollten Sie lieber schreiben!« Aufgebracht sieht sie mich an.

»Ich stimme Ihnen zu, das ist ein wichtiges Thema«, sage ich.

»Die Menschen scheren sich um die falschen Dinge, das ist das Problem.«

Verärgert schüttelt sie den Kopf.

»Was träumen Sie denn so?«, frage ich nach. »Sie sagten, dass Sie von ihm träumen.«

»Ja. Es ist schon seltsam, woran man sich so erinnert. Manchmal habe ich einfach nur dagesessen, seine Hände betrachtet und gedacht, Herrgott noch mal, was für schöne Hände! Und wenn wir am Strand waren, kam er manchmal auf die Idee, Sand über meine Beine rieseln zu lassen. Hände sind wichtig bei Männern. Von den Händen kann man auf vieles schließen.«

Dankbar mache ich mir Notizen. Noch ein paar Zitate von dieser Sorte und der Artikel wird noch heute Nachmittag fertig sein.

»Manche Leute glauben ja, man würde im Leben nach seiner anderen Hälfte suchen, und andere wiederum behaupten, dass sie sich nur in Menschen verlieben können, die ihnen ähneln. Ich glaube ja, dass es da noch etwas darüber hinaus gibt. So etwas wie eine Seelenverwandtschaft. Etwas, das einem das Bauchgefühl und die Seele sagen, nicht der Verstand. Etwas, das man nicht selbst in der Hand hat. Etwas Physikalisches. Und musikalisch war er!«, sagt sie unvermittelt. »Er hatte ein eigenes Reisegrammofon und Schallplatten im Gepäck.«

»Wenn Sie gemeinsam auf Reisen waren?«

»Wenn er auf Reisen war, ja. Habe ich schon erwähnt, dass er mich einmal porträtiert hat?«

»Nein.«

»Möchten Sie das Bild sehen?«

»Sehr gern.«

Mühsam erhebt sie sich und geht zu dem dunklen Sekretär hinüber, zieht aus der obersten Schublade eine abgenutzte Mappe und öffnet sie zögernd.

»Ich möchte es nicht so gerne aufhängen, weil es sonst in der Sonne verbleicht. Es ist ein Aquarellbild, wissen Sie. Deshalb bewahre ich es lieber in der Schublade auf.«

Vorsichtig reicht sie mir das Bild. Es zeigt ein junges Mädchen auf einer Fensterbank. Das Gesicht ist halb abgewandt; und das Mädchen hält schützend die Hand über die Augen, wie um etwas draußen vor dem Fenster besser erkennen zu können. Sie trägt ein blaues Kleid mit einem eckigen Ausschnitt und einem weiten Plisseerock. Das Licht lässt einen an einen heißen Sommertag denken.

»Was für ein schönes Bild!«, sage ich. »Hat er viel gemalt?«

»Natürlich hat er das. Er war schließlich Künstler«, erwidert Veronika mit erstauntem Blick.

»Aber hat er nicht in einem Hotel gearbeitet, sagten Sie?«

»Wer denn?«

»Na, Ihr Mann. Uno.«

»Wieso ziehen Sie da jetzt auf einmal Uno mit hinein?« Verwirrt runzelt Veronika die Stirn.

»Ich habe gedacht, dass Sie gerade von ihm gesprochen haben«, erwidere ich. »Von wem reden Sie dann?«

»Na, von Bo natürlich!« Sie entreißt mir das Bild, legt es zurück in die Mappe und schließt unwirsch die Schublade. Zwei rote Flecken sind auf ihren Wangen erschienen.

»Ich dachte nur …«, stammele ich hilflos. »Und wer ist Bo?«

»Bo Bix. Er wohnte in der Pension. Er war Kunststudent, studierte an einer Kunsthochschule in Göteborg und verbrachte den Sommer bei uns. Er hatte ein Stipendium bekommen.« Veronika setzt sich wieder an den Küchentisch.

»Handelte Ihr Leserbrief von ihm? Von Ihrer Jugendliebe?«, frage ich.

Sie nickt.

»Sie haben erwähnt, dass Sie unter dramatischen Umständen voneinander getrennt wurden«, sage ich. »Darf ich fragen, wie das geschehen ist?«

Ich weiß genau, dass das nicht das Geringste mit dem Artikel zu tun hat, den ich schreiben soll, kann mir aber diese Frage nicht verkneifen.

Veronika sieht mich einige Sekunden lang wortlos an.

»Wir sind durchgebrannt.«

»Sie sind durchgebrannt? Wohin denn?«

Sie beugt sich vor.

»Für welche Zeitschrift arbeiten Sie noch gleich?«

»Ich komme von der Frauenzeitschrift *Goldener Herd*. Ich bin Journalistin.«

»Das weiß ich, ich habe mich nur gefragt, woher Sie kommen. Und in diesem Artikel soll es um mich gehen?«

»Um Sie und Uno, ja. Und wie man sechzig Jahre lang die Liebe am Leben erhält.«

»Und Bo hat mit der ganzen Sache also überhaupt nichts zu tun?«

»Nein«, gestehe ich.

»Dann sollten wir vielleicht besser beim Thema bleiben.«

Mit diesen Worten lehnt sie sich zurück und verschränkt die Hände auf dem Tisch.

»Sie müssen entschuldigen, aber ich habe heute Nacht furchtbar schlecht geschlafen. Eigentlich müsste ich mich hinlegen und ein klein wenig ausruhen. Mir bekommt die Hitze nicht. Können Sie vielleicht morgen wiederkommen?«

»Ja, das kann ich«, erwidere ich enttäuscht. »Welche Uhrzeit wäre Ihnen denn recht?«

»Kommen Sie doch so gegen elf, bis dahin habe ich in Ruhe gefrühstückt. Ich bin nicht so eine Frühaufsteherin.«

»Das passt mir gut.«

»Finden Sie selbst hinaus?«

Ich nicke, nehme das Notizbuch und stecke es zurück in meine Tasche.

1955

Francie war ein ungewöhnliches junges Mädchen, weil sie sich selbst anscheinend sehr wertschätzte. Und nicht nur das. Sie war auf eine Art so überzeugt von ihren Fähigkeiten und Begabungen, wie Veronika es noch nie bei einem anderen Mädchen erlebt hatte. Natürlich war Francie fünf Jahre älter als sie, zweiundzwanzig, somit lagen Welten zwischen ihnen. Mit siebzehn war man definitiv nicht dieselbe wie mit zweiundzwanzig.

Normalerweise gluckten junge Mädchen zusammen, um sich gemeinsam über ihre Unzulänglichkeiten auszutauschen, sie verband der kritische Blick auf sich selbst. Sie konnten immer jemandes Sympathie gewinnen, wenn sie sich über ihren schwabbeligen Bauch beschwerten, die dicken Schenkel, die pickelige Haut oder die zu klein oder zu groß geratenen Brüste.

Und es gab noch mehr. Sie konnten sich unendlich viel kabbeln. *Du siehst doch überhaupt nicht dick aus! Doch, tue ich wohl! Du hast viel schönere Haare als ich. Nein, das habe ich gar nicht! Du hast viel schönere. Ich wünschte, ich hätte so einen Mund wie du. Ich wünschte, ich hätte deine Figur.* Veronika aber konnte mit alldem nichts anfangen. Und wenn nicht das Aussehen und alles, was damit nicht stimmte, das alles beherrschende Thema war, dann waren es Jungs. Wer war verliebt in wen? Wer hatte was gesagt? Was hatte er damit eigentlich ausdrücken wollen? Auf Jungs musste man sich verstehen, und man musste sich um sie kümmern. Und sie mussten auf Abstand gehalten und auf die Folter gespannt werden. Durften ja nicht auf irgendwelche Ideen kommen. Doch das war eine unmögliche Gleichung.

Selten verband junge Mädchen etwas anderes als diese beiden Themen. Vielleicht bewunderte Veronika ja gerade das so an Francie – das Talent, sich selbst zu vergessen und sich für Dinge wie Theater, Musik oder Filme zu begeistern. Ironischerweise war Francie viel schöner, wenn sie über all das sprach, als wenn sie sich darauf konzentrierte, schön auszusehen. Dann gestikulierte sie eifrig. Ihre Augen leuchteten. Ein schmaler Schweißfilm bildete sich auf ihrer Oberlippe. Francie öffnete Türen zu einem grenzenlosen Raum ohne Dach. Einen Raum, in dem man atmen konnte – und wo das Leben unbeschwert war.

»Was ist Freiheit?«, und beantwortete gleich selbst ihre Frage, als sie beide in ihrer Lieblingssenke am Strand lagen und zusahen, wie die Badegäste ihre Sachen zusammenpackten. »Freiheit ist, die beharrliche Suche nach dem Glück hinter sich gelassen zu haben!«

Sie warf Veronika einen triumphierenden Blick zu. Auf Francies Schoß lag ein Buch über einen indischen Yogi, das sie aus Kopenhagen mitgebracht hatte. Sie hatte es von einem jungen Mann geliehen, der ihrer eigenen Aussage zufolge ein *Grübler* war. Man könne viel von solchen Grüblern lernen, dürfe sie aber nicht ganz ernst nehmen. Manchmal rezitierte sie Aphorismen und klang dabei so, als hätte sie sich diese höchstpersönlich ausgedacht.

»Die Menschen halten sich für frei, aber im Grunde führen sie nur das Leben, das andere von ihnen zu führen erwarten.«

Gereizt verscheuchte Francie eine Fliege und seufzte laut.

»Ich jedenfalls möchte ins Ausland reisen und Fremdsprachen lernen, neue Musik hören … Stell dir nur vor, jahrein, jahraus im Küchendunst zu stehen und im Kochtopf zu rühren, bis die Kinder groß sind, und dann wieder einsam zu sein … Nein, danke, vergiss es!«, schnaubte Francie empört, wie um ihrem Gelöbnis Nachdruck zu verleihen. »Wer weiß, wo sich deine persönlichen Seelenverwandten verstecken. Sie könnten überall sein. Man muss die Augen offen halten. Sie könnten einem selbst hier über den Weg laufen!«, sagte sie und deutete mit einem Kopfnicken auf Bo, der gerade mit einem Handtuch über der Schulter über die Dünen schlenderte.

»Hallo, du da drüben! Willst du schwimmen gehen?«

Bo kam zu ihnen herüber. Mit einem kurzen Nicken und etwas Abstand setzte er sich neben Veronika in den Sand. Nicht neben Francie, die sich im Schneidersitz hingesetzt hatte und Aufmerksamkeit heischend mit den Knien wippte. Veronika bemerkte die dichten, feinen, goldenen Härchen auf seinen Armen und Beinen. Ein paar Haarsträhnen fielen ihm in die Stirn. Er wirkte jünger und schlaksiger als gestern Abend. Trotzdem strahlte er eine schwer fassbare Selbstsicherheit aus.

»Hast du gestern Morgen das Fahrrad gefunden?« Francie schmiss das Buch in den Sand, sodass man den Umschlag sah.

»Ja, das war kein Problem. Schwieriger war es, den Weg zum Atelier zu finden. Ich musste erst über eine Weide gehen und habe mich an den Brennnesseln verbrannt.« Er fuhr sich über die Wade, auf der sich auf der blassen Haut eine schwache Rötung abzeichnete.

»Bist du dem Künstlerkauz schon begegnet?«

»Ja. Er hat mir eine Tasse Kaffee und einen Schnaps angeboten. Und er schläft auf der Küchenbank, obwohl er das ganze Haus für sich allein hat. Es war nicht gerade sauber, er zieht drinnen wohl nie seine Schuhe aus. Er sagt, es wäre sowieso sinnlos, weil der nächste Winter bestimmt kommt. Und da hat er ja auch nicht ganz unrecht.« Bo legte sich zurück in den Sand und stützte sich auf die Ellbogen.

»Es muss aufregend sein, ein Künstler zu sein.« Francie robbte interessiert näher.

Veronika würde sich nie überwinden können, eine Frage an ihn zu richten, zumindest nicht in Francies Gegenwart. Francie fiel es leicht, mit Leuten ins Gespräch zu kommen. Selbst wenn sie nur zum Kiosk radelte oder etwas im Milchgeschäft kaufen wollte, lernte sie unterwegs immer neue Leute kennen. Veronika dagegen galt als verschlossen. Sie brauchte lange, um auf den Punkt zu kommen, agierte unbeholfen und verzettelte sich unnötig.

»Brauchst du viel Inspiration?« Francie lehnte sich vor und zupfte ihren Bikini zurecht.

»Ja. Jede Menge.« Bo nickte und wirkte auf einmal etwas mürrisch.

»Und was machst du hier eigentlich genau?«

»Eine Skulptur. Ich soll die Form aus Ton anfertigen, und in der Gießerei in Helsingborg wird sie dann in Bronze gegossen. Aber man kann das nicht in einem Rutsch machen, das geht nur nach und nach. Und es dauert eine Weile. Morgen wird Hugo mir helfen. Will mir zeigen, wie der Brennofen funktioniert und so.«

»Das ist ja prima. Wie lange hast du denn dafür Zeit?«

»Drei Wochen.«

»Na, das ist doch reichlich viel Zeit. Dann kannst du es bestimmt noch schaffen, mich zu malen!« Francie hob die Arme hinter den Kopf und machte einen Schmollmund. »Und wenn später eine Berühmtheit aus dir wird, kann ich das Bild teuer verscherbeln. Sagen, dass ich dich persönlich gekannt habe. Ist das nicht eine tolle Idee? Und dann werde ich reich, ohne auch nur einen Finger krummzumachen!«, sagte sie und versetzte ihm einen spielerischen Klaps auf den Arm.

»Bitte! Das würdest du doch tun, oder?«

»Vielleicht.«

»Wie wäre es am Samstag? Hast du da Zeit?«

Bo schielte zu Veronika hinüber.

»Bisher habe ich da wohl noch nichts vor.«

»Wenn es gut wird, verspreche ich dir, mir einen teuren Rahmen anzuschaffen. Hier im Ort gibt es ein gutes Rahmengeschäft. Aber ausziehen muss ich mich dafür doch sicher nicht, oder?« Mit aufgesetzt schockierter Miene sah Francie ihn an.

»Ich habe an der Kunsthochschule schon jede Menge Akte gemalt, deshalb musst du dir keine Sorgen machen. Ich habe schon beinahe alles gesehen. Frauen und Männer und junge Mädchen.« Entspannt zog er einen Schilfhalm aus dem Sand und sog mit verschmitztem Gesichtsausdruck daran.

Veronika sog auch gerne an Halmen. Sie schmeckten süß wie Honig. Den hellen Teil biss sie immer ab und schluckte ihn hinunter.

»Danach können wir ja ein Eis essen gehen. Im Kiosk stellen sie eigenes Speiseeis her. Es ist sehr lecker«, bekräftigte Francie mit einem Nicken.

»Kommst du auch mit?« Bo sah Veronika an.

»Wohin denn?«

»Ins Atelier? Am Samstag?«

»Ja, warum nicht.«

»Prima. Dann ist das entschieden!« Francie klatschte in die Hände.

»Einverstanden. Dann werde ich jetzt mal ins Wasser springen.« Bo nestelte an den Knöpfen seines Hemdes.

»Wir waren gerade erst schwimmen. Wir warten hier. So long!«, sagte Francie mit einem Winken und streckte ihre Bikini-Brust heraus. Veronika dagegen wandte den Blick ab. Sie konnte sowieso nicht mit Francies zahlreichen Vorzügen konkurrieren, da verhielt sie sich lieber reserviert. Das erschien ihr Erfolg versprechender. Aus den Augenwinkeln sah sie Bo nach einem im Weg liegenden Wasserball treten, bevor er ins Meer watete.

»Sieht er nicht aus wie Arthur Miller?«, flüsterte Francie ihr aufgekratzt zu.

»Wer ist Arthur Miller?«

»Der neue Verehrer von Marilyn Monroe. Du weißt schon, der Dramatiker. Bo müsste nur noch eine Brille tragen, dann würde er ihm noch ähnlicher sehen.«

Francie legte den Kopf schief und kniff nachdenklich die Augen zusammen.

»Das lässt sich vielleicht regeln. Und ein Tweedanzug. Ob er wohl tanzen kann? Wenn nicht, müssen wir es ihm beibringen.«

Francie legte sich auf ihrem Bademantel zurecht, die Finger gespreizt, damit die Sonne überall hingelangen konnte. Gleichmäßig gebräunt zu sein war ihr wichtig. Und weil sie Sport und Bewegung verabscheute, war es das Sicherste, so still zu liegen wie eine platte Flunder. Veronika dagegen war ein rötlicher Typ und bekam eher Sommersprossen, als dass sie braun wurde. Sie musste sich feige verhüllen oder im Schatten bleiben.

Bo reichte das Wasser jetzt bis zur Taille. Die Sonnenstrahlen tauchten alles in ein einziges Glitzern. Es war kaum festzustellen, wo das Meer aufhörte und der Himmel begann. Schließlich entdeckte Veronika Bo wieder, als er mit einem Kopfsprung ins Wasser eintauchte. Als sie seinen bloßen Oberkörper wieder auftauchen sah, verspürte sie ein seltsames Ziehen im Bauch. Aber dann verschwand er erneut im Wasser und war nicht mehr zu sehen.

Sölve hatte kleine Holzschilder mit dem zierlichen schwarzen Schriftzug *Pension Miramar* auf sämtliche

Fahrradgepäckträger montiert. Als sie noch jünger gewesen war, hatte Veronika heimlich ein Springseil an den Lenker gebunden und so getan, als wäre das Fahrrad ein Pferd, obwohl sie eigentlich schon zu alt für solche Spielchen gewesen war. Ein Pferd namens Blanka. Oder Frida. Oder auch Dämon, je nach Lust und Laune. Meistens stellte sie sich ein wildes, ungezähmtes Vollblut vor, das nur sie allein zähmen konnte. Manchmal war das Pferd so störrisch, dass sie mit ihm im Straßengraben endete, aber dann klopfte sie sich einfach den Staub ab und schwang sich erneut in den Sattel. Es dauerte eben, wilde Pferde zu zähmen. Damit musste man rechnen.

Jetzt hatte sie das alte Fahrrad der Marke Monarch genommen und drehte eine Abendrunde zur etwas außerhalb liegenden Landzunge Lyckan. Beidseits des Weges wucherten Weidenröschen, Wiesenkerbel und Brombeersträucher in den Gräben. Auf den Weiden standen leibhaftige Pferde und dösten im Schatten der Eichen, nur träge mit dem Schweif die Fliegen auf ihren Hinterteilen wegschlagend. Die Pferde hatten dicke, wilde Mähnen. Veronika gefielen vor allem die weißen Pferde, sie sahen aus wie die Rösser in den Märchen. Auf anderen Weiden wiederum standen Kühe, deren Augen unter schweren, braunen Lidern hervorblinzelten. Was hinter den Weiden kam, wusste sie nicht. Sie erschienen ihr unendlich.

Signe hatte einmal von einem Mann aus der Gegend erzählt, der sich eine originelle Einladung zu seinem Geburtstag hatte einfallen lassen. Er hatte seine Gäste in der Dämmerung zu einer langen gedeckten Tafel auf einer der Weiden gebeten. Er selbst war nicht erschienen. Stattdessen tanzten nach einiger Zeit Elfen in langen, weißen, umherwehenden Kleidern zwischen den Bäumen zum Klang einsamer Geigenmusik – kaum sichtbar in der Dämmerung. Die Gäste waren wie gebannt. Eine Frau war bei diesem Anblick in Ohnmacht gefallen. Später war herausgekommen, dass der Mann in Wahrheit Mädchen aus dem benachbarten Dorf als Elfen angeheuert hatte. Veronika fragte sich, wer ein derartiges Fest veranstaltet hatte. Ein Bauer wohl kaum, vermutlich war es einer der Grafen gewesen, die hier in der Gegend Land besaßen. Oder ein wohlhabender Künstler. Doch wo sollte der herkommen?

Die Reifen knirschten auf dem Kies. Sie genoss es, von den unebenen Furchen auf dem Weg durchgerüttelt zu werden. Um so schnell wie sie zu radeln, brauchte man Mut und musste auf sein Gleichgewicht vertrauen. Sowie man anfing zu zögern, stürzte man. Der Trick bestand darin, nicht zu viel nachzudenken. Man musste seinen Blick immer auf die nächste Hügelkuppe richten.

Nach dem Tod ihres Vaters hatte Veronika während des Sommers in der Pension immer fast so etwas wie ein eigenes Leben gehabt. In diesen drei Monaten in der Saison konnte sie durchatmen, sich ihren Fantasien hingeben und nach Lust und Laune lesen oder schwimmen gehen. Es war herrlich, dass ihre Mutter hier immer so beschäftigt war und sich nicht wie daheim in der Stadt immer in alles einmischte. Ihre Mutter hatte deshalb natürlich ein schlechtes Gewissen und drückte ihr im Vorbeigehen plötzlich die Hand oder steckte ihr mit einem entschuldigenden Blick etwas Geld zu.

Im Winter kam es Veronika manchmal so vor, als hätte sie sich den Sommer nur ausgedacht. So als wäre er eine Zeit für sich, wie losgelöst von allem, eine Zeit, die nach einer Mischung aus warmen Kiefernnadeln und süßem Weißklee duftete. In der die Misthaufen vor sich hin gärten und das Muhen der Kühe durch die Stille drang.

Währenddessen gab es die Zeit eigentlich gar nicht, sie schien stillzustehen. Es gab nur ein und denselben sich endlos ausdehnenden Sommer. Und es war so, als hätte es ihn schon immer gegeben und als würde er ewig dauern.

Bislang hatten diese Sommer nur ihr allein gehört, aber in diesem Sommer war das anders. Jetzt gab es auch *ihn*. Im Zimmer über ihr. Und nur die Zimmerdecke trennte sie voneinander!

Dieser Gedanke ließ sie erschauern, obwohl es vollkommen windstill war.

2019

Die Luft im Speisesaal ist stickig. Kaffeetassen und Teller stehen für das morgige Frühstück ordentlich gestapelt auf dem Tisch. Das Licht in der Küche ist aus. Ich luge hinter den kleinen Bartresen, kann aber niemanden entdecken. Ich lüfte das Küchenhandtuch auf dem Brotkorb an und nehme mir ein Knäckebrot. Das Abendessen wird erst in zwei Stunden serviert.

Das Parkett knarrt, als ich in den Aufenthaltsraum schleiche. Er wurde angebaut und sieht modernder aus. Eingepfercht in einer Ecke steht ein schwarzes Klavier. Vor dem Fenster ein altmodisches Sofa mit Füßen und Armlehnen aus Holz und ein Tischchen mit einem Farn. An der Stirnseite befindet sich ein Sekretär mit einem großen, altmodischen Radio. Die Namen der Sender treten auf dem schwarzen Untergrund in schimmernder Goldschrift hervor. Hamburg. Paris. Hörby. Toulouse. Budapest. Wien. Falun. Tromsö. Es entsteht eine ganz eigene Landkarte. Radio Luxemburg. Davon habe ich schon mal gehört. Meine Mutter hat mir viel von diesem Sender erzählt, dass er ihre Rettung dargestellt habe, als sie noch jung gewesen sei. Ich drehe am Knopf. Ein Rauschen, nicht unähnlich dem Rauschen in meinen Ohren, breitet sich im Raum aus. Undeutliche Wörter in einer fremden Sprache. Ist das vielleicht Polnisch? Oder Russisch? Ich bekomme keinen vernünftigen Empfang, stelle das Radio wieder aus und setze mich an den Sekretär. Er hat sechs kleine Schubfächer oberhalb der heruntergeklappten Tischplatte. In so einem alten Stück gibt es bestimmt Geheimfächer. Zwischen den Schubfächern ist eine kleine Luke. Ich öffne sie. Muffiger Staubgeruch steigt mir in die Nase. Darin liegen ein Stoß alter Schallplatten der Plattenfirma Sonora. Vorsichtig ziehe ich sie heraus. *Bonnjazz* mit Lasse Mollby. *Eine Sonnenscheinträne* mit dem Harry Arnolds Orchester. *Vergiss nie die Liebgewonnenen*, ein Titel der sogenannten *Lappen-Lisa*. *Nie warst du mir so nahe* mit Gunnar Thuresson. Auf den Schallplatten steht kein Veröffentlichungsdatum, nur ein Slogan in roter Schrift: *Melodien, die verzaubern*. Einen Plattenspieler kann ich aber nirgends entdecken. Sonst hätte ich sie gerne aufgelegt.

Die Decke knarrt. Vielleicht sind ja mittlerweile neue Gäste eingetroffen? Gesehen habe ich keine, aber möglicherweise bleiben sie lieber für sich. Liebespaare, die ihre Ruhe haben möchten. Golfspieler, die den ganzen Tag auf dem Golfplatz verbringen.

Vorsichtig ziehe ich ein kleines Schubfach im Sekretär auf. Ein dicker Stoß Briefe und Ansichtskarten, an die Pension adressiert, purzeln heraus. Dankesschreiben von ehemaligen Gästen, die sich für ein gelungenes Fest zum fünfzigsten Geburtstag, Martinsgansessen und Pensionsaufenthalte bedanken. Auch eine einzelne Spielkarte mit Regeln für Bridge und Canasta fällt heraus. Zuunterst in dem Schubfach liegt eine Illustrierte namens *Taschenjournal*; den Umschlag ziert eine kolorierte Zeichnung eines blonden Modells in einem Kleid mit schmaler Taille und weitem Rock. *Eine Pariser Kreation von Esterel, der auch Kleider für Brigitte Bardot entwirft*, steht darunter. Ich schlage das kleinformatige Magazin auf. Von den Seiten steigt ein Geruch nach Essig auf. Das Papier ist vergilbt. Ich setze mich auf dem harten Sofa zurecht und überblättere einige Fortsetzungsromane mit Titeln wie *Honig und Wermut* und *Das Fräulein vom Amt*. Der Inhalt besteht aus Fortsetzungsromanen, Annoncen, wahren Geschichten aus dem Leben, Reportagen und Horoskopen. Mit anderen Worten in etwa dieselbe Mischung wie in den heutigen Frauenzeitschriften – wie die Zeitschrift, für die ich einen Artikel über eine lebenslange Liebe schreiben soll. Im Hinblick auf den Verlauf des heutigen Gesprächs mache ich mir nicht allzu große Hoffnungen. Morgen muss ich einen neuen Versuch starten. Wenn ich am Ende der Woche keinen druckreifen Text vorweisen kann, blühen mir in Zukunft nur noch Sudokus.

Ich blättere weiter bis zu einer Ratgeber-Kolumne namens *Vertrauenssache*. Rat in Liebesdingen gehört in Zeitschriften zum Amüsantesten überhaupt, aber auf dieser Seite werden nur die Antworten der Ratgeberin veröffentlicht, keine Leserzuschriften. Die Vignette oben auf der Seite zeigt eine Frau im Profil, die sich mit gerunzelter Stirn über ein Blatt Briefpapier beugt. Sozusagen eine ehemalige Kollegin von mir.

Wir sehen uns leider außerstande, sämtliche Leserbriefe zu beantworten, da wir mehr als hundert Zuschrif-

ten pro Woche erhalten, steht darunter. Ich verspüre ein unangenehmes Ziehen im Bauch. Früher einmal haben die Menschen bei mir Rat gesucht. Heute erscheint mir das fern und unbegreiflich.

Mir springt eine fett gedruckte Überschrift ins Auge:

Verzweifelte E.,

Sie denken zu viel an sich selbst! Oder aber Sie leiden an Blutarmut. Wenn Sie sich ständig nur mit Ihren eigenen Problemen beschäftigen, hindert Sie das am Glücklichsein. Hören Sie auf, sich selbst zu bemitleiden! Lesen Sie denn niemals eine Tageszeitung? Heben Sie doch einmal den Blick und sehen sich um, dann fällt Ihnen vielleicht auf, wie viele unglückliche Menschen beispielsweise unter politischen Ereignissen leiden. Ganz zu schweigen von denen, die eine unheilbare Krankheit haben. Wie viele von ihnen versuchen, optimistisch zu bleiben und nicht den Mut zu verlieren! Vergessen Sie Ihren ehemaligen Verlobten doch einmal für ein Weilchen und konzentrieren Sie sich auf etwas Sinnvolles. Bilden Sie sich fort, erweisen Sie älteren Menschen einen Dienst! Oder um es so zu sagen: Bemühen Sie sich, an Ihre Mitmenschen zu denken, und suchen Sie sich neue Interessensgebiete!

Mich überläuft eine Gänsehaut. Verzweifelte E. Damit könnte auch ich gemeint sein. Wie sie wohl hieß, die Leserbriefschreiberin, die vor langer Zeit in einem anderen Jahrzehnt so verzweifelt war? Elin? Elsa? Elisabeth?

Mein Blick fällt auf eine Staubmaus unter dem Klavier, die sich sacht im Luftzug des offenen Fensters bewegt.

Wie lange sie wohl schon dort liegt und Staub ansammelt? Im ganzen Haus ist kein Ton zu hören, nur vereinzelt das Motorengeräusch eines Autos auf der Straße. Schließlich gehe ich zur Verandatür und schnappe frische Luft. Im Garten liegen verstreut einige kleinere Hütten. Vermutlich die Nebengebäude. Eines habe ich in diesem Leben gelernt: Um Nebengebäude sollte man immer einen großen Bogen machen. Nebengebäude münden immer in eine Enttäuschung. Auch im Garten sind keine Gäste zu sehen. Ich atme tief durch die Nase ein. Joar zufolge ist es besser, durch die Nase zu atmen als durch den Mund. In Ruhestellung atmet man auf natürliche Weise durch die Nase ein und aus – entspannt, ruhig und gleichmäßig. Befindet man sich nicht im Gleichgewicht mit sich, kann man trotzdem bewusst wenige tiefere Atemzügen machen. So kann man sich selbst ein Schnippchen schlagen.

Also bleibe ich an der Tür stehen und atme ein Weilchen wie empfohlen. Einen sicheren Hafen anlaufen. Im Hier und Jetzt leben. Ich lasse die Sekunden verstreichen. Ich muss nur noch bis morgen aushalten. Dann werde ich noch einmal Veronika Mörk besuchen und zumindest vorgeben, dass ich einen äußerst wichtigen Auftrag abschließen muss. Bis dahin kann ich mich mit anderen Dingen befassen, die mich von meinen sonstigen schmerzhaften Gedanken ablenken.

Es dauert eine Weile, bis ich richtig wach werde. Morgens ist es immer am schlimmsten. Rasch mache ich eine Bestandsaufnahme meines Tinnitus. Morgens klingt er häufig leiser. Joars Therapie zielt unter anderem darauf ab, sich mit den Gegebenheiten besser abzufinden. Nimmt man seinen Tinnitus hin und lässt ihn nicht so viel Raum in seinem Leben einnehmen, lernt das Gehirn irgendwann, dieses Geräusch zu verdrängen. Bis es schließlich nur noch ein Hintergrundgeräusch ist, ein kaum hörbarer Grundakkord. In Moll zwar, aber immerhin berechenbar. In dieser Hinsicht hat der Tinnitus viel mit Verlustgefühlen gemeinsam. Wenn man sie zulässt, ordnen sie sich schließlich am äußeren Rand des Bewusstseins ein, ohne ständig nach Aufmerksamkeit zu verlangen. Sie lassen nach. Passen sich an. Werden zu einem stillen Mitbewohner, der nicht Anspruch darauf erhebt, ständig gemeinsam alle Räume zu nutzen.

Ich lasse meine Augen weiterhin geschlossen und konzentriere mich auf die Geräusche in meiner Umgebung. Zuerst höre ich gar nichts. Dann ein leises Gurgeln, von einem Staubsauger oder einer Kaffeemaschine vielleicht? Irgendwo übt ein Vogel sich im Sopran. Ich vernehme das Rauschen der Bäume durch das geöffnete Fenster. Nach einer Weile ist mein Tinnitus zu einem Geräusch unter vielen verblasst. Ist nicht länger tonangebend.

Joar kennt sich sogar mit Hypnose aus. Bei meinem zweiten Termin fragte ich ihn, ob er mich nicht hypnotisieren könne, damit ich Erik vergäße. Er sah mich einen Moment lang ernst an und sagte dann: »Ich glaube nicht, dass du vergessen musst. Du musst nur die emotionale

Verknüpfung lösen.« Und ebenda liegt der Hund begraben. Ich bin mir nicht sicher, ob ich wirklich vergessen will. Meine Erinnerungen mögen mich schmerzen, aber wer wäre ich ohne sie?

Die Frage ist, wie man sich in einem ausgewogenen Maß erinnert. Wie kann man sich an Schönes, Erfreuliches erinnern, ohne bei dem Gedanken an die Dinge, aus denen nichts wurde, zu verzweifeln?

Einen sicheren Hafen anlaufen. Die Zeit heilt alle Wunden. Aber ausgerechnet heute wohnt ein bohrender Zweifel in mir. Wer kann schon sagen, ob die Zeit wirklich alle Wunden heilt. Ich muss an Veronika denken. Sechzig Jahre lang hat ihre Jugendliebe in einem versteckten Winkel ihres Gedächtnisses ausgeharrt, und jetzt hat sich die Erinnerung urplötzlich dazu entschlossen, das gesamte Gebäude einzunehmen. Ist zurückgekehrt und richtet sich dort häuslich ein. Wie kommt das? Was hat diese plötzliche Veränderung ausgelöst?

Die Sonne sucht sich einen Weg durch den Spalt der Gardine und scheint mir ins Gesicht. Der Duft von Kaffee dringt vom Korridor herein. Ich öffne die Augen, erhebe mich mühsam aus dem Bett, gehe zum Fenster und werfe einen Blick auf das Thermometer. Achtundzwanzig Grad, und es ist erst neun Uhr morgens! Ich gehe, ohne aufzusehen, am Wandspiegel vorbei und nehme ein frisches Kleid aus meinem Koffer. Das habe ich mir so zur Gewohnheit gemacht, als ich mit Erik zusammenarbeitete und aus dem Koffer lebte, und mit dieser Gewohnheit will ich nicht brechen. Danach raffe ich mein Haar zu einem Pferdeschwanz zusammen, packe meinen

Notizblock und das Handy in meine Tasche und verlasse das Zimmer.

Sie trägt etwas Ähnliches wie gestern, eine Bluse mit Strickjacke, heute aber in Gelb. Vielleicht hat Veronika ja einen ganzen Schrank voll mit Blusen und Strickjacken. Eine Farbe für jeden Tag. Flieder. Türkis. Weiß. Kanarienvogelgelb. Dieser Gedanke erscheint mir seltsam tröstlich. Feste Gewohnheiten geben einem Halt, wenn alles andere den Bach runtergeht.

»Sind Sie von der Altenhilfe?«, fragt Veronika mich und sieht mich skeptisch an.

»Wie bitte? Nein, ich bin die Journalistin, die gestern schon einmal hier war. Ebba Lindqvist.«

»Ach ja, jetzt erkenne ich Sie wieder. Es ist so dunkel hier im Flur. Und meine Brille liegt noch auf dem Tisch. Kommen Sie herein!«, sagt sie ungeduldig gestikulierend.

»Ich habe Kuchen mitgebracht«, erwidere ich und deute auf die Tüte von der Konditorei, an der ich auf dem Weg hierher vorbeigekommen bin.

»Das wäre doch nicht nötig gewesen, aber trotzdem vielen Dank!« Sie nimmt die Tüte und geht voran in den Wohn- und Schlafbereich, gestützt auf einen kleinen roten Rollator.

»Bitte, nehmen Sie doch Platz!«, sagt sie mit einer Kopfbewegung zum Klapptisch. Ein Kreuzworträtselheft liegt aufgeschlagen auf dem Tisch: *Einsteins Knobeleien.* Es ist keines von meinen Rätseln. Ich kann mir nur

Kreuzworträtsel von mittlerem Schwierigkeitsgrad ausdenken. Die wirklich schwierigen sind nur den erfahrensten Erstellern von Kreuzworträtseln vorbehalten, nicht selten sind es irgendwelche Exzentriker, die draußen auf dem Land wohnen, wo sie ihre Rätsel unter obskuren Pseudonymen zusammenbasteln.

»Fühlen Sie sich heute etwas munterer?«, frage ich Veronika und setze mich an den Tisch.

»Nicht wirklich, aber wenn ich mir einrede, dass ich gut geschlafen habe, geht es mir besser. Nichts ist stärker als die Kraft der Gedanken.«

Nichts ist stärker als die Kraft der Gedanken. Das klingt wie ein Titel meiner alten Bücher. Das setzt allerdings voraus, dass man länger als drei Sekunden an einem Gedanken festhalten kann. Und dass diese Gedanken erbaulich sind.

»Möchten Sie vielleicht etwas Fliederblütensaft? Ich habe ihn gerade erst frisch gemischt.«

»Danke, sehr gern«, erwidere ich.

»Den Kuchen können wir ja dazu essen.« Veronika geht in die Küche. Gläserklirren ist zu hören.

Die Sonne wärmt durch die Jalousie meinen Rücken. Die Heizkörper rauschen. Ich würde nie so leben wollen wie Veronika. Diese schwellenlosen Zimmer mit den breiten Türrahmen haben viel zu viel von einer *Einrichtung*. Und dennoch übt das Zimmer eine beruhigende Wirkung auf mich aus. Vielleicht gerade deshalb, weil es meilenweit von allem entfernt ist, was ich mir selbst ausgesucht hätte. Es hat etwas Befreiendes an sich, es einfach nur hinzunehmen. Ich lasse die Schultern sinken, erlaube meinem Rücken, sich anzulehnen und zu entspannen.

»Brauchen Sie Unterstützung?«, rufe ich.

»Nein, danke. Ich habe das Tablett auf die Karre gestellt. Das geht ganz wunderbar.«

Veronika kommt wieder zurück ins Zimmer. Auf dem Rollator ist vorne ein kleines Tablett montiert, auf dem zwei Gläser Saft und ein Kuchenteller stehen.

»Patentes Teil«, bemerke ich.

»Ja, er ist praktisch. Und leicht manövrierbar. Ich nenne ihn immer meinen Servierwagen. Das klingt besser als Rollator.«

Ich helfe ihr dabei, alles auf den Tisch zu stellen. Veronikas Bewegungen sind sparsam und durchdacht, aber elegant, obwohl ihre rechte Hand nicht so richtig will. Bei manchen Menschen sitzt eben jede Bewegung. Ich selbst nehme es meistens nicht so genau, wenn ich alltägliche Aufgaben erledige, sondern sehe sie eher als Übergangsetappe hin zum richtigen Leben. Was auch immer das ist.

»Wo waren wir noch gleich stehen geblieben?« Veronika nimmt mir gegenüber Platz und fährt sich mit einer Hand durch die Haare.

»Wir haben über Sie und Uno gesprochen«, rufe ich ihr die Erinnerung zurück und schlage eine leere Seite in meinem Notizbuch auf. »Und über langjährige Ehen.«

Heute muss ich sie unbedingt dazu bewegen, ein paar gute Zitate von sich zu geben, damit ich den Artikel fertig schreiben kann. In meinem Hinterkopf keimt allerdings auch eine Idee für einen anderen Artikel heran – eine

Geschichte über ihre Jugendliebe, mit der sie durchgebrannt ist. *Die einzige Liebe, die mir wie wahre Liebe vorkam, ist die Liebe, die von mir gegangen ist.* Wo habe ich das nur schon mal gehört? Stammt das aus einem Lied? Aus einem Buch? Ich weiß es nicht mehr. Im vergangenen Jahr sind mir solche Zeilen wie uralte Denksprüche durch den Kopf gegangen.

Veronika beißt von der Schokoladenschnitte ab.

»Lecker. Woher ist der Kuchen?«

»Von der Konditorei in der Köpmansgatan«, erwidere ich.

»Unsere Pensionsköchin Signe hat auch so ähnliche gebacken. Sie gab immer eine winzige Prise Salz in den Teig. Das hat dem süßen Geschmack so eine schöne Note verliehen.« Veronika leckt sich ein paar Krümel aus dem Mundwinkel. »Ich selbst hatte nie so viel für das Backen übrig, das macht einfach zu viel Arbeit. Und seit Unos Tod habe ich nicht ein einziges Mal mehr gebacken.«

»Vermissen Sie ihn sehr?«

Sie neigt den Kopf nachdenklich zur Seite.

»Natürlich. Aber ich spreche auch jetzt noch mit ihm und frage ihn, was er über dieses oder jenes denkt. Ich weiß schließlich genau, wie seine Antwort darauf lauten würde. Und wenn die Leere zu groß ist, dann stelle ich mir vor, er wäre auf einer Weltreise und kommt bald wieder zurück. Das erste Jahr war am schlimmsten, die Umstellung an sich. Mittlerweile lasse ich meine Verlustgefühle zu, wenn sie auftauchen. Das Gefühl, ihn zu vermissen. Ich spüre ihnen aber nicht mehr bewusst nach.«

Ich starre sie an.

»Wie lange hat es denn gedauert, bis diese Methode Wirkung gezeigt hat?«

»Das kam so nach und nach. Die Trauer um den Verlust eines Menschen hat einen ganz individuellen Verlauf.«

»Welchen Verlauf denn?«, hake ich nach.

»Man kann nicht darüber Regie führen, sie muss ihren eigenen Gang gehen. Aber ich habe nach seinem Tod eine seltsame Feststellung gemacht.«

»Ach ja? Welche denn?«

Veronika beugt sich vor. Das Armband um ihr schmales Handgelenk klirrt leise gegen den Tisch.

»Stellen Sie sich vor, Sie wären ein Haus mit vielen Zimmern. Dann ist es so, als wäre eines dieser Zimmer leer und trostlos, aber alle übrigen möblierten Räume sind noch da. So ein Gefühl ist das. Manche habe ich schon jahrelang nicht mehr aufgesucht.« Sie dreht den Kopf, der mich so an ein Vögelchen erinnert. »Verstehen Sie, was ich damit sagen will?«

»Ich glaube schon«, erwidere ich.

Die Wanduhr tickt. Draußen im Hof ist ein Rasenmäher angesprungen. Die Geräusche gehen ineinander über, mischen sich mit dem Rauschen in meinen Ohren. Irgendwie scheint es etwas dumpfer, leiser zu klingen als gestern, eher wie Insektensummen. Veronikas Blick huscht zum Fenster.

»Die Wohnungen in Göteborg kosteten wahrlich eine Stange Geld. Wir lebten sehr einfach, auf einem Dachboden. Ohne fließend Wasser im Haus. Auch so gut wie ohne Heizung. Damals musste man noch den Ofen anheizen. Morgens war das Feuer erloschen, und man fror derartig, dass man schnell ein neues machte.«

»Wer wohnte auf dem Dachboden?«, frage ich nach.

»Bo und ich, natürlich. Ich habe doch erwähnt, dass wir durchgebrannt waren? Sie sind aber wirklich ein bisschen vergesslich.« Gereizt sieht sie mich an.

Ich lege das Notizbuch auf meinen Schoß.

»Sie sind also nach Göteborg geflohen?«

»Ja, das war seine Heimat.« Ein Muskel unter ihrem Auge zuckt.

»Und wann genau war das?« Ich wage es kaum, mich zu rühren, vor lauter Angst, sie zu unterbrechen. Ich möchte wirklich die Fortsetzung hören.

»Wir nahmen am Ende des Sommers den Zug. Heute steht das Bahnhofsgebäude leer, aber der Schienenstrang existiert noch. Man kann heute entlang des Bahndamms spazieren gehen. Es gibt dort auch einen schönen Radweg.«

»War das, bevor Sie Uno kennengelernt haben?«

»Ja, natürlich. Ich bin schließlich keine Bigamistin.«

»Und wie lange waren Sie und Bo ein Paar?«

Ich merke, wie sie mit der Antwort zögert. Sie fährt sich über den schmalen Nacken und zupft an einer abstehenden Haarsträhne ihres ansonsten makellosen Pagenkopfes.

»Schon eine Weile. Wie lang genau, weiß ich gar nicht mehr. Ein Jahr in etwa. Warum unterhalten wir uns überhaupt darüber? Und nehmen Sie eigentlich auf, was ich sage? Wo ist Ihr Mikrofon?«

»Nein, ich höre Ihnen nur zu. Es interessiert mich«, sage ich.

»Na, ich weiß nicht …«

Veronika nimmt einen kleinen rosafarbenen ergonomischen Ball von der Fensterbank und drückt ihn, sie schließt die Augen. Die Sonnenstrahlen, die von draußen hereinfallen, tanzen auf ihrem Gesicht. Ich kann sehen, wie sich ihre Augäpfel unter den dünnen, von feinen Äderchen durchzogenen Lidern bewegen.

»Er konnte gut Fahrrad fahren. Konnte freihändig fahren. Das hat mich natürlich beeindruckt. Er war etwas Besonderes, ich war noch nie zuvor jemanden wie ihm begegnet. Wenn wir einen Ausflug machen wollten, radelte er den ganzen langen Hügel in einem Stück hinauf.«

»Welchen Hügel denn?«, frage ich.

»Na, den Hügel nach Östra Karup. Ich habe mich vor meinen Aufgaben in der Pension gedrückt. Er beharrte darauf, die gesamte Strecke über seine Lederjacke anzubehalten, und roch trotzdem kein bisschen nach Schweiß. Er roch gut, so wie eine Schale voller Äpfel.«

»Wissen Sie, wie eine Schale Äpfel riecht?«, fragt sie mich.

»Nein, aber ich kann es mir vorstellen.«

»Als wir endlich ankamen, dachte ich schon, er würde in Ohnmacht fallen, so erschöpft war er. Und die Limonade hatten wir schon in Förslöv ausgetrunken, wir hatten also nichts mehr zu trinken.«

»Und wo wollten Sie hin?«

»Ich wollte ihm die Felszeichnungen an den Klippen bei Drottninghall zeigen. Sie sind uralt und stammen aus der Bronzezeit. Dort oben existieren auch Fußabdrücke, die angeblich von einer einstigen Königin stammen, die auf der Durchreise war. Ihren Namen habe ich leider vergessen. Die Fußabdrücke waren mir eigentlich auch ziemlich egal, ich wollte nur mit ihm zusammen sein.«

Sie trinkt einen Schluck Fliedersaft.

»So ist das mit manchen Menschen. Man möchte einfach in ihrer Nähe sein, ohne zu wissen, warum.«

»Ich weiß, wovon Sie sprechen«, sage ich leise und muss schlucken.

Im Hintergrund höre ich die Rohrleitungen rauschen.

»Es war an dem Tag so heiß, dass die Schafsköttel dampften. Wir mussten über eine Weide gehen, um dorthin zu kommen. Er hat meine Hand gehalten. Das allein hat mir schon viel bedeutet. Ich wünschte, die jungen Leute von heute würden das noch erleben. Aber vielleicht tun sie das ja auch?« Veronika beißt sich auf die Lippe.

»Und was passierte dann?«, will ich wissen.

»Am Ende küssten wir uns hinter einem Baum, während neben uns laut ein Widder blökte. Ich dachte schon, er würde uns auf die Hörner nehmen, aber das konnte er wohl nicht. Bo versuchte, ihm trotzdem mit seinem roten Taschentuch Beine zu machen. Er hatte manchmal ein so kindliches Gemüt, tat solche Dinge, sprang umher und schnitt Grimassen und so.« Veronika wendet bei dieser wieder aus dem Gedächtnis hervorgeholten Erinnerung lächelnd den Kopf ab.

»Und, haben Sie die Fußspuren gefunden?«

»Ja. Wir haben auch unsere eigenen Füße hineingestellt. Bos Füße waren zu groß, aber meine passten genau hinein.«

Sie sieht mich an. Mit ihren Augen so blau wie der Himmel draußen vor dem Fenster.

»So eine richtig himmelhoch jauchzende Verliebtheit, die habe ich mit Uno nicht erlebt. Uns verband etwas anderes, wir arbeiteten gut zusammen. Besaßen feste Routinen und Gewohnheiten. Sicherheit.«

Mein Bauch krampft sich schmerzlich zusammen.

»Und mit Bo? Hatten Sie mit ihm diese himmelhoch jauchzende Verliebtheit?«

»Eigentlich ist das ein albernes Wort – himmelhoch jauchzend. Manchmal denke ich, dass es mehr Wörter für die Liebe geben sollte. Ein einziger Ausdruck ist so wenig, man kann andere Menschen schließlich auf so viele verschiedene Weisen gernhaben.«

»Haben Sie jemals versucht, ihn zu finden?«

Veronika wirft den Kopf in den Nacken.

»Nein.«

»Und warum nicht?«

»Ich weiß ja nicht einmal, ob er noch am Leben ist, er war schließlich Künstler. Künstler sterben doch meistens recht früh, oder?« Sie sieht mich an.

»Aber falls er noch leben würde, würden Sie ihn dann treffen wollen?«, insistiere ich. »Dieser Gedanke muss Ihnen doch schon einmal gekommen sein, Sie haben schließlich dem Medium geschrieben.«

»Wozu soll das gut sein? Was sollten wir einander schon zu sagen haben?«

»Gibt es denn gar nichts, das Sie ihn gerne fragen würden? Oder etwas, das Sie ihm früher vielleicht gerne gesagt hätten?«

Ich spüre die alte Ratgeberin in Liebesdingen in mir erwachen.

Veronika lässt den ergonomischen Ball auf den Tisch fallen. Plötzlich wirkt sie verunsichert.

»Haben Sie gesehen, was unten auf dem Menüzettel stand? Das Menü steht immer am Anschlagsbrett. Man gibt sich hier wirklich viel Mühe, immer wieder neue Gerichte zu servieren. Risotto und so. Viel Vegetarisches.« Sie verstummt.

»Ich habe leider nicht darauf geachtet«, sage ich. »Aber, sagen Sie, haben Sie Fotos von Bo? Ich würde so gerne wissen, wie er ausgesehen hat.«

Ich merke, dass ich mich damit immer weiter vom eigentlichen Thema meines Artikels entferne, kann aber nicht anders.

Veronika verzieht das Gesicht zu einer sonderbaren Grimasse.

»Ich habe ein einziges«, sagt sie schließlich. »Das Fotoalbum steht dort drüben im Bücherregal. Unten auf dem letzten Regalboden. Es ist das mit dem braunen Einband«, sagt sie mit einem Kopfnicken zum Regal.

Ich ziehe das staubige Album hervor. ERINNERUNGEN AN DEN SOMMER 55 steht mit verschnörkelten Buchstaben auf dem Deckel. Ich schiebe meinen Stuhl neben Veronikas und lege das Album auf den Tisch. Veronika duftet schwach nach Lavendel.

»Sie können ja blättern, ich sage dann stopp«, bittet sie mich. »Meine rechte Hand gehorcht mir nicht mehr so gut.«

Ich schlage das Album auf. Der Kleister hat die Seiten

verklebt, es ist schwierig, sie zu öffnen. Der Albumkarton ist leicht aufgequollen und spröde. Ein schwacher Geruch nach getrockneten Blumen steigt von den Seiten auf. Vorsichtig blättere ich das Seidenpapier um. Leute sitzen zusammen auf der Veranda, am Strand und vor einem Kiosk namens *Angels*. Die Bildunterschriften sind kurz: *Sonnenuntergang. Signe auf der Veranda. Francie isst Waffeln.* Es sind Schwarz-Weiß-Bilder, trotzdem kann ich die Farben irgendwie erahnen. Warme, gesättigte Farbtöne. Braun wie Sirup.

»In dem Sommer war es so heiß, dass sich noch nicht einmal die Fliegen mehr gerührt haben. Alle taten nur das Nötigste. Man konnte nur schwimmen gehen. Und das sind wir.«

Veronika zeigt auf ein Foto, auf dem drei Leute am Strand zu sehen sind. In der Mitte liegt, auf die Ellbogen gestützt, ein junger Mann mit langem Pony und mürrischem Gesichtsausdruck. Neben ihm streckt ein lächelndes Mädchen mit kurzen Haaren die Brust raus. Sie erinnert an Marilyn Monroe. Auf der anderen Seite, ein wenig am Rand, sitzt ein hoch aufgeschossenes, schmächtiges junges Mädchen mit leicht geduckter Haltung. Ein gerader Pony endet unmittelbar über ihren ernst blickenden Augen.

»Sind das Sie?« Ich berühre das Gesicht des Mädchens auf dem Foto.

»Ja, das bin ich. Und das da ist meine Cousine Francie.«

Veronika deutet mit dem Zeigefinger auf das Mädchen im Bikini.

»Francie war immer sehr auf das Äußere bedacht, bei sich und bei anderen. Trug immer den letzten Schrei. Sie ist später Schauspielerin geworden. Hat sogar einige Zeit lang am Königlichen Theater in Kopenhagen gespielt. Eigentlich arbeitete sie in der Telefonzentrale, aber dann hatte sie Glück und sprang für eine Schauspielerin ein, die krank wurde. Sie durfte bleiben. Hatte meistens Nebenrollen.«

Veronika streicht sich eine Haarsträhne aus dem Gesicht.

»Sie hat geheiratet und bekam schließlich eine Tochter, ließ sich aber nach einigen Jahren wieder scheiden. Danach war es wohl nicht mehr so leicht, wieder an ihre einstige Karriere anzuknüpfen. Sie hatte vor allem Engagements bei freien Theatergruppen, trat in Operetten auf.«

»Ist sie noch am Leben?«

»Nein. Sie starb Knall auf Fall mit nur dreiundsechzig Jahren an einem Herzinfarkt. Ihre Tochter lebt heute in Australien. Wir haben keinen Kontakt. Dort in der Mitte, das ist Bo.« Viktoria verstummt. »Obwohl damals immerzu die Sonne schien, kann ich mich nicht entsinnen, dass wir jemals einen Sonnenbrand bekommen hätten. Wir konnten uns den ganzen Tag lang sonnen. Bo musste natürlich gelegentlich ins Atelier, er musste die Skulptur fertigstellen, deswegen war er überhaupt nach Malen gekommen.«

»Er sollte eine Skulptur anfertigen?«, frage ich.

»Ja, er hatte ein Stipendium dafür von seiner Kunsthochschule erhalten. Er sollte für die Stadt Laholm eine Skulptur machen und durfte das Atelier eines lokalen

Künstlers nutzen. Er stand natürlich unter großem zeitlichem Druck.«

»Und was für eine Skulptur war das?«

»Anfangs hatte er hochfliegende Pläne. Er wollte ein Dreieck und ein Rechteck gestalten, die Frau und Mann symbolisierten, aber das war zu schwer zu realisieren. Wie alle Künstler in den Fünfzigerjahren war er von dem Abstrakten, Modernen angetan.«

»Wissen Sie, wo die Skulptur heute steht?«

»Ja. Sie steht in Laholm.«

Veronika trinkt einen Schluck Saft.

»Ich habe sie vor vielen Jahren durch einen Zufall entdeckt, als Uno und ich dort ein Konzert besuchten. Wir setzten uns auf eine Bank, und auf einmal stand sie da einfach. Mitsamt Plakette und allem Drum und Dran. Ich war geschockt, als ich sie sah, ich hatte niemals damit gerechnet, dass er auf meine Worte hören würde.«

»Was meinen Sie damit? Was haben Sie ihm denn gesagt?« Ich sehe sie fragend an.

Sie streicht sich mit dem Handrücken über die Wange. Ihre Finger zittern leicht.

»Wie spät ist es jetzt?«

»Halb zwölf«, erwidere ich.

»Dann wird jeden Augenblick das Mittagessen serviert. Ich muss schon mal den Salat rausnehmen, ich habe noch welchen von gestern da. Ich esse immer Rohkost und eingelegtes Gemüse als Beilage, das bekommt dem Magen gut.«

Sie stützt sich auf den Tisch und macht Anstalten, aufzustehen.

»Darf ich Sie nur noch eine Sache fragen?«, bitte ich sie. »Haben Sie irgendeine Ahnung, wo er sein könnte?«

Beunruhigt sieht Veronika mich an, als hätte sie auf einmal Angst.

»Nein. Sie gehen jetzt besser. Ich möchte beim Essen gern allein sein. Sie können ja heute Nachmittag oder morgen wiederkommen.«

»In Ordnung.« Ich nicke und stehe widerstrebend auf.

Habe ich zu Hause überhaupt die Herdplatte ausgestellt, bevor ich hierhergefahren bin? Den Müll habe ich rausgebracht, da bin ich mir fast sicher. Aber ich habe nicht die Gardinen am Fenster zugezogen, das nach Süden geht. Die Blumen sind in der Hitze bestimmt schon verwelkt. Na ja, das ist vielleicht auch egal. Ich habe sie in den vergangenen neun Monaten sowieso kaum am Leben erhalten. Habe sie nur gegossen, weil es mir zu anstrengend schien, zuzusehen, wie sie eingehen, und sie dann auch noch wegwerfen zu müssen. Eigentlich müsste ich mich heute Nachmittag in den Zug setzen und könnte dann auf der Heimfahrt den Artikel zusammenschustern. So habe ich das jedenfalls früher gemacht. Das Material ist nur dünn, aber man kann es im Nachhinein immer noch mit Fragen, mit ansprechenden Milieubeschreibungen und Hintergrundfakten auffüllen.

Aber etwas hält mich zurück. Die einzigen Momente, in denen ich in den letzten Monaten so etwas wie eine innere Ruhe verspürt habe, waren in Veronikas vier Wänden. In einer Einrichtung für betreutes Wohnen. Weiß der Geier, warum. Auf den Fluren riecht es nach Essen, und die Atmosphäre ist im Grunde genommen deprimierend.

Ich schlage die Preisliste meiner Pension auf, die auf der Truhe am Bettende liegt. Eine Übernachtung kostet tausendzweihundert Kronen. Das ist eine ganze Stange Geld. Ich rufe auf meinem Handy mein Online-Banking auf. Mein Saldo beläuft sich auf nur siebentausenddreihundert Kronen. Ich sollte das Geld also lieber für unvorhergesehene Ausgaben sparen, um nicht zu sagen, für die Zukunft. Andererseits würden mir einige zusätzliche Nächte hier eine dringend benötigte Verschnaufpause verschaffen. Eine Verschnaufpause wovon? Von der daheim herrschenden Leere, von dem Druck, neue Perspektiven für sich abzustecken, damit es einem besser geht. Man hat aber doch bestimmt auch ein Recht auf Urlaub, selbst wenn man kaum arbeitet?

Aber weitaus wichtiger ist, dass meine Neugier geweckt worden ist. Hier gibt es zweifelsohne eine Story auszugraben – wenn auch nicht die, deretwegen ich hergekommen bin, sondern vielmehr eine im Verborgenen schlummernde alte Liebesgeschichte, die sich in den Fünfzigerjahren abgespielt hat. Eine Geschichte, über die Veronika immer noch spricht oder an die sie sich wieder erinnert. Das auseinanderzuhalten, scheint ihr manchmal schwerzufallen. Sie wirkt ein klein wenig verwirrt. Aber einen Namen hat sie nicht vergessen. Seinen.

Bo Bix.

Ich öffne die Zimmertür und schleiche die Treppe hinab. Die Bar ist unbemannt. Das Regal mit dem halbmondförmigen Bogen rahmt die Flaschen ein und hat etwas glanzvoll Altmodisches an sich. Die Tresenplatte aus Teak ist zerkratzt. Es gibt eigentümliche Spirituosen. Wer trinkt überhaupt Wermut, und warum? Ich sehe mich nach allen Seiten um und rufe sicherheitshalber Hallo, bevor ich hinter den Tresen gehe und mir ein Glas davon einschenke. Auf dem Kühlschrank steht eine leere Teebüchse. Zögernd stecke ich einen Hundertkronenschein hinein und stelle sie auf den Tresen. Gewissenhafte Selbstbedienung. Barfuß schlendere ich auf den Fluren umher und betrachte die Bilder an den Wänden. Die meisten zeigen den Strand und das Meer. Eine Landkarte von der Laholmer Bucht, eingerahmt in Plexiglas. Eine Lithografie mit spielenden Kindern. Ein Diplom für den *Unternehmer des Jahres 1989* hängt versteckt hinter der Garderobe. Die Auslegeware auf den Korridoren kitzelt mich an den Füßen. Die Pension ist menschenleer.

Seit meiner turbulenten Scheidung fällt mir der Kontakt zu anderen Menschen, vor allem fremden, schwer. Es bedeutet für mich immer wieder eine große Kraftanstrengung, die üblichen Fragen über die Arbeit, die Familie und Hobbys zu beantworten. Und wenn mich die Menschen noch aus den Medien kennen, ist es noch schlimmer. Manche schauen mich mitleidig an, andere voller Verachtung. Meine alten Freunde haben Geduld mit mir, obwohl ich sie wie gesagt nicht mehr so häufig sehe. Mit Eriks und meinen gemeinsamen Bekannten habe ich kaum noch Kontakt seit dem Unfall vor neun Monaten, oder als was man es auch immer bezeichnen will. Als Missgeschick. Eine Bombe. Eine Katastrophe.

Aber das macht gar nichts, mittlerweile weiß ich meine Isolation zu schätzen. Joar indes sagt, das sei ein schlechtes Zeichen.

Der Wermut ist gar nicht mal so übel. Ist trockener, als ich dachte. Hat einen hohen Alkoholgehalt. Wirkt schnell.

Ich gehe in den Aufenthaltsraum, klappe den Klavierdeckel hoch und spiele versuchsweise ein paar Akkorde. Manche Tasten geben überhaupt keinen Ton von sich, das Klavier ist nicht gestimmt. Die Bücher im Regal bedeckt eine dicke Staubschicht, anscheinend hat schon lange niemand mehr in ihnen geblättert. Manche beschreiben den historischen Alltag auf der Kullen-Halbinsel. *Was machte Großvater in Mölle? Hier genießen wir das Leben! Atlas über Schonen.*

In einem Album finde ich alte Leserbriefe. Jemand nimmt Anstoß am Radfahren:

Der hygienische Aspekt des Velozipedfahrens ist keineswegs so groß wie behauptet. Die Beinmuskeln könnten überanstrengt werden, während der Oberkörper nicht genügend bewegt wird. Unsinnige sportliche Torheiten, Wettrennen und dergleichen sollten gänzlich verbannt werden!

Sämtliche Einrichtungsgegenstände hier sehen alt und vernachlässigt aus. Ein Kartenspiel liegt auf dem Regal, ich stecke es in die Hosentasche. Vielleicht kann ich mein Gedächtnis ja mit dem Legen einer Patience wieder etwas auffrischen. Ich tappe wieder zurück zur Bar, schenke mir nach und schleiche wieder die Treppe zu meinem Zimmer hinauf. Ein Abend allein mit einer Patience und einem frisch bezogenen Bett, das kann ich überleben. Aber kaum öffne ich die Tür, springt mir ein wütend blinkendes Symbol auf meinem Handy ins Auge. Mehrere SMS von verschiedenen Leuten sowie zwei verpasste Anrufe von Anna aus der Redaktion. Widerwillig höre ich die Mobilbox ab. Annas Stimme klingt schrill.

»Wie läuft es mit dem Artikel? Schick mir so schnell wie möglich einen Entwurf! Ich möchte mir ein Bild davon machen, wie du es dir gedacht hast.«

Pause. Piep.

»Hallo, hier ist noch mal Anna. Die Fotografin hat gerade angerufen. Du solltest dich doch mit ihr abstimmen, damit sie ihre Aufnahmen machen kann, aber sie sagt, dass du dich gar nicht bei ihr gemeldet hast. Du musst sie sofort anrufen, ich habe dir ihre Kontaktdaten gesimst.«

Pause.

»Ich noch mal. Du hast sie schon von mir bekommen. Ruf sie jetzt an!«

Verflixt aber auch! Wie habe ich nur die Fotografin vergessen können? Ich erinnere mich vage an eine Mail aus der Redaktion, dass ich jemanden anrufen sollte. In Malmö? Kopenhagen? Irgendwo in meinem Hinterkopf klingelt da etwas. Manchmal laufe ich mehrere Tage mit dem unangenehmen Gefühl herum, etwas Wichtiges vergessen zu haben. Früher habe ich meine Aufträge immer rechtzeitig, häufig vor der Deadline, abgegeben. Jetzt aber bin ich mir gar nicht mehr sicher, ob ich überhaupt einen Artikel über Veronikas lange Ehe schreiben will. Sie scheint selbst gar nicht so viel darüber zu sagen zu haben. Außerdem habe ich schon viel zu viele solcher Storys mit konstruiertem Ende verfasst. In all meinen Sendungen und Artikeln habe ich vorgegeben, dass das Leben überschaubar und verständlich wäre und der Logik folgen würde. Aber das tut es nicht. Das Leben ist grausam und unkontrollierbar. Gibt man ihm den kleinen Finger, nimmt es die ganze Hand. Es gibt so vieles, was schiefgehen kann und plötzlich und unvorhergesehen geschehen kann. Jäh, wie wenn ein Glas zerspringt.

In meinen Ohren höre ich einen schrillen Pfeifton. In den Leitungen rauscht das Wasser. Ich habe noch nicht einmal mehr die Kraft, das Glas Wermut auszutrinken. Auf einmal ergibt nur eines Sinn: totale Passivität. Ich lege mich auf das Bett, ziehe die Bettdecke über mich und starre an die Zimmerdecke. Der Kristalllüster wirft bunte Reflexe durch das Zimmer.

Zwischen Veronikas Geschichte und meiner gibt es Parallelen. Sie ist mit ihrer großen Liebe durchgebrannt – ich mit meiner. Sie hat anschließend einen anderen geheiratet – ich war davor verheiratet. Seit meinem Verlust ist noch nicht mal ein Jahr vergangen – seit ihrem mehr als sechzig. Ich bin mir immer noch nicht ganz darüber im Klaren, was genau bei Erik und mir schiefgelaufen ist. Ganz zu schweigen von der Sache mit Tom und mir. Sowie ich mich dem Kern der Angelegenheit nähere – was geschehen ist und weshalb –, ist es so, als würde sich mein Verstand ausschalten. Es ähnelt meiner Neigung, mit sinnlosen Alltagstätigkeiten Zeit zu verplempern, wenn ich eigentlich arbeiten soll. Was geschah mit

Veronika und ihrer großen Liebe? Weshalb wurden sie voneinander getrennt?

Während ich so daliege, reift in mir die Erkenntnis heran, dass es *diese* Geschichte ist, über die ich mehr herausfinden will.

Sie könnte meine Ausflucht sein, um noch hierzubleiben.

Sie, oder eine andere x-beliebige.

Man sollte nie mehr besitzen als das, was in den Kofferraum eines Kleinwagens passt.

Das war eine von Eriks Devisen. Ich fand das unglaublich romantisch. Und so genügsam. Für mich stellten Besitztümer seit jeher ein Puffer gegen die Unzuverlässigkeiten des Lebens dar.

Besitztümer geben dem Dasein Halt, so wie Kiefern den Flugsand aufhalten. Umgibt man sich mit Dingen, lenkt einen das von anderen, versteckteren Problemen ab. Das ist ein großer Vorteil. Vielleicht ist überhaupt *das* der springende Punkt mit Besitztümern. Sie geben einem immer was zu tun. Es gibt immer etwas zu putzen und zu reparieren und etwas, über das man meckern kann. Gras muss gemäht, Eichenholztischplatten geölt, Kaffeebohnen gekauft und gemahlen werden. Kleidung gebügelt und der Gartenzaun gestrichen werden.

Man könnte es also als eine Befreiung von der Geißel der Selbstverwirklichung betrachten. Damit man sich nicht ständig Fragen wie diese stellen muss: Was ist der Sinn des Ganzen? Ist dies das Leben, das ich führen will?

Wonach sehne ich mich? Was ist meine Aufgabe hier auf Erden? Wer schafft es überhaupt, sich langfristig mit solchen Fragestellungen auseinanderzusetzen? Gar nicht verwunderlich also, dass wir stattdessen nur dem Konsum frönen. In den vergangenen Jahren habe ich mich allerdings gefragt, ob ich wirklich den richtigen Dingen entsagt habe.

Im Prinzip habe ich meine Jugend so beendet, wie man ein Abo beendet. Aus irgendeinem Grund dachte ich mit zwanzig, jetzt sei es an der Zeit, *erwachsen* zu werden. Das lief dann unter anderem darauf hinaus, dass ich meine Gitarre verkaufte, mir eine andere Garderobe zulegte, leidenschaftliche Liebesaffären abrupt keinen Reiz mehr auf mich ausübten und ich mir Platzdeckchen anschaffte. Aus mir wurde jemand Solides. Alles Spielerische wurde an den Rand gedrängt.

Erik dagegen hatte sich für einen anderen Weg entschieden. Er besaß zwei Ikea-Taschen mit Kleidung, aus denen er nach dem Zufallsprinzip etwas auswählte, indem er die Hand hineinsteckte und etwas herauszog. Das, was er herauszog, war immer eine Überraschung. Der Gewinn des Tages. Außerdem glaubte er, sich dadurch die Mühe zu ersparen, sich entscheiden zu müssen. Erik besaß nur seltsames Geschirr, seltsame Strümpfe, seltsame Ansichten. Ja, er selbst war von Kopf bis Fuß seltsam. Allein Gummibänder gaben seiner mangelnden Ordnung einen Halt. Er band sie sich ums Handgelenk, um die Brieftasche, ums Haar und um die Schlüssel. Eigentlich hätte das Tattoo auf seinem Unterarm ein Gummiband statt eines Messers darstellen sollen.

»Ein Messer-Tattoo bereut man nie. Das ist ein Klassiker«, hat mir Erik einmal lässig im Pausenraum erklärt.

»Aber ist das nicht zu aggressiv, sich eine Waffe auf den Arm tätowieren zu lassen?«, fragte ich skeptisch.

»Im Buddhismus ist das Messer ein Symbol dafür, dass man sich von Materiellem losgesagt hat.«

»Wirklich?«

»Keine Ahnung. Ich wollte nur irgendwas Tiefsinniges sagen«, sagte er mit einem Lachen und strich sich eine Haarsträhne hinter das Ohr. Mein Blick wurde immer wieder von diesem Ohr und Eriks zartem Nackenflaum angezogen. Wenn ich Erik manchmal von Weitem sah, zum Beispiel, wenn er sich einen Kaffee aus dem Automaten holte, verspürte ich ein sehnsüchtiges Ziehen.

Bisher kannte ich die Liebe nur als etwas Ruhiges, Friedvolles. Das, was ich jetzt fühlte, hatte mehr mit Angst und Schwindel gemeinsam. An den Wochenenden mit Tom und Oskar sehnte ich mich danach, am Montag endlich wieder zur Arbeit gehen zu können. Ich träumte nicht davon, Erik zu küssen und zu umarmen, sondern davon, in seiner Nähe zu sein. Sein Lachen zu hören. Dieses strahlende Funkeln in seinen Augen zu sehen. Woher kam dieses Licht? Aus einer anderen Welt als jener, die nur Materiellem Bedeutung beimaß, davon war ich überzeugt. Was fasziniert einen eigentlich an jemandem? Seine Sichtweise? Seine Art zu lachen, ernst zu sein? Das Gefühl eines Wiedererkennens. Von Heimkehr. Von Seelenverwandtschaft.

Was genau es war, konnte ich nicht sagen, aber ich spürte es. Und das war für jemanden wie mich, der fast sein ganzes bisheriges Leben nur der Vernunft gefolgt war, berauschend.

Schließlich bürgerte es sich ein, dass Erik und ich nach der Arbeit immer gemeinsam zur U-Bahn gingen. Manchmal tranken wir auch noch eine Tasse Tee beim Bäcker an der Ecke. Erik wusste, was Zuvorkommenheit heißt: Er schenkte mir unaufgefordert nach, holte mir eine zweite Serviette, hielt mir die Tür auf. Bei einer Gelegenheit erzählte er mir, dass er seine Freundin in Norrland verlassen habe, eine vierzigjährige Akrobatin namens Freja. Ihre Beziehung hätte geendet, weil sie unbedingt Kinder hatte haben wollen. Erik aber plante nicht, unter den herrschenden klimabedrohlichen Umständen Kinder in die Welt zu setzen, und so sei ihre Beziehung nach drei Jahren im Sande verlaufen.

»Ich habe nichts gegen Kinder«, versicherte er mir. »Ich liebe meine Nichten und Neffen über alles auf der Welt, aber inzwischen habe ich ein Alter erreicht, in dem ich die ganze Sache auch als eine politische Frage sehe. Wir müssen anfangen, unsere Bequemlichkeiten aufzugeben, und das bereits existierende Leben schützen. Dass ich Babys süß finde, ist kein ausreichender Grund, um Kinder zu kriegen.«

Mit großen Augen nickte ich. Natürlich hatte ich auch schon andere Idealisten kennengelernt, aber das hier geschah auf einer anderen Ebene. Wir konnten stundenlang über alles Mögliche reden. Er erzählte mir, dass er immer noch Songs schreibe und insgeheim an einem Soloalbum arbeite, es aber nur zäh voranginge. Was seine Finanzen betraf, so sei es mal so und mal so. Momentan sei sein bester Synthesizer im Pfandhaus. Hier und da begleite er verschiedene ihm persönlich bekannte Musiker bei Konzerten und kümmere sich um die Technik. Das Honorar sei kaum erwähnenswert, manchmal gebe es nur ein paar Kisten Bier.

In den ersten Jahren nach dem Ende seiner Karriere als Popmusiker habe er mit einem Alkoholproblem zu kämpfen gehabt, die Sucht aber wieder unter Kontrolle bekommen, indem er vier Monate in Indien in einem Elefantenreservat gearbeitet habe. Erik schien viele Freunde zu haben. Er ging in den Bergen wandern und hielt sich gerne in der Natur auf. Einmal habe er eine Zeit lang im Wald gezeltet, bis ihm ein Rauschebart gewachsen und er sich wie ein Wassergeist vorgekommen sei.

»So einen Musiklehrer hätte man sich als Kind gewünscht. Denn du weißt doch bestimmt, was passiert, wenn man vom Wassergeist Geige spielen lernt?« Erik fuhr sich durch die Haare.

Ich schüttelte den Kopf. Mit Sagen kannte ich mich nicht so gut aus.

»Na ja, wer vom Wassergeist Geige spielen lernt, kann so von übernatürlichen Kräften verzaubert werden, dass er nicht mehr mit dem Spielen aufhören kann und so lange spielt, bis er den Verstand verliert. Wenn ein Musiker ungewöhnlich schnell das Geigenspiel beherrscht, hat er das Spielen vermutlich vom Wassergeist gelernt. Es ist in etwa so wie der Glaube mancher, dass Robert Johnson das Gitarrespielen vom Teufel gelernt hat. Und wer so dumm ist, sich in den Wassergeist zu verlieben, der ist dem Untergang geweiht.«

Erik lächelte so breit, dass er Lachfältchen bekam.

Als wir die Bäckerei verließen, blieb ich unterwegs an einem Geldautomaten stehen und hob die letzten fünftausend Kronen ab, die ihm fehlten, um seinen Synthesizer wieder auszulösen.

»Das kann ich nicht annehmen.« In seinen Augen standen Tränen, als ich ihm die Scheine in die Hand drückte.

»Sieh es als Leihgabe. Ich verlange nichts weiter, als dass du mir nachher ein Lied vorspielst. Ein Lied, das mich verzaubert.«

»Das ist aber kein geringer Wunsch.«

»Das weiß ich.«

Er lachte auf und streichelte mein Kinn.

»Da war noch Sahne. Von deinem Kuchen. Hat dir eigentlich ganz gut gestanden.«

Nachdenklich steckte er den Finger in den Mund, lutschte ihn ab und sah mich dabei an.

Auf einmal war ich abends ruhelos und aufgedreht, obwohl ich mich sonst immer leicht hatte entspannen können. Ich versuchte meiner inneren Unruhe etwas entgegenzusetzen und brachte mir Origami bei.

»Origami verlangt einem so viel Konzentration ab, dass man dabei an nichts anderes mehr denken kann«, versprach mir die Frau aus der Buchhandlung. Mit Oskar als Entschuldigung schaute ich mir komplizierte Origami-Anleitungen auf YouTube an und übte mich darin, quadratische bunte Papierkraniche zu falten.

»Was macht ihr da?«, fragte Tom amüsiert.

»Wir versuchen nur, Tiere zu falten«, erwiderte ich.

»Kriege ich dann eine Kuh?«

»Mal sehen«, sagte ich.

Aber ich faltete keine Kuh für Tom. Ich faltete mit fünfzehn Faltungen einen Frosch, der zu Erik hüpfen konnte, und stellte ihn auf das Mischpult im Studio. Ich hatte solches Herzklopfen, dass ich schon fürchtete, unter Herzflimmern zu leiden. Ich wusste nicht, was in mich gefahren war, eine bisher unbekannte Seite von mir hatte die Kontrolle übernommen. Mich hatte etwas Wildes gepackt, gegen das ich chancenlos war.

Liebeskrank. Dieses Wort tauchte ständig in meinem Kopf auf. Ich hatte es nur selten gehört, aber genau so war es.

Ich war liebeskrank.

Und ich konnte meinen Zustand ebenso wenig beeinflussen, wie ein Kranker sich dafür entscheiden konnte, gesund zu werden.

1955

»Schnell! Komm rein und mach die Tür zu!« Francie packte Veronika am Arm und zog sie ins Zimmer. Sie war kaum wiederzuerkennen. Eine Hälfte ihres Gesichts war auf doppelten Umfang angeschwollen, das Auge nur ein schmaler Schlitz und die stark gerötet. Ihre Lippen waren dick geschwollen.

»Was ist passiert, um Himmels willen?!« Erschrocken musterte Veronika Francie.

»Ich wurde von einer Biene gestochen. Gleich mehrmals. Dieses Mistviech hat mich im Schlaf attackiert. Vielleicht sterbe ich!«

Francie eilte zum Schminktisch und besah sich im Spiegel.

»So kann ich mich ja gar nicht unter die Leute wagen! Wie ich aussehe! Was soll ich bloß tun?«

»Ich kann dir Salubrin holen. Soll ich auch einen Arzt rufen?«

»Nein, keinen Arzt.« Francie stöhnte laut auf. »Und das ausgerechnet heute, wo Bo mich doch malen wollte! Das ist ja wohl typisch! Warum habe ich nur immer so ein Pech?« Theatralisch ließ sie sich auf den kleinen Schemel mit Stoffvolants sinken. Mit ihrem Babydoll-

Nachthemd sah es so aus, als hätte der Schemel auf einmal eine Rückenlehne.

Auf dem Schminktisch standen Nagellack, Lippenstift Puderdosen und Mascara. Sogar ein Plastikfläschchen mit Wasserstoffperoxid, mit dem sie ihre Haare blondierte, und eine Dose Nivea Creme. Eine Rose steckte in einer Vase, die Francie draußen vom Rosenstrauch abgeschnitten hatte. Und wie so typisch für sie, ausgerechnet die schönste und größte Rose.

»Wenn man sich etwas wünscht, dann kann man verflixt noch mal sichergehen, dass nichts daraus wird. Deshalb soll man sich auch nie etwas wünschen. Ich sehe ja aus wie ein Schwein!«

Francie versuchte, aus dem unverletzten Auge einige Tränen hervorzupressen.

»Und ausgerechnet heute wollte er für mich seine Arbeit sausen lassen. Jetzt wird er bestimmt enttäuscht sein. Jaja. Du musst ihm sagen, dass ich mich furchtbar elend fühle und ich mich so lange zurückziehe, bis die Schwellung zurückgegangen ist. Mehr bleibt mir nicht übrig.« Noch einmal betrachtete sie sich im Spiegel und schürzte die Lippen. »Kannst du mir das Frühstück hochbringen? Ich will nicht, dass mich jemand so sieht. Bring auch ein paar von diesen frittierten Käsebällchen von gestern mit. Und noch ein zweites Kissen, sei so gut.«

»Ja, natürlich.«

»Und vergiss nicht die Marmelade. Diese leckere mit Himbeeren.«

Flehend legte Francie den Kopf schief.

»Ich werde Signe danach fragen.«

Veronika schloss die Tür etwas fester als nötig und stolperte draußen im Garten über einen der Bindfäden, mit denen Sölve die Pfeifenstrauchbüsche hatte hochbinden wollen. Diese verfluchten Sträucher! Sie hatten in diesem Jahr den gesamten Garten eingenommen. Blühten vollkommen ungehemmt. Das Blätterwerk breitete sich gnadenlos über Hauswände und Fenster aus, ohne Rücksicht auf die übrigen Pflanzen im Beet, wie die scheuen Stiefmütterchen oder die wählerischen Rosen. Der Pfeifenstrauch war wie Francie. Er nahm sich das Recht heraus, sich mit seinen dicken Blütendolden, die alle gleich aussahen und gleich dufteten, auszubreiten. Er ließ sich keineswegs Zeit, um nur eine einzigartige Blüte hervorzubringen, wie der Klatschmohn oder die Sonnenblume. Nein, er posierte einfach immer wieder neu und ausladend mit denselben verschwenderischen Blüten. Die knallgelben grellen Stempel ragten überall zwischen den Zweigen hervor. Wenn Blumen hätten sprechen können, würde der Pfeifenstrauch geradewegs vor sich hin labern, ohne sich darum zu scheren, ob ihm jemand zuhörte.

Auf dem Weg in die Küche lief Veronika in Lilla Märta hinein, ein schmächtiges, blasses junges Mädchen, das die Spanische Grippe gehabt hatte und ihnen in der Pension manchmal zur Hand ging. Lilla Märtas Mutter zufolge war sie vor allem darauf versessen, während des Lichterfestes die Rolle der Lucia zu bekommen, aber es sei ja nun nicht das gesamte Jahr über Weihnachtszeit, weshalb Lilla Märta eben mit anderen einfachen Tätigkeiten etwas zur Haushaltskasse beitragen musste. Unter anderem war es ihre Aufgabe, die Wäsche zur Wäscherin Fräulein Björk zu bringen. Fräulein Björk besaß eine große Waschküche, in der sie an der Stirnwand Feuer unter den Waschkesseln machte. Waschbretter, Wurzelbürsten, Eimer, Holzlöffel und Schöpflöffel hingen an ihren Plätzen. Sie ließ nur ungern Unbefugte in ihre Waschküche hinein. Das Waschen selbst geschah mit militärischem Eifer. Fräulein Björks Gesicht war immerzu krebsrot von dem heißen Wasserdampf. Ihr gesamter Garten war von Leinen durchzogen, auf denen die Bettwäsche zum Trocknen hing. War die Wäsche schließlich trocken, wurde sie gemangelt und in Tragekörben aufeinandergestapelt, die Lilla Märta dann mit dem Fahrrad abholen musste. Fräulein Björk ließ sie nicht aus den Augen, bis sie um die Ecke gebogen war, überzeugt davon, dass die Körbe umkippen und die gestärkten Betttücher auf die Straße fallen würden.

»Kannst du Francie das Frühstück hochbringen?«, bat Veronika. »Sie ist von einer Biene gestochen worden und braucht Ruhe. Ich habe anderes zu tun.«

»Natürlich.« Das Mädchen knickste. Das tat sie bei jeder passenden und unpassenden Gelegenheit. Selbst wenn Signe sie anherrschte, weil sie eine Flasche Sahne hatte fallen lassen.

Bo lehnte an der Rezeption. Er trug ein kurzärmeliges Hemd und Shorts. Seine Arme und der Hals waren mittlerweile von Sommersprossen übersät.

»Seid ihr bereit? Können wir losfahren?«, fragte er und warf einen flüchtigen Blick über Veronikas Schulter.

»Leider nicht. Francie ist von einer Biene gestochen worden. Sie möchte am liebsten niemanden sehen, denn ihr ganzes Auge ist zugeschwollen.«

»O je, das klingt aber gar nicht gut.«

»Nein, sie sieht katastrophal aus«, bestätigte Veronika und schämte sich sofort wegen ihrer Worte. »Sie isst ihr Frühstück heute auf dem Zimmer«, fügte sie hinzu.

»Verstehe.«

Bo nickte und verlagerte sein Gewicht auf den anderen Fuß. Die Rezeption war unbesetzt, nur das Gästebuch lag auf dem Tresen und die Klingel, die die Gäste benutzen konnten, wenn sie etwas brauchten. In einer solch kleinen Pension brauchten sie kein festes Empfangspersonal. Außerdem war es so auch viel familiärer. Ein kleiner Korb mit Nähzeug stand auf dem Regal, sodass man sich mit dem Nötigen selbst versorgen konnte. Frau Cedergren, schon lange Stammgast der Pension, sah es als ihre Verantwortung an, gewisse Dinge in der Pension auf recht unorthodoxe Art instand zu setzen. So hatte sie einfach einen Kerzenständer mit Klebstreifen *repariert* und war dementsprechend auch mit den Spielkarten Karo, Herz und Pik As verfahren, sodass man sie jetzt immer sofort erkannte. Und die kleinen Löcher in den Übertöpfen hatte sie kurzerhand mit Heftpflastern zugeklebt.

»Sollen wir beide trotzdem etwas zusammen unternehmen?«, fragte Bo und schielte zu Veronika hinüber.

»Das können wir. Ich habe nichts anderes vor.« Veronika zuckte leicht die Achseln.

»Sollen wir einen Abstecher zu diesem Eiskiosk machen, den ihr erwähnt habt? Ich lade dich auch ein.«

»Ja, gern«, erwiderte Veronika lächelnd, sah ihn kurz an und gleich wieder zur Seite.

Ein schmaler, von hohen, lichten Kiefern gesäumter Weg schlängelte sich bis zum Strand hinunter. Die Kiefern verströmten einen betäubenden Duft nach Nadeln und Harz. Einige Badegäste hatten in dem kleinen Wäldchen ihre Hängematten zwischen den Bäumen aufgehängt und lasen Zeitung. Ein kleines Stück weiter lag der einstige Trinkpavillon. Mittlerweile war er verrammelt, aber in den Anfangsjahren, als Malen zum Badekurort wurde, waren dort sowohl eigenes Brunnenwasser als auch verschiedene Sorten Vichywasser in Flaschen ausgeschenkt worden. Immer noch standen einige leere Gläser auf den Regalen. Bo und Veronika gingen auf dem schmalen Weg dicht nebeneinander. Immer wenn sie sich aus Versehen berührten, durchströmte Veronika ein warmes Gefühl. Ihre Sandalen hielt sie in der Hand. Die Kiefernnadeln piksten nur im Juni, danach waren die Fußsohlen dagegen gefeit. Bo jedoch stieß jedes Mal einen leisen Schrei aus, wenn er auf eine spitze Nadel trat.

In dem Wäldchen herrschte immer eine seltsame Stille, obwohl das Meer nur ein paar Schritte entfernt war. Die Bäume dämpften sämtliche Geräusche wie eine Wand. Veronika konnte gar nicht richtig sagen, wo der Wald endete. Sie nahm an, dass er sich einfach bis in die Unendlichkeit fortsetzte, wie so vieles andere auch.

Der Weg wurde noch schmaler, und Veronika ließ Bo vorangehen. Es gefiel ihr, hinter ihm zu gehen. So konnte sie ihn in aller Ruhe betrachten. Seine Rückenmuskulatur zeichnete sich unter seinem Hemd ab. Er war hager, aber nicht dürr. Seine Schultern waren ziemlich breit und fielen leicht nach vorn. Auf seinen Unterarmen zeichneten sich zahlreiche Adern ab. Sie erinnerten Veronika an die Kiefernwurzeln, die sich aus dem Erdboden emporschlängelten und sich an den mageren Sandboden klammerten. Er hatte ein eigenartig geformtes Muttermal im Nacken, das aussah wie der Umriss von Italien. Plötzlich stieß Bo wieder einen leisen Schrei aus und blieb abrupt stehen, sodass Veronika in ihn hineinrannte und sich die Nase stieß.

»Oh, entschuldige bitte! Alles in Ordnung mit dir?« Er drehte sich um und legte ihr die Hand auf die Schulter.

»Ja. Alles in Ordnung.«

»Bist du auch sicher? Darf ich mal sehen? Und du hast doch kein Nasenbluten?« Behutsam drehte er ihr Kinn zum Licht und musterte eingehend ihre Nase.

»Ich hatte noch nie Nasenbluten.«

»Das ist auch nichts Erstrebenswertes.«

Seine Hand verharrte auf ihrer Schulter. Sie begegnete seinem Blick immerhin so lange, dass sie bemerkte, wie lang seine Wimpern waren, fast so lang wie bei einem Mädchen. Seine fast schwarzen Augen glichen einem tiefen Brunnen und waren viel zu unergründlich, um mehr in ihnen lesen zu können. Aber sie weckten Lust, in sie einzutauchen. Es gab Tiefen, auf deren Erkundung man keine Mühe verschwenden sollte. Das betraf Gewässer und Gefühle, aber auch Augen. Alle Menschen wurden von Tiefen angezogen, aber das endete nur selten gut. Das lag in der Natur der Tiefe, dass sie Macht auf die Menschen ausüben wollte, die so unvorsichtig waren, in sie hinabzustarren. Die Tiefen speisten sich von neugierigen Blicken. Verschlangen sie.

Also wich Veronika seinem Blick aus und ging schweigend weiter den Weg entlang.

Dort vorn rührte sich etwas zwischen den Bäumen. Ein Kaninchen vermutlich. Sie gruben Löcher, über die man leicht straucheln konnte. Manchmal streckten die Kaninchenjungen die Köpfe heraus, schnupperten und bewegten horchend die weichen Ohren hin und her. Als Veronika klein gewesen war, hatte sie versucht, eines der Tiere zu zähmen, aber das hatte nicht funktioniert. Wilde Tiere ließen sich nur schwer zähmen.

Schließlich erreichten Bo und Veronika die Strandpromenade und kamen an den prächtigen Villen vorbei. Früher einmal hatte es in Malen nur ein einziges Kurhotel gegeben, natürlich mit Kurarzt, Brunnenprediger und nachweislich ruppigen Badewärterinnen. Heute befanden sich hier ein Dutzend Pensionen mit so romantisch lautenden Namen wie Idun, Aemi, Solvik, Bredablick, Urania und Rosenhill. Veronikas Liebling war Idla, ein kleines schwarzes Holzhaus mit rotem Dach, das sie an ein Hexenhäuschen erinnerte. Außer den Pensionen vermietete fast jeder Privathaushalt in der Hochsaison ein oder mehrere Gästezimmer. Anders als im Nachbarort Båstad, der als vornehm galt, war Malen familiärer und kinderfreundlicher. Im weißen Sand waren kleine bunte Badekabinen wie Holzperlen an einer Kette aufgereiht. Doch obwohl die Preise gegen Ende der Saison niedriger ausfielen, waren viele Badegäste schon zurück in die Stadt gefahren.

»Wo liegt der Eiskiosk denn?«

»Da vorn.« Veronika deutete in eine Richtung, ohne Bo anzusehen.

Vor dem Kiosk mit der kleinen Holztreppe stand niemand. Ernst, der Besitzer, musterte sie neugierig in seiner Fensterluke. Er hatte einen stechenden Blick und kurze Arme, die kaum bis in die Tiefkühltruhe reichten. In dem kleinen Schuppen hinter dem Kiosk stellte er Karamellschlangen her. Wenn der Wind aus der richtigen Richtung kam, zog der Duft manchmal bis zum Ende des Strandes. Ernst war dafür bekannt, über alles und jeden genauestens Bescheid zu wissen und alles weiterzutratschen. Erfuhr er von einem Geheimnis, war es bald kein Geheimnis mehr. »Ich bin verschwiegen wie ein Grab«, versicherte er und war im nächsten Augenblick ganz aus der Puste, weil er so viele Geheimnisse weiterverbreiten musste. Veronika bemerkte, wie er sich die Lippen leckte, und seinen Blick lüstern von Bo zu ihr schweifen ließ.

»Aha, das werte Fräulein hat Besuch. Und wen haben wir da? Ist das vielleicht dein Verehrer?«

Hastig schüttelte Veronika den Kopf.

»Wirklich nicht? Dabei scheint ihr doch wie füreinander geschaffen zu sein«, sagte Ernst mit einem Zwinkern und einem überzeugten Nicken.

Wenn man zu jung war, um jemandem die Meinung zu geigen, selbst wenn derjenige eine Grenze überschritten hatte, fühlte sich das schrecklich an. Immer musste man sich in Schweigen hüllen, sonst galt man als unverschämt.

»Hier sind zurzeit ja auch nicht viele junge Leute, bis auf ein paar Bälger und Schreihälse«, fuhr Ernst unbekümmert fort. »Da ist es doch nur passend, dass ihr beide euch gefunden habt. Rein altersmäßig, meine ich.«

Er zwinkerte ihnen vieldeutig zu.

»Ist er Gast in der Pension, oder …?« Ernst lehnte sich vor, um den Neuankömmling besser in Augenschein nehmen zu können.

»Ja, das stimmt. Ich bin wegen eines Stipendiums Gast in der Pension.«

»Ein Student also, aha! Und woher kommen Sie?« Ernst zwinkerte abermals.

»Wir hätten gern ein Softeis«, fiel Veronika ihm ins Wort.

»Zwei bitte, ich übernehme das.« Bo trat einen Schritt vor und steckte fünf Kronen durchs Fenster.

»Zwei Softeis, wird gemacht!« Widerstrebend nahm Ernst eine Waffel und zog am Hebel der Maschine. Die Donnerbüchse hatte er sich in diesem Jahr neu angeschafft, und Ernst verpasste keine Gelegenheit, jedem zu erzählen, dass sie von weit weg aus Amerika käme. Es war eine technische Errungenschaft, die die Sahne im Handumdrehen zu Eis erstarren ließ. Wäre das Eis hier nicht so unglaublich lecker, hätte Veronika vermutlich einen großen Bogen um den Kiosk gemacht. Sie konnte weder Ernsts impertinente Fragen noch seine lüsternen Blicke leiden.

Ernst reichte Bo die Waffeln, ohne den Blick von ihm abzuwenden.

»Und wie lange werden Sie bleiben?«

»Den ganzen Monat.«

»So lange?« Ernst nahm den Fünfer, seine plumpe Hand mit dem Wechselgeld aber verharrte in der Luft. »Was studieren Sie denn, wenn man fragen darf?«

»Kunst.«

»Kunst?!« Ernst wirkte bestürzt. »Wozu soll das gut sein? Davon kann man doch wohl nicht leben? Nein, dann wird das wohl mit euch beiden nichts«, sagte er mit einem bedeutungsvollen Nicken auf Bo. Dann grinste er Veronika blöd an.

»Träumen darf man ja, aber man muss auch seinen Lebensunterhalt bestreiten können, nicht wahr? Schaut euch die nur an!«, sagte er und rückte demonstrativ ein Stückchen zur Seite. »Die Eismaschine war sündhaft teuer, aber ich habe bald schon wieder die Hälfte raus. Und dabei ist sie bisher kaum auf Touren gekommen. Wird schon im kommenden Sommer abbezahlt sein, habe ich ausgerechnet. Solange das Wetter mitspielt, aber selbst wenn nicht, dann …«

»Wir müssen jetzt gehen, sonst schmilzt das Eis«, fiel Veronika ihm ins Wort. »Geben Sie uns bitte das Wechselgeld?«

Widerstrebend trennte sich Ernst von den Münzen.

»Sie ist ein hübsches Mädchen. Geben Sie gut auf sie acht!«, rief er ihnen hinterher. »Ihre Mutter ist eine echte Geschäftsfrau. Hat richtig Fasson in die Hütte gebracht. Grüßt sie herzlich von mir. Wenn sie wieder einmal herkommt, lade ich sie auf eine Waffel ein.«

Veronika winkte kurz und beschleunigte ihre Schritte.

»Ich bitte wegen Ernst um Verzeihung. Er steckt seine Nase immer in alles hinein.« Erbost schüttelte sie den

Kopf. Sie hatten sich auf eine Bank unter den einzigen Baum am Strand gesetzt, eine alte verwachsene Eiche, die sich an der falschen Stelle ausgesät hatte und deren Äste sich wie die Finger eines Ertrinkenden ausstreckten.

»Es ist nicht deine Schuld. Das Eis jedenfalls schmeckt gut.«

»In Amerika gibt es auch Softeis mit Erdbeergeschmack. Dort gefriert die Sahne im Nullkommanichts, es ist eine ganz spezielle Technik.«

Veronika verstummte, als ihr klar wurde, dass sie schon genauso wie Ernst klang. Sie zerbrach sich den Kopf über ein anderes Gesprächsthema, aber das war gar nicht so einfach. Auch Bo schien nichts einzufallen, weshalb sie schweigend ihr Eis aßen.

Die Wellen auf dem Meer kräuselten sich leicht. Zum Glück war heute nur wenig Wind. So wehten ihre Haare zumindest nicht in alle Richtungen.

»Bist du liiert?«, fragte Bo und sah sie mit zusammengekniffenen Augen an.

»Nein.« Sie bereute, dass sie seine Frage so rasch beantwortet hatte.

»Ich auch nicht. Aber im Frühjahr hatte ich ein Mädchen. Wir haben uns im gegenseitigen Einvernehmen getrennt. Sie reagierte so empfindlich auf den Herbst«, sagte er mit bekräftigendem Nicken.

»Das klingt anstrengend.«

»Da kannst du Gift drauf nehmen! Kennst du das auch?«

»Nicht sonderlich.«

Sie sah zu Boden und hoffte, dass er ihr die Lüge nicht anmerkte. Sie reagierte allgemein recht sensibel auf den Jahreszeitenwandel. Er machte ihr immer wieder deutlich, dass alles Veränderungen unterworfen war, dass man nie zur Ruhe kam, dass nichts verlässlich war. Noch nicht einmal das Wetter.

»Hast du eigentlich schon deinen Realschulabschluss gemacht?« Wegen dem Sonnenlicht kniff er ein Auge zu.

»Ja. Im Frühjahr.«

»Ich wette mit Bestnoten.«

»Weshalb glaubst du das?«

»Du wirkst intelligent. So was merkt man.«

»Na, ich weiß nicht.«

»Doch. Ich war völlig unfähig in der Penne, bin gerade noch so mit ›genügend‹ durchgerutscht. Deshalb lässt mein Vater mich auch die Kunsthochschule besuchen. Ich hätte sowieso zu nichts anderem getaugt.«

»Wie hast du gemerkt, dass das etwas für dich ist?«

»Das habe ich Lasse zu verdanken, den habe ich während des Militärdienstes kennen gelernt. Wir beide wurden im Bildarchiv der Marine fürs Kartenzeichnen abgestellt. Die machen dort spezielle Karten, um die Russen damit hinters Licht zu führen, falls es einmal zum Krieg käme. Das ist allerdings ein Geheimnis, das darfst du niemandem verraten.«

Schnell legte er vertraulich die Hand auf ihre, zog sie aber gleich wieder fort.

»Wir haben Untiefen und so was eingefügt, die es in Wirklichkeit gar nicht gibt, damit sie nicht erst auf die Idee kommen, mit dem Schiff durch die Meerenge zu fahren. Das war ziemlich aufregend. Wie auch immer, Lasse arbeitete nebenher als Dekorateur in einem Warenhaus und erzählte mir, dass es Hochschulen gibt, an denen nur gemalt wird. Zuerst hielt ich das für einen Scherz. Von so etwas hatte ich noch nie gehört. Aber dann habe ich mich beworben und wurde angenommen. Sie haben sich nur meine Arbeitsproben angesehen, und meine Schulnoten waren ihnen zum Glück egal.« Bos Zunge glitt über sein Eis. »Mein Vater ist sich natürlich sicher, dass das nirgendwohin führen wird.«

»Und wie kommst du finanziell zurecht?«

»Meine Mutter hat etwas Geld beiseitegelegt. Viel ist es nicht, aber damit kann ich mich noch ein weiteres Jahr über Wasser halten. Und dann helfe ich meinem Vater auf verschiedenen Baustellen, er ist Bautischler. Mein Vater ist trotz allem wirklich in Ordnung. Er hat schon viel mitgemacht. Hat im finnischen Winterkrieg Versorgungsgüter in die finnische Bucht gefahren, wo sie abgeschnitten waren. Er hatte immer eine Pistole unter dem Hintern, als er den Laster fuhr, damit er notfalls schießen konnte, falls jemand ihn hätte ausrauben wollen. Aber mein Vater hat nie jemanden erschossen. Wenn er anhielt, ließ er die Leute sich einfach nehmen, was sie wollten. Die Vorgaben des Fuhrunternehmers, der ihn beschäftigte, waren ihm egal. So einer ist er.«

Bo sah auf.

»Und was macht dein Vater? Ich habe ihn hier noch gar nicht gesehen.«

»Er lebt nicht mehr.«

»O, mein Beileid. Ist er an Krebs gestorben, oder …?«

»Nein.«

»Ich habe mal jemanden gekannt, der an Krebs gestorben ist. Das ist abscheulich.« Bo schüttelte mitleidig den Kopf.

Sie verstummten wieder. Veronika musste schlucken und wandte den Kopf ab. Ihren Vater, diese düstere, schwer fassbare Gestalt, hatte sie an den äußersten Rand ihres Gedächtnisses verbannt. Es war am sichersten, ihn gar nicht erst zu erwähnen.

»Und was machst du im Herbst?«, fragte Bo und versetzte ihr einen leichten Stoß in die Rippen.

»Ich werde in Malmö an der Haushaltsschule anfangen.«

»Und was lernt man dort?«

»Wie man einen Haushalt führt. Bäckt und Wäsche stärkt und so. Man muss auch lernen, wie man die Bücher führt. Meine Mutter und Signe sagen, dass Leute, die sich mit Buchführung auskennen, immer gebraucht werden.«

»Und ist es das, was du willst? Auf die Haushaltsschule gehen?«

»Ich bin mir nicht sicher. Irgendwas muss man schließlich tun.«

»Das stimmt wohl.«

Bo nickte.

»Hast du Lust, mal einen Ausflug mit mir zu machen? Ich kann dich auf meinem Gepäckträger mitnehmen.«

»Radfahren kann ich selbst.«

»Das kannst du schon?« Er lächelte ihr zu.

»Ja.«

»Das ist ein guter Anfang.« Er nickte so eifrig, dass ihm eine Locke in die Stirn fiel. Am liebsten hätte sie sie angefasst. Hätte sie bis zum Haaransatz durch ihre Finger gleiten lassen.

2019

Die junge Frau mit dem blonden Dutt erscheint wie durch Zauberei, als ich die Glocke auf dem Rezeptionstresen betätige. Weiß der Kuckuck, wo sie sich vorher versteckt hat. Vielleicht hinter dem Vorhang, der die Rezeption von dem Raum voller Kartons trennt.

»Wie kann ich Ihnen behilflich sein?« Fragend sieht sie mich an.

»Ich würde gerne noch ein paar Nächte länger bleiben«, sage ich.

»An wie viele haben Sie denn gedacht?«

»An etwa drei oder vier.«

Die Rezeptionistin blättert schweigend im Kalender und fährt mit dem Zeigefinger die leeren Spalten im Buchungsverzeichnis hinunter.

»Wir sind schon ziemlich ausgebucht, aber ich könnte wohl noch ein paar Übernachtungen für Sie buchen. Mit Halbpension?«

»Ja, bitte.«

Die Rezeptionistin klickt mit dem Kuli und notiert etwas.

»Und Sie finden sich bei uns zurecht?«, fragt sie und blickt auf.

»Aber ja.«

»Das freut uns zu hören.«

Ich frage mich, wen sie mit *uns* meint. In den vergangenen beiden Tagen habe ich außer ihr kein weiteres Personal gesehen. Noch nicht einmal eine Reinigungskraft, obwohl das Zimmer ordentlich aufgeräumt war, als ich nach meinem Besuch von Veronika heimgekommen bin. Zerstreut stelle ich fest, dass ich die Pension mittlerweile schon als mein *Heim* bezeichne. An der Wand hinter der Frau befindet sich ein dunkles Regal, an dem an kleinen Stückchen Treibholz die Zimmerschlüssel hängen. Verstohlen schiele ich zu ihnen hinüber.

»Ich weiß nicht, ob ich erwähnt habe, dass wir für unsere Gäste Fahrräder zum Verleih anbieten?«

»Nein, das haben Sie nicht«, erwidere ich.

»Die Räder stehen auf der Rückseite. Wir haben sowohl Damen- wie auch Herrenräder zur Auswahl. Möchten Sie eines leihen?«

»Ja, gern.«

Sie nimmt einen Schlüssel vom Haken und legt ihn mitsamt einer Faltkarte auf den Tresen.

»Sie können die Nummer 3 nehmen. Alle Reifen sollten gut aufgepumpt sein. Auf dieser Karte sind die Fahrradwege blau markiert. Sie können auch dem Kattegatleden folgen, das ist die rote Strecke hier.« Sie deutet mit ihrem manikürten Fingernagel auf die entsprechende Stelle.

»Unter unseren Gästen sind viele Radfahrer, sie haben allerdings meist ihre eigenen Räder dabei. Unsere Fahrräder sind eher Ausflugsräder, weshalb ich nicht weiß, wie bequem sie auf längeren Strecken sind. Aber sämtliche Räder haben einen Fahrradkorb«, informiert sie mich ernst. »Wenn Ihnen der Sattel zu hoch ist, können Sie ihn ruhig tiefer stellen.«

Aus einer Schublade kramt sie einen kleinen Beutel mit Werkzeug und reicht ihn mir.

In der Tasche befinden sich verschiedene Inbusschlüssel und ein Kreuzschraubenzieher. Ich starre darauf.

Erik hat einmal zu mir gesagt, dass ich – wenn ich ein Haustier in einer Tierhandlung wäre – nur unter dem Tresen gehandelt werden würde. Ich sei kein Standardmodell. Für mich benötige man weiteres Zubehör, besondere Pflege, extra Werkzeug. Eine besondere Bedienungsanleitung. Ich bräuchte alles auf meine eigene Art und Weise, hätte besondere Wünsche, Ansichten und Vorlieben. Ich sei keine erste Wahl, aber die Mühe wert. Das sei seine Meinung, hat er gesagt, und dann haben wir gelacht.

Auf einmal verspüre ich ein Stechen in meiner Brust. Mein Kummer erscheint mir plötzlich unerträglich.

»Wir haben natürlich auch Fahrradhelme.«

»Ich brauche keinen«, erwidere ich.

»Außerdem steht das Menü für die kommende Woche fest«, bemerkt die junge Frau. »Möchten Sie Ihr Abendessen heute wieder zur gewohnten Zeit einnehmen?«

»Ja, bitte.«

Ich gehe hinaus. Die Fahrräder stehen in einem Ständer. Mein Tinnitus macht sich bemerkbar. Ich öffne das Fahrradschloss, setze mich auf den selbst jetzt schon heißen

Sattel und fahre den Hang hinunter, ohne auch nur einen einzigen Blick auf die Karte zu werfen.

Im Aufenthaltsraum der Seniorenresidenz läuft der Fernseher. Es wird eine Dokusoap gezeigt. Die Gardinen sind zugezogen. In dem gedämpften Licht sind die Silhouetten von zwei Rollstuhlfahrern zu erkennen. Ein Sternhalma- und ein Scrabble-Spiel stehen auf dem Tisch. Und auf einem Servierwagen eine Thermoskanne Kaffee und ein Teller mit Keksen. Nur ein leises Klirren aus der Küche und der Fernseher sind zu hören. Ich rufe den Fahrstuhl und will ihn gerade betreten, als Camilla Eriksson auf mich zukommt.

»Sind Sie heute noch einmal hier? Das ist aber ein langes Interview.«

»Ich habe nur noch ein paar Nachfragen«, murmle ich ausweichend.

»Bei uns geht es in der zweiten Etage heute etwas geschäftig zu. Handwerker schleifen den Boden ab. Harald, der das Apartment neben Veronika bewohnt hat, ist gestern gestorben.«

»O je! Woran ist er gestorben?«, frage ich.

»Er ist abends wie immer zu Bett gegangen und nicht mehr aufgewacht. Er war bis zuletzt klar im Kopf. Durfte ruhig und friedlich einschlafen. Dafür kann man dankbar sein.«

Sie richtet ihre Haarspange im Nacken und putzt sich die Nase.

»Welchen Eindruck haben Sie eigentlich von Veronika? War sie während des Interviews klar im Kopf?«, fragt Camilla und sieht mich forschend an.

»Ja. Vielleicht war sie ein wenig vergesslich. Weshalb fragen Sie?«

»Bei ihr haperte es in den letzten Monaten etwas mit dem Kurzzeitgedächtnis. Im Frühjahr ging es bei ihr etwas auf und ab. Ich würde mich freuen, wenn Sie mir sagen würden, ob sie Ihre Fragen wiederholt oder Vereinbarungen vergisst, das könnten schleichende Anzeichen einer Demenz sein. An und für sich ist sie immer schon etwas eigen gewesen. Sie bleibt viel für sich, ist nicht so gerne in Gesellschaft anderer.«

Camilla mustert mich.

»Darf ich fragen, worüber Sie sich mit ihr die ganze Zeit unterhalten?«

»Ach, über nichts Besonderes. Vor allem über alte Zeiten.«

»Manchmal ist es gar nicht so gut, alte Gefühle wieder aufzurühren. Man muss da vorsichtig sein. Ein Teil der hiesigen Bewohner lebt vollkommen in der Vergangenheit, wissen Sie. In unserer Demenzabteilung ist eine Dame, die sich selbst für sechzehn hält. Sie fragt sich immer wieder, wer diese Person nur ist, die sie da im Spiegel sieht.«

»Wie furchtbar«, bemerke ich.

»Für sie nicht. Sie ist meistens zufrieden und lebt in ihrer eigenen kleinen Welt. Demenzkranke nehmen Eindrücke anders wahr als wir. Vergangenes, das vierzig Jahre zurückliegt, ist für sie überaus gegenwärtig, aber sie wissen nicht mehr, welcher Wochentag gerade ist oder wo sie sich im Augenblick befinden. Für sie geht die Kindheit nie richtig zu Ende. Wie lange werden Sie noch bleiben?«

»Ich weiß es noch nicht so genau.« Ich drücke erneut auf den Fahrstuhlknopf.

»Soll Ihr Interview in einer Zeitschrift erscheinen?«

»Ja, das ist vorgesehen.«

»Und Sie sind auch wirklich nicht miteinander verwandt?«, fragt Camilla und wirft mir einen zweifelnden Blick zu.

»Nein.«

»Halten Sie mich bitte auf dem Laufenden. Ich möchte gern darüber Bescheid wissen, wer hier kommt und geht. Natürlich hat Veronika ihre eigene Wohnung, aber viele unserer Hausbewohner benötigen eine Versorgung rund um die Uhr und viel Ruhe. Und weil während der Renovierung so viele Leute hier ein und aus gehen, möchte ich gerne im Bilde sein. Können Sie Veronika bitte noch daran erinnern, dass heute Nachmittag um vier im Aufenthaltsraum das Musikbingo stattfindet? Es wäre schön, wenn sie herunterkommt.«

Ich nicke und schlüpfe in den Aufzug.

Veronika lässt mich widerstrebend herein. Im Radio läuft ein klassisches Konzert. Unwillkommen zu sein hat mich eigentlich nie gestört. Als ich noch als Nachrichtenreporterin gearbeitet habe, gehörte das zur täglichen Routine.

Wenn mich jemand darum bat, mich zusammenzureißen oder die Klappe zu halten, lautete meine unschuldige Standardreplik: »Ich habe das Recht, diese Frage zu stellen.« Jetzt aber widerstrebt es mir, einzutreten.

»Mit schönen Grüßen von meiner Pension«, sage ich und überreiche Veronika die Gebäcktüte mit Kopenhagenern, die ich vom Frühstücksbüfett gemopst habe. »Ich soll Sie außerdem daran erinnern, dass heute um vier Uhr das Musikbingo stattfindet.«

»Ach ja, danke. Man gibt sich hier viel Mühe mit den Gruppenaktivitäten, aber ich bin nicht so versessen darauf. Das war ich noch nie. Wenn sie mich manchmal fragen, ob ich teilnehmen möchte, gebe ich vor, schwerhörig zu sein und die Frage nicht richtig verstanden zu haben, damit ich in Ruhe gelassen werde. Natürlich kann etwas Gesellschaft recht nett sein, aber nur, wenn man es selbst auch möchte.« Ein schiefes Lächeln huscht über ihr Gesicht.

»Da gebe ich Ihnen voll und ganz recht!«, erwidere ich.

Veronika geht mit der Gebäcktüte ins Wohnzimmer. Ich setze mich wieder auf denselben Stuhl am Tisch, der mir allmählich immer vertrauter wird.

»Hören Sie manchmal Mozart?« Veronika dämpft ein wenig die Lautstärke.

»Nein.«

»Das sollten Sie aber! Wie er wohl auf die Ideen für seine Musik kam? Das frage ich mich manchmal.«

Sie setzt sich wieder auf den Stuhl mir gegenüber und faltet die Zeitung zusammen, die auf dem Tisch liegt.

»Halten die dort in der Pension noch wacker die Stellung?«

»Doch, ja.«

»Die Pension ist eine unserer ehemaligen Konkurrenten. Es gibt sie schon lange, die Eigner haben häufiger gewechselt. Früher beherbergten sie dort viele Gäste aus Dänemark, die mit dem Schnellzug aus Malmö anreisten. Eine Zeit lang hat sich die Pension sogar einen eigenen Hoteldiener geleistet, der die Gäste am Bahnhof abgeholt und ihr Gepäck getragen hat. Er hatte eine Kappe mit Goldrand auf. Meine Mutter meinte, dass wir auch einen Hoteldiener anstellen sollten, aber das war zu teuer.«

»Und wann war das?«, erkundige ich mich.

»Irgendwann in den Fünfzigerjahren.«

»Wo lag eigentlich die Pension Ihrer Mutter?«

»Im Revieravägen, gleich oberhalb des Strandes. Heute ist dort ein riesiges Hotel; es sieht nicht ganz gescheit aus. Ein Bauunternehmen hat damals das Grundstück erworben und seine Baupläne auf irgendeine krumme Weise durchgesetzt. Wenn ich heute daran vorbeikomme, kneife ich immer fest die Augen zu, ich ertrage den Anblick dieses Kastens nicht.« Sie schüttelt den Kopf. »Ein Bauarbeiter hat mir später erzählt, dass es wohl gar nicht einfach war, die alte Einrichtung abzureißen, weil alles so solide gebaut war. Sie haben angeblich wochenlang geklopft und gehämmert, um sämtliches Inventar zu demontieren. Das zu erfahren, war furchtbar. Heute rennen dort offenbar vor allem Herren in Strampelanzügen herum.«

»In Strampelanzügen?«

»Na ja, soweit ich weiß, fahren die Rad. Rennräder. Was die wohl überhaupt von ihrer Umwelt aufnehmen, wenn sie immerzu so eilig und ziellos herumsausen? Sie radeln einfach nur für sich allein umher und schwitzen. Zuerst schirmt der Mensch sich so gut, wie es geht, von der Natur ab. Dann, wenn er erkennt, dass er sie braucht und dorthin zurückwill, muss er so schnell wie möglich durch sie hindurcheilen. Als wäre es irgendein Wettrennen. Denen fällt doch kaum auf, dass die Buchen ausgeschlagen haben.«

»Unsinnige sportliche Torheiten, Wettrennen und dergleichen sollten gänzlich verbannt werden!«, sage ich ernst.

Veronika sieht mich abschätzend an.

»Ich habe noch Kaffee in der Küche, falls Sie einen möchten.«

»Ich nehme gerne eine Tasse.«

»Bedienen Sie sich ruhig selbst. Die Becher stehen über der Spüle.«

Ich gehe in die Küche. Sie ist klein und stilvoll, mit weißen Schrankfronten und einem schwarzen Kunststoffflickenteppich auf dem Boden. Handgetöpferte Becher stehen auf der Fensterbank. An der Wand hängt ein gerahmter Druck eines Matisse-Gemäldes. Es stellt einen Vogelkäfig dar, im Hintergrund ist ein geöffnetes Fenster zu sehen. Veronika hat wie früher üblich selbst gebrühten Kaffee mit einem Melittafilter aus Porzellan gemacht. Er ist immer noch warm. Mich durchzuckt ein überraschendes Gefühl der Zufriedenheit. Ich bin froh, hier zu sein.

»Sie können mir auch noch einen kleinen Schluck mitbringen«, ruft Veronika.

Mit zwei Bechern gehe ich zurück ins Wohnzimmer. Nebenan geht die Schleifmaschine an. Durch die geöffnete Balkontür hört man das Geräusch von Schritten im Kies.

»Erzählen Sie mir doch mehr über Ihre Pension«, bitte ich Veronika. »Wie hat sie ausgesehen?«

Ich rühre meinen Kaffee um.

»Zu meiner Zeit wurde noch zwischen Malen und Båstad unterschieden. Malen – wo unsere Pension lag – war eher etwas für gewöhnliche Leute. Die Landzunge Lyckan am Rand von Malen galt damals schon als Wildnis. Es war Weideland, daher der Name, es kommt von *Weideglück*. Die Vergnügungsstätte mit Tanzboden, wo ich meinen Mann kennengelernt habe, befand sich dort. Ein nettes Ehepaar hat sie betrieben. Die Frau hat für die Gäste alles in ihrer heimischen Küche gebacken. Mit dem Moped sind sie dann jeden Samstag zum Tanzboden gefahren. Sie saß auf dem Sozius, den Arm voller Kuchenbehälter, und rief ihrem Mann zu, langsamer zu fahren, damit das Gebäck nicht zerbrach. Das war einfach köstlich!«

Veronika lacht auf. Ich muss auch lachen. Ich weiß gar nicht mehr, wann ich das letzte Mal gelacht habe. Es klingt fast seltsam. Eher wie Husten.

»Dort gab es auch einen Tanzpavillon namens Südsee. Ganze Busladungen kamen dorthin. Die Wände zierten Malereien von Tänzerinnen mit Baströckchen. Draußen vor dem Lokal lagen weiße Kieselsteine. Sie können sich nicht vorstellen, wie schön das ausgesehen hat! Manchmal kam es natürlich auch zu heftigen Besäufnissen. Die Wirtsleute hatten ein Kaninchengehege, in das sie die Betrunkenen manchmal wie in eine Ausnüchterungszelle gesteckt haben.« Veronika beißt in den Kopenhagener.

»Haben Sie dort auch mit Bo getanzt?«, frage ich.

Zögernd zieht sie eine Lesebrille aus der Blusentasche und putzt die Gläser mit dem Tischtuch.

»Ein einziges Mal. Er konnte gut Stehblues tanzen. Von Männern, die gut tanzen können, geht eine große Gefahr aus.«

»Und wie lange hat er bei Ihnen in der Pension gewohnt?«

»Nur knapp einen Monat, obwohl es mir länger vorkam. Die Zeit kann man nicht auf diese Art messen.«

Veronika schließt die Augen. Die feinen Härchen in ihrem zarten Nacken schimmern im Licht. »Ich kann das Zimmer, in dem er wohnte, noch immer vor mir sehen. Der gesamte Raum, einschließlich der Decke, waren lindgrün tapeziert. Kam man rein, dann stand geradeaus eine Spiegelkommode und rechts davon ein schmales Reisebett. Die Matratze war ein Graus.«

Sie öffnet die Augen wieder und sieht mich an. Ihre Wangen sind gerötet.

»Ich war ja so ahnungslos, als ich jung war. Ich hatte nie den Mut, irgendetwas auf eigene Faust zu unternehmen. Ich tat nur das, was von mir erwartet wurde, und so blieb es – mein ganzes Leben lang.«

»Aber Sie und Bo sind doch zusammen davongelaufen, das ist doch mehr, als nur das zu tun, was von Ihnen erwartet wurde?«

Veronika antwortet nicht.

»Sind die Bienen dieses Jahr nicht furchtbar angriffslustig?«, sagt sie übergangslos, und ihr Blick schweift nervös zur geöffneten Balkontür.

»Ich sehe keine Bienen«, erwidere ich.

»Aber Sie können sie doch bestimmt hören? Ich glaube, sie hausen in den Wänden. Kriechen dort in die Hohlräume. Wir sollten sie dicht machen.«

»Ich glaube eher, das ist die Schleifmaschine«, sage ich. »Nebenan im Zimmer wird doch der Fußboden abgeschliffen.«

»Das glaube ich nicht. Bitte schließen Sie die Balkontür, ja?«

Zögernd stehe ich auf und ziehe die Tür zu. Als ich mich wieder setze, hat sich zwischen Veronikas Augenbrauen eine besorgte Kummerfalte gebildet.

»Ich habe heute Nacht geträumt, dass er da draußen steht. Ich war mir ganz sicher, dass er da war, als ich wach wurde; es kam mir so real vor. Ich habe sogar nach ihm gerufen. Warum kommt das alles jetzt bloß wieder hoch? Was bedeutet das? Je älter ich werde, desto häufiger beschleicht mich das Gefühl, dass alles irgendwie miteinander zusammenhängt, dass es einen Sinnzusammenhang gibt zwischen allem, was geschieht. In dem Moment selbst erkennt man es vielleicht nicht, aber im Nachhinein stellt es sich dann heraus.«

Ihr Blick schweift zu mir.

»Wissen Sie, weshalb Sie hier sind?«

»Wegen des Interviews?«, sage ich leise.

»Ach so? Das hatte ich schon fast vergessen.«

Sie beugt sich vor.

»Ein Mensch ist immer noch da, solange man ihn noch vor seinem geistigen Auge sieht. So ist das doch, oder?«

Ihre Hand auf dem Tisch zittert. Der Trauring sitzt lose auf dem Ringfinger wie die Markierung am Bein eines Vogels. Ich muss schlucken.

»Ja, so ist das wohl.«

Ich hatte meine alten LPs weggeräumt, aber nicht weggeworfen. Sie gehörten zu den Dingen, die einen ideellen Wert für mich besaßen und die bei jedem Umzug mitkamen, ohne dass ich sie jemals wieder abgespielt hätte. In der hintersten Ecke des Kellers mussten noch zwei Kartons mit Schallplatten stehen, darunter die Kosmonauten-Scheibe, von Erik Erkils höchstpersönlich bei einem Auftritt der Band in Lund signiert, das wusste ich. Und jetzt wollte ich sie ausfindig machen.

Der Keller und der Wäschekeller waren übrigens die einzigen Orte, an denen man dem Familienalltag mit Kleinkindern für einen Moment entfliehen konnte, noch dazu mit einem wasserdichten Alibi: weil man aufräumen, sortieren und nach wichtigen Dingen suchen musste. Solche findigen Ausflüchte hatten wir viele in unserer Beziehung. Tom konnte beispielsweise auf die Idee kommen, stundenlang das Auto zu waschen, während wir meine Eltern besuchten, nur um sich nicht mit ihnen abgeben zu müssen. Ich hatte einen fadenscheinigen Grund für meinen Abstecher in den Keller – meine alten

Plattenspieler und Kinderplatten für Oskar hervorzukramen. Der wirkliche Grund war, wie gesagt, nicht ganz so edel.

Mein Herz klopfte heftig, als ich das Vorhängeschloss öffnete und breitbeinig über das alte Gitterbett und ein Babygym stieg. Tom und ich hatten die gesamte Kleinkindausstattung aufbewahrt, weil wir planten, eventuell noch ein zweites Kind zu bekommen. Aber ich wurde einfach nicht schwanger, und mittlerweile war Oskar schon zehn. Kleider und Schuhe hatte ich ordentlich nach Größen sortiert verstaut. Kartons mit der Aufschrift OSTERDEKO, WEIHNACHTSDEKO und WINTERSCHUHE standen sorgfältig aufeinandergestapelt im Keller. Dort wurde meine Aufmerksamkeit immer von anderen Dingen gefesselt als von denen, deretwegen ich ursprünglich hergekommen war – ich blätterte Fotoalben durch, probierte aussortierte Kleidung an. Heute aber hatte ich ein Ziel.

Tom und ich hatten jeweils drei Kartons mit Sachen aus der Zeit vor unserer Beziehung behalten. Wir hatten sie nie ausgepackt, aber aus irgendeinem Grund waren diese Zeitkapseln mit Aufsätzen, Fußballpokalen und Kindheitserinnerungen offenbar so bedeutend, dass wir sie aufbewahrten. Vielleicht aus demselben unerfindlichen Grund, weshalb man seinen ersten Milchzahn aufhebt.

Ich musste nicht lange suchen. Meine persönlichen Kartons standen in der letzten Ecke, ziemlich in Mitleidenschaft gezogen von Umzugsschäden und Feuchtigkeit. Ich setzte mich auf einen Schemel und machte den

Karton auf, auf dem EBBA TEENAGERZEIT stand. Als Erstes fiel mir ein schwarz-rotes Spitzenkleid in die Hände, einst *das* denkbar coolste Teil und mittlerweile schon wieder in Mode. Ich legte es beiseite. Vielleicht wäre das ja was für die kommende Weihnachtsfeier im Sender? Ein Glätteisen, deren Kauf sündhaft teuer gewesen war, lag mit ein paar Lockenwicklern und einem Stoß Briefe, mit Stickern verziert, in einer Tüte. Ich ließ mich aber nicht ablenken und suchte weiter. Unter einem Schuhkarton mit selbst aufgenommenen Kassetten wurde ich endlich fündig. An die zwanzig LPs, die mir noch so vertraut waren, als hätte ich sie erst gestern gehört, standen eng nebeneinander. Ich zog zwei hervor, um die übrigen Platten besser durchblättern zu können, überflog die Rückseite der Cover und stellte fest, dass ich viele Songtexte immer noch auswendig konnte. Warum bleibt immer das im Gedächtnis haften, das man sich als junger Mensch eingeprägt hat, wie beispielsweise Liedtexte? Nervös blättere ich weiter. Die Kosmonauten-Scheibe war die vorletzte. Ihr war eine der begehrenswerten Plastikhüllen zuteilgeworden, die man im Plattenladen für zwei Kronen unter der Hand hatte kaufen können. Mit klammen Fingern zog ich sie heraus.

Auf dem Umschlag prangte ein Foto der Band, in lässiger Pose neben einem mit Graffiti besprühten Militärbunker:

LASST DIE LEICHEN LIEGEN. Im Vordergrund stand Erik in einem übergroßen roten Pulli und mit schwarzen Hosenträgern. Todernst und mit gesenktem Kinn. Der Drummer, dessen Name mir entfallen war, trug eine runde Sonnenbrille mit blauen Gläsern und eine Baskenmütze. Der Gitarrist hatte die Hand in einer militärisch strammen Geste auf die Brust gelegt und sah melancholisch in die Ferne, eine typische Pose bei Rockstars jener Zeit. Das, was früher rebellisch und gefährlich gewesen war, mutete heute eher unschuldig und harmlos an. Aber etwas hatte sich nicht verändert: Eriks Blick. Er bohrte sich wie magnetisch angezogen in meinen. Ein warmes Gefühl durchströmte mich. Das ist doch nur eine alte Aufnahme, sagte ich mir. Du bist offensichtlich immer noch ein Fan, der keinen kühlen Kopf bewahren kann, was treibst du bloß? Aber diese Worte prallten an mir ab. Mein Bauchgefühl übernahm die Regie. Ich schmolz dahin. Quer über dem Umschlagbild prangte mit schwarzem Textmarker Eriks Autogramm.

Für die textsichere Ebba. Umarmung/Erik.

Ich wusste noch, wie ich in der ersten Reihe vor der Bühne gestanden hatte, nicht in der Lage und auch unwillig, nur im Mindesten cool auszusehen. Ich konnte alle Texte auswendig und sang aus Herzenslust mit. Schließlich musste er lachen und gab mir das Mikro. Als ich ihn nach dem Auftritt um ein Autogramm bat, sagte er: »Wenn ich mal krank werde, weiß ich ja, wen ich anrufen muss.«

Drei Jahre später lernte ich Tom kennen.

Jetzt hielt ich den Plattenumschlag an die Nase und schnupperte daran. Früher einmal hatte er nach Textmarker gerochen. Ich hatte die Plattenhülle neben mein Bett gelegt und war mit einem letzten Blick auf Eriks Gesicht eingeschlafen. Die Situation heute war dem irgendwie nicht ganz unähnlich, nur mit dem Unterschied, dass ich Erik jetzt jeden Tag hautnah sah.

Neben dem Schallplattenkarton stand mein alter Plattenspieler samt Verstärker und zwei verstaubten Lautsprechern.

Ich schleppte alles hoch in die Wohnung und brachte Tom dazu, mir die Geräte im Wohnzimmer anzuschließen, während ich eine Flasche Rotwein öffnete. Oskar schlief schon, weshalb ich die Platte nur leise abspielte. Die E-Gitarren wurden nicht gerade durch Ironie gedämpft. Der Soundteppich des Synthesizers war kompakt, der Stil unverkennbar.

»Das ist immer noch gut«, sagte ich hingerissen. »Der Text hat was, findest du nicht? ›Du bist stark. Eine Droge. Gefährlicher Grund. Du bist eine Mine. Lass mich explodieren, wenn du willst. Ich zerspringe lieber in tausend Stücke mit dir, als stillzustehen.‹«

»Ich weiß nicht«, bemerkte Tom und füllte zögernd Entkalkungsmittel in die Kaffeemaschine. »Ist das nicht nur der übliche Quark, um Frauen ins Bett zu bekommen?«

Ich spürte, dass mein Gesicht rot wurde wie eine Tomate.

»Ich hab noch nie begriffen, weshalb Frauen auf Typen mit Gitarre abfahren, die kaum darauf spielen können, und sich dann darüber beschweren, dass *Männer* so vorhersehbar sind.«

Sorgfältig faltete er die leere Tüte und tat sie in den Mülleimer.

»Das ist doch nichts als Doppelmoral! Ich habe diesen Sänger immer schon für einen Poser gehalten.«

Ich schluckte.

»In Wirklichkeit ist er aber sehr nett«, sagte ich.

»Zu dir ganz bestimmt. Hast du eigentlich diesen WC-Reiniger gekauft, mit dem du mir so in den Ohren gelegen hast? Den mit dem Umweltsiegel?«

Tom sah hoch. Sein Haar war zerzaust, seine Augen sahen müde aus. Jeder Fetzen Haut von ihm, jede Falte waren mir vertraut, hatte ich gründlich erforscht. Mein Herz pochte heftig. Ich spürte zwei Dinge gleichzeitig und gleichermaßen intensiv – dass ich Tom liebte und in Erik verliebt war.

Das Telefon klingelt durchdringend. Zuerst denke ich, dass es der Feueralarm ist, bevor ich fahrig tastend den Hörer auf dem Nachttisch zu fassen bekomme. Mein Kopf ist von dem Alkohol gestern Abend noch ganz benommen. Ich habe ein, zwei Gläser Wein zu viel zum Essen getrunken und nicht tief geschlafen.

»Sie haben Besuch. Sie wartet am Empfang.« Die Stimme der Rezeptionistin klingt peinlich berührt. Sie spricht das Wort *Besuch* gedämpft aus, als handelte es sich um eine Geschlechtskrankheit.

»Welcher Besuch?«

»Ich glaube, es ist eine Fotografin. Sie hat einen Haufen Ausrüstung dabei, Kameras und so. Können Sie bitte so schnell es geht herunterkommen? Das schafft hier so ein Durcheinander.«

Meine Kehle schnürt sich zu. Die Fotografin. Ich hätte

sie anrufen sollen. Aber wir haben doch gar keinen Termin vereinbart, oder doch? Habe ich gestern etwa Mails beantwortet, an die ich mich nicht mehr erinnere? Vor Panik krampft sich mein Magen zusammen.

»Ich komme«, sage ich und lege schnell den Hörer auf. Mein Handy, das auf dem Fußboden liegt, informiert mich darüber, dass ich sechs verpasste Anrufe von einer unbekannten Nummer erhalten und mehrere Sprachnachrichten auf meiner Mobilbox habe. Ich habe das Handy wohl auf stumm geschaltet. Während ich mich fluchend anziehe, rufe ich die Mobilbox ab.

Die Fotografin scheint in ihrem Auto umhergeirrt zu sein, während sie mir diverse chaotisch klingende Nachrichten hinterlassen hat. Einmal steht sie an einer Kreuzung und weiß nicht, wohin sie fahren soll, ein anderes Mal informiert sie mich darüber, dass sie sich um eine Stunde verspätet. Warum verspätet, und warum kommt sie überhaupt? Ich stolpere barfuß und ungekämmt die Treppe hinunter.

Die Frau an der Rezeption blickt ängstlich auf.

»Sie ist da drinnen.« Diskret deutet sie in Richtung Bar.

Schon von Weitem sehe ich, dass die Frau im Speisesaal stark gestresst ist. Gleich mehrere Schlüsselbunde, ein Handy, ein Lippenstift, ein Terminkalender und eine Sonnenbrille liegen vor ihr auf dem Tisch verstreut, daneben steht ein Becher Kaffee. An der Wand lehnen mehrere Reflexschirme mit Stativen, Stromaggregate und Kameras. Sie hetzt umher und versucht, Kabel zu sortieren. Widerstrebend nähere ich mich.

»Hallo«, sage ich zögernd.

»Heeeej! Endlich! Ich bin Issi!« Sie nimmt meine Hand und schüttelt sie energisch. »Shit! Sie sind ja viel größer, als ich dachte. Und älter.« Mit großen Augen sieht sie mich an. Schweißnasse Haarsträhnen kleben ihr an der Stirn. Ansonsten sieht sie wirklich süß aus. Ein glänzender geflochtener Zopf baumelt über ihre Schulter. Sie trägt trotz der Hitze ein übergroßes Hemd und weite schwarze Lederhosen. Ihr Hals ist von hektischen roten Flecken überzogen, die sie mit Puder zu kaschieren versucht hat. Sie ist ungefähr Mitte dreißig. Vielleicht auch jünger.

»Ich habe Ihr erstes Buch gelesen. Das war supergut. Das war doch über das Reizdarmsyndrom, oder?«

»Reizdarmsyndrom? Nein, es ging darin um lange währende Partnerschaften.« Grimmig sehe ich sie an.

»Ach ja, genau! Entschuldigung, ich habe Sie mit einer anderen älteren Frau verwechselt.« Sie nickt eifrig. »Aber danach haben Sie sich von ihm scheiden lassen, oder? Ah, jetzt fällt's mir wieder ein! Sie waren mit diesem ehemaligen Sänger zusammen, oder?«

Ich nicke kurz.

»Aber das ist jetzt vorbei.«

»Es ist gar nicht so leicht, alle B-Promis wiederzuerkennen, die in den Medien herumgeistern. Sie müssen entschuldigen, ich bin selber gerade frisch getrennt und nicht ganz auf dem Laufenden. Das hier ist mein erster Auftrag seit mehr als einem Jahr, deshalb muss es gut werden.«

»Entschuldigung, aber hatten wir denn einen Tag verabredet? Ich habe mir gar nichts notiert«, entgegne ich kühl.

»Anna sagte, dass Sie sich melden würden, aber ich bin einfach losgefahren, als ich nichts von Ihnen gehört habe. Ich dachte, dass das vielleicht nur ein Missverständnis ist. Ich bin schon vor Wochen für diesen Job gebucht worden und habe Sie den ganzen Morgen über zu erreichen versucht, aber Sie haben nicht abgenommen.«

Plötzlich bleibt ihr Blick an meinen nackten Füßen hängen. »Ich soll das Foto von der Dame für das Magazin machen. Ich bin Fotografin«, fügt sie zögernd hinzu und sieht mich an, als ob ihr erst jetzt klar wird, dass ich nicht völlig zurechnungsfähig bin.

»Das habe ich mir beinahe gedacht«, erwidere ich mit einem Kopfnicken auf die Fotoausrüstung auf dem Fußboden. »Ehrgeizige Ausrüstung. Sie wissen schon, dass wir nur ein Porträt brauchen, oder?«

»Es ist nie nur ein Porträt.« Gekränkt schürzt Issi die Lippen. »Wo ist sie denn? Ist sie hier?«

»Wer?«

»Na, die Frau, die ich fotografieren soll.« Fragend sieht sie sich um.

»Veronika? Nein, nein.« Ich schüttele den Kopf, während ich fieberhaft nach einer Lösung für dieses Dilemma suche. Ich habe Veronika gegenüber kein Wort von einer Fotosession erwähnt. Und jetzt kreuze ich also mit einer neurotischen Kollegin auf, die von Kopf bis Fuß mit Kameras behängt ist.

»Ich habe die ganze Ausrüstung aus dem Auto reingetragen, weil ich dachte, dass wir sie hier ablichten sollten.«

»Dann müssen wir sie wohl wieder raustragen«, sage ich.

»Und wo ist sie dann? Ich habe nur bis um zwei Uhr Zeit, dann muss ich meine Kinder abholen.«

Mir wird ein wenig flau. Ich gehe zum Samowar, nehme mir eine Tasse Kaffee und ein Croissant.

Die Wanduhr zeigt Viertel nach neun. Mein Tagesrhythmus ist völlig aus dem Lot. Es kommt mir unchristlich früh vor.

»Sie lebt in einer Seniorenresidenz in Zentrumsnähe«, erwidere ich.

»Dann fahren wir jetzt dahin und holen sie ab. Ich würde gerne auch ein paar Bilder draußen machen.«

Die Fotografin kramt in ihrer Tasche, holt eine Packung Kaugummi hervor und hält sie mir hin.

»Möchten Sie vielleicht eins? Es sind Menthol-Kaugummis«, sagt sie und sieht mich vielsagend an.

Mir wird klar, dass ich vermutlich eine Fahne habe, und nehme mir peinlich berührt ein Kaugummi.

»Jetzt hätte ich doch beinahe vergessen, meine Nahrungsergänzungsmittel zu nehmen.« Issi fischt eine Plastiktüte aus einer Tasche und reiht systematisch eine Anzahl Döschen auf dem Tisch auf.

»Und wofür sind die gut?«, frage ich.

»Sie wirken auf natürliche Weise beruhigend, helfen gut gegen Nervosität und Konzentrationsstörungen.«

Magnesium. Zink. Vitamin B. Passionsfrucht.

»Und das hilft?«

Sie nickt.

»Und wie! Der Unterschied ist enorm. Sie hätten mich

mal vor einem halben Jahr sehen sollen. Es ist ganz schön stressig, freiberuflich zu arbeiten, viele Auftraggeber wissen gar nicht, was sie wollen.«

Sie schüttet sich eine Handvoll Tabletten in die Hand, kippt sie mit einem Schluck Coca-Cola Zero herunter und legt sich die Hand aufs Herz, als wollte sie die Einnahme der Tabletten segnen.

»Darf ich mir ein paar davon nehmen?«, frage ich.

»Nur zu!«

Ich nehme von jeder Sorte eine und schlucke sie mit dem Kaffee hinunter.

»Gut, dann können wir los. Ich muss nur noch meine Schuhe holen«, sage ich und flitze nach oben auf mein Zimmer.

Ich verstecke mich halb hinter Issi, als wir bei Veronika klingeln. Die Situation ist mir so peinlich, dass ich nicht weiß, wo ich hinsehen soll. Diskret schaue ich zur Seite, als die Tür geöffnet wird. Veronika späht auf den Korridor hinaus. Die Haare stehen ihr vom Kopf ab. Sie trägt ein beiges Leinenkleid. Ihre Beine sind nackt.

»Hej, ich bin die Fotografin.« Issi schüttelt eifrig Veronikas Hand. Veronika zieht ihre schmalen Augenbrauen hoch, während sie versucht zu verstehen, was vor sich geht.

»Ich verstehe nicht ganz. Wer sind Sie, sagten Sie?«

»Wir wollen heute Fotos von Ihnen machen«, sagt Issi mit einem Lächeln.

»Fotos?«

»Ja, für die Reportage. Sie sollen doch das Mädchen von Seite 1 werden!«

Veronikas Blick flackert beunruhigt.

»Guten Tag, Veronika.« Ich hebe lasch die Hand. »Ich habe gestern doch erwähnt, dass wir heute Fotos von Ihnen machen wollten, oder nicht?« Ich verspüre den Anflug eines schlechten Gewissens, aber das lässt sich eben nicht ändern.

Veronika sieht skeptisch aus.

»Ja, jetzt wo Sie es sagen, erinnere ich mich daran. Ich wusste nur nicht mehr, dass es so früh am Tag sein sollte.«

Verunsichert fährt sie sich über die Haare und stützt sich am Türrahmen ab.

»Ich muss mich zuerst herrichten, ich habe gerade erst gefrühstückt. Wie lange wird es denn dauern?«

»Nicht besonders lang. Höchstens eine Stunde«, sage ich.

»Das wissen wir doch noch gar nicht. Ich habe jedenfalls nicht vor, alles husch, husch zu machen!« Issi dreht sich verärgert zu mir um. »Es dauert, solange es eben dauert, solange wir bis vierzehn Uhr fertig sind. Ich habe da so meinen Ablauf.«

Hochmütig wirft sie ihren Zopf über die Schulter. Ganz so leicht will sie ihre künstlerischen Ambitionen also nicht aufgeben. Mir entfährt ein unterdrückter Fluch.

»Dürfen wir hereinkommen und uns ein wenig mit Ihnen unterhalten? Ich würde Sie gern etwas besser kennenlernen, um zu wissen, welche Sorte Bilder wir machen müssen.« Issi lächelt Veronika an.

»Ich habe nicht geputzt.« Unruhig verlagert Veronika das Gewicht von einem Fuß auf den anderen.

Issi nickt geduldig.

»Ich habe sowieso geplant, das Foto draußen zu machen. Hier drinnen sind die Lichtverhältnisse nicht so gut.«

Kritisch sieht sie sich im Eingangsflur um.

»Ich würde mich nur gerne irgendwo hinsetzen und mich mit Ihnen unterhalten, damit wir uns über das Foto einig sind.«

Widerstrebend bittet Veronika sie herein. Ich trotte hinterher, den Blick zu Boden gerichtet. Issi setzt sich auf einen Stuhl – genauer gesagt auf *meinen* Stuhl – und lächelt verbindlich.

»Ich weiß, dass das ungewohnt ist. Aber es geht darum, ein richtig schönes Porträtfoto von Ihnen zu machen, das symbolisch für die Liebe steht, die Sie und Ihr Mann verbunden hat. Was haben Sie denn so zusammen gemacht?«

Veronika starrt auf den Teppich, als würde er ihr Stärke und Entschlusskraft schenken, bleibt aber stumm. Eine Minute lang herrscht Schweigen. Fromm verschränkt Issi die Hände im Schoß, während sie auf eine Antwort wartet.

»Gibt es einen Ort, der Ihnen beiden viel bedeutet hat? Vielleicht ein Café oder einen Platz, zu dem Sie häufig gegangen sind, oder der Strand? Waren Sie oft am Strand?«

»Nein, nicht so oft.«

»Vielleicht dieser Tanzboden, wo Sie sich kennengelernt haben«, schlage ich vor. »Existiert der noch?«

Veronika schüttelt den Kopf.

»Das weiß ich nicht.«

»Ein Tanzlokal wäre perfekt. Da können Sie dann ja vielleicht sogar ein paar Tanzschritte machen?«, sagt Issi mit einem Augenzwinkern. Wie kann es nur sein, dass sie den Rollator übersehen hat, auf den Veronika sich stützt? »Und möchten Sie die Kleidung, die Sie jetzt tragen, anbehalten? Sie haben nicht vielleicht einen bunten Schal, mit dem wir Ihr Outfit etwas aufpeppen könnten, oder?«

Issi steht auf und schnappt sich das gelbe Tuch, das an einem Haken hängt.

»Der hier ist schön. Wir könnten einen kleinen Farbklecks gebrauchen.«

Hilfe suchend sieht Veronika mich an. Ich zucke mit den Schultern und zupfe eine Staubmaus von dem Reflexschirm.

»Und das ist sicherlich Ihr Hochzeitsfoto, oder?« Issi ist zum Sekretär geschlendert und hält jetzt das gerahmte Hochzeitsfoto in der Hand. »Wie süß Sie beide ausschauen! Sie haben nicht zufällig noch Ihr Hochzeitskleid?«

»Nein. Daraus habe ich Gardinen genäht.« Veronika räuspert sich.

»Ich bin so gerührt. Ich kenne nichts Herzigeres als alte Leute, die noch immer ineinander verliebt sind. Sechzig Jahre, das muss man sich mal vorstellen!« Issi sieht auf und lächelt.

»Dann wollen wir jetzt besser mal losfahren und versuchen, den Tanzboden zu finden«, unterbreche ich ihren Redeschwall.

Issis fahrbarer Untersatz ist ein großer Van, ausgestattet mit allen nur vorstellbaren technischen Finessen, die zu jeder passenden und unpassenden Gelegenheit einen Piepton von sich geben. Issi fummelt am Navi herum und blickt die ganze Zeit in den Rückspiegel, obwohl kein Fahrzeug hinter uns ist.

»*Nylids Tanzboden* ergibt keinen Treffer, aber vielleicht wird Ihnen die Gegend ja bekannt vorkommen«, sage ich und schiele zu Veronika.

»Bestimmt, aber ich habe daheim meine Handtasche vergessen.«

»Die brauchen Sie nicht. Wir fahren Sie gleich wieder nach Hause.«

»Früher einmal wurden dort an den Wochenenden Flohmärkte veranstaltet, aber das liegt mittlerweile lange zurück.« Veronika sieht aus dem Fenster.

Die Klimaanlage rauscht mit meinem Tinnitus um die Wette. Ich habe Kopfschmerzen. Mein Rachen brennt. Ich habe so gut wie nichts gegessen. Aber ich versuche, mich so gut es geht zu sammeln, und greife nach Issis abgestandener Cola. Hinter einem Hügel kommen einige Windräder in Sicht. Das rhythmische Geräusch der Rotoren ist bis ins Autoinnere zu hören. In der Nähe einer Windkraftanlage zu wohnen ist so, als würde man neben einer Autobahn wohnen. Ich habe gelesen, dass das dumpfe Dröhnen des Infraschalls selbst dann zu spüren ist, wenn man weiter davon entfernt lebt, und er Depressionen auslösen kann. Außerdem kann man dadurch angeblich einen Tinnitus bekommen. Ich trinke noch einen Schluck Cola. Gemähte Gräben und Weiden säumen die Straße. Die sanft geschwungenen grasbewachsenen Buckel – eigentlich Hügelgräber – reihen sich wellenförmig aneinander.

»Und Sie und Ihr Mann haben sich also bei dieser Vergnügungsstätte kennengelernt?«, fragt Issi mit einem Blick in den Rückspiegel.

Veronika nickt.

»Haben Sie sich da auch ineinander verliebt?«

»Das könnte man vielleicht sagen.«

»Oh, wie romantisch! Können Sie zwei hoffnungslosen Fällen wie uns nicht verraten, wie man das anstellt, so lange zusammenzubleiben?« Issi deutet vielsagend auf mich und justiert den Rückspiegel. Flüchtig überkommt mich irrsinnige Lust, Issi in eines dieser Gräber hinunterzustoßen.

»Jetzt sind wir gerade am Wegweiser nach Grevie vorbeigefahren«, sage ich grimmig.

Veronika lehnt sich zwischen den Sitzen vor.

»Wurde die Straße hier ausgebaut? Sie sieht so ganz anders aus. Drosseln Sie doch bitte ein bisschen das Tempo, ich glaube, hier irgendwo müsste eine Abzweigung in den Wald zu Nylids Tanzboden führen.«

Issi tritt heftig auf die Bremse. Kurz denke ich, dass wir gleich von der Straße abkommen werden.

»Erkennen Sie hier etwas wieder?«, frage ich Veronika.

»Ich bin mir nicht sicher. Fahren Sie doch noch ein Stückchen weiter, vielleicht liegt Nylids ja dahinten auf der anderen Seite des Hügels.«

Wir folgen der schmaler werdenden Straße, die von knorrigen Bäumen gesäumt wird. Sie neigen sich alle stark nach rechts, haben offensichtlich dem Wind, der ständig vom Meer her weht, nachgegeben und sich von den Bedingungen formen lassen. So wie die meisten anderen Dinge auf der Welt. Jenseits des Hügels liegt ein Acker, auf dem schon gelb der Raps blüht.

»Jetzt habe ich keinen blassen Schimmer mehr, wo wir sind«, stellt Veronika fest.

»Halt doch mal am Straßenrand, Issi, dann können wir einmal in Ruhe auf die Karte sehen«, sage ich.

In Wahrheit ist mir übel, und ich muss mich übergeben. Issi setzt den Blinker und steuert an den Straßenrand. Der Kies knirscht, als sie wieder viel zu hart bremst. Sämtliche Funktionen im Auto geben ein protestierendes Piepen von sich. Ich öffne die Wagentür, atme einige Male tief ein und schaffe es gerade noch bis zum Straßengraben, bevor sich mir der Magen umdreht. Ich stütze die Hände auf die Knie und atme durch den Mund. Ganz und gar nicht Joars Rat entsprechend, aber das lässt sich jetzt nicht ändern.

»Ich bin reisekrank«, sage ich und richte mich wieder auf.

Angewidert sieht Issi mich an, nimmt ein Feuchttuch aus ihrer Tasche und reicht es mir.

»Verläuft da drüben ein Weg?«, fragt Veronika und zeigt auf ein Gehölz ein Stück entfernt.

»Ich kann ja mal nachschauen«, sagt Issi und wischt sich die Stirn ab.

Veronika und ich verfolgen, wie sie mit einer Kamera um den Hals davonflitzt. Wie eine Wildnis-Fotografin in unwegsamem Gelände.

»Aufgewecktes Mädchen«, bemerkt Veronika lakonisch.

»Ein bisschen *zu* aufgeweckt«, erwidere ich.

»Ich weiß ehrlich gesagt überhaupt nicht, wo wir sind.« Veronika schüttelt den Kopf. »Uno und ich sind nie in diese Richtung gefahren. Ich bin zuletzt in meiner Jugend hier umhergeradelt. In Schuhen mit Keilabsatz, unterwegs zum Tanzen.«

»Klingt schick«, sage ich. »Es macht auch nichts, wenn wir den Ort nicht finden. Dann machen wir das Foto eben woanders.«

Issi kommt heftig gestikulierend auf uns zu.

»Da drüben gibt es keinen Weg«, ruft sie.

»Wir haben uns verirrt. Wir müssen einen anderen Hintergrund für das Foto suchen«, sage ich.

»Okay.«

Sie atmet tief durch und zeigt auf das Rapsfeld.

»Wenn wir Veronika dort hinbekämen, dann … Ich habe das Bild bereits vor Augen, wie sie dort steht und die Hände zum Himmel streckt. Voller Lebensfreude. Ein Foto, das Sommergefühle weckt. Dazu das Meer im Hintergrund. Wie wäre das?«

Schweiß rinnt ihren Hals hinab.

»Sie hat einen Rollator«, rufe ich Issi in Erinnerung.

»Sie muss ja nicht so weit gehen. Nur ein kleines Stück, sodass links und rechts von ihr etwas Gelbes zu sehen ist. Du kannst ihr doch bestimmt dabei helfen, oder?«

Issi zerrt den Rollator schon unsanft aus dem Kofferraum. Sie gehört zu den Frauen, die sich, wenn es schwierig wird, an Gegenständen rächen.

»Und danach sind wir aber fertig, oder?« Veronika sieht mich flehend an.

»Ich versprech's. Wir sind ganz vorsichtig«, sage ich.

Wir überqueren den Seitenstreifen. Das Sonnenlicht blendet uns. Zu allen Seiten erstrecken sich Felder. Der Wind trägt einen Geruch nach Salz heran, er verdrängt den Gestank des Düngers.

»Dieses Licht ist klasse!«, ruft Issi. »Jetzt aufpassen! Nur noch ein kleines Stück.«

Sie kämpft mit dem Reflexschirm, der in alle Richtungen reflektiert.

Endlich stehen wir auf dem Feld. Die Erde gibt ein klein wenig unter unseren Füßen nach. Die Rapspflanzen reichen uns bis zur Taille.

»Das wird super!«, ruft Issi begeistert. »Jetzt musst du zur Seite gehen, Ebba, damit Veronika allein auf dem Foto zu sehen ist.«

»Schaffen Sie es, hier einen Augenblick allein stehen zu bleiben?«, frage ich Veronika.

»Bleiben Sie bitte in meiner Nähe. Gehen Sie nicht zu weit weg!«

»Sehen Sie mich an, Veronika, und dann strecken Sie die Arme hoch in die Luft!«

Issi hopst herum, nimmt verschiedene Posen ein, wie Fotografen es eben tun, beugt sich vor, geht in die Hocke, kriecht näher.

»Können wir vielleicht auch ein kleines Lächeln hervorzaubern? Ausgezeichnet! Das Gesicht mehr zu mir.« Issi betätigt frenetisch den Auslöser.

Veronika lächelt angestrengt und versucht, eine Haarsträhne beiseitezustreichen, die der Wind erfasst hat. Die Situation ist zutiefst demütigend, aber Issi scheint sich daran nicht nennenswert zu stören. Immer wieder schaut sie sich mit gerunzelter Stirn die Fotos auf dem Display an.

»Ich glaube, jetzt haben wir's«, sagt sie schließlich.

»Gott sei Dank!«, murmele ich.

Ich hake Veronika unter und trete mit ihr den Weg zurück zum Auto an. Wir sind fast da, als ein Lkw auf der Hügelkuppe erscheint. Er fährt schnell und viel zu sehr am Rand. Ich sehe Kies aufstieben und höre Bremsen quietschen. Gerade noch rechtzeitig weicht er Issis offen stehender Fahrertür aus und saust in hohem Tempo über den nächsten Hügel.

»Du liebe Zeit! Das war knapp!«, keuche ich und lege beschützend den Arm um Veronika. »Du musst die Autotür schließen, kapierst du das nicht?!«, rufe ich Issi wütend zu. »Das ist doch lebensgefährlich!«

Issi sieht aus, als wäre sie den Tränen nahe, als sie zum Van zurückläuft und einsteigt.

»Was war denn da los?« Veronika schmiegt sich Schutz suchend in meine Umarmung. Ich streichle ihr beruhigend über den Rücken, und wir gehen weiter.

»Ach, nur irgend so ein Idiot, der viel zu schnell gefahren ist. Die Leute haben ja eine Schraube locker!«

Kaum habe ich diese Worte ausgesprochen und überlegt, wie man den Rollator wieder zusammenklappt, damit er in den Kofferraum passt, als Issi plötzlich rückwärts direkt auf uns zurollt. Ich spüre den Luftzug und wie die Felge meine Beine streift. Ein dumpfes Geräusch lässt mir vor Schreck das Blut in den Adern gefrieren. Hinter dem Wagen liegt Veronika. Sie ist mit dem Kopf auf den Asphalt gestürzt und rührt sich nicht.

1955

Bei Francie klang es immer so, als hätte sie alles höchstpersönlich zuerst entdeckt. Sah sie einen Vollmond, konnte man sicher sein, dass es der größte, gelbste Vollmond war, den es jemals gegeben hatte. Wenn ihr Los in der Lotterie gewann, wusste sie das schon durch eine besondere übernatürliche Vorsehung, bevor sie es zog. Und wenn sie von einer Biene gestochen wurde, bedeutete dies in ihrem Fall, dass sie nur um Haaresbreite dem Tod entkommen war, oder zumindest einer Erblindung. Sie klang dabei so überzeugend, dass Veronika den Verdacht hegte, Francie glaubte selbst daran.

Jetzt saß sie zurückgelehnt mit einem breitkrempigen Sonnenhut in einem Klappstuhl im Pensionsgarten, ein rotes Kopftuch raffiniert über das lädierte Auge gebunden. Neben ihr saß Bo in einem Korbstuhl. Veronika hockte sich zu ihren Füßen ins Gras.

»Kann mir jemand mal die Karaffe reichen? Ich kann nichts sehen.« Francie tastete über den Tisch.

»Kannst du das Auge denn gar nicht öffnen?«, fragte Bo besorgt.

»Kaum. Kannst du es dir mal anschauen?« Vorsichtig hob Francie die Augenbinde an, als wäre ihr geschwollenes Auge ein magischer Ort, zu dem sie gnädigerweise Zutritt gewährte. Bo beugte sich vor.

»Es sieht aus, als hättest du Bekanntschaft mit einer Faust gestiftet.«

»So fühlt es sich auch an«, jammerte Francie zufrieden.

»Vielleicht hat dich ja die Bienenkönigin gestochen.«

»Und wenn ich nun blind werde, führst du mich dann?« Flehend sah sie ihn an.

»Natürlich.« Bo grinste so breit, dass seine Lachgrübchen hervortraten.

Veronika biss fest die Zähne zusammen und wandte den Kopf ab. Reichte es denn nicht, dass Francie so offen und unerschrocken und gut aussehend war, dass alle ihr zu Füßen lagen? Musste sie jetzt auch noch so eine Show wegen ihrem verflixten Auge abziehen? Francie stand immer wie selbstverständlich im Mittelpunkt, war es gewöhnt, die Aufmerksamkeit sämtlicher junger Männer auf sich zu ziehen. Veronika war lieb und nett und fügte sich dem, trat bereitwillig in den Hintergrund, aber jetzt merkte sie zum ersten Mal im ihrem Leben, dass sie nicht länger Lust dazu hatte, danebenzusitzen und zuzusehen, wie Francie bewundert wurde. Sie wollte das, was Francie hatte. Sie hatte es satt, auf dem Rasen zu sitzen. Die vertrockneten Halme piksten sie in den Hintern. Es kribbelte sie am ganzen Körper.

»Hast du von der Frau gehört, die im letzten Jahr von einer Wespe gestochen wurde?«, sagte Francie. »Das Gift hat ihr Gehirn angegriffen. Aus ihr ist nie wieder dieselbe geworden.«

»Mein Gott!« Bo schüttelte den Kopf.

»So etwas kann also sehr ernst sein.«

Francie führte den Strohhalm zum Mund. Sie trank ein Glas Limonade, vermutlich hatte es ihr jemand gebracht.

»Man kann aus geringeren Gründen verrückt im Kopf werden«, erklärte sie und legte mühsam ein Bein über die Stuhllehne, so als wäre es auch verletzt.

»Es ist ein Jammer, dass wir ihr Nest nicht finden, denn dann hätten wir eine Vorratskammer voller Honig«, sagte Signe, die in den Garten kam und unwirsch einige Tassen von den Tischen abräumte.

»Ihr wisst ja sicher, dass eine Königin ausbricht und so viele Arbeiterinnen wie möglich mitnimmt, wenn zwei Königinnen sich in einer Bienenkolonie ins Gehege kommen, oder? Und allen Honig, den sie nur tragen können. Es kann nicht mehr als eine Königin in einem Schwarm geben, sonst entbrennt ein Streit auf Leben und Tod. So ist das in der Natur.«

Sie kniff den Mund zusammen, wie sie es immer tat, wenn sie zufrieden war, weil sie ihr Wissen demonstriert hatte, ohne es allzu offensichtlich durchscheinen zu lassen.

»Vielleicht haben wir es hier in der Pension ja mit so einer Schar von Ausbrechern zu tun«, meinte Bo.

»Sehr wahrscheinlich«, erwiderte Signe mit einem Nicken. »Die Königin, die sich bedroht fühlt, räumt dann das Feld. Gefolgt von ihren Getreuen. Und die Bienen können sich kilometerweit fortbegeben. Eigentlich sollten wir eine Annonce aufgeben und uns erkundigen, ob ein Bienenzüchter hier aus der Gegend seine Bienen vermisst. Sie müssen ja schließlich irgendwo hergekommen sein.«

»Hat sich jemand schon mal die Mühe gemacht, auf dem Dachboden nachzusehen?«, fragte Francie und blubberte mit dem Strohhalm.

»Keine Ahnung, aber das ist doch eine grandiose Idee! Das könntest du ja mal übernehmen, oder?«, sagte Signe mit einem nachdrücklichen Nicken.

»Ich?! Ich sehe doch kaum was!«

»Du kannst ja ein Vergrößerungsglas mitnehmen.«

Francie seufzte und holte einen Taschenspiegel hervor, in dem sie hingebungsvoll ihr Gesicht studierte. Bo schielte zu Veronika hinüber und lächelte. Sie wagte es, sein Lächeln zaghaft zu erwidern.

»Kann man sich, so wie ich aussehe, unter die Leute begeben? Heute Abend ist Tanz bei Nylids Tanzboden. Das Rolf Eigens Orchester spielt. Ich würde gern hingehen. Was meint ihr?« Francie schob die Unterlippe vor.

»Du könntest doch so gehen wie jetzt, mit dem Tuch über dem Auge?«, schlug Bo vor.

»Ja, warum nicht?« Francie kicherte begeistert. »Die Band fängt um acht an. Wenn wir eine Stunde vorher da sind, können wir sichergehen, auch reinzukommen. Es werden heute viele Leute da sein.«

»Und woher willst du das wissen?«, fragte Veronika missmutig.

»Ich umgebe mich mit Menschen, weißt du. Es gibt nicht viel in dieser Stadt, das mir entgeht.« Lautstark schloss sie den Deckel des Taschenspiegels und fuhr sich mit der Hand durch ihr platinblondes Haar.

»Ich habe nichts zum Anziehen«, sagte Veronika und riss mit unnötig viel Kraft einen Löwenzahn aus dem Rasen.

»Du kannst dir etwas von mir leihen. Ich habe noch ein paar alte Kleider, die sowieso viel zu lang für mich sind.«

Francie unterdrückte ein Gähnen.

»Ich habe da ein blaues, das dir bestimmt gut stehen wird. Blau passt gut zu blassen Hauttypen.«

Veronika schluckte. Früher hatten sie gemeinsam regelmäßig die Stiltipps und Farbanalysen in den Illustrierten studiert. Zu Francie, die ein *Sommertyp* war, passten die schönsten Farben wie Rosa, Rot, Knallgelb und Türkis. Veronika, der weniger glamouröse *Herbsttyp*, musste auf eine triste Farbpalette wie Beige und Senfgelb zurückgreifen. Früher hatte sie dies mit duldsamer Gelassenheit hingenommen. Jetzt fand sie es unzumutbar. Außerdem bezweifelte sie, dass ihr eines von Francies abgelegten Kleidern passte. Veronika besaß nicht nur einen kräftigeren Knochenbau, ihr fehlte auch Francies eingeübte Fähigkeit, länger die Luft anzuhalten.

»Im Schuppen stehen nur noch zwei Räder, die nicht vermietet sind. Aber wenn Bo mich auf seinem hinchauffiert, kannst du ja das andere nehmen, oder?«

Francie legte den Kopf schief und sah Veronika mit zusammengekniffenen Augen an.

»Wir müssen nur irgendwas mit deinem Haar anstellen. Mit ein paar Haarnadeln und etwas Spray wird es sich wohl machen lassen. Und dann habe ich noch einen vernünftigen Büstenhalter, den du nehmen kannst. Das hebt das Ganze etwas mehr. Übrigens«, sie versetzte Bo einen spielerischen Stoß in die Seite, »in Tweed würdest du todschick aussehen. Du rauchst nicht zufällig Pfeife, oder?«

»Nein.«

»Schade, eine Pfeife würde gut zu dir passen.«

»Du wirst uns wohl so nehmen müssen, wie wir sind«, sagte Veronika kühl. »Jedenfalls, wenn wir dich begleiten sollen.« Verärgert stand sie auf.

»Hoppla! Bist du heute mit dem falschen Fuß aufgestanden?« Erstaunt zog Francie die Augenbrauen hoch. Oder zumindest eine. Die andere war immer noch unter dem roten Tuch verborgen.

Das Kleid, das Veronika sich hatte borgen dürfen, war schlecht geschnitten, sodass es schief und zu eng über der Brust saß. Veronika hatte sich nur mit knapper Not hineinzwängen können. Wenn es den ganzen Abend über halten sollte, konnte sie eigentlich nur in den Brustkorb und nicht in den Bauch atmen, aber der breite Satingürtel in der Taille tat sein Übriges.

Veronikas Haare waren streng zu einem mit Haarspray eingenebelten Dutt zurückfrisiert, den Francie Französische Rolle nannte. Sie hatte Veronika zwei dicke schwarze Lidstriche gezogen und ihr einen Lippenstift in einer Farbfernseh-Nuance aufgelegt, der angeblich in Amerika der letzte Schrei war. Für Veronika war es einfach nur ein Rot.

Diverse Fahrräder, Motorräder und Mopeds hatten sie schon in hohem Tempo und mit herausgeputzten jungen

Mädchen auf dem Sozius auf der Landstraße überholt. In Veronikas Vorderreifen war nicht genügend Luft, aber sie trat so gut es ging in die Pedale. Immerhin hatte das Kleid einen eingearbeiteten Schweißschutz unter den Achseln, wenn er auch etwas steif war. Vor ihr saß Francie auf Bos Pakethalter in einer schmal geschnittenen Zigarettenhose aus elastischem schwarzem Strickstoff und einer Bluse aus weißem Popeline mit hochstehendem Zipfelkragen. Francie zufolge war der einzige Unterschied zwischen ihr und Marilyn Monroe die andere Umgebung. Und Marilyn Monroe war natürlich nie bei Nylids Tanzboden gewesen. Weißklee und Wiesenkerbel wuchsen meterhoch in den Straßengräben. Der Geruch nach Würstchen zog vom Park herüber. Die Pedale waren etwas störrisch, und die Kette drohte, jeden Moment abzuspringen, aber Veronika richtete geduldig ihr Kleid und fuhr weiter.

Nylids Tanzboden bestand aus einem achteckigen Tanzpavillon, genannt *Südsee*. Die Wände zierten Motivmalereien mit Palmen, Schnecken und Hula-Hula-Tänzerinnen. Neben dem *Südsee* gab es noch einen schlichten Tanzboden unter freiem Himmel und einen Kiosk, in dem Kaffee, Selbstgebackenes, Würstchen und Lose verkauft wurden. Obwohl kein Alkohol ausgeschenkt wurde, roch es hinter jedem Strauch nach Schnaps. Flachmänner und Flaschen machten eifrig die Runde.

Veronikas Schuhspitzen drückten, selbst die Schuhe hatte sie von Francie borgen müssen, obwohl sie ihr eine Nummer zu klein waren. Wer schön sein will, muss leiden. Wäre Bo nicht gewesen, wäre sie lieber zu Hause geblieben, hätte im Gesellschaftszimmer ein Buch gelesen und vielleicht mit einer älteren Dame Mau-Mau gespielt. Aber jetzt musste sie trotz dieser Unannehmlichkeit durchhalten.

Sie standen in der ersten Reihe am Geländer. Auf der linken Seite des Tanzbodens sammelten sich die Mädchen, auf der rechten drängten sich die jungen Männer. Sie schienen in wichtige Gespräche vertieft zu sein, während die Mädchen warteten, tuschelten und ihnen verstohlene Blicke zuwarfen. Francie hatte einen kleinen Flachmann aus ihrer Tasche geangelt und trank einen Schluck, bevor sie ihn an Bo weiterreichte. Er gab ihn Veronika mit einem Zwinkern. Auch sie nahm einen Schluck. Es war Gin. Francie hatte sich bestimmt in der Bar der Pension bedient.

»Das Aschenputtel darf nicht zu viel trinken, sonst kann es morgen nicht ihren Pflichten nachkommen.« Mit diesen Worten nahm Francie Veronika die Flasche weg, schraubte den Deckel wieder auf und steckte sie zurück in die Handtasche. »Kommt, lass uns lieber tanzen. Hast du die Eintrittskarten gekauft?« Sie zog Bo am Ärmel, und die beiden verschwanden zu den Tönen einer Klarinette im Gewühl der Tanzenden.

Veronika blieb zurück und wusste nicht, wohin mit ihren Armen. Sie gab vor, einen Fleck von ihrem Kleid entfernen zu wollen, und rieb konzentriert über den Stoff. Sie wollte nicht tanzen, denn sie konnte es nicht gut. Gleichzeitig hatte sie furchtbare Angst davor, nicht aufgefordert zu werden. Sie bildete sich ein, dass die anderen Mädchen ihr spöttische Blicke zuwarfen und insgeheim über sie lachten. Sie wirkten mit ihren Kopftüchern und den sich an den Oberkörper schmiegenden Pullovern so selbstsicher, als wären sie hier zu Hause. Eine Mischung aus Parfüm und Schweiß hing in der Luft. Veronika war zwar schon einmal hier und da mit Klassenkameraden am Wochenende zum Tanzen gefahren, aber vor allem um des Scheins willen. Doch obwohl sie untersetzt war und den anderen nur bis zur Brust reichte, war nicht einmal Patachon so ängstlich wie sie gewesen. Keck hatte sie sich mit ihrer Handtasche, die sie wie einen Schild vor sich hertrug, einen Weg durch die Menschenmenge gebahnt. Viele von ihren Freundinnen wohnten unter beengten Verhältnissen und genossen es, rauszukommen und sich zu bewegen. Patachon lebte mit ihren Eltern und drei Schwestern in einer Zweizimmerwohnung, aber auf dem Tanzboden nahm sie Raum für sich in Anspruch und machte ausladende Bewegungen.

Veronika sah, wie Francie lachte und auf der Tanzfläche etwas in Bos Ohr flüsterte. Eifersucht quälte sie. Sie wünschte, sie hätte zumindest den Flachmann gehabt oder hätte allein nach Hause radeln können, aber das würde nur seltsam aussehen. Warum war sie überhaupt mitgekommen? Warum sollte Bo nicht wie alle anderen auch Gefallen an Francie finden? Was hatte sie sich eigentlich eingebildet? Dass er sie, Veronika, vorziehen würde, so groß und missgelaunt, wie sie war? Sie blieb stehen, heftete ihren Blick aber auf ein anderes Paar. Trotzdem entging ihr nicht, dass Bo gut tanzen konnte. Er beherrschte die Schritte und war nicht so linkisch wie einige der anderen jungen Männer, die sich nur auf ihre eigenen Bewegungen konzentrierten und ihre Tanzpartnerin kaum wahrnahmen. Ein junger Mann, der einen über den Durst getrunken hatte, näherte sich ihr mit unsicheren Schritten.

»Und du hast auch noch keinen gefunden?«, begann er und sah sie mit benebeltem Blick an. »Möchtest du tanzen?«

»Ich warte lieber, danke«, erwiderte Veronika reserviert und nickte kurz. Eigentlich wäre es schön gewesen, wenn er stehen geblieben wäre, um ihr Gesellschaft zu leisten, aber er ging hastig und ohne Protest davon, als hätte er sowieso erwartet, einen Korb zu bekommen.

Vom Schießstand waren Schüsse und Jubel zu hören. Ein Knistern ertönte in den Lautsprechern auf der Bühne. Der Tanzpavillon besaß einen Stromanschluss. Und es wurde längst nicht nur auf lokale Künstler zurückgegriffen. Sogar ein moderner und ziemlich prominenter Jazzmusiker hatte im Frühsommer hier ein Gastspiel gegeben. Heute Abend aber wurden vor allem Foxtrott, Swing und Jive gespielt. Die Namen der auftretenden Bands in diesem Sommer standen gedruckt auf großen Plakaten am Eingang und beim Lotteriestand. Henryands Kapelle. Uhlins Trio. Roxys Swingtrio. Ragglers. Lubbes Swing-Gang. Pahlemans Hawaiiorchester.

Endlich war das Lied zu Ende, und Francie und Bo schlenderten von der Tanzfläche.

»Hast du noch gar nicht getanzt?« Francie strich sich eine feuchte Strähne aus der Stirn.

Veronika schüttelte den Kopf.

»Du musst Ja sagen, wenn man dich auffordert, das begreifst du doch wohl? Sonst macht es ja gar keinen

Spaß. Du kannst doch nicht nur so hier herumstehen. Bosse, tanz mit ihr!«

Bo sah sie an, reichte ihr den Arm und geleitete sie zur Tanzfläche. Die Kapelle plauderte gerade miteinander und stimmte ihre Instrumente. Dann spielten sie einen Stehblues. Als Bo sie an seinen vom Tanzen erhitzten Körper zog, trat der Klang der Musik auf einmal in den Hintergrund, und eine Stille entstand, die nur ihn und sie einschloss. Es gab nur noch seine Hand um ihre Taille, seinen Brustkorb, in dem sie sein Herz schlagen hörte, und seinen Unterleib, der sich an ihren presste. Und in dieser Stille ließ sie sich fallen und verliebte sich, verliebte sich unsterblich. Mit einem leisen Beben in ihrem Inneren, das niemand anderes als sie selbst bemerkte.

Sie waren erst um ein Uhr nachts nach Hause gefahren. Francie albern auf Bos Packethalter wackelnd, betrunken vom Gin und anderen ihr angebotenen Getränken, die herumgegangen waren. Veronika mit einer schmerzenden Blase am Fuß und laut pochendem Herzen. Sie dachte daran, wie sie ihre Wange beim Tanzen an Bos Hals geschmiegt hatte, an den Geruch seiner Haut. Süß hatte sie gerochen. Er hatte sie fest umschlungen gehalten, sich hart an sie gepresst. Nachdem die Musik verklungen war, hatte er ihre Wange geküsst und seine Lippen einen Moment dort verweilen lassen.

Jetzt war es vorüber, und sie lag in ihrem Bett und starrte an die Zimmerdecke. Dort war ein dunkelgelber

Fleck. Manchmal bildete Veronika sich ein, dass er seine Form änderte, so wie eine Amöbe, aber das war vielleicht nur Einbildung. Sie machte ein Auge zu. Jetzt sah der Fleck aus wie das Muttermal in Bos Nacken. Sie seufzte und legte ihre schmerzenden Füße auf die Bettdecke. Eine prächtige Blase hatte sich jeweils auf ihrer Ferse gebildet.

Francie hatte verlangt, dass Bo sie zu ihrem Zimmer im Nebengebäude begleitete, aber Veronika hatte an der Treppe gewartet, bis sie seine Schritte wieder in der Eingangshalle gehört hatte. Erst da hatte sie sich auf ihr Zimmer geschlichen.

Sie drehte sich auf die Seite.

Irgendwo hörte sie das Summen von Bienen. An einigen Stellen war das Summen lauter als anderswo. Gerade hier, an der Wand, war es besonders deutlich zu hören. Vor allem nachts. War es den Bienen vielleicht gelungen, einen Hohlraum zu finden und hinter die Tapeten zu kriechen? Oder hatten sie ihr Nest unter den Holzpaneelen der Fassade gebaut? Veronika hatte aus dem Fenster zum Dachvorsprung hochgesehen, dort aber kein Nest entdecken können. Manchmal fragte sie sich, ob das Geräusch nicht nur in ihrem Kopf war.

Der Vollmond leuchtete durch die Spitzengardine. Es war ein schwerer gelber Mond, der aussah wie der Hefeteig von Signe. Veronika hatte den albernen Dutt wieder gelöst, und es hatte eine halbe Ewigkeit gedauert, alle Haarnadeln herauszuziehen. Jetzt lagen sie wie bei ein Mikado-Spiel in einem nutzlosen Haufen auf dem Nachttisch. Sie hatte sich umsonst schön gemacht. Vergebene

Liebesmüh. Jetzt wusste sie, was die anderen Mädchen meinten. Eine innere Unruhe flatterte in ihrer Brust.

Schließlich schaltete Veronika das Nachtlicht ein und öffnete das Fenster. In keinem der Nebengebäude brannte Licht. Selbst in Signes kleiner Kammer nicht, obwohl sie sonst immer bei Licht schlief. Irgendwie fühlte sich Veronika dadurch nur noch einsamer. Niemand ist so einsam wie die Schlaflosen, dachte sie und war sofort besorgt, weil ihr solch düstere Gedanken kamen. Als wären sie ihr vorherbestimmt. Wo sie doch so gerne fröhlich und unbeschwert sein wollte! Eine Optimistin! Kein Trauerkloß. Wer wollte schon mit einem Trauerkloß zusammen sein?

Sie sah hoch zu Bos Fenster und hatte den Eindruck, dass es offen war. Vielleicht war er ja auch wach? Woran er wohl dachte? Was machte er? Ob sie es wagen sollte, ein Stockwerk höher zu gehen und bei ihm anzuklopfen? Jetzt sofort. Nur im Nachthemd hinaufschleichen. Aber das tat man nicht. Das machten nur schlimme Mädchen, für die es keine Zukunft gab. Es war wirklich ein Dilemma. Wie sollte man Befriedigung finden, ohne ein schlimmes Mädchen zu sein? Wie sollte es einem gelingen, auf dem schmalen Grat zwischen Tugend und Tristesse zu balancieren? Wie konnte man sich ausreichend zügeln, um nicht aus dem Rahmen zu fallen und gleichzeitig immer noch sich selbst sein, um das Leben zu ertragen? Ein Künstler müsse seine Leidenschaft für die Kunst allem anderen überordnen, hatte Francie sie streng aufgeklärt. Das hatte eine Schauspielerin aus Kopenhagen gesagt. Sonst werde nichts aus der Karriere. Vielleicht würde aber trotzdem nichts daraus werden. Veronika musste an ihren Vater denken, an seine Geige und die Bilder, die er gemalt hatte. Viele in seiner Jugend, bevor seine Probleme überhandnahmen. Sie spürte, dass sie von ihm diese innere Unruhe, diese Rastlosigkeit und ein unbestimmtes Sehnen geerbt hatte. Das wusste sie, ohne dass es ihr jemand sagen musste.

Hinter der Gardine konnte sie einen Nachtfalter flattern hören. Das Summen war klanglos und dumpf. Ein Distelball war in den Falten hängen geblieben. Die Disteln hatten stark geblüht, und die Trockenheit hatte die Samenkapseln vertrocknen lassen. Sie blieben überall hängen, flogen wie winzige Untertassen umher und suchten nach Orten, an denen sie ihre Samen loswerden konnten. Alles wollte sich paaren, befruchtet werden, ein Nest bauen. Das war der Trieb des Lebens.

Ob sie zu ihm hochgehen und nach etwas fragen könnte? Aber wonach? Konnte sie ihn bitten, ihr ein Buch zu leihen? Zündhölzer? Es darauf schieben, dass sie nicht schlafen konnte? Sie ging zur Tür und öffnete sie. Auf dem Korridor war alles still. Direkt neben ihr logierte der Landesgerichtsrat aus Lund. Ein Stück den Gang hinunter schlief Frau Dunker mit ihren beiden Nichten und neben ihr Frau Cedergren. Sogar aus ihrem Zimmer drang kein Laut. Vielleicht konnte sie diese Nacht ausnahmsweise einmal schlafen. Veronika schlich auf Zehenspitzen an den Türen vorbei. Die Treppe zum Obergeschoss war schmal und besaß kein Geländer. Die Tapete wellte sich wegen der feuchten Winter, aber niemand hatte sich darum geschert, diesen Schönheitsfehler zu beheben. Bos Zimmer war das kleinste der Pension und früher als Dienstkammer genutzt worden. Heute stand es meistens leer. Es war schmal und ohne fließend Wasser. Für einen Kunststudenten eigne es sich aber, hatte ihre Mutter gemeint. Die Schule habe für seine Unterbringung sowieso nicht den vollen Preis zahlen wollen. Veronika hatte geholfen, den Raum mit einem Reisebett und einem Sekretär herzurichten. Zimmerreinigung war nicht im Service inbegriffen, weshalb sie seit seiner Ankunft nicht mehr dort gewesen war.

Der Bodenbelag aus Kork quietschte unter ihren Füßen, als sie langsam die Treppe hochschlich. Das Nachthemd kitzelte sie an den Schenkeln. Sie hatte eine Gänsehaut auf den Armen, ob vor Angst oder Aufregung wusste sie nicht. Ein schwacher Geruch nach Naphthalin kitzelte sie in der Nase. Der Schrank neben Bos Zimmer diente als Stauraum für alte Wintermäntel und Wollsachen. Manche davon hatten ihrem Vater gehört.

Vorsichtig legte Veronika das Ohr an Bos Tür und horchte. Sie hörte etwas. Schritte? Er war also auch noch wach. Auf einmal bildete sie sich ein, dass er auf der anderen Seite der Tür stünde. Ahnte er, dass sie hier war? Hatte er ihre Schritte auf der Treppe bemerkt?

Veronika verspürte ein Kribbeln vom Kopf bis zu den Zehenspitzen. Wie leicht es doch wäre, jetzt die Hand zu heben und anzuklopfen. Eine winzig kleine Bewegung nur. Ihr Herz klopfte heftig. Sie meinte, sehen zu können, wie es sich unter ihrem Nachthemd rührte. Ihr Mund war trocken. Sie schluckte, konnte sich aber nicht dazu überwinden, anzuklopfen. Stattdessen stand sie dort wie angewurzelt, nicht in der Lage, sich zu bewegen. Eine

Minute, vielleicht auch zwei oder drei vergingen. Schließlich, nachdem sie sich aus ihrer Erstarrung gelöst hatte, schlich sie wieder leise die Treppe hinunter und schlüpfte zurück in ihr Zimmer.

2019

Veronikas Haare stehen vom Kopf ab. Ihre Arme auf der Krankenhausbettdecke sehen dünn und zerbrechlich aus. Ein Fuß ist bandagiert und liegt auf einem Kissen. Vorsichtig lege ich den Blumenstrauß auf den Nachttisch. Nelken und Chrysanthemen, etwas anderes habe ich nicht auftreiben können.

»Guten Tag! Wie geht es Ihnen?« Ich setze mich auf Veronikas Bettkante.

Veronika dreht den Kopf und öffnet langsam die Augen.

»Ach, Sie sind das? Wie nett, dass Sie kommen!« Sie lächelt schwach.

Ich bekomme noch ein schlechteres Gewissen. Ich habe auf eine Standpauke von ihr gehofft, was angesichts des peinlichen Unfalls angemessen gewesen wäre. Schließlich hat sie eine Gehirnerschütterung erlitten und sich den Fuß verstaucht. Doch nein. Nur ein nachsichtiges Lächeln erwartet mich.

»Haben Sie Schmerzen?«, frage ich.

»Kein bisschen, ich habe Schmerztabletten bekommen.«

»Das ist gut.«

Ein Husten ist zu hören. Erst jetzt bemerke ich den Vorhang, der den Raum unterteilt, und hinter dem ein weiteres Krankenbett steht.

»Er schnarcht«, sagt Veronika mit einer vagen Geste. »Ist gerade frisch operiert worden und wartet jetzt auf seine Frau. Dort drüben liegt auch noch eine Dame, die sich über alles und jedes beklagt. Bin ich gestern hier eingeliefert worden? Ich weiß es gar nicht mehr, ich habe so lange geschlafen.«

Ich nicke.

»Sie sind seit einer Nacht hier. Hat man Ihnen gesagt, wie lange Sie bleiben müssen?«

»Nein, keine Ahnung.«

Sie hustet und lässt ihren Kopf auf dem Kissen zur Seite sinken. Das weiße Krankenhausnachthemd ist zu weit und entblößt ihr schmales, sommersprossiges Dekolleté. Mein Herz schnürt sich zusammen. Es tut weh, sie so verletzlich und schutzlos zu sehen. Und ich trage zumindest eine Mitschuld daran.

»Mir tut die Sache unendlich leid«, sage ich. »Ich hätte Sie gestern nie zu dieser Fotosession drängen sollen. Die Fotografin stand stark unter Druck. Ich weiß nicht, wie wir das wiedergutmachen können, ich werde mal mit meinem Auftraggeber reden. Es ist furchtbar!«

»Machen Sie sich keine Gedanken, es geht mir prima! Ich habe auch ein Beruhigungsmittel bekommen. Und ich darf hier guten Gewissens liegen. Die Klimaanlage funktioniert, es ist so angenehm kühl hier. Und rund um die Uhr ist jemand für einen da«, sagt Veronika und tätschelt mir die Hand.

»Brauchen Sie noch irgendetwas aus Ihrer Wohnung?«, frage ich sie. »Soll ich Ihnen etwas holen?«

»Ja, gern meine Haarbürste und ein Nachthemd. Und Ohropax, dann kann ich schlafen, auch wenn er schnarcht«, fügt sie mit einer erneuten Handbewegung zum Vorhang hinzu.

»Beides ist im Bad. Und etwas zum Wechseln bräuchte ich auch.«

»Natürlich, ich kümmere mich darum.«

»Aber das kann bis morgen warten. Es eilt nicht. Im Augenblick geht's mir gut. Das Nachthemd liegt unter meinem Kopfkissen, aber ich weiß gar nicht, wo ich meine Wohnungsschlüssel hingetan habe. Habe ich sie hier bei mir?«

Ich nehme einen Schlüsselbund vom Schränkchen neben dem Bett.

»Meinen Sie die hier?«

»Ja. Wie gut, dass Sie wussten, wo er liegt.«

Sie faltet die Hände über der Brust und schließt wieder die Augen. Ich lasse meinen Blick zu der Wand über dem Bett schweifen. Dort hängt eine schwer zu deutende Lithografie; sie zeigt abstrakte Stapel. Es muss schwierig sein, Kunstdrucke für ein Krankenhaus auszuwählen. Es darf nichts sein, das die Gefühle aufrührt, nur harmlose Bilder, die etwas schwach andeuten. Geometrische Darstellungen. Kuben. Blumen. Vielleicht menschliche Silhouetten. Lebendige, notabene. Ich bleibe an Veronikas Bett sitzen, bis sie eingeschlafen zu sein scheint, bevor ich mich auf die Suche nach einer Blumenvase mache.

Im Aufenthaltsraum sitzen einige Patienten an einem runden Tisch, trinken Kaffee und unterhalten sich. Sie scheinen sich wohlzufühlen. Ich muss daran denken, wie ich mich die paar Male gefühlt habe, als ich im Krankenhaus gelegen habe. Einmal wegen einer Nierenbeckenentzündung nach einer besonders schmerzhaften Harnwegsinfektion, ein anderes Mal wegen einer Blinddarmoperation. Sobald die Schmerzen weg sind, erfasst einen eine seltsame Erleichterung, im Krankenhaus zu liegen und sich mit den Umständen arrangieren zu müssen, auf die Zimmernachbarn angewiesen zu sein, befreit von den üblichen Widrigkeiten des Alltags. Man kann sich gemeinsam über das Essen beschweren oder dem anderen von seinen Zipperlein und Problemen erzählen, weil man sich danach nie wiedersieht. Es besitzt eine ganz eigene Wertigkeit. Man ist dem anderen gleichgestellt, etwas, was sonst in der Gesellschaft kaum zu finden ist.

Während das Wasser in die Vase läuft, hole ich mir eine Tasse Kaffee aus dem Automaten und schnappe mir eine Tageszeitung, die jemand auf der Spüle liegen gelassen hat. Dann schneide ich die Blumen frisch an und arrangiere sie in der Vase.

Als ich zurück ins Zimmer komme, schläft Veronika immer noch. Vorsichtig stelle ich die Vase auf den Tisch neben Veronikas gelbes Tuch. Es hat nur einen einzigen Fleck abbekommen, den ich so gut wie möglich zu entfernen versuche. Dann mache ich es mir auf dem Besucherstuhl mit der Zeitung bequem. Es ist bestimmt eine Woche her, dass ich überhaupt etwas von den Nachrichten mitbekommen habe. Die Schlagzeilen drehen sich um die Hitzerekorde und mehrere Waldbrände in Nordschweden.

Diese extreme Hitze bedeutet eine erhöhte Anstrengung für unseren Körper, die vor allem für ältere Menschen zu Problemen führen kann. Anzeichen einer Dehydration sind nicht immer leicht zu erkennen. Zu den Symptomen zählen unter anderem Schwindel und Kopfschmerzen. Ältere Menschen und Hunde können an einem Hitzschlag sterben.

Beunruhigt schiele ich zu Veronika. Der Mann hinter dem Vorhang räuspert sich laut. Veronika erwacht mit einem Ruck und sieht mich schlaftrunken an.

»Haben Sie das Frühstück abgeräumt?«

»Das Frühstück? Das gab's doch schon vor einer Weile«, erwidere ich. »Es ist ja schon fast halb zwölf. Haben Sie denn noch gar kein Frühstück bekommen?«

»Du hast nie etwas ernst genommen!« Sie hustet.

»Wie bitte?«

»Für dich war alles nur ein Spiel, für mich aber war es Liebe.«

»Wovon reden Sie?« Verwirrt sehe ich sie an.

»Und du bist einfach vor den Pflichten davongerannt. Ohne auch nur einen Gedanken daran zu verschwenden, dass jemand anderes hinter dir aufräumen musste. Du hast dich nie bedankt, hast das alles für selbstverständlich gehalten. Und du hast nie zu schätzen gewusst, was du hattest. Im Gegenteil – du hattest auch noch die Stirn, dich über alles zu beklagen. Undankbar warst du.« Sie schnaubt.

Ich starre sie an und lege meine Hand auf die Decke.

»Aber ich bin es doch, Ebba. Erkennen Sie mich denn nicht wieder?«

»Ich weiß genau, wer Sie sind, aber er und ich hatten etwas, das du nicht verstanden hast.« Gereizt wendet sie den Kopf ab.

»Von wem reden Sie?«

»Du hast ihn einfach Bosse genannt! Als würdest du ihn kennen!«, faucht sie. Ihre Unterlippe zittert.

»Ich bin es doch nur, Ebba«, wiederhole ich langsam.

»Ach, du hörst ja gar nicht zu!« Wütend zieht sie die Augenbrauen zusammen und straft mich mit einem tödlichen Blick. Um sie herum wirbeln feine Staubkörnchen in der Luft.

Ich streichle beruhigend ihre Hand, während ich nach Worten suche. Plötzlich richtet sie sich halb im Bett auf und zeigt auf die Glastür hinter mir.

»Aber da ist er ja schon wieder!«

Ich drehe mich um. Nichts ist zu sehen, nur die blassgelbe Wand.

»Wer?«, frage ich.

»Bo! Er ist gerade vorbeigegangen. Warum kommt er nicht herein?«

Auf einmal fällt ihr Blick auf den Blumenstrauß auf dem Nachttisch.

»Hat er die Blumen für mich abgegeben?« Sie stemmt sich auf die Ellbogen hoch und schaut nach, ob sie zwischen den Nelken einen Gruß des Absenders findet.

Die Ärmel des Krankenhausnachthemds schlackern um ihre schmalen Handgelenke. Aus irgendeinem Grund erscheint es mir unpassend zu sagen, dass die Blumen von mir stammen.

»Haben Sie Hunger?«, frage ich stattdessen, um sie abzulenken. »Ich denke, Sie sollten sich lieber wieder hinlegen.« Ich stehe auf und schüttle ihr Kissen auf.

»Was liegt denn da auf dem Fußboden? Ist das ein Strumpf?« Wütend schiebt Veronika meine Hand beiseite und zeigt auf einen Schatten auf dem PVC-Boden.

»Das ist nur ein Schatten«, erkläre ich, während mir ein Schauer über den Rücken läuft.

»Tun Sie ihn in die Kommodenschublade. Er muss sortiert werden, alles muss sortiert werden. Der Strumpf darf nicht einfach so herumliegen. Er bewahrt sie in der untersten Schublade auf. Sie klemmt. Lässt sich schwer schließen.«

Endlich lässt sie den Kopf zurück auf das Kissen sinken. Sie deckt sich zu, schließt wieder die Augen und schläft so plötzlich wieder ein, wie sie aufgewacht ist.

Ich sitze starr da. Mein Herz rast. Als würde es nicht schon ausreichen, dass sie eine Gehirnerschütterung hat, jetzt ist sie auch noch verwirrt! Ob das wohl ein Anzeichen für die beginnende Demenz sein könnte, von der Camilla gesprochen hat? Oder ist das nur eine Folge des Unfalls und der Tabletten? Ich warte ab, bis Veronika wieder tief und gleichmäßig atmet, bevor ich auf den Korridor hinausgehe. Beim Verlassen der Station begegne ich einem hochgewachsenen jungen Mann mit Kopfhörern, der linkisch auf einem Bücherwagen Bücher sortiert.

Zögernd gehe ich zu ihm. Er sieht auf. Er hat dunkelgrüne Augen und braune Haare. Über seine große Nase verläuft eine Narbe. Er nimmt die Kopfhörer heraus.

»Kann ich Ihnen helfen?«

»Sind Sie vielleicht vor Kurzem an dem Zimmer da vorbeigekommen?«, frage ich und zeige zu Veronikas Tür.

»Ja. Wollten Sie Bücher ausleihen?«

»Nein. Ich glaube nur, dass Sie jemandem ähneln. Jemanden, der meine Freundin an einen jungen Mann aus ihrer Jugendzeit erinnert hat. Sie dachte, Sie wiederzuerkennen.«

Ich mustere ihn. Er hat einen kleinen Dreitagebart, und der Pony fällt ihm in die akneübersäte Stirn.

»Ja, so was kann schon mal vorkommen.« Mit einem flüchtigen Lächeln steckt er sich wieder die Hörer in die Ohren.

Ich muss mich dazu zwingen, ihn nicht länger anzustarren.

Mein Handy klingelt. Der Empfang ist schlecht, in der Leitung knistert es. Schließlich höre ich Toms Stimme am anderen Ende. Sie ist mir so vertraut. Aber er wird mich nie mehr bitten, etwas auf dem Nachhauseweg einzukaufen oder Oskar aus der Vorschule abzuholen. Das ist vorbei. Wenn wir heute miteinander sprechen, klingt seine Stimme kühl und professionell. Er vergeudet keine unnötige Zeit damit, mich zu fragen, wie es mir geht oder was ich so treibe. Meine Trennung von Erik wurde nie mit einem Wort erwähnt. Ich habe das Gefühl, dass er der Meinung ist, dass ich genau das bekommen habe, was ich verdient habe. Und das kann ich ihm wohl auch kaum zum Vorwurf machen. Er kommt direkt zur Sache.

»Wir wollen noch ein paar Tage länger auf den Lofoten bleiben. Wir können übermorgen mit auf eine Walsafari gehen. Ich nehme mal an, dass das für dich in Ordnung ist, auch wenn wir das anders geplant haben. Das ist eine lehrreiche Erfahrung für Oskar.« Er räuspert sich, klingt gebieterisch und verantwortungsbewusst.

»Natürlich. Das klingt toll«, erwidere ich. »Geht es euch ansonsten gut?«

»Sehr gut.«

»Ist Oskar in der Nähe? Kann ich mit ihm sprechen?«

»Ja, hier ist er.« Tom reicht den Hörer an Oskar weiter. Oskar klingt aufgedreht.

»Hej, Mama! Weißt du was? Ich habe gestern einen Dorsch gefangen. Er hat zwei Kilo gewogen! Wir sind auf einem großen Fischerboot mitgefahren, und Malin hat einen Heilbutt von fünf Kilo mit einem Wobbler rausgezogen!«

»Ehrlich?!«, mime ich Erstaunen, obwohl es mir nicht im Mindesten schwerfällt, mir die prachtvolle Malin in Wachsmantel vorzustellen, wie sie auf dem Bootsdeck steht und eine Meeresfrüchteplatte aus dem Meer hervorzaubert. Ich dagegen weiß noch nicht mal, was ein Wobbler ist.

»Und wir waren in einem Aquarium, in dem es Fischotter gibt. Hat Papa dir schon von der Walsafari erzählt?«

»Ja. das klingt ja echt cool!«

»Ja. ich muss jetzt Schluss machen, wir wollen gleich *Yatzy* spielen.«

»Alles klar. Ich hab dich lieb. Ruf an, wenn du Lust hast.«

»Ich habe dich auch lieb, Mama.«

Er legt auf. Ich bleibe sitzen und spiele an meinem Handy herum. Der Bildschirmschoner zeigt Oskar, der die Kerzen auf seiner Geburtstagstorte ausbläst. Das war an seinem zehnten Geburtstag. Das ist mittlerweile zwei Jahre her. Auf dem Foto hat er immer noch so ein weiches, kindliches Gesicht. Die kleinen roten Lippen sind geschürzt, seine Lider von langen Wimpern gesäumt, ein Erbe von Toms Mutter. Ich vermisse ihn plötzlich so sehr, dass ich ein sehnsuchtsvolles Ziehen in meiner Brust spüre. So gerne würde ich jemandem davon erzählen.

Auf einmal überkommt mich die Lust, Erik anzurufen, bis mir einfällt, was Sache ist.

Ich verspüre nicht mehr so häufig wie früher den Impuls, Kontakt mit ihm aufzunehmen. Manchmal bettelt dieser Impuls voller Hoffnung um meine Aufmerksamkeit, aber wenn ich ihn ignoriere, zieht er sich verletzt in die Schatten zurück. Was hat Veronika noch kurz nach unserem ersten Kennenlernen gesagt? Die Trauer um den Verlust eines Menschen habe einen ganz individuellen Verlauf.

Für Abstand zu sorgen, sich mit etwas Konkretem und Praktischem zu befassen, weit ab von dem Verursacher des Schmerzes, ist das beste Mittel gegen ein gebrochenes Herz. Dieser Ratschlag stammt aus meiner eigenen Feder und aus einem Leben, in dem ich selbst noch nie wahren Herzschmerz empfunden hatte.

Ich gehe auf den Balkon und stelle den Kunststoffstuhl in die Nachmittagssonne. Auf dem Tisch liegt die alte Ausgabe des *Taschenjournals*, die ich unten im Aufenthaltsraum gefunden habe. Noch einmal schlage ich die Kolumne *Vertrauenssache* auf. *Erweisen Sie älteren Menschen einen Dienst.* Da ist kein schlechter Rat. Vor allem dann nicht, wenn man diesen alten Menschen ins Krankenhaus befördert hat.

Ich denke besorgt, wie sicher sich Veronika war, dass sie Bo im Krankenhausflur gesehen hatte. Und für wen hat sie mich überhaupt gehalten? Wo er heute wohl ist, dieser Bo? Wie wäre es, wenn ich ihn als eine Überraschung suchen und sie wieder miteinander vereinen würde? Einem alten Menschen einen Dienst erweisen. Ich kann meine zerbrochene Beziehung zu Erik oder Tom nicht mehr kitten, aber vielleicht ist es ja noch nicht zu spät und ich finde Bo für Veronika? Um das zu kitten, was sich kitten lässt. Um das zu retten, was noch zu retten ist. Um dem Schicksal ein Schnippchen zu schlagen.

Mein Beschluss steht fest: Ich werde mich dieser Aufgabe widmen. Den Artikel kann ich sowieso noch nicht fertig schreiben, wenn die betreffende Person noch im Krankenhaus liegt. Möchte es auch nicht.

Oskar bleibt ja noch ein paar Tage länger auf den Lofoten. Und ich habe auch keine anderen brandeiligen Aufträge. Mich nimmt nichts anderes in Anspruch.

Ich stehe auf und hole meinen Laptop, gebe das Wifi-Passwort *Ruheundkraft* ein und schiebe meinen Stuhl dichter ans Geländer, um einen letzten Rest Sonne zu erhaschen.

Ein Bo Bix existiert. Er lebt in Bangkok, ist sechsundzwanzig Jahre alt und heißt eigentlich Panyawat Burapa-rath. Er sieht fröhlich aus auf dem Foto. Er kann es unmöglich sein. Der einzige andere Treffer stammt aus einem Buch über mathematische Statistik, in dem Bo und Bix für Ziffern in einer Gleichung stehen. Bo Bix. Was ist das überhaupt für ein Name? Eine Kunsthochschule in Göteborg, hat Veronika gesagt. Wie viele gibt es wohl? Ich suche im Internet und erhalte sechs Treffer. Nach ein wenig mehr Recherche steht fest, dass nur zwei Schulen 1955 überhaupt schon existierten. Kann man ihn dann nicht in irgendeinem Schülerregister finden? Ich google die Jahreszahl 1955, Schülerregister und den Namen der Schulen. Erhalte zweitausendvierhundert Treffer, aber keinen mit Namen Bo Bix. Ich könnte natürlich immer noch bei den Kunsthochschulen anrufen und nachfragen, ob jemand im Sekretariat sich erbarmen und in den alten Archiven nachsehen könnte. Ich weiß nicht mehr, ob Veronika mir gesagt hat, wie alt er war, als sie sich kennenlernten. War er einige Jahre älter als sie? Neunzehn? Zwanzig?

Ich notiere mir die Telefonnummern der Hochschulen.

Ohne genau sagen zu können, weshalb, kommt es mir auf einmal so vor, als wäre die wichtigste Aufgabe in meinem Leben, Bo Bix zu finden.

Der Sender wollte Erik und mich für eine Liveschaltung nach Sälen schicken. Dort fand gerade *Bergfrieden*, eine

Messe mit Workshops und Vorträgen über Körper und Geist, statt. Wir sollten das *Liebeslabor* live mit Gästen und einer Expertenrunde senden. Der Auftrag schloss die Fahrt und zwei Hotelübernachtungen mit ein. Erik und ich sollten selbst mit dem Auto dorthin fahren, was fünf Stunden dauerte. Im Normalfall hätte ich alles dafür getan, so etwas nicht machen zu müssen. Auswärtige Livesendungen waren meistens ziemlich anstrengend und chaotisch. Jetzt aber reagierte ich anders. Ob das ein Zeichen ist?, fragte ich das Universum. Weil ich mich nicht auf mich selbst verlassen konnte, schien es mir nur angemessen, mich an höhere Mächte zu wenden. Verbirgt sich dahinter ein bestimmter Zweck, dass wir allein dorthin fahren sollen? Erfahre ich jetzt, ob diese Geschichte mit Erik vielleicht nur ein Hirngespinst ist? Eigentlich wollte ich nur die Verantwortung los sein. Ich wollte, dass etwas geschah, damit ich sagen konnte: »Es ist mir passiert.« So wie man sagt: »Ich wurde Opfer eines Verbrechens.« Oder wie der alte Auslandskorrespondent, der bei einem Fest im Sender mit mürrischer Miene nüchtern sein Leben mit den Worten zusammengefasst hatte: »Ich habe geheiratet. Ich wurde Vater. Ich wurde geschieden.«

Die Verantwortung los sein. Das Schicksal entscheiden lassen.

Zwei Zimmer waren auf unsere Namen gebucht worden. Wir sollten uns vor Ort mit einem Produzenten treffen, aber er lebte in der Stadt. Die Abende würden wir auf eigene Faust verbringen. Ich sollte Erik morgens beim Sender aufsammeln.

An dem Morgen wurde ich schon um halb fünf wach und konnte nicht wieder einschlafen. Um sechs Uhr bekam ich eine SMS:

Konnte nicht gut schlafen. Ich sitze am Empfang und warte dort, falls du zufällig früh dran sein solltest. Umarmung, Erik.

Dieses Wort – *Umarmung* – war für mich das verheißungsvollste Wort, das ich jemals per SMS erhalten hatte.

Es war ein kalter Wintertag. Die Luft im Auto kam mir dünn vor, als wäre ich irgendwo weit oben auf einem Gipfel. Wir waren beide nervös und aufgedreht, als wir die Stadt verließen. Erik sollte mir sagen, wie ich fahren musste. Zuerst redeten wir über die Livesendung. Erik würde im Studio in Sälen bleiben und sich um den Ton kümmern, während ich direkt von der Messe aus auf Sendung ging. Eine Expertenrunde, die sich aus einem Pfarrer, einem Psychologen und einer Sexualratgeberin zusammensetzte, sollte am Samstag zu Gast sein und Fragen des Publikums und von Anrufern beantworten. Ich wartete immer noch auf den Sendeplan. Erik hatte für unsere Autofahrt eine Spotify-Playlist mit alten Lieblingsliedern zusammengestellt, und wir sangen lauthals mit und lachten. Ich beobachtete, wie er den Oberkörper zur Musik bewegte und mit den Händen gegen seine Knie trommelte. Es fiel mehr schwer, meinen Blick von ihm loszureißen, von seinem Armband aus Zinnfaden, vermutlich hergestellt von einem samischen Kunsthandwerker, eingeschmiert mit Waltran. Von seinem ausgewaschenen kragenlosen Hemd. Seinem zerzausten Pony. Seinem so weich und unschuldig wirkenden Nacken. Seinen dunklen, schmalen Augenbrauen. Jedes Mal, wenn ich ihn ansah, spürte ich einen Kloß im Hals.

Erik kam mit der Wegbeschreibung nicht klar, und wir nahmen die falsche Ausfahrt. Schließlich fuhren wir in eine Seitenstraße. Ich stellte den Motor aus, und wir sahen schweigend auf die App in seinem Handy.

»Vielleicht sollten wir Sälen sausen lassen und ganz woanders hinfahren?« Er sah mich an.

»Wohin möchtest du denn fahren?«, fragte ich ihn ernst.

»Mit dir?«

»Ja.«

»Mit dir könnte ich überallhin fahren.«

Ich schluckte. Der Kloß in meinem Hals wollte partout nicht verschwinden.

»Und wie soll das gehen?«, fragte ich.

Hilflos zuckte er mit den Schultern.

»Keine Ahnung. Ich werde wohl die Dating-Expertin um Rat fragen müssen.«

Er lehnte seinen Kopf gegen die Seitenscheibe, blinzelte mir zu und sagte:

»Ich habe ein Problem.«

»Und was für ein Problem?«

»Ich bin in eine verliebt, die schon verheiratet ist.«

Meine Hände fingen an zu zittern. Mein Herz schwoll an. Das Wort hallte in mir wider – *verliebt* – und stieg mir zu Kopf. Mir wurde ganz schwindelig.

»Und in wen bist du verliebt?«, fragte ich.

»In dich.«

Es heißt, es gebe zwei alles entscheidende Wendepunkte im Leben eines Menschen, die richtungsweisend für seine weitere Zukunft seien. Ich spürte in diesem Moment, dass dies so ein Moment war, dass ich an einem Scheideweg stand. Mein Handeln könnte mein gegenwärtiges Leben, das ich mir aufgebaut hatte, entweder zerstören oder mir auferlegen, auf den Teil zu verzichten, der vielleicht auf diesem Weg vor uns lag. Ich konnte den Impuls verstreichen lassen. Wieder zur Vernunft kommen. Mir einreden, dass es das nicht wert sei. Diesen Ratschlag hatte ich höchstpersönlich im Radio von mir gegeben.

»Das ist ein Problem«, gab ich zu und sah aus dem Fenster. »Und was gedenkst du dagegen zu unternehmen?«

Er nahm meine Hand in seine. Sie fühlte sich warm und groß an.

»Ich möchte nichts kaputtmachen.«

»Das willst du schon«, sagte ich.

»Ja. Vielleicht will ich das.« Er wirkte verletzlich. Ihn so zu sehen, sein ängstliches, zögerndes Gesicht im Profil, gab mir beinahe den Rest.

Wenn ich ihn jetzt küsse, wird sich zeigen, ob das alles nur ein Hirngespinst ist, dachte ich. Du kannst es genauso gut tun, um festzustellen, wie sich das anfühlt. Daraufhin lehnte ich mich zu ihm hinüber und sah ihm ins Gesicht. Sah ihm geradewegs in die Augen und küsste ihn.

Mein Hirngespinst war noch da. Es durchdrang jeden Winkel des Autos.

Das Hotel war ein vulgärer Kasten, der einen auf amerikanische Ski-Lodge machte. Abgesehen von der Lobby mit den angrenzenden Konferenzräumen, wo die Messeaussteller ihre Stände hatten und diverse Vorträge gehalten werden sollten, gab es auf der Terrasse einen Whirlpool und eine Bar samt Tanzfläche und Bühne. Das Messeprogramm war ein buntes Sammelsurium und reichte von Vorträgen über schamanische sexuelle Weisheit bis hin zu Kursen zu Lachtherapie oder: *Stell deine eigene Aromaseife her*. Einige prominente Namen aus den Bereichen Gesundheit und Persönlichkeitsentwicklung standen auf dem Veranstaltungsplan und verliehen dem Event ein gewisses Gewicht. Ein Spruchband über dem Eingang proklamierte: LASSEN SIE IHRE VORURTEILE VOR DER TÜR! Die ganze Atmosphäre war irgendwie berauschend und ausgelassen. Menschen jeden Alters begegneten sich, und keiner wich dem Blick des anderen aus. Wir bekamen einen Ginseng-Shot zur Begrüßung, und ich fühlte mich frei und ungezwungen.

Wir checkten ins Hotel ein und fingen an, die Bühne für die Livesendung am nächsten Tag herzurichten. Die ganze Zeit über war ich mir Eriks Anwesenheit bewusst. Er verhielt sich ganz natürlich in der Gesellschaft von anderen. Alle in seinem Umfeld fühlten sich wohl. Ich bewunderte seine zwanglose Art, dass ihm das Lachen so leichtfiel und er ein guter Zuhörer war. Für einen flüchtigen Moment kam mir der schreckliche Gedanke, dass ich bald nicht mehr in den Genuss seiner ungekünstelten Herrlichkeit käme. Dass er eine andere kennenlernen würde, sich mit einer anderen ein Leben aufbaut. Würde ich das überleben? Es fühlte sich nicht so an. Ich ging auf die Toilette und klatschte mir kaltes Wasser ins Gesicht. In meinen Ohren rauschte es. Panik überkam mich, wie ich da so am Waschbecken stand. Sonst konnte ich immer alles ganz genau vor mir sehen, wusste genau, wohin ich mich wenden musste, hatte immer eine Richtung vor Augen.

Jetzt fühlte ich mich so, als würde ich an einem Abgrund stehen. Es war, als hätte ich nicht länger die Macht über das, was geschah oder geschehen würde. Ich traute mir einfach selbst nicht mehr über den Weg.

Wir aßen mit dem Produzenten zu Abend, einem sanftmütigen, Vertrauen einflößenden Mann aus Västernorrland, der seine Arbeit im Vorfeld der Sendung kompetent erledigt hatte. Unter dem Tisch nahm Erik meine Hand in seine.

Ich dachte: Das muss jetzt ein Ende haben. Nur noch ein paar Minuten, dann muss ich meine Truppen zurückrufen. Mich wieder den Realitäten des Lebens stellen. Aber die Minuten führten ein Eigenleben, sie gewannen das Wettrennen gegen die Zeit, sie versteckten sich zwischen den Zeigern.

Schließlich waren alle schlafen gegangen, und Erik und ich saßen allein in der Bar. Es war halb zwölf Uhr, wir hatten uns eine Flasche Wein geteilt. Wir hielten Händchen, ließen wortlos unsere Blicke schweifen.

»Findest du, dass wir uns normal benehmen?«, fragte Erik schließlich mit gedämpfter Stimme.

»Ich weiß nicht mehr länger, was normal ist«, sagte ich.

»Als ich heute Nacht nicht schlafen konnte, bin ich aufgestanden und habe einen Song geschrieben. Er handelt von dir. Willst du ihn hören? Als kleinen Dank für den Synthesizer.«

»Und ob ich das will!«

»Der Text ist aber noch nicht ganz fertig.« Verlegen fuhr er sich durchs Haar.

»Das macht nichts. Spiel ihn trotzdem.«

Er stieg auf die niedrige Bühne. Eine lokale Coverband hatte am Abend gespielt und ihre Instrumente stehen gelassen. Ein paar E-Gitarren sowie ein Drumset unter einer Schutzhülle. Das zierliche kleine Klavier aus hellem Holz sah aus, als stamme es aus einem Gemeindehaus. Jemand hatte es an den Bühnenrand geschoben. Erik setzte sich auf den Klavierschemel. Er räusperte sich, holte tief Luft und klimperte probehalber mit einer Hand. In meinem Kopf drehte sich alles vor Trunkenheit und Verliebtheit. Unglaublich, wenn jemand einen eigenen Song für dich schreibt! Schließlich begann Erik zu singen, sehr leise, aber ich verstand trotzdem jedes Wort. Und seine Stimme klang noch genauso wie damals. Nur der Text war neu.

Dachte, ich könnte so nicht mehr fühlen
Solche Dinge, die mich verletzlich machen
Dachte, es sei vergangen
All das, was heftig pocht und irritiert
Hab so viele Jahre darauf gewartet
Jemanden wie dich zu treffen
Glaubte nie an das Schicksal
Und jetzt fürchte ich, es ist zu spät.

Ich musste schlucken. Bebte am ganzen Körper. Erik beugte sich tief über die Tasten. Hinter ihm hing ein entsetzlich hässlicher Vorhang, auf dem in glänzenden Buchstaben PARTY und SPASSHOCH3 stand. Erik drehte den Kopf und sah mich an.

»Ich weiß nicht, was ich sagen soll.«

Ich stand auf und ging zum Bühnenrand.

»Sollen wir mal nachsehen, ob der Whirlpool noch eingeschaltet ist? Wir können von dort aus den Sternenhimmel betrachten.«

»Man weiß ja nie, wie lange das hält. Es ist eher wahrscheinlich, dass es nicht hält«, sagte Lina, als ich mich ihr in meiner Verzweiflung bei der Arbeit anvertraute. »Alles Mögliche kann geschehen. Sieh dir nur Cilla an, die gerade die Diagnose Krebs bekommen hat. Wir werden alle einmal sterben.«

»Vielen Dank aber auch«, erwiderte ich.

»Vergiss nicht, sein Ruf ist nicht der beste, und du hast einen Sohn, um den du dich kümmern musst.«

»Was also soll ich tun?«

Lina legte den Kopf schief.

»Hast du schon versucht, ihn einfach zu vergessen?«

»Ich bemühe mich«, sagte ich.

Ich entschied, genau das zu tun – ihn zu vergessen. Nachdem es mir gelungen war, zwei Stunden lang seine SMS zu ignorieren, redete ich mir ein, dass das doch gut funktionierte, aber dann knickte ich ein, verkroch mich in der Toilette und beantwortete sie, vor Angst schweißgebadet. Tom merkte, dass irgendetwas nicht mit mir stimmte, aber ich schob es auf die Arbeit. Ich vergaß, dass er mich besser kannte als ich mich selbst. Seltsamerweise hatte meine Verliebtheit in Erik keine negativen Auswirkungen auf meine Liebe zu Tom, sie war paradoxerweise stärker als je zuvor. Wir kannten uns immerhin schon, seit wir Anfang zwanzig waren. Ein Leben ohne Tom konnte ich mir nicht vorstellen. Aber auch kein Leben ohne Erik.

Wer etwas will, muss sich entscheiden. Ach, warum war es nur so schwer, sich zu entscheiden?

Ich muss Schluss machen, sagte ich mir. Ich muss aufhören, bei der Arbeit immer und überall seinen Blick zu suchen. Ich muss mich cool geben und vermeiden, nur aus meinen Gefühlen heraus zu handeln. Es war vollkommen normal, dass man sich während einer langen Ehe einmal in einen anderen verliebte, aber man musste diese Verliebtheit nicht ausleben. Das ist der Unterschied zwischen einem reifen und einem unreifen Menschen. Dann dachte ich wieder: Warum soll ich dem entsagen? Wir haben doch nur ein Leben. Ich darf das erleben, wäre es da nicht schade, es auszuschlagen? Wer sich da einmischt, ist vielleicht nur neidisch, weil sie selbst Beziehungen führen, in denen sich nichts mehr bewegt, oder niemals den Mut hätten, sich dem Unerwarteten zu öffnen. Sie haben ihr Leben auf praktische Maßstäbe zugeschnitten, und es befindet sich so im Leerlauf, dass sie ihre Gefühle als Bedrohung empfinden und alles, was von Bedeutung sein könnte, ihnen Angst macht. So kann man auch sein Leben leben – alles kleinhalten, was einen aus der Fassung bringen könnte. Aber ich war mir nicht sicher, ob ich selbst länger so leben wollte. Ich hatte auf einmal keinerlei Lust, diese Gefühle zu unterdrücken und mich diesen Dingen gegenüber taub zu stellen.

Zwei quälende Wochen strichen wir auf den Fluren des Senders nur aneinander vorbei, doch dann vermochte ich nicht länger Widerstand zu leisten. Wir machten auf dem Heimweg einen Spaziergang und fielen einander in einem eiskalten Hauseingang in die Arme.

»Es will einfach nicht vorbeigehen«, flüsterte Erik an meinem Hals.

»Geht mir genauso«, sagte ich.

»Dann verlass deinen Mann und brenn mit mir durch!«

»Das kann ich nicht.«

»Ich möchte dich nicht mit einem anderen teilen.«

»Ich will dich auch nicht teilen.«

»Ich fühle mich aber schon entzwei geteilt. Fühle mich völlig orientierungslos. So können wir nicht weitermachen. Wenn du nicht mit mir zusammen sein willst, dann kündige ich und ziehe weg.«

»Du darfst nicht wegziehen!«

Ich fing an zu weinen.

»Ich weiß nicht, was ich ohne dich tun soll.«

»Bittest du mich, zu bleiben?«

»Ja.«

Die Leidenschaft hatte ein eigenes Wesen, war übermächtig. Genau darüber hatte ich früher einmal in meiner Radiosendung geplaudert – dass die Betroffenen glauben, keine Wahl zu haben. Das ist tatsächlich ihr gemeinsamer Nenner. Nichtsdestotrotz war ich jetzt davon überzeugt, die Einzige auf der Welt zu sein, der es so ging, und in gewisser Weise war ich das ja auch. Wie viele Menschen die Jahrtausende hindurch auch Schicksale erlitten haben, so ist doch das eigene Schicksal zutiefst persönlich. Man nimmt nur seinen persönlichen Horizont zum Maßstab.

Am Ende entschied dann auch das Schicksal. Beziehungsweise ich ließ das Schicksal entscheiden, weil ich es selbst nicht konnte. Nach der Weihnachtsfeier im Sender – ich trug das Spitzenkleid aus meiner Teenagerzeit – und dem feuchtfröhlichen Besuch einer Karaokebar konnten Erik und ich uns auf dem Nachhauseweg nicht voneinander trennen. Wir fuhren mit der U-Bahn einmal quer durch die Stadt von der ersten bis zur Endstation und wieder zurück, ohne einander auch nur einen Moment loszulassen. Als die U-Bahn den Betrieb einstellte, stiegen wir aus und gingen in der Eiseskälte spazieren. Die Straßen waren leer gefegt, und alles lag im Dunkeln. Nur hier und da fiel der Schein einer Straßenlaterne auf unsere Gesichter. Wir liefen schweigend und frierend umher, als wollten wir beide demonstrieren, was wir alles für den anderen auszuhalten bereit waren.

Als ich endlich am frühen Morgen nach Hause kam, war es so, als wären mir sämtliche Kräfte geschwunden. Mir ist egal, wie die Sache ausgeht, wenn sich nur endlich irgendeine Entscheidung abzeichnet, dachte ich. Lieber Gott, triff eine Entscheidung für mich. Ich kann es nicht selbst. Im Schlafzimmer lag Tom in seiner Betthälfte und schlief tief und fest. Ich streichelte über die Decke und weinte mich in den Schlaf.

Als ich aufwachte, war es draußen immer noch dunkel. Ich war von einem durchdringenden Geräusch wach geworden, als wäre etwas im Flur zu Bruch gegangen. Als ich die Augen öffnete, sah ich, dass ich allein im Bett lag. Mit laut klopfendem Herzen stand ich auf und spähte durch den Türspalt. Tom stand wie erstarrt und mit blassem Gesicht im Flur. Der Spiegel hinter ihm war in tausend Stücke zersprungen. Auf dem Boden lag mein Smartphone, mit kaputtem Display.

Ich ging in den Flur und sammelte es wortlos auf. Die SMS war noch immer auf dem kaputten Bildschirm zu lesen.

Ich wünsche mir so sehr, dich die ganze Nacht lang im Arm halten zu können.

Der Absender war Erik Erkils.

Sowie das Sekretariat der Kunsthochschule Valand in Göteborg um 15 Uhr wieder besetzt ist, rufe ich an. An der anderen Schule gab es, wie sich nach genauerem Hinsehen herausstellte, 1955 nur eine Ausbildung zum Kunstmaler, keine für Bildhauer. Nach fünfmaligem Klingeln hebt eine Frau mit finnlandschwedischem Dialekt in der Zentrale ab.

»Universität Göteborg, wie kann ich Ihnen helfen?«

»Guten Tag! Mein Name ist Ebba Lindqvist. Ich möchte gerne mit der Künstlerischen Fakultät Valand verbunden werden«, sage ich.

»Darf ich fragen, worum es geht?«

»Ich möchte mich erkundigen, ob aus dem Jahr 1955 noch Listen von eingeschriebenen Studenten archiviert sind. Ich suche nach einem Mann, der vermutlich damals dort studiert hat und zu dem ich Kontakt aufnehmen muss.«

»Einen Moment bitte, ich stelle Sie zu unserem Archivar Håkan Bergman durch. Er weiß über solche Dinge Bescheid.«

Wieder tutet es in der Leitung. Ich schlage meinen Notizblock auf und kritzle vor Nervosität darauf herum. Die losen Aufzeichnungen von dem Interview mit Veronika erinnern mich daran, dass ich heute Anna in der Redaktion anrufen und erzählen muss, was mit Veronika geschehen ist. Schließlich nimmt Håkan Bergman den Hörer ab, und ich wiederhole noch einmal meine Frage.

»1955?«, sagt er mit so leiser Stimme, dass ich das Handy ans Ohr pressen muss, um ihn zu verstehen.

»Sämtliche Unterlagen von Valand vor 1977 sollten sich eigentlich im Gebietsarchiv befinden.« Håkan Bergman räuspert sich. »Aber Sie haben Glück, weil ich zufällig die Listen hier habe. Wir sind nämlich gerade dabei, alles neu zu ordnen. Einen Moment bitte, ich sehe einmal nach, damit ich auch nichts Falsches behaupte.«

»Selbstverständlich.«

Kurz darauf ist er wieder am Telefon.

»Ja, ich habe sie hier. Wie war noch gleich der Name, sagten Sie?«

»Bo Bix«, sage ich.

»Und welche Klasse hat er besucht?«

»Er hat ein Kunststudium bei Ihnen absolviert. 1955. Mehr weiß ich nicht«, erwidere ich. »Gab es denn mehrere Klassen?«

»Ja, es gab damals eine Klasse für Malerei und eine Klasse für Bildhauer.«

»Dann sehen Sie bitte einmal bei den Bildhauern nach.«

»Das macht es etwas einfacher. In jenem Jahr haben viele die Klasse für Malerei besucht, aber in der Bildhauerklasse gab es nur acht Studenten.«

Ich höre ihn Unterlagen durchblättern und dabei munter vor sich hin summen.

»Bo Bix. Sind Sie sich sicher, dass er so hieß?«

»Ja.«

»Verflixt aber auch.« Der Archivar schnalzt mit der Zunge.

»Was ist denn?«, frage ich.

»Ich glaube, dass ich Ihnen darüber sowieso gar keine Auskunft erteilen darf. Wir müssen ja die neuen Datenschutzvorgaben berücksichtigen, das habe ich ganz vergessen. Ich muss mal bei einem Kollegen nachfragen, ob das auch für diese Angaben gilt. Aber heute sind außer mir keine weiteren Kollegen im Haus.«

»Und Sie können da auch keine Ausnahme machen? Ich verspreche auch, es nicht weiterzusagen.«

»Leider nein.«

Er lacht auf. Dann schweigt er kurz.

»Aber ich kann Ihnen ja sagen, wer die Bildhauerklasse 1955 *nicht* besucht hat. Ein Bo Bix findet sich hier nämlich nicht.«

»Nicht?«

»Nein. Vielleicht haben Sie sich ja in der Jahreszahl geirrt?«

»Das glaube ich nicht.«

»Mehr kann ich Ihnen erst sagen, nachdem ich mit meinen Kollegen gesprochen habe. Ich könnte mich allerdings auch auf der anderen Leitung direkt bei der Geschäftsstelle danach erkundigen, wenn Sie einen Moment warten können?«

»Natürlich«, erwidere ich.

Ich bleibe in der Leitung; nur eine melancholische Jazzmelodie leistet mir Gesellschaft. Könnte Veronika sich in der Jahreszahl oder in der Schule geirrt haben? Aber dann würde ja die Jahreszahl in ihrem Fotoalbum nicht stimmen. Alles ziemlich seltsam. Nach fünf Minuten, nachdem ich schon fast erwartet habe, auf immer und ewig den unendlichen Weiten des Jazzuniversums ausgeliefert zu sein, meldet sich Håkan Bergman wieder.

»Ich habe die Angelegenheit jetzt geklärt. Die Dokumente sind öffentlich, Sie können eine Kopie der eingeschriebenen Studenten bekommen. Es sollte nicht länger als einen Tag dauern, sie anzufordern. Rufen Sie bitte noch einmal in der Zentrale an und lassen sich zur Geschäftsstelle durchstellen. Sie haben offenbar Glück, denn wir haben gerade erst viele Unterlagen aus den Fünfzigerjahren aussortiert, aber ausgerechnet der Jahrgang 1955 liegt noch vor.«

»Vielen Dank«, sage ich.

»Ich hoffe, Sie finden, was Sie suchen.«

Ich verstumme. Sehe aus dem Fenster.

»Das hoffe ich auch.«

1955

Frau Cedergren saß im Gesellschaftszimmer, die Beine übereinandergeschlagen, und legte Patiencen. Sie trug warme Strümpfe, in die sie sich eine große Laufmasche gerissen hatte. Egal, wie das Wetter war, sie trug immer Strümpfe und bequeme Schuhe mit großen, glänzenden Schnallen. Jetzt legte sie gerade eine ziemlich schwere Patience, Reihe dreizehn, und mit jedem Mal, wenn sie nicht aufging, knallte sie die Karten härter auf den Tisch.

»Und Sie waren gestern aus zum Tanzen? Francie hat mir davon erzählt. Der Student und sie sind zum Strand gegangen, wollten wohl noch einmal ins Wasser springen.« Frau Cedergren sah flüchtig auf. »Und wenn wir schon mal dabei sind – heute Nacht gab es draußen auf dem Korridor ganz schön viel Fußgetrappel. Mein Nachtschlaf hat darunter gelitten! Bei so einem Lärm tut doch niemand ein Auge zu, oder? Ich konnte es jedenfalls nicht. Übrigens tummeln sich bei solchen Tanzveranstaltungen nur jede Menge Schürzenjäger und Strohwitwer. Davon gibt's viele, und die meisten von ihnen haben daheim Frau und Kind.«

Sie schnalzte mit der Zunge und schüttelte verdrießlich den Kopf.

»Aber natürlich funktioniert die Masche, solange es naive Mädchen gibt, die jedes Wort glauben, das ihr irgend so ein schneidiger Kerl ins Ohr flüstert. Und die armen Mädchen verschenken ihr Herz dann an so einen Sommer-Romeo, der sie gleich wieder vergisst.«

Veronika errötete heftig.

»Wann sind sie losgegangen?«, fragte sie.

»Wer?«

»Francie und Bo.«

»Ach, das ist etwa eine Stunde her. Sie scheinen sich nähergekommen zu sein, jaja. Nun, sie sind ja auch im selben Alter. Wenn die Sache nur nicht zu weit geht. Dann gibt es im Herbst bestimmt großes Leid.«

Frau Cedergren knallte eine Pikdame auf den Tisch. Veronika war nicht in der Lage, sich vom Fleck zu rühren.

»Und wenn die Männer erst mal angebissen haben, gibt man sich auch nicht zufrieden. Ich muss da an meine Nichte aus Helsingborg denken. Ständig will sie von ihrem Verlobten hören, wie wunderbar sie ist und wie sehr er sie liebt, sonst bricht sie in Tränen aus. Und es reicht ihr nicht, dass er es einmal sagt, nein! Er soll ein richtiger Romanheld sein!«

Gereizt entfernte Frau Cedergren einen König aus dem Spiel.

»Die Mädchen verlieben sich ja so heftig, dass sie all ihren Verstand verlieren! Nein, kümmern Sie sich lieber erst um eine solide Ausbildung, damit Sie selbst Ihren Lebensunterhalt bestreiten können. Danach können Sie sich immer noch nach einem Mann umsehen. Aber hängen Sie nicht Ihr ganzes Glück an ihn, das rate ich Ihnen.«

Frau Cedergren war schon Witwe, seit sie das erste Mal Gast in der Pension gewesen war. Veronika wusste nichts über Herrn Cedergren, auch nicht, wann er gestorben war. Frau Cedergren gehörte zu den Frauen, die den Anschein erweckten, Kummer einfach wie Sand von einem Badelaken abschütteln zu können, auch wenn ihr dieses Talent bestimmt nicht ohne Weiteres in die Wiege gelegt worden war. Sie hatte sich ein dickes Fell zugelegt, wie Signe es nannte.

Du solltest dir ein dickeres Fell zulegen! Veronika fragte sich, wie sich das wohl anfühlte. Vielleicht war es ja so etwas wie ein Schutzpanzer, durch den weder Geräusche noch Gefühle drangen.

Frau Cedergren folgte jeden Tag einer strikten Routine. Sie nahm immer zu denselben Zeiten die Mahlzeiten ein, legte sich Punkt neun Uhr schlafen – auch wenn sie selten vor zwei Uhr nachts einschlief, was sie morgens immer jedermann mitteilen musste, wie eine perfide Verlängerung ihrer Qualen. Selbst ihre Kleidung war dieselbe – Strumpfhosen, Schuhe, Rock und Schluppenbluse. Und sie verströmte immer einen modrigen Geruch nach Orangenseife. Ihre braunen, gelockten Haare waren so steif, als hätte sie sie mit Tapetenkleister frisiert. Veronika stellte sich vor, dass sie mit einem Haarnetz schlief oder einer Schlafhaube, so wie manche Männer mit einem Oberlippenbartschoner.

»Und darüber hinaus müsste wirklich mal jemand herkommen und sich um diese Bienen kümmern! Heute hätte ich beinahe eine verschluckt, sie war in die Saftsuppe gefallen. Wegen dieser Unannehmlichkeit sollte eigentlich der Preis reduziert werden! Können Sie nicht Sölve oder Ihre Mutter darum bitten, einen Spezialisten kommen zu lassen, damit der endlich das Nest findet? Ich wage es kaum noch, mich vom Sofa zu erheben, denn bis hierher sind sie noch nicht vorgedrungen. Das habe ich schon festgestellt.«

Frau Cedergren verließ sowieso niemals das Sofa, aber jetzt hatte sie zumindest einen guten Grund, worauf sie es schieben konnte.

»Insektenvernichtungsmittel! Damit die Bienen einschlafen. So etwas müsste es doch geben. Oder jemanden, der sich auskennt.« Frau Cedergren sah auf, schwieg kurz, die Spielkarte in der Hand, und kniff misstrauisch die Augen zusammen. »Irgendwie sehen Sie anders aus als sonst. Haben Sie sich die Haare schneiden lassen?«

»Wie bitte? Nein.« Veronika schüttelte den Kopf.

»Sie sehen erwachsener aus. Jaja, vielleicht liegt es am Alter.«

Ungeduldig mischte sie von Neuem die Karten.

»Zehn Patiencen hintereinander habe ich gelegt, aber nicht eine ist aufgegangen. Ich bleibe bis zum Mittagessen hier sitzen, und dann werde ich mal schauen. Vielleicht halte ich danach Mittagsruhe. Ich bin heute Nacht nicht vor halb drei eingeschlafen.«

»Das tut mir leid. Ich muss jetzt aber mal endlich die Zimmer säubern.«

»Sie sind wirklich tüchtig, anders als Ihre faule Cousine. Apropos säubern – ich habe den Besen wieder repariert.« Frau Cedergren deutete mit einem Nicken in die Ecke. »Ich habe eine alte Baskenmütze anstatt dieser alten, abgenutzten Bürste am Stiel befestigt. Sie wäre beinahe abgefallen. Baskenmützen eignen sich hervorragend zum Bodenwischen, außerdem vermeidet man damit, die Möbel zu beschädigen. Sie lag in der Schublade mit den vergessenen Habseligkeiten. Es gilt, erfinderisch zu sein.« Zufrieden nahm sie eine neue Karte vom Stapel. »Danke, das war nett von Ihnen«, rang sich Veronika ab, obwohl sie sich nur schwer vorstellen konnte, welchen Nutzen Frau Cedergrens neue Erfindung haben sollte.

»Gern geschehen. Und vergessen Sie nicht, Ihre Mutter nach dieser Sache mit den Bienen zu fragen.«

»Nein. Natürlich nicht.«

»Und schließen Sie die Tür hinter sich, damit sie nicht reinkommen! Dieser Raum ist das einzige Refugium, das uns noch geblieben ist.«

Mit gnädiger Miene legte Frau Cedergren wieder die Spielkarten auf den Tisch, als hätte sie sich nach reiflicher Überlegung dazu entschlossen, ihnen noch eine Chance zu geben.

Veronika hatte alle fünf Zimmer im ersten Stock geputzt und die Betten gemacht. Ein Zimmer war ungewöhnlich dreckig gewesen. Dort wohnte ein Intendant aus Uppsala, der auf dem Zimmer Pfeife geraucht und noch dazu unter dem Bett ein Männermagazin hatte liegen gelassen. Veronika hatte es mit spitzen Fingern aufgehoben. *Pikant* hieß es. Auf dem Titelblatt war eine üppige Blondine abgebildet, die sich mit Schmollmund nach einer Traube an einer

Rebe streckte. Mit geröteten Wangen hatte Veronika sich hinter der Schranktür versteckt und es rasch durchgeblättert. Sicherheitshalber mit leicht zusammengekniffenen Augen, damit sie nicht irgendetwas sah, das sie niemals wieder ungesehen machen konnte. Das Gefühl, das dabei in ihr aufstieg, hinterließ einen widerwärtigen Geschmack auf ihrer Zunge. Welche Frauen gaben sich nur für so etwas her? Sich selbst nackt oder nur in Höschen zu zeigen? Ein Modell hatte sich ungeschickt an ein Treppengeländer geklammert und streckte der Kamera ihr dickes Hinterteil entgegen. Eine andere posierte ungerührt ohne ein Fitzelchen am Leib neben einer Heufuhre. Sie hatte kaum nennenswerte Brüste, dafür aber eine umso stärkere Schambehaarung. Allerdings beinhaltete das Magazin nicht viele Bilder, sondern vor allem Artikel und Fortsetzungsromane. *Die untreue Ehefrau. Die Liebeskranke. Einsam und übermäßig erotisch.* Wie war man, wenn man übermäßig erotisch war? In dem Punkt war Veronika sich nicht sicher, weshalb sie die gesamte Geschichte hatte lesen müssen. *Lassen Sie den Dämonen nicht freien Lauf!*, hatte da gestanden. *Sie werden Ihr Leben regieren, wenn Sie nicht achtgeben.* Diese Worte machten ihr Angst. Eine gruselige Vorstellung, dass ein geheimes Leben im Verborgenen mit einem ganz eigenen Kraftfeld existierte. Galt das eigentlich nur für Männer, oder konnten auch Frauen ein übermäßiges erotisches Verlangen verspüren? Sie fühlte sich gedrängt, sich eingehender mit dem Thema zu befassen. Nachdem sie also die ausstehenden drei Räume geputzt hatte, hatte Veronika es sich mit dem Magazin auf ihrem Bett bequem gemacht.

Sie fürchtete sich ein klein wenig davor, die Seiten anzufassen, vielleicht waren sie beschmutzt und ansteckend, aber ihre Neugier war zu groß. Sie konnte sich schließlich danach die Hände waschen. Veronika fing von hinten an zu lesen, das erschien ihr sicherer und nicht so gotteslästerlich. Man konnte immer zufällig ein Magazin aufschlagen und die letzten Seiten überfliegen. Das war etwas ganz anderes, als es vorsätzlich zu kaufen.

Beim Durchblättern des Männermagazins schweiften ihre Gedanken aus irgendeinem Grund zu der gestrigen Tanzveranstaltung und zu Bo. Sie erinnerte sich daran, wie er sie gehalten hatte, wie seine Hand so selbstverständlich auf ihrer Taille gelegen hatte. Ob er solche Magazine wohl auch las? Vermutlich. Francie zufolge taten das alle Männer, alte wie junge. Aber Veronika verabscheute Francies ungenierte Sichtweise auf alles, was mit Sex und Partnerschaft zu tun hatte. Letzten Sommer hatte sie Veronika einmal anhand einer Gurke gezeigt, wie man einem Mann ein Kondom überstreifte, – genauer gesagt, anhand einer leicht gekrümmten Schlangengurke aus Västerås. Gelangweilt, als wäre sie damit vertraut, führte Francie ihr es vor, was Veronika angewidert hatte. Sollte der Geschlechtsverkehr nicht etwas Schönes, etwas Erhabenes sein? Aber weshalb hatte sie seitdem immer wieder an diese Gurke denken müssen und daran, wie Francies Hand das Kondom übergestreift hatte? Veronika hatte sich nicht sexuellen Fantasien hingegeben, sondern sich Gedanken über das Aussehen der männlichen Geschlechtsteile gemacht und wie sie sich wohl anfühlen mochten. Es war einfach ungeheuerlich, jemanden in sich aufzunehmen. Das Ganze gehörte der Erwachsenenwelt an und hatte so etwas Fleischliches, Schamloses an sich. Sie musste daran denken, wie Bo sie angesehen hatte. Belustigt. Liebevoll. Verständnisvoll. Er hatte etwas in ihr gesehen, das spürte sie ganz deutlich. Er hatte *sie* erkannt, so wie es niemand anderes bisher getan oder sich auch nur die Mühe gemacht hatte. Zögernd schaute sie wieder in das Magazin. Wenn sie es vollständig durchblätterte, dachte sie vielleicht nicht länger daran. Konnte es in eine Tüte tun und mitsamt den Kartoffelschalen und den Servietten in den Müll werfen. Veronika setzte sich mit einem Kissen im Rücken zurecht.

Auf einer Seite wurde in einer Anzeige ein Sexuallexikon in zwei ledergebundenen Bänden angepriesen, dem Text zufolge eine erotische Kostbarkeit für Feinschmecker mit farbigen Postern. *Geschlechtstrieb* und *Geschlechtsverkehr. Hoden. Intimverkehr.* Sie mochte diese Wörter nicht. Auch *Gebärmutter* oder *Menstruation* gefielen ihr nicht. Ganz zu schweigen von *Penis* und *Scheide.* Diese Wörter ließen sie unwillkürlich an Pipi denken. *Deflorationsmanie.* War war das? *Geheimnisvolle Anziehungskraft.* Sie hatte schon von Hypnose gehört. Dass man Dinge tat, die man selbst nicht wollte und die einen ins Verderben führten.

Verliebtheit sei so etwas wie Hypnose, hatte Signe einmal behauptet, als sie im Licht der Küchenlampe Strümpfe gestopft hatten. Sie bewege junge Frauen dazu, voreilige Entschlüsse zu treffen, die hart bestraft würden. Veronika hatte von Mädchen ihres Alters und sogar jüngeren gehört, die schwanger wurden und sich einbildeten, der Vater würde seine Verantwortung wahrnehmen und eine rasche Hochzeit anberaumen. Aber genauso häufig konnte das Ganze mit einer Stricknadel im Unterleib enden.

Sogar das Schicksal war eine Art Hypnose, das seine Macht auf einen ausüben wollte. Jeder Mensch besaß ein eigenes Schicksal, aber auch einen Willen. Man musste lernen, die Untiefen in seinem Wesen zu umschiffen. Nicht auf die verlockenden Pfade zu geraten, sondern auf den breiten, hellen Wegen bleiben. Veronika wusste um die ihr innewohnende Rastlosigkeit. Sie spürte eine starke innere Sehnsucht; spürte unaufhörlich einen Sog. Ob diese Ruhelosigkeit erotisch bedingt war?

In Malmö war sie im Herbst manchmal abends durch die Straßen gegangen, um diese innere Unruhe abzuschütteln. Aber sie erwies sich fast immer als beharrlich. Außerdem hielt ihre Mutter nichts davon, dass sie spätabends noch unterwegs war. Wenn sie zurückkehrte, sah sie Veronika immer mit einem missbilligenden Blick an, als ahnte sie den Grund für ihre Spaziergänge. Auch Veronikas Vater hatte einen Hang zu dieser Unruhe gehabt, aber keinen ausreichend starken Willen, um ihr etwas entgegenzusetzen. Er hatte zum Alkohol gegriffen, hatte herumgeschrien und randaliert. Doch darüber sprachen sie nie, es schwang nur zwischen den Zeilen mit. Warum sollte man auch in Vergangenem graben? Was geschehen war, ließ sich nicht ungeschehen machen. Man musste sein Leben leben, so gut es eben ging. Signe hatte für dergleichen viele Aphorismen auf Lager: *Darüber sollte man sich nicht den Kopf zerbrechen. Taten sagen mehr als Worte. Ärmel hochkrempeln, und ran an die Arbeit*!

Signes Ratschlägen zu folgen, war nicht immer einfach. Veronika schien nicht dasselbe praktische Händchen wie die übrigen Frauen in ihrer Familie zu besitzen. Wenn ihre Mutter Brot schnitt, so kamen wie von selbst immer gleich dicke Scheiben dabei heraus. Wenn Veronika den Tisch decken sollte, wurde die Butterschale rasch fettig, und im Brotkorb fanden sich Krümel. Veronikas Mutter war ständig in Bewegung, trotzdem war in der Wohnung nie auch nur ein schwebendes Staubkorn zu sehen. Veronikas Vater war natürlich das genaue Gegenteil gewesen. Je weniger er sich darum scherte, sich zu waschen und Ordnung zu halten, umso frenetischer putzte ihre Mutter. Nicht selten um ihn herum, grob und ungehalten mit Besen und Schrubbern, als wollte sie ihn höchstpersönlich fortschrubben.

Abends hatte ihr Vater seiner Geige oft gequälte Töne entlockt, hatte getrunken und gemalt. Seine Bilder hatten Veronika Furcht eingeflößt – verzerrte Gesichter, die sich vervielfältigten, wiehernde Pferde mit mächtigen Köpfen, Sonnenuntergänge in grellen Farben. Ihrer Mutter wäre es am liebsten gewesen, er hätte die Pinsel gar nicht mehr angerührt. Er war manchmal wie besessen, malte tage- und nächtelang am Stück, ohne zu schlafen. Nahm er die Pinsel in die Hand, war es, als würde er von einer gewaltigen unaufhaltsamen Flutwelle erfasst und mitgezogen. Er dünstete eine nicht zu tilgende Furcht aus, die sich auf einen zu übertragen schien, wenn man ihm nicht aus dem Weg ging.

Obwohl ihr Vater vor sieben Jahren gestorben war, hatte Veronika heute noch manchmal ein schlechtes Gewissen, weil sie so häufig an der Küchentür vorbeigeschlichen war, damit sie nicht seinem pechschwarzen Blick in dem abgezehrten Gesicht begegnete, nicht die verglühten Zigaretten im Aschenbecher sah. Damit sie nicht den Gestank von Schweiß und porentiefem Schmutz roch, von jemandem, der sich zu lange seinen fauligen Grübeleien hingegeben hatte. Sein Blick hatte etwas Verzweifeltes und Flehendes, was sie, wie sie wusste, nicht ertrug und – noch schlimmer – in ihr selbst ein Echo zu finden schien. Als wären seine inneren Abgründe auch latent in ihr vorhanden und riskierten, von seinen Blicken zum Leben erweckt zu werden. Sie verabscheute ihn, weil sie niemandem davon erzählen und es sich noch weniger selbst eingestehen konnte. Verabscheute ihn, weil er sich das Recht herausnahm, in seinem Selbstmitleid zu versinken und zu verlangen, dass ihre Mutter und sie seinetwegen und wegen seiner Launen auf Zehenspitzen gingen, obwohl er im Gegensatz zu ihnen ein eigenes Zimmer hatte und sich nie mehr als eine einzige Kartoffel kochte. Weil er sich nicht um sie scherte. Er war wie eine Giftspinne, die nur darauf wartete, dass jemand sich in seinem Netz verfing, um ihn in sein Unglück mit hineinzuziehen.

Trotzdem hatte ihr sein Unfall einen furchtbaren Schock versetzt. Als Veronika eines Tages von der Schule nach Hause kam, saß ihre Mutter mit gefalteten Händen am Küchentisch und wartete auf sie. Allein das war ungewöhnlich, war sie sonst doch immer mit irgendetwas beschäftigt. Veronika hatte sofort begriffen, dass etwas Ernstes geschehen war.

Früher am Tag war ein Polizist vorbeigekommen. Veronikas Vater sei aus zehn Metern Höhe von einem Gerüst auf den Baudock der Kockum Werft gestürzt, als er eine Schiffsschraube reparieren sollte. Was genau geschehen war, wusste keiner so genau. Vielleicht war durch den nächtlichen Frost das Holz besonders rutschig, oder er war über ein Luftkabel gestolpert. Er war jedenfalls sofort tot. Die Stimme ihrer Mutter klang seltsam gekünstelt und gestelzt, als sie die Worte aussprach: »Dein Vater ist tot.« Schweigend hatten sie am Küchentisch gesessen. Nur das Ticken der Uhr war zu hören. »Warum ist er nur so unvorsichtig gewesen?«, rief ihre Mutter plötzlich im Zorn aus und knallte die Handflächen auf den Tisch.

Veronika hatte sich daraufhin zurückgezogen, war im Dunkel der Kleiderkammer auf die Knie gesunken und hatte zu einem Gott gebetet, von dem sie nicht einmal wusste, ob sie an ihn glaubte: *Lieber Gott. Trage Sorge für Vaters Seele. Vergebe mir.*

Worum sie eigentlich um Verzeihung bat, wusste sie nicht einmal selbst. Vielleicht, weil sie sich für das Unglück ihres Vaters nicht empfänglich machen, es auf Abstand halten wollte. Und auch ein klein wenig, weil sie wohl verzweifelter hätte sein müssen. Damals wusste sie noch nicht, wie facettenreich die Trauer war und dass sie in vielerlei Gestalt daherkommen konnte. Sich manchmal erst allmählich offenbarte, wie ein blauer Fleck auf der Seele, und leicht mit der Sehnsucht nach etwas verwechselt wurde, das man ursprünglich nie gehabt hatte.

Manchmal träumte Veronika, dass er immer noch am Leben war, dass er die ganze Zeit über in dem Zimmer mit der grauen Tapete und den Verdunklungsgardinen aus den Kriegsjahren gelegen hatte, vorwurfsvoll und sich selbst überlassen.

Wo bist du gewesen?, fragte er in ihren Träumen. Kläglich und viel weniger Raum einnehmend als in Wirklichkeit.

Bist du das, Veronika? Hilf mir!

Nein, es war besser, wenn sie gar nicht erst an ihn dachte, arbeitete und sich an das Alltägliche hielt. Überhaupt war es am sichersten, auf nichts einen zu großen Wert zu legen, sondern alles mit einer Armlänge Abstand von sich fernzuhalten. Da wusste man zumindest, woran man war.

Welch ein Glück, dass sie gestern Abend nicht an Bos Tür geklopft hatte. Was wäre dann passiert? Hätte er sie vielleicht am Arm gefasst und in sein Zimmer gezogen? Hätte sie dann überhaupt Nein zu sagen vermocht? Sie wusste es nicht, traute sich selbst nicht. Und jetzt war er also mit Francie schwimmen gegangen.

Von unten aus dem Garten hörte sie Tassenklirren und Gelächter. Es musste mittlerweile schon nach drei Uhr sein. Die Sonne schien durch die Gardinen. Veronikas Gedanken schweiften wieder zu Bos Händen. Zu seinen sonnengebräunten Fingern mit Ton unter den Nägeln. Wie es sich wohl anfühlen würde, den Kopf auf seine Brust zu legen, zu spüren, wie sich diese Finger in ihrem Haar vergruben, wie sie ihre Lippen berührten?

Als sie die Treppe hinunterging, merkte sie immer noch, wie ihr Gesicht brannte.

»Ach, da bist du ja! Ich habe mich gerade gefragt, wo du wohl steckst. Du hast dich ja den ganzen Tag noch nicht blicken lassen.«

Veronikas Mutter sah vom Bürotisch auf, der in der Ecke hinter dem Empfangstresen stand.

»Ist ja unglaublich, wie viel Zeit du für das Reinemachen gebraucht hast. Hat dich vielleicht das viele Herumgehopse auf der Tanzfläche müde gemacht? Es gab Klagen, dass auf dem Flur so viel Lärm geherrscht hat. Weißt du etwas darüber?« Ihre Mutter sah sie aus schmalen Augen an.

»Nein.« Veronika schüttelte den Kopf.

»Das ist ja seltsam. Wo wir doch außer Frau Cedergren sonst keine Nachteulen hier in der Pension haben und sie es war, die sich beschwert hat.«

Ihre Mutter drückte den Kugelschreiber einige Male auf das Kassenbuch. Es war ein undurchsichtiger Wälzer, in dem vor allem die Ausgaben notiert wurden, aber das auch speckige Quittungen enthielt, die zu verschiedenen Stapeln sortiert und unter diversen Reitern einsortiert werden mussten.

»Jaja, das war bestimmt er, dieser lange Lulatsch. Der Künstler. Bist du mit allen Zimmern im ersten Stock durch?«

Veronika nickte.

»Welch ein Glück, dass ich dich habe!«

Ihre Mutter seufzte.

»Francie ist keine große Hilfe, sie frisst uns vor allem die Haare vom Kopf. Ihr Bienenstich ist jetzt ja immerhin abgeschwollen, aber heute ist ihr eingefallen, dass sie eine Erkältung bekommt. Sie kam herunter und wollte Aspirinpulver von mir haben.«

Missbilligend schüttelte sie den Kopf.

»Fünf Liter Milch sind in der Hitze sauer geworden, und um vier Uhr bekommen wir neue Gäste. Und dann sind da noch die Bienen. Sölve hat überall hier unten nach ihnen gesucht, nur auf dem Dachboden hat noch niemand nachgesehen. Signe hat mir gesagt, dass sie Francie darum gebeten hat, aber du kennst ja ihre Versprechungen. Könntest du nicht mal dort nachschauen? Ich habe diese Stiege noch nie leiden können, sie ist so steil. Vielleicht kannst du ja den Studenten mitnehmen? Er könnte uns gut etwas zur Hand gehen.«

Sie schnaubte.

»Wenn er sitzt, sieht er aus wie ein geplatzter Luftballon. Ganz schlaff. So verkümmern doch die Muskeln! Er sollte mal mit Frau Dunker sprechen, sie kennt sich gut mit so etwas aus.«

»Ich werde mal sehen, ob ich ihn finden kann.«

»Tu das.« Veronikas Mutter wandte den Blick ab und sah mit gerümpfter Nase wieder ins Kassenbuch, als würden die Zahlen darin schlecht riechen.

»Strecken und beugen, strecken und beugen!«

Frau Dunker beugte sich schweißgebadet in ihrem roten Bademantel vor und atmete, die Hände ins Kreuz gestützt, aus. Der Gürtel hatte sich gelöst und schleifte durch den Sand. Darunter war ihr gefütterter Badeanzug mit leicht deformierten BH-Körbchen zu sehen, den sie immer am Strand trug. Ihre beiden Nichten standen vor ihr und machten gehorsam Gymnastik, zwei blasse Striche in der Landschaft mit weißblonden Haaren und sommersprossigen Schultern. »Und eins und zwei und eins und zwei«, fuhr Frau Dunker mit erhobener Stimme fort, während sie sich den Schweiß von der Stirn wischte und die Hand grüßend hochreckte. Ihr Gesicht war so rot gestreift wie Rhabarber. Schließlich ließ sie sich schwer in den Sand fallen und versuchte, einen Hustenanfall zu unterdrücken.

Veronika hatte ihren Badeanzug geholt und wollte zu Francies und ihrer Lieblingssenke in den Dünen. Sie lag im Windschatten und war von Schilf und lila blühenden Disteln umgeben, sodass man sich dort ungeniert umziehen konnte. Wie sie geahnt hatte, lag Bo schon dort und sonnte sich. Neben ihm lag Francies Bademantel mit Zebramuster. Ein Stück draußen auf dem Meer sah Veronika Francies platinblonden Haarschopf in den Wellen auf und ab schaukeln. Sie merkte, wie sie von Eifersucht übermannt wurde, und blieb ratlos stehen. Bo nahm den Hut von seinem Gesicht.

»Hej, da bist du ja! Ich habe nach dir gesucht, bevor wir losgegangen sind, konnte dich aber nicht finden.« Er stützte sich auf die Ellbogen.

Sie setzte sich etwas von ihm entfernt in den Sand und blickte ihn verstohlen an. Seine schmalen Beine lagen gespreizt auf dem Badelaken.

»Bist du heute denn gar nicht im Atelier gewesen?«

»Ich habe mich nicht dazu aufraffen können. Es ist so furchtbar heiß, dass man sich gar nicht richtig konzentrieren kann. Außerdem macht mir der Ton Schwierigkeiten, ich bekomme nichts Ordentliches zustande.« Er wischte sich Sand vom Bauch. Seine Haut sah so glatt aus. »Und was hast du gemacht?«

»Nichts Besonderes, hab geputzt. Manche Gäste wissen wirklich, wie man etwas dreckig macht.« Veronika wandte den Blick ab und hoffte, dass er, der Künstler, nicht so hellsichtig war und ahnte, dass sie den halben Vormittag in verbotenen Magazinen geblättert hatte.

»Das kann ich mir vorstellen. Wie gut, dass du nicht auch noch mein Zimmer sauber machen musst. Das möchte ich dir lieber nicht zumuten«, sagte er mit einem schiefen Lächeln und strich sich durch seine dichten, von der Sonne ausgeblichenen Haare.

»Aber falls du mich dort einmal besuchen möchtest, verspreche ich, deinetwegen aufzuräumen. Ich kann dir sogar eine Tasse Kaffee anbieten.«

Er rupfte eine vertrocknete Distel von dem Strauch neben sich und malte mit dem Stängel ein Muster in den Sand. Nach einer Weile erkannte sie, dass er ein Porträt von ihr zeichnete, mit rundem Rücken, die Beine eng an die Brust gezogen. Sie spürte, wie sie errötete.

»Es ähnelt dir nicht so besonders, in Wirklichkeit bist du viel süßer. Und größer.«

Er lächelte sie an und sammelte den Distelball vom Boden auf.

»Was ist das hier eigentlich? Ist das Unkraut?«

»Das sind Acker-Gänsedisteln. Man kann ihre Samenkapseln melken und den Milchsaft trinken. Schmeckt so ähnlich wie Honig. Bei den Römern galt sie als Heilpflanze und wurde bei Schlangenbissen und gegen Schwermut verabreicht.«

»Gibt es auch etwas, mit dem du dich nicht auskennst?« Schelmisch sah er sie an.

»Das hat mir Signe beigebracht. Sie weiß alles über Pflanzen.«

»Und sie hilft also gegen Schwermut? Und das hat Signe dir auch gesagt?«

»Nein, das stammt von so einem doofen Persönlichkeitstest in einer Illustrierten.«

Veronika zuckte die Achseln und verdrehte leicht die Augen, als würde sie selbst überhaupt nicht an so etwas glauben. Tatsächlich aber hatten Francie und sie diese Tests sklavisch befolgt, ob sie nun davon handelten, welche Blume man war oder welche Hüte am besten zur eigenen Gesichtsform passten.

»Und was stand da noch? Ich finde Psychologie spannend.«

Bo rollte sich auf die Seite und sah sie interessiert an. Seine Augen glitzerten aufmerksam. Für den Bruchteil einer Sekunde kam es ihr so vor, als könnte er sie verstehen, was immer sie in diesem Augenblick auch sagte.

»Nun ja, es existieren verschiedene Wesenstypen. Zum Beispiel der Phlegmatiker. Er nimmt alles in vollkommener Ruhe hin, wirkt häufig faul und bequem. Phlegmatiker sind meistens etwas rund und dicklich. Als langsam, schwerfällig und träge könnte man ihn vielleicht bezeichnen.«

Bo lachte auf.

»Und ich bin in deinen Augen ein Flematist?«

»Phlegmatiker!« Veronika lachte.

»Und was gibt es noch?«

»Den Choleriker. Er ist leicht reizbar und hat Wutausbrüche und ist launisch. Er will immer bestimmen und steht im gesellschaftlichen Leben häufig im Mittelpunkt.«

»Dafür könntest du Geld nehmen. Errichte ein Zelt auf dem Markt von Kivik und nimm Eintritt dafür! Ich kann deine Augen schwarz umranden und dir einen Turban aufsetzen, sodass du wie eine leibhaftige Wahrsagerin aussiehst. Du brauchst nur noch einen Künstlernamen. Wie sollen wir dich nennen?« Langsam drehte er sich zu ihr und fuhr mit dem getrockneten Distelstängel über ihre Wade. Eine Gänsehaut überlief sie.

»Keine Ahnung.« Ihr Mund wurde trocken.

»Hast du schon von Baba Wanga, dem blinden Orakel aus Jugoslawien gehört? Sie hat sowohl den Ersten wie auch den Zweiten Weltkrieg vorhergesagt. Mehrere hochgestellte Führungspersönlichkeiten haben sich an sie gewandt, um sich von ihr die Zukunft prophezeien zu lassen, und fast alles, was sie gesagt hat, ist auch so eingetroffen. Glaubt man ihr, wird die Menschheit 2023 zur Venus fliegen, um dort neue Energiequellen zu finden. Sie sagt, dass alles Eis auf der Weltkugel schmelzen wird. Für ihre Weissagungen nimmt sie gar kein Geld. Ihr genügt es, dass sie ihr Essen nicht selbst bezahlen muss. Der Name gefällt mir. Baba Wanga. Veronika Wanga. Was hältst du davon? Oder lieber Miss Magica aus Malen?«

Bo legte den Kopf schief.

Seine Augen leuchteten so grün wie das Schilf.

»Du würdest dich gut als Wahrsagerin machen«, sagte

er mit einem Nicken. »Du hast etwas Mystisches an dir. Etwas Geheimnisvolles. Du bist jemand, der Dinge wahrnimmt, auch wenn du nicht darüber sprichst.«

»Woher weißt du das?«

»Vielleicht, weil ich auch so jemand bin?«

Er griff sich eine Handvoll Sand.

»Wenn wir uns zusammentun, können wir am laufenden Band Disteln melken und die Milch teuer verkaufen. Der Käufer bekommt wie bei einem Kurzen nur einen Fingerhut voll und ist von jeglichem Unglück befreit. Wäre das nicht schön?«

Er ließ den Sand in einem dünnen Strahl auf ihr Schienbein hinunterrieseln. Veronika schien es, als würde die Luft zwischen ihnen vibrieren. Als wären sie in einen schwerelosen Kokon eingesponnen, in dem die Zeit stillstand. Sie spürte nur den rieselnden Sand.

»Wenn du magst, kann ich dir Sand auf den Rücken streuen. Wir können uns damit abwechseln. Das ist herrlich. Wie eine Kur. So wie es Algenbäder gibt, könnte es doch auch Sandbäder geben? Soll ich bei dir anfangen? Leg dich auf den Bauch!«

Seine Stimme, obwohl spielerisch, besaß einen so bestimmenden Unterton, dass sie tat, was er sagte. Ein Geruch nach Tang und sonnenwarmen Kräutern stieg ihr in die Nase. Dann spürte sie den heißen rieselnden Sand auf ihrem Rücken, an den Achselhöhlen und zwischen den Schenkeln. Es war so ein köstliches Vergnügen, dass sie sich ganz benommen fühlte.

»He, ihr Feiglinge! Was liegt ihr hier faul rum. Ihr müsst schwimmen gehen! Das Wasser ist herrlich warm!«

Francie war aufgetaucht und schüttelte sich das Salzwasser aus den Haaren.

»Das Wasser hat fünfundzwanzig Grad, es ist so warm wie in einem Pool, das ist verrückt!«

Unbekümmert drängte sie sich zwischen Bo und sie und griff nach ihrem Bademantel, sodass Veronika zur Seite rutschen musste.

»Hast du schon gehört, dass der arme Bosse mit seinem großen Kunstwerk noch nicht weitergekommen ist? Er leidet sozusagen unter einem Kunst-Krampf. Kannst du ihm nicht helfen? Du zeichnest doch regelmäßig.«

»Du hast noch gar nicht erwähnt, dass du zeichnest?«, sagte Bo und sah sie erstaunt an.

»Das ist inzwischen lange her«, erwiderte Veronika verlegen.

»Das sagt sie nur so, sie muss sich immer selbst herabsetzen. Das macht einen manchmal so wütend, dass man ihr am liebsten eine kleben würde!« Francie versetzte Veronika einen leichten Schubs und verschaffte sich dadurch gleich noch mehr Platz auf dem Badelaken. »Aber du solltest mal ihre Modezeichnungen sehen, die sind chic wie nur was! Sie könnte Modereportagen illustrieren, wenn sie nur etwas mehr Mumm hätte. Talent ist gut und schön, reicht aber nicht. Man muss auch nassforsch sein. Das gilt übrigens für euch beide.«

Francie nahm ihre Sonnenbrille ab und kniff wegen des blendenden Lichts die Augen zusammen, um ihrer Sonnenbräune Vorschub zu leisten. Veronika und Bo tauschten einen Blick und unterdrückten ein Kichern.

»Wir haben beschlossen, dass sie stattdessen Prophezeiungen auf dem Markt von Kivik verkaufen soll«, sagte Bo. »Das wird viel besser bezahlt, als wenn sie die Haushaltsschule besucht. Sie braucht nur noch einen Künstlernamen.«

»Ach, was redet ihr da! Prophezeiungen? Außerdem solltest du dir wohl selbst mal Gedanken über einen Künstlernamen machen, wenn du vorhast, Künstler zu werden. Dann hat man im Ausland leichter Erfolg. Bo-Ivar Axelsson ist ja nett, aber auch schrecklich langweilig.«

Francie schüttelte missbilligend den Kopf.

»Denk nur an Cary Grant oder Marilyn Monroe. Du glaubst doch nicht, dass sie solch durchschlagenden Erfolg gehabt hätten, wenn sie ihre leiblichen Namen behalten hätten? Oder Doris Day? Es klingt flott, wenn beide Namen mit demselben Buchstaben beginnen. So kann man sie sich auch leichter merken.« Francie machte einen Schmollmund.

»Bo könnte auf Englisch ja vielleicht noch funktionieren, aber nicht Axelsson. Bo Bim. Wie wäre das? Wäre das nicht was? Oder Bo Baxter, das klingt wie ein Privatdetektiv.« Francie setzte sich vor Begeisterung auf. »Bo Boston hätte auch Stil.«

»Boston ist eine Stadt«, wandte Veronika ein.

»Dann lass dir doch selbst etwas Besseres einfallen!«

Veronika dachte einen Moment nach.

»Bo Bix?«

»Nicht schlecht«, gab Francie zu. »Ich sehe das Autogramm vor mir, in schwungvoller männlicher Handschrift. Ein guter Name ist ganz entscheidend. Warum muss man eigentlich so heißen, nur weil jemand anderes es sich ausgedacht hat? Besser, man entscheidet das selbst. Ich werde mir verflixt noch mal auch einen Namen für mich ausdenken. Francie Åberg klingt doch völlig hoffnungslos.« Francie legte sich wieder zurück in den Sand und spreizte entschlossen die Finger.

Bo sah Veronika an.

»Bo Bix will in die Fluten springen. Möchte Miss Magica aus Malen mitkommen?«

»Das kann sie machen.«

Als sie vom Strand zurückkamen, befand sich die gesamte Pension in hellem Aufruhr. Auf der Chaiselongue im Gesellschaftszimmer lag Bankdirektor Andersson, während die übrigen Gäste wie verrückte Hühner umherrannten. Dazwischen Veronikas Mutter, die alle zur Ordnung rief.

»Er darf sich nicht bewegen! Beruhigen Sie sich doch!«

»Was ist denn passiert?« Erschrocken stellte Veronika ihren Badekorb ab.

»Der Bankdirektor hat eine Biene verschluckt. Wir haben einen Rettungswagen aus Ängelholm gerufen, etwas anderes blieb uns nicht übrig. Hausarzt Söderström weiß keinen Rat.« Ihre Mutter stand händeringend da. Es war lange her, dass Veronika sie so aufgewühlt erlebt hatte. Erst jetzt erblickte sie den Hausarzt, der Gast bei ihnen war. Noch immer im Bademantel, saß er neben dem Bankdirektor und nahm mit ernster Miene seinen Puls. Die Frau des Bankdirektors, Tekla Andersson, hockte, das Gesicht weiß wie ein Laken, auf der anderen Seite und tupfte den Hals ihres Ehemannes mit einer Tüte gefrorener Erbsen ab.

»Sein Rachen ist zugeschwollen, er bekommt kaum Luft«, flüsterte Veronikas Mutter ihr zu. »Er könnte sterben! Es ist furchtbar. Ganz zu schweigen davon, welche Katastrophe das für unsere Pension bedeutet.«

Nervös blickte sie sich im Zimmer um, wie um abzuschätzen, wie viel das Unglück den Betrieb kosten könnte.

»Wenn wir das Nest nicht finden, müssen wir vielleicht die gesamte Pension evakuieren«, fuhr sie fort. »So kann das nicht weitergehen. Bete zu Gott, dass er überlebt!«

Bei den letzten Worten gab die Frau des Bankdirektors ein leises, ersticktes »Raus hier!« von sich.

»Kann jemand einen Spatel holen? Oder ein Buttermesser, das geht auch!«, rief der Hausarzt.

Veronika eilte in die Küche und kam mit einem Buttermesser wieder.

»Wenn Sie die Zunge rausstrecken, kann ich es hineinstecken, damit Sie ein wenig besser atmen können. Und an alle anderen, verlassen Sie jetzt das Zimmer! Wir brauchen unsere Ruhe!«, rief der Hausarzt herrisch.

Unter aufgebrachtem Protest wurden die Gäste in den Speisesaal verfrachtet. Gäste, die früher kein Wort gewechselt hatten, gaben sich auf einmal miteinander ab und schoben es auf die besondere Situation. Es herrschte ein Lärm wie auf einem Hühnerhof. Ihre Mutter nahm Veronika beiseite.

»Kannst du nicht einen starken Punsch machen? Wir müssen eben ein oder zwei Flaschen Gin dafür opfern. Ich glaube, dass sich alle erst mal wieder beruhigen müssen. Auf der Spüle steht auch eine Schale mit Erdbeeren, die kannst du mit reintun. Aber bitte keine Bienen im Punsch, sieh bitte ganz genau hin, ja? Ich hoffe, dass bald Hilfe kommt. Diese Bienen bringen mich noch um.« Sie legte sich die Hand auf die Brust, die sich heftig unter der Bluse hob und senkte. Veronikas Mutter war war völlig aufgelöst. Veronika hatte Mitleid mit ihr. Sie hatte so hart gearbeitet, und so ein Zwischenfall konnte den guten Ruf der Pension auf lange Zeit zunichtemachen. Außerdem hatte sie selbst Angst. Was, wenn der Direktor nun erstickte?

Veronika eilte in die Küche und nahm zwei Flaschen Gin und einen Black Tonic aus der Speisekammer. Normalerweise setzten sie den Punsch in einer eleganten kleinen Kristallschale an, aber das würde heute nicht ausreichen. Deshalb nahm sie zwei große Obstschalen vom Regal.

»Was geht hier vor?« Bo war im Türrahmen erschienen.

»Ich war hinter dem Haus und habe den Fahrradreifen aufgepumpt, und jetzt herrscht hier der reinste Zirkus.«

»Der Bankdirektor wurde von einer Biene in den Rachen gestochen. Wir warten auf die Ambulanz. Ich bereite in der Zwischenzeit einen Punsch für die Gäste zu.«

»Brauchst du Hilfe?«

»Ja, du kannst die Limonade öffnen. Und die Trinkgläser auf ein Tablett stellen, sie stehen in dem Schrank dort drüben rechts«, sagte Veronika mit einem Nicken, während sie eine ganze Flasche Gin in die Schale goss und nach den Erdbeeren auf der Arbeitsplatte griff.

Bo stellte seine Strandtasche ab, öffnete die Flaschen und nahm rasch die Gläser aus dem Schrank. Er zwinkerte ihr zu.

Ein tiefes Glücksgefühl durchströmte sie. Mitten in all diesem Chaos. So würde ihr das Leben mit einem Mann gefallen. Dinge Seite an Seite erledigen. Sich gegenseitig unterstützen. Hand in Hand arbeiten. Während sie sich damit abwechselten, Tonic in die Schalen zu gießen, sah sie durch das Fenster den hellblauen Rettungswagen auf den Hof biegen. Bo kam zu ihr und stellte sich neben sie.

»Jetzt wird es hier gleich hoch hergehen. Die Sanitäter sind da, und es wird Alkohol ausgeschenkt.«

Bo nahm eine Erdbeere, die aus der Schale gefallen war, und steckte sie ihr in den Mund. Seine Finger verharrten eine Sekunde länger als nötig an ihren Lippen. Es war nur ein kurzer Moment, aber doch lang genug, dass eine wilde Hitze in ihrem Brustkorb aufstieg.

»Sind wir fertig? Sollen wir den Punsch servieren? Nimmst du die Schale?« Er griff nach dem Tablett mit den Gläsern und hielt ihr mit einem Fuß die Schwingtür auf. In dem Moment kam Veronikas Mutter aus dem Speisesaal, sodass sie fast zusammengestoßen wären.

»Danke, ihr seid wahre Engel! Stellen Sie das Tablett bitte auf das Büfett in der Eingangshalle, damit es nicht im Weg steht. Und wenn ihr den Dachboden noch nicht nach Bienen durchforstet habt, tut das bitte jetzt. Horcht, woher das Summen kommt! Sucht überall. Wir müssen sie aufspüren!«

Sie lief wieder zurück in den Speisesaal und klatschte in die Hände.

»Jetzt kommt der Rettungswagen. Machen Sie Platz! Erfrischungen werden in der Eingangshalle serviert, sie gehen heute natürlich auf Kosten des Hauses.«

Veronika sah, wie sich der Mund ihrer Mutter bei den letzten Worten zu einer Grimasse verzog. Damit ging der Überschuss der Woche flöten. Bienen zu halten war teuer.

Eine schmale Treppe führte hinauf zum Dachboden. Als Veronika kleiner gewesen war, hatte sie sich manchmal dort oben versteckt und mit den Lebensmittelmarken aus dem Krieg gespielt, die noch in Kartons lagen. Es gab auch ein schwarzes Schaukelpferd, auf dem sie geritten war und das sie unter den mächtigen Dachbalken streng gezügelt hatte. Ganz am Ende bei dem kleinen Fenster am Dachfirst hatte sie sich eine kuschelige Ecke mit Decken und Kissen eingerichtet, wo sie sich Atlasse und fadenscheinige Lexika angesehen hatte. Manchmal hatte sie sich vorgestellt, ein eigenes Land am Rande der Weltkarte zu zeichnen.

Die Treppenstufen knarrten. Bo ging unmittelbar hinter ihr. Ein Geruch nach Schimmel und von muffigem Stoff kitzelte ihre Nase. Sie unterdrückte ein Niesen. Schwere, dunkle Möbel des ehemaligen Pächters, die im Gesellschaftszimmer gestanden hatten, waren nun mit weißen Tüchern bedeckt. Auf dem Fußboden lagen kleine Haufen Sägespäne und große Wollmäuse.

Veronika hatte sich in Gedanken so eine Situation ausgemalt. An einem ungestörten, schummrigen Ort mit Bo allein zu sein. Jetzt aber wagte sie es kaum, auch nur in seine Richtung zu blicken. Stattdessen spähte sie über das Gerümpel hinweg und versuchte, sich an das spärliche Licht zu gewöhnen.

»Was für ein Dachboden! Hier könnte man sich gemütlich einrichten!«

Es knarrte, als Bo ein paar Schritte machte. Er zog das Tuch von einer Waschkommode samt Karaffe und Nachttopf.

»Das Badezimmer ist ja schon vorhanden. Mit Nachttopf und allem Drum und Dran. Macht was her. Wasser kann ich ja mit Eimern unten holen. Vielleicht sollten wir hier einziehen?« Er sah sie lächelnd an. Veronika wollte keine Erwiderung einfallen, ihr Mund war so trocken wie Sandpapier. Unbekümmert ging Bo unter der Dachschräge umher.

»Eine Matratze und eine Petroleumlampe, mehr bräuchte man nicht. Alles andere ist ja schon da. Sogar ein Sofa!« Mit einer Geste zeigte er zu dem kleinen Platz unter dem Fenster, an dem eine weiße Spitzengardine hing.

»Braucht man mehr als das? Was will man eigentlich mit so vielen Besitztümern? Es macht doch nur Arbeit, sie in Schuss zu halten.«

Veronika stolperte über ein schiefes Fußbodenbrett. Der Boden war so dreckig, dass man die Ritzen zwischen den Brettern nicht erkennen konnte. Sie fluchte leise.

»Und was haben wir hier?« Er war zu ein paar Fenstern gegangen, die an der Giebelseite lehnten. Sie wurden nach Ende der Saison zum Schutz vor die eigentlichen Fenster montiert. Veronika half Sölve immer dabei, Polsterwatte auf die Fensterbänke zu legen, um sie gegen die feuchtkalte Winterluft abzudichten.

»Das sind die Innenfenster für den Winter.«

»Da siehst du es ja. Wir könnten hier das ganze Jahr hindurch wohnen – du und ich und die Bienen. Sie sind bestimmt angenehme Haustiere, solange sie einen nicht stechen.«

»Kannst du irgendwas hören?« Sie ging zu ihm. Die Luft roch staubig, und es war stickig hier oben. Irgendwie hatte es etwas Schönes an sich, dass die Luft so stillstand. Einfach ruhig verharrte.

Bo klopfte gegen das Mauerwerk und legte sein Ohr daran.

»Nichts. Wo würdest du dich verstecken, wenn du eine Biene wärst?«

»Keine Ahnung.«

»Warte!«

Er deutete zum Dach. Dort oben summte eine einsame Biene umher.

»Beweg dich nicht!«, flüsterte Bo und fasste nach ihrem Arm. »Vielleicht ist das eine Wächterin. Wenn wir warten, zeigt sie uns vielleicht den Eingang zu ihrem Nest.«

»Eine Wächterin?«

»Ja. Du weißt doch bestimmt, dass manche Bienen Wächterinnen sind, andere Arbeiterinnen und andere wiederum nur Brutpflege betreiben und auf die Königin achtgeben, oder?« Seine Stimme war jetzt so leise, dass sie den Kopf zu ihm neigen musste. Die Biene, die eben noch unter der Decke geschwebt hatte, flog nun im Zickzack zu einem Lehnstuhl mit aufgequollener Sitzfläche.

Bo nahm ihre Hand. Veronika merkte, wie die Beine unter ihr nachgaben. Wenn sie in seine angenehm trockene Hand hätte hineinkriechen können, hätte sie sich dort wie eine Schnecke in ihrem Haus versteckt. Sie scherte sich kaum noch darum, wohin sie ihre Füße setzte, hörte nur das trockene Geräusch der Sägespäne unter ihren Füßen. Auf einmal war die Biene weg.

»Wo ist sie hin?«, flüsterte Bo.

»Ich glaube, sie ist hinter das Sofa geflogen«, sagte Veronika und zeigte zu der Stelle.

»Wir setzen uns lieber.« Er nickte vielsagend, und sie sanken auf das schmale Sofa. Die Spiralen waren kaputt und stachen hier und da aus der Polsterung hervor. Ein ehemaliger Pensionsgast und Anwalt mit einer Thrombose hatte es durchgelegen. Veronika und Bo saßen mucksmäuschenstill da. Er hielt ihre Hand noch immer in seiner. Vor lauter Angst, einen Schluckauf zu bekommen oder vor Aufregung zu niesen, wagte sie es kaum zu atmen.

Unter den Fußbodenbrettern war ein leises klopfendes Geräusch zu vernehmen.

»Jetzt kann ich sie hören.« Bo drückte ihre Hand. »Wenn eine Biene einen guten Ort zum Vorratsammeln gefunden hat, fliegt sie zurück zum Nest und tanzt vor dem Eingang«, sagte er mit gedämpfter Stimme. »Je schneller sie tanzt, umso näher ist die Futterquelle. Sie können sogar mit dem Hinterteil wackeln.«

»Das denkst du dir jetzt aber aus.«

»Nein, das ist wahr. Bienen sind sehr klug.«

»Woher weißt du das alles?«

»Weil ich auf einer langweiligen Zugreise zwischen Lycksele und Haparanda einmal eine Broschüre über Bienenzucht gelesen habe, die jemand im Zug vergessen hatte.« Seine Augen glitzerten in dem staubigen Licht.

Ihr Inneres schmerzte vor Sehnsucht. Sie wünschte, dass er ihr durch die Haare streichen würde oder irgendetwas anderes täte. Aber ihr blieb nichts weiter übrig, als reglos neben ihm zu sitzen, ihre Hand in seiner. Das, was man sich wirklich wünschte, durfte man nie aussprechen. Darauf musste man geduldig und wortlos warten. So waren die Regeln.

»Ich höre kein Summen mehr. Und du?«

Sie schüttelte den Kopf. Behutsam kniff er sie an der Stelle, wo ihr Puls jetzt so heftig schlug.

»Wenn ich eine Biene wäre, würde ich genau hier zustechen und dann warten. Mir die Aussicht anschauen. Ich finde, dass das der schönste Ort auf der Welt ist.« Sie spürte seinen Atem an ihrem Hals. Eine Sekunde später war auf der Treppe ein Knarren zu hören. Veronika zuckte so heftig zusammen, dass die Spirale des Sofas ihr den Hintern aufschrammte.

»Hallo! Was macht ihr denn?«, rief ihre Mutter.

»Wir sind hier!«, erwiderte Veronika mit schriller Stimme.

»Habt ihr sie gefunden?«

Veronika stand auf. Ihre Beine zitterten.

»Nein. Wir kommen runter.« Sie strich ihr Kleid glatt

und fuhr sich über die Haare. Bo stand auch auf und fasste sie an den Schultern.

»Kannst du heute Abend nicht auf mein Zimmer kommen? Dann können wir uns Schallplatten anhören und was trinken. Was meinst du? So gegen neun?«

»Ja. Vielleicht.«

Sie schluckte. Worte, die sie gelesen hatte, schossen wie tückische kleine Giftpfeile durch sie hindurch. *Eroberungslust. Deflorationsmanie.*

2019

Anna, die Redakteurin, ruft mich an, als ich nach dem Abendessen auf mein Hotelzimmer zurückkehre. Ihre Stimme klingt bemüht teilnahmsvoll.

»Ich habe gehört, was deiner Interviewpartnerin zugestoßen ist. Issi hat mich gerade angerufen. Welch ein Pech! Wie geht es der Frau?«

»Nicht so gut«, sage ich. »Sie liegt noch immer im Krankenhaus, ich habe sie heute Vormittag besucht. Sie hat eine leichte Gehirnerschütterung und einen verstauchten Knöchel.«

»Typisch. Aber es hätte schlimmer kommen können. Immerhin lebt sie noch, so muss man es sehen. Issi hat erzählt, dass sich das Auto kaum bewegt hat; sie muss einfach schreckliches Pech gehabt haben, dass sie so schlimm dabei verletzt worden ist. Wir wollten der Dame von der Redaktion einen Blumenstrauß senden. Wie lautet denn der Name des Krankenhauses?«

»Ängelholms Hospital«, sage ich. »Station sechs.«

»Ich werde Gitta von der Rezeption morgen darum bitten, das in die Wege zu leiten. Die Dame leidet doch nicht unter einer Allergie gegen Schnittblumen, oder?«

»Das weiß ich nicht.«

Anna seufzt, als würde der unvorhergesehene Unfall ihr Stress bereiten.

»Issi ist es zumindest gelungen, vorher ein paar gute Aufnahmen zu machen. Jetzt fehlt uns also nur noch der Text.« Anna schweigt kurz diplomatisch. »Ist er fertig?«

»Leider noch nicht.«

»Wann hast du ihn denn fertig?«

»Es gibt da ein Problem.«

»Noch eines?«

Ich ignoriere ihre Bemerkung.

»Veronika ist schrecklich durcheinander. Als ich sie heute besucht habe, hat sie mich mit jemand anderem verwechselt. Ich bin mir nicht sicher, ob nur der Unfall an ihrer Verwirrtheit schuld ist. Das Personal der Seniorenresidenz hat sie deshalb offenbar schon seit dem Frühjahr genauer beobachtet, weil sie auffallend vergesslich wird. Davon wusste ich aber nichts, als ich herkam. Unter diesen Umständen können wir ihre Geschichte nicht veröffentlichen. Das wäre unethisch.«

»Verflucht aber auch!« Anna stößt einen Seufzer aus. »Und wir haben schon den Seitenplan erstellt!« In ihre Stimme schleicht sich ein verzweifelter Unterton.

»Deshalb kann ich eine Veröffentlichung nicht vertreten«, sage ich und atme tief ein. »Sie ist immerhin von der Fotografin der Zeitschrift angefahren worden. Sie könnte euch nicht nur wegen Körperverletzung, sondern auch wegen psychischer Beeinträchtigung auf Schmerzensgeld verklagen. Das könnte teuer werden.«

Anna flucht gedämpft. Als sie wieder das Wort ergreift, klingt ihre Stimme hart wie Stahl.

»Gut. Dann müssen wir umplanen. Du bist also noch immer in Båstad?«

»Ich möchte sie so nicht allein lassen. Sie hat keine Familie.«

»Verstehe.«

Amma summt vor sich hin, wie sie es immer tut, wenn sie nachdenkt.

»Es ist nett von dir, dass du dich um sie kümmerst. Wir möchten wegen der Sache ja keinen schlechten Ruf riskieren. Die Zeitschrift kann dir ein paar Hotelübernachtungen zahlen, wenn du möchtest. Oder warten gerade andere Aufträge auf dich?«

»Vielleicht kann ich sie verschieben«, sage ich zögernd. »Gegen eine Kompensation des Einkommensausfalls.«

»Natürlich. Überschlag mal die Summe. Und reichen vier weitere Nächte im Hotel? Was meinst du? Du kannst die Rechnung direkt an mich mailen. Und dann werde ich mal mit unserer Juristin sprechen und in Erfahrung bringen, was wir für die Frau tun können. Wie hieß sie noch gleich?«

»Veronika. Veronika Mörk«, erwidere ich. Dann lege ich auf.

Ein Menschenleben. Um das sich nur eine kleine Handvoll Menschen schert. Die meisten haben genug mit sich selbst zu tun. Das ist ganz normal. Das Leben ist zwangsläufig eine egoistische Angelegenheit. Aber es gibt einem eine seltsame Befriedigung, seinen Blick auf jemand anderen zu richten. Die Ratgeberin der Kolumne *Vertrauenssache* hatte recht. Es ist ja nicht so, dass ich das hier aus reiner Güte tue. Auch wenn ich nicht wirklich glaube, dass Veronika dement ist, ist mir die Lust vergangen, sie in einer verlogenen, zurechtgebastelten Story über lebenslanges Eheglück zu exponieren. Aber die Sache hat auch noch einen anderen positiven Nebeneffekt, wie Joar es genannt hätte. Sie gibt mir eine Beschäftigung. Eine Verschnaufpause. Raum zum Atmen.

Befreit mich von meiner eigenen Last. Und das ist nicht zu unterschätzen.

Um vier Uhr nachts werde ich wach. Der Schein der Morgendämmerung fällt durch den Spalt zwischen den Gardinenstores. Ein Traum hat mich geweckt, ein Traum von Bo Bix. Ich fröstele ein wenig unter der Decke, obwohl es so warm im Zimmer ist. Ich bin in kaltem Schweiß gebadet. Meine Betttücher sind klamm. Ich versuche, tief in den Bauch einzuatmen, einen Raum zwischen Ein- und Ausatmung zu schaffen, wie Joar es mir gesagt hat. Wird man von Unruhe und Nervosität erfasst, soll man sich nicht in seine Gefühle hineinsteigern, sondern sie einfach zulassen, beobachten und sie »sein« lassen.

Die Decke knarrt. Geht in dem Zimmer über mir jemand auf und ab, der auch nicht schlafen kann? Hat mich vielleicht das geweckt? Schließlich stehe ich auf und ziehe die schweren Gardinen beiseite. Das Morgenlicht ist grau. Auf dem Balkontisch steht noch ein vergessenes Glas. Ich öffne die Tür und stelle mich an das Geländer. Feuchte Luft schlägt mir entgegen. Ein Vogel im Gebüsch gibt einen gedämpften Ruf von sich und fliegt dann über den Bäumen davon.

Mich erfasst ein seltsames Gefühl von Zeitlosigkeit. Es ist so, als habe dieser Ort sich auf eine Reise fernab der Wirklichkeit begeben, als wäre er in eine Paralleldimension geschlüpft, hätte sich selbst vergessen und wäre verloren gegangen. Ich spüre einen kalten Windzug an meinem Rücken. Bilde mir ein, dass vom Strand leise Klaviermusik zu mir heraufklingt. Ob um diese Uhrzeit noch eine Bar geöffnet hat? Oder feiert jemand in einer der Villen eine Party? Ein leises Vibrieren liegt in der Luft, ein Vibrieren, das mir durch Mark und Bein geht.

Ich lehne mich über die Brüstung und überlege, wo Veronikas Pension wohl gelegen haben könnte. Für einen flüchtigen Moment glaube ich sogar, sie hinter den Wipfeln der Kiefern als eine dunkle Silhouette zu erspähen. Vielleicht kommt die Musik ja von dort? Wenn ich zum Strand hinuntergehe, wird sie dann dort, inmitten der Dünen, liegen? Wie eine Fata Morgana, die auf der Schwelle zwischen Tag und Nacht plötzlich konkret zutage tritt? Wie ein Negativ, das erst viele Jahre im Nachhinein entwickelt wurde und nun Gestalt angenommen hat. Die Pension mit ihrer verglasten Veranda, den weit offen stehenden Fenstern und den schlanken Bäumen? In meiner Vorstellung sehe ich ein rot gestrichenes Holzhaus mit vielen geschnitzten Verzierungen. Ein diffuses Licht aus längst entschwundenen Sommertagen. Ein Haus mit Parkett und weißer Veranda.

Meine Gedanken kommen mir vor wie verzerrt. Vielleicht weil ich in der letzten Zeit nur mit Veronika zusammen gewesen bin und mich das empfänglich für eine andere Zeit gemacht hat. Empfänglich für andere Wirklichkeiten. Wenn ich die Wahl hätte und es reibungslos vor sich gehen würde, würde ich jetzt, ohne zu zögern, in diese andere Zeit hinübersteigen. Was für ein Mensch ich dann wohl wäre? Was von mir würde eine solche Zeitreise überleben? Welche meiner Eigenschaften? Was ist der eigentliche Kern meines Wesens? Und inwiefern ist Veronika noch der Mensch, der sie in jenem Sommer war, auf den sie immer wieder zu sprechen kommt? Der Sommer 1955?

Über ihre sechzig Jahre dauernde Ehe hat sie nicht viele Worte verloren, aber sie erinnert sich bis in alle Einzelheiten an einige wenige Sommerwochen und das darauffolgende Jahr, nachdem sie durchgebrannt ist. Ereignisse, die mehr als ein halbes Jahrhundert zurückliegen. Die Erinnerungen daran scheinen sie sogar zu verfolgen.

Vielleicht müssen manche Dinge erst reifen, bevor sie sichtbar werden. Vielleicht tritt das eigentliche Motiv wie bei einem Negativ in einer Entwicklungsflüssigkeit erst mit der Zeit in Erscheinung. Vielleicht muss man warten und braucht Abstand, um die wahre Bedeutung der Dinge zu erkennen. Wie Bo und Veronika in ihrem Exil wohl ihre Zeit verbracht haben? Ob sie dasselbe wie Erik und ich getan haben?

Ich gehe wieder zurück ins Zimmer und schließe leise die Balkontür hinter mir. Eine nur schwer fassbare innere Unruhe rumort in mir. Ich zögere einen Moment, dann schalte ich mein Handy ein und scrolle rastlos durch meine sozialen Medien. Ich habe es eine Weile vermieden, sie zu checken. Eine Collage feierlicher Familientreffen und gemütlicher Abende auf der Coach flimmern in einem endlosen Strom puren Glücks an mir vorbei. Ich weiß nicht, wonach ich suche. Schließlich vermag ich mir nicht noch mehr anzusehen, bleibe, mein Handy umklammernd, sitzen. Ich verspüre einen Anflug von Übelkeit. Meine Finger gleiten über die glatte Oberfläche des Telefons. Plötzlich hat eine böse Macht Besitz von mir ergriffen.

Das, was ich jetzt tun will, habe ich bisher nur einmal getan. Das muss ich mir selbst zugestehen – so groß war mein Selbsterhaltungstrieb immerhin. Aber nun kann ich nicht länger dagegen ankämpfen. Zitternd bewegt sich mein Zeigefinger zum Suchfenster von Instagram, und ich tippe ihr Alias ein: *Cirkusgirl133* – das Alias von Eriks Freundin. Das allein sollte schon jeden Gefahr wittern lassen. Ein erwachsenes Cirkusgirl, das Selfies von sich in akrobatischen, bemüht ungekünstelten Posen postet. Und dennoch. Meine Furcht ist real. Ich bin vor Eifersucht außer mir.

Trotzdem höre ich nicht auf.

Als Erstes fällt mir auf, dass Erik ihren Beitrag gelikt hat; eine plakative Aufnahme von ihr, die sie mit offen stehendem Mund und offenem Haar hinter einem Farn zeigt. Dreiundsiebzig Personen haben das Bild gelikt. Sie hat offensichtlich viel Zeit auf ihr Instagram-Konto verwendet. Was möchte man mit so einem Foto sagen? Welche Botschaft hat es? Dass man sexy ist und ein gärtnerisches Interesse hat? Das man jemand Besonderes ist, weil man cool aussieht und hinter einem tropischen Gewächs und nicht hinter einer schlichten Geranie steht? Mein

Herz rast, und ich bekomme einen Tunnelblick, während ich die weiteren Bilder durchscrolle. Noch mehr Selfies. Alle mit demselben nichtssagenden Gesichtsausdruck. Sie hat ihre Pose, ihre Schokoladenseite gefunden, ihr Selfie-Aussehen, und daran soll jetzt die ganze Welt teilhaben. Das Einzige, was sich ändert, ist der Hintergrund. Manchmal sind es Äste. Manchmal Felsen. Manchmal ein Lichtreflex, der auf ihrem leeren Gesicht spielt. Diese ganze Kraftanstrengung, um sich mit so kleinen, unbedeutenden Merkmalen in Szene zu setzen. Dabei ist die Botschaft doch immer nur dieselbe: Sieh mich an! Guck nur, wie egal mir alles ist! Ich freue mich nicht einmal! Nein, ich bin in einem gesunden Maß melancholisch, kaum zu durchschauen und schwer anzubaggern!

In einer kurzen Videosequenz sitzt sie im Schneidersitz in einer orangen Tunika, unter der sich ihr gewölbter Bauch abzeichnet, auf einem Baumstamm und spielt für einen toten Vogel auf einer Trommel. Die Bildunterschrift *Vogelbegräbnis* mit einem weinenden Emoji hätte mich unter anderen Umständen lauthals auflachen lassen. Wie kann Erik nur mit dieser Frau zusammenleben? Was sieht er in ihr?

Ich lasse jede gesunde Vernunft fahren und atme hektisch. Ich hyperventiliere, in mir herrscht ein einziges Chaos, ich habe das Gefühl, zu sterben, verharre in derselben Position.

Bin wie gelähmt. Plötzlich erkenne ich glasklar die Tragweite dieses Ausdrucks. So muss es sein. So ein Gefühl hat man, wenn man sich nicht mehr rühren und mitteilen kann und trotzdem sämtliche Sinneseindrücke mit quälerischer Klarheit wahrnimmt. Es ist Angst. Ich bin vor Angst wie gelähmt. Ihr Kind ist also noch nicht auf der Welt. Cirkusgirls letzter Beitrag ist von vorgestern. Ein grüner Smoothie mit der Bildunterschrift: *Pampering*. Weshalb auf Englisch? Sie hat ihrer Liste nach zu urteilen nicht sonderlich viele internationale Freunde. Ein langer Wortschwall mit hashtags folgt. *#inlove #Friday #lovelife #preggie # healthy #smoothie.*

Ein drei Monate altes Bild zeigt eine schwarz-weiße Ultraschallaufnahme von einem Embryo. Ich zoome es nicht dichter heran. Das geht über meine Kräfte. Ich schäme mich abgrundtief, dass ich mich selbst auf diese Weise quäle. Die Gedanken, die durch meinen Kopf schießen und die Joar zufolge andere nicht verurteilen, sondern nur wie Wattewölkchen an mir vorbeiziehen sollen, sind weder großzügig noch erbaulich. Ich hoffe, dass das Kind bei seiner Geburt hässlich wie die Nacht sein wird. Ein unförmiger, bekloppter Klumpen, der nächtelang ohne Unterbrechung schreit und Erik dazu bewegt, seine Entscheidung bitter zu bereuen. Oder noch besser: Ich wünsche mir, dass diese gekünstelte Waldhexe sich in ihren strähnigen Haaren und ihren Windfängern und Kristallketten verfängt, stürzt und sich an einem Baumstumpf den Schädel zertrümmert. Ich schleudere das Handy auf das Bett, gehe ins Bad und stelle die Dusche auf eiskalt. Dann ziehe ich meinen Slip aus und zwinge mich, mich mit geschlossenen Augen unter den dünn rieselnden Strahl zu stellen.

Er wollte mit mir in den Wald fahren. Ich hatte nie sonderlich viel für Wälder übriggehabt. Für mich waren sie ein Ort für Leute, die komische Einstellungen hatten, und für Exhibitionisten. Erik dagegen fühlte sich im Wald frei. Das war eines der Dinge, die er an dem Leben in Norrland genossen hatte, dass es dort so viele Bäume gab. Er erzählte mir, es gebe ihm Sicherheit, zu wissen, dass er sich im Notfall allein in der Wildnis zurechtfinden würde. Er wusste, wie man Feuer machte und mit einem Messer umging, wie die Pflanzen und Beeren hießen, welche essbar waren und welche giftig. Er wusste, welche Pilze einen high machten und welche tödlich waren und wie man mit einer Pistole Fische tötete.

Wir fuhren in ein Naturreservat, in dem die Bäume altern und von selbst absterben durften. Es war an einem dieser ersten warmen Tage. Wir hatten ein Zelt, Schlafsäcke und einen Gaskocher im Gepäck. Kaffee und Streichhölzer. Wein und Gras. Ich erinnere mich heute noch an das Geräusch, das meine Turnschuhe auf dem Weg machten, wie die alten Baumnadeln unter meinen Sohlen zerbrachen. Wie das Licht durch die Bäume fiel, die dort schon länger standen, als ich lebte.

Erik war von Kindheit an von Feuer besessen, und nicht nur von Feuer: er liebte Explosionen. Als Teenager hatte er selbst Sprengladungen hergestellt und mit einem Freund geeignetes Material aus dem Chemiesaal der Schule gestohlen und Löcher ins Eis gesprengt.

Wir kamen an einen kleinen See und zu einer Lichtung, wo Erik mit geübten Handgriffen ein Zelt errichtete. Für die Feuerstelle sammelten wir Steine und legten sie zu einem Ring.

Ich sah zu, wie Erik Feuer machte, wie er die kleine Flamme mit Feuerschwamm, Baumrinde und Holz fütterte. Ich beobachtete das Spiel seiner Muskeln unter dem T-Shirt, wie sich seine Schulterblätter anspannten. Wenn ich den Rest meines Lebens diesen Rücken berühren darf, wäre ich zufrieden, dachte ich. Ich brauche keine Erfolge, kein Geld oder eine Konstitution, die mich hundert Jahre alt werden lässt. Solange ich nur in seiner Nähe sein darf, brauche ich nichts weiter. Nur das – und dass mein Kind glücklich und geborgen ist.

Irgendwann einmal musste ich pinkeln und stahl mich davon. Moos und dicke Baumstämme dehnten sich zu allen Seiten aus. Es hatte etwas Erhabenes, inmitten all dieser Natur zu sein. Nur der Gesang eines Vogels war zu hören. Ich war ein klein wenig betrunken und dachte, dass ich immer nur im Wald pinkeln sollte, ja, ich spürte ganz deutlich, dass es dem Menschen bestimmt war, nur so zu pinkeln, direkt auf den Boden. Lange saß ich so da und nahm einfach nur alles in mich auf. Den klaren Himmel. Die milde Luft. Ich strolchte umher, sammelte Tannenzapfen und strich über die Astlöcher der Bäume.

Nach einer Weile hörte ich Erik von unserem Lager aus rufen.

»Ebba! Ebba! Wo bist du?«

Ich antwortete ihm nicht. Ich wollte seine Stimme so gerne weiter meinen Namen rufen hören.

Und jetzt hockt er vielleicht gerade auf irgendeiner vollen Geburtenstation irgendwo in Stockholm und hält die gelenkige Hand der Akrobatin. Vielleicht liegen sie auch eng umschlungen in einem Park. Kaufen einen Kinderwagen – einen unnötig teuren mit dazugehörigen Winterreifen, um zu demonstrieren, welch verantwortungsvolle Eltern sie sein werden. Ein Gitterbett. Eine Rassel. Weiße Windeln. Weit entfernt von den rauschenden Sälen des Waldes.

Weit entfernt von mir.

Wie mein Leben wohl ausgesehen hätte, wenn ich bei Tom geblieben wäre? Hätte ich dann einfach die Füße stillgehalten, wie ich es so vielen anderen immer geraten habe? Weshalb gelang es mir nicht, zufrieden mit dem zu sein, was mir geschenkt worden war? Bin ich ein besonders schwer zufriedenzustellender Mensch? Warum musste ausgerechnet ich plötzlich eine unerschütterliche Loyalität mit großen Emotionen verspüren? Wie kann man eine Beziehung und ein gemeinsames Kind aufgeben, wenn man eigentlich recht gut miteinander harmoniert? Jetzt lebt Tom das Familienleben mit einer anderen. Zwei Gesamtschullehrer und ein Bonussohn in einem Zelt in Norwegen. Gibt es etwas Besseres, etwas Wundervolleres, Wohlgeordneteres als das? Wieso ist bei mir nur alles so in eine Schieflage geraten? Diese Fragen stelle ich mir immer wieder, sie lassen mich nicht los, obwohl ich weiß, dass sie nicht zu beantworten sind. Ich habe diese Schuldgefühle so leid, dass ich kotzen könnte, bringe es aber nicht fertig, sie zu verarbeiten. Wer andere im Stich lässt, wird selbst im Stich gelassen.

Man erntet, was man sät.

Ich bin dafür bestraft worden.

Andererseits – egal, was man im Leben macht, man stellt sich unweigerlich die Frage, wie die Dinge geworden wären, wenn man anders gehandelt hätte.

Nach meiner Scheidung habe ich mich mit einer Freundin unterhalten, die sagte: »Man muss niemanden dafür Beifall zollen, dass er zu lange an einer Beziehung festhält. Du bist mutig, dass du es wagst, deinem Herzen zu folgen und dich loszusagen. Ich habe mich das nie getraut, weder in Bezug auf die Finanzen, das Haus noch die gemeinsamen Freunde. Es ist leichter, bei seinem Partner zu bleiben, aber man bezahlt ebenfalls einen Preis dafür. Vergiss das nicht.«

In dem Augenblick wollte ich ihr nicht zuhören, ich war vollauf mit meinem schlechten Gewissen beschäftigt und zwang mich, zwanzig Jahre zurückzublicken, um gewissenhaft sämtliche meiner Sünden und Irrtümer zu hinterfragen, um mich selbst rückwirkend zu bestrafen. Joar zufolge eine archetypische Reaktion, wenn man etwas in aller Hast aufgegeben hat.

Die Besuchszeit im Krankenhaus ist auf zwei Stunden täglich begrenzt, was mir viel freie Zeit beschert, obwohl die Busfahrt zu der kleinen Klinik in Ängelholm ein Weilchen dauert. Nichtsdestotrotz muss ich mir irgendwie die Zeit bis zum Nachmittag vertreiben. Ich nehme eine Broschüre mit dem Titel *Das geschieht auf Bjäre* aus dem Ständer am Eingang der Pension und blättere sie durch. Es gibt unzählige Möglichkeiten für Freizeitaktivitäten in der Umgebung.

Man kann gemütlich einer Tonbandaufnahme lauschen, auf der eine Bauersfrau von ihrem harten Leben in Hallandsåsen vor hundert Jahren erzählt. Sich einen Schmalfilm im Gemeindehaus ansehen. Der Tag der offenen Gärten, basteln in der Bibliothek: *Stellen Sie Ihren eigenen Traumfänger her.*

Ich verschwende einen flüchtigen Gedanken an Cirkusgirl.

Historische Führung per Rad. Båstad mit seiner Strandpromenade, der Wald von Malen und ausgesuchte Gedenkstätten.

Für einen Moment erwäge ich, mich der Führung anzuschließen. Ich kann mir hier schließlich ein Fahrrad leihen. Vielleicht radeln wir ja an dem Ort vorbei, an dem die Pension von Veronikas Mutter stand und wo heute Radrennfahrer in Trikots umhersausen. Aber die Vorstellung, neuen Menschen begegnen zu müssen, schreckt mich ab. Begrüßungsfloskeln, die ausgetauscht werden müssen. Das Lächeln, das gelächelt werden muss.

Es gab mal eine Zeit – das ist noch gar nicht so lange her –, als ich mich gerne über andere Menschen lustig gemacht habe, die sich für Insekten, Handarbeiten und Kaffeekränzchen in Gemeindehäusern interessiert haben. Was für arme Seelen, was müssen sie doch für ein langweiliges Leben führen! Ganz anders als ich mit meinem übervollen Terminkalender. Mittlerweile erscheinen mir solche verschworenen Gemeinschaften wie eine verlockende Befreiung und äußerst erfüllend. Aber ich bin noch nicht bereit, mich richtig darauf einzulassen. Ich blättere eine Seite weiter.

Entdecken Sie Laholm! Die kleine Stadt mit den großen Kunstwerken.

An nahezu jeder Straßenecke in Laholms Stadtzentrum steht eine Skulptur.

Tatsächlich besitzt Laholm mehr öffentlich zugängliche Kunstwerke pro Einwohner als jede andere schwedische Stadt. Der legendäre Bürgermeister Axel Malmqvist legte den Grundstein für diese Sammlung. Er erwarb und schenkte der Stadt zwischen 1930 und 1968 nicht weniger als sechzehn Kunstwerke. Seitdem wurde die Sammlung regelmäßig erweitert und besteht heute aus dreißig Kunstwerken an frei zugänglichen Straßen und Plätzen. Holen Sie sich in der Touristeninformation die Karte für die Kunstspaziergänge, um zu erfahren, wo all diese Werke stehen.

Die Skulptur von Bo Bix. Warum habe ich daran nicht gedacht? Veronika hat mir doch erzählt, dass sie in einem Park in Laholm stand. Was hat sie noch gleich gesagt? Dass sie bei dem Anblick der Skulptur geschockt gewesen sei, weil er sich etwas, das sie gesagt habe, zu Herzen genommen habe. Spiegelt es sich also in dem fertigen Kunstwerk wider? Vielleicht kann die Skulptur mir ja mehr Aufschluss über ihn und ihre gemeinsame Zeit geben. Mehr Klarheit, als Veronika mir zu geben bereit war.

Ich schaue auf die Karte auf meinem Smartphone. Mit dem Fahrrad braucht man auf dem Küstenweg siebenundfünfzig Minuten bis Laholm. Die Strecke gilt als schön, man hat immer wieder Ausblick aufs Meer. Ich könnte mich ruhig etwas mehr bewegen. Meine Kondition ist in peinlich schlechtem Zustand. Schon die Treppe vom Speisesaal zu meinem Zimmer hinaufzugehen, hat mich zum Keuchen gebracht. Eine einstündige Fahrradtour ist genau das, was ich brauche.

Einer Informationstafel zufolge stammt der Stadtkern Laholms aus dem vierzehnten Jahrhundert. Die Stadt fiel mehrfach den Flammen zum Opfer, ist aber jedes Mal wieder aus den Trümmern auferstanden und im selben Umfang wieder errichtet worden. Obwohl das seine Zeit gedauert hat. Ich verspüre einen kleinen Hoffnungsschimmer. Wenn Laholm das gelungen ist, dann besteht ja vielleicht auch noch Hoffnung für mich?

Die Fahrradtour ist eine echte Herausforderung. Das Rad hat keine Gangschaltung; es scheint sich vor allem dafür zu eignen, dass man bequem zum Strand kommt. Ich bin völlig durchgeschwitzt, als ich es schließlich auf dem Stortorget unter einem Baum abstelle.

An der Straßenecke am Marktplatz liegt die Konditorei Cecil. Ein kleines Schild an der Tür verkündet, die Kaffeezeit sei die wichtigste Zeit des Tages. Ich gehe hinein. Ein paar limonengrüne Sessel und Rundtische stehen im ersten Raum. Im gläsernen Tresen sind großzügig Kuchen und Hefeteilchen ausgestellt. Ich kaufe mir einen Kaffee und ein Prinzessinnentörtchen mit rosa Marzipan und setze mich weiter hinten an einen Tisch. Eine Stoffnelke in einer alten Coca-Cola-Flasche ziert die gemusterte

Wachstuchtischdecke. Die Tapeten haben ein großblumiges William-Morris-Muster. Der Einrichtungsstil ist zugleich kreativ und ein wilder Mix aus den Vierziger-, Fünfziger- und Achtzigerjahren. Den Kaffee nimmt man sich selbst. Eine große aufgemalte Wanduhr verkündet symbolisch, dass es fünf vor zwölf ist. Weiter hinten sitzt eine Gruppe gepflegt geschminkter Damen, die sich vertraulich miteinander unterhalten. Es herrscht eine gemütliche Atmosphäre. Auf der Wand stehen Sinnsprüche. *Wer weint, tut das nicht, weil er schwach ist, sondern, weil er zu lange stark sein musste. Don't cry because it's over. Smile because it happened!*

Am Tisch neben mir liest ein älterer Mann Zeitung. Jedes Mal wenn er umblättert, beißt er von seinem Gebäck ab. Vielleicht sollte man es so angehen. Stück für Stück. Seite für Seite. Sekunde für Sekunde. Mit kleinen sorgsamen Bissen, bis nichts mehr da ist. Ich zögere kurz, dann lehne ich mich mit einem Räuspern vor.

»Verzeihen Sie, aber Sie wissen nicht zufällig, wo die Skulptur des Künstlers Bo Bix steht, oder?«, frage ich und bemühe mich, zu lächeln.

»Bo Bix? Ich glaube, ich erinnere mich an den Namen. Wissen Sie, was sie darstellt?«

»Geometrische Figuren, glaube ich.«

Der Mann scheint nachzudenken.

»Kreise und dergleichen?«

»Genau.«

»So aus dem Stehgreif fällt mir da nichts ein. In dieser Stadt finden sich ja ungewöhnlich viele öffentliche Kunstgegenstände, das haben Sie bestimmt schon bemerkt?«

Ich nicke, obwohl es nicht stimmt.

»Und Ihre Anwesenheit verleiht der Stadt jetzt ein noch schöneres Gesicht«, sagt er zu mir und lächelt mir zu.

Erstaunt sehe ich ihn an. Ich fühle mich fast genötigt, mich umzudrehen, um mich zu vergewissern, ob er nicht jemand anderen meint. Ich habe schon so lange kein Kompliment mehr erhalten, dass ich es kaum glauben kann, selbst wenn es nur von einem weißhaarigen Mann mit Hörgerät kommt.

»Sie sehen aus wie eine Schauspielerin. Drehen Sie hier einen Film? Im letzten Jahr wurde hier eine bekannte Polizeiserie gedreht, den Namen habe ich aber vergessen. Gehören Sie zu denen, die hier eine neue Staffel drehen?«

»Nein.« Ich schüttele den Kopf.

»Dann sind Sie Touristin?«

»Nein, ich bin geschäftlich hier. Ich muss einen Artikel schreiben.«

»Über einen Künstler?«

»Ja. Er kommt darin vor«, gebe ich zu.

»Aber Sie wissen nicht, wo seine Skulptur steht?«

»Nein. Ich weiß tatsächlich noch nicht einmal, wer er ist. Genau das möchte ich herausfinden.«

»Das klingt spannend. Ein bisschen nach Detektivarbeit.«

»So könnte man sagen.«

»Künstler erhalten viel zu wenig Aufmerksamkeit. Ich habe selbst sehr viel gezeichnet. Radierungen, vor allem Naturdarstellungen. Mittlerweile ist das schon lange her. Aber vielleicht möchten Sie sich ja mal welche von mir ansehen? Ich wohne gleich um die Ecke«, sagt er mit einem Funkeln in den Augen.

»Heute schaffe ich es leider nicht«, erwidere ich.

»Dann vielleicht an einem anderen Tag? Ich kann Ihnen meine Nummer geben, dann können Sie sich melden, falls Sie möchten.«

»Ja, gern.«

Er kramt einen Stift aus einer Gürteltasche und notiert etwas auf der Serviette.

»In der Touristeninformation wissen sie bestimmt, wo diese Skulptur steht. Sie befindet sich im Teckningsmuseet am Hästtorget. Wissen Sie, wo das liegt?«

»Nein.«

»Überqueren Sie einfach diesen Platz und biegen Sie in die erste Straße da hinten links ab.« Er zeigt aus dem Fenster. »Wenn Sie möchten, kann ich Sie dorthin begleiten.«

»Danke, dass ist nett von Ihnen, aber ich finde mich schon zurecht. Ich bin mit dem Fahrrad hier.«

Ich stecke die Serviette mit den krakeligen Ziffern ein. Es ist fast peinlich, aber dass er mir den Hof gemacht hat, hat meine Laune nicht unerheblich verbessert.

Ich fahre an einem Schlüsseldienst, einer schönen Buchhandlung und einem weiß getünchten stattlichen Hotel vorbei, dem ersten am Platze. In der Mitte des Marktplatzes steht ein Springbrunnen mit einem Ritter auf einem Pferd, überzogen von Grünspan. In schwedischen Springbrunnen fehlt fast immer das Wasser, warum nur? Was hat es dann für einen Sinn, sie überhaupt zu errichten? Ich betrete die Touristeninformation. Es ist ein ansprechender Raum mit hohen, von Balken durchzogenen Decken und Tonfliesen auf dem Fußboden.

»Ich interessiere mich für die Kunst hier in der Stadt«, sage ich. »Und vor allem suche ich nach einer Skulptur des Künstlers Bo Bix.«

»Dann wollen wir mal schauen …« Die junge Frau umrundet den Tresen. Ich bemerke, dass sie schwanger ist. Sie wirkt provozierend frisch und munter, ihr Teint strahlt, die braunen, zu einem Pferdeschwanz zusammengebundenen Haare glänzen, und ihre weißen Zähne sind bestimmt noch nie mit Nikotin in Berührung gekommen. Sie sieht aus wie jemand, der seine endgültige Bestimmung im Leben gefunden zu haben glaubt, überzeugt davon, dass sich von jetzt an alles natürlich entwickeln wird, wie eine Knospe, die im Sonnenschein aufblüht. Sie führt bestimmt ein harmonisches, erfülltes Leben und wird bald ein süßes kleines Baby bekommen. Ich habe einen Kloß im Hals.

»Hier ist eine Karte, auf der alle Kunstwerke verzeichnet sind. Es finden auch Führungen statt, aber erst ab Juli.« Sie reicht mir eine Broschüre vom Drehständer.

Ich entfalte die Karte. Die Standorte der Skulpturen sind mit einem kleinen blauen Stern markiert. Unten auf der Karte steht eine Liste. Ich überfliege sie rasch mit klopfendem Herzen. *Der Tanz. Die badenden Kinder. Es hätten Sterne sein sollen. Das Mädchen mit Vögeln im Haar. Die Befreiung des Quadrats.* Das klingt besonders kompliziert. *Lachsmosaik. Der Marmorknabe. Der Gedächtnisbrunnen.* Die Namen der Künstler werden nicht genannt. Ich blättere ungeduldig die Broschüre durch. Vor lauter Spannung ist mein Mund trocken. Weiter hinten wird jedes Kunstwerk kurz vorgestellt. Manche sogar mit einem Foto. Ein Eisenclown. Ein mosaikverziertes Bassin. Ein Mädchen im Sommerkleid. Unten auf der Seite dann die Namen der Künstler in zierlicher Kursivschrift neben dem Werkstitel. Viele Männernamen, nur ein einziger Frauenname. Mir springt ein Name ins Auge: *Distelhonig. Ein Werk von Bo Bix, 1956.*

Mein Herz schlägt schneller. Ich blättere zurück und lese die Beschreibung der Skulptur:

Dieser originelle Springbrunnen ist die Arbeit eines Nachwuchskünstlers, erschaffen von dem Kunststudenten Bo Bix von der Kunstakademie Valand in Göteborg. Das Motiv ist in Bronze gegossen und steht auf einem Steinsockel.

Sonst nichts. Kein Foto.

»Diese Skulptur hier, Distelhonig …«, sage ich laut und gehe zu der jungen Frau, die gerade einen Ständer mit Ansichtskarten füllt.

»Ja?«

»Steht sie weit von hier entfernt?«

Die Frau sieht auf die Karte.

»Von hier sind es etwa fünf Minuten zu Fuß. Sie steht auf dem Gamlebytorg. Wenn Sie rausgehen und gleich rechts abbiegen und danach wieder links, können Sie sie sehen. Dort befindet sich im Augenblick allerdings eine Baustelle, und es herrscht etwas Chaos, aber der Platz ist sehr klein. Sie können sie bestimmt nicht verfehlen.

Ansonsten fragen Sie einfach jemanden.« Sie wendet sich wieder ihren Postkarten zu.

»Vielen Dank«, erwidere ich, schon mit einem Fuß aus der Tür.

Auf dem Gehweg steht ein Bagger. Der halbe Platz ist aufgegraben. Ein beißender Uringestank steigt von einigen verwelkten Fliedersträuchern auf. Davor steht eine mit Kritzeleien verschmierte Bank. Eine prächtige Magnolie blüht im Schatten. Die Kreuzung, gesäumt von niedrigen Bungalows, liegt still und verlassen da. Ein grünliches Licht schimmert durch das Blattwerk der Sträucher, aber ich kann nirgends eine Skulptur entdecken. Ich biege die untersten Zweige gewaltsam auseinander. Fast völlig im Dickicht verborgen steht ein steinerner Sockel. Ein dunkler Fleck auf der Oberseite verrät, dass hier früher einmal etwas gestanden hat. Ich mache einen Schritt nach vorn. Unten am Rand des Sockels ist eine kaum zu erkennende Inschrift in den Stein eingraviert. Ich muss mich tiefer hinunterbeugen und die Augen zusammenkneifen, um sie zu entziffern.

DISTELHONIG. *Bo Bix, 1956.*

Mich überläuft trotz der Hitze eine Gänsehaut. Die Zeit scheint für einen Moment stillzustehen. Irgendwo zwitschert leise ein Vogel. Ich durchforste das Gebüsch weiter, als würde ich erwarten, die Skulptur tiefer im Gestrüpp zu finden. Ist sie vielleicht vom Sockel gefallen? Aber natürlich ist da nichts. Schließlich setze ich mich auf die Bank und rufe bei der Touristeninformation an.

»Ebba Lindqvist hier. Ich war gerade bei Ihnen und habe mich nach der Skulptur *Distelhonig* erkundigt. Sie steht aber nicht mehr hier auf dem Platz. Nur der Sockel ist noch da.«

»Ach ja? Davon weiß ich nichts. Vielleicht ist sie kaputt. Sie sollten sich an Folke Kruse von der Gemeinde wenden, er ist der Kulturverantwortliche und weiß über alle Skulpturen Bescheid.«

»Haben Sie vielleicht seine Durchwahl für mich?«

»Einen Moment bitte, ich sehe nach. Ja, hier ist sie.«

Die Frau nennt mir mit erhabener Ruhe die Ziffern. Ich notiere.

Der Mann aus dem Café hatte recht. Das hat wirklich etwas von Detektivarbeit.

Ich betrete das Gemeindehaus beziehungsweise das Gebäude des *Bürgerservice*, wie es draußen steht. Ich habe einen Termin mit Folke Kruse, der am Telefon gelinde gesagt misstrauisch geklungen und mehrmals nachgefragt hat, für welches Blatt ich denn journalistisch tätig sei. Die Eingangshalle ist hell und freundlich. Eine große Tafel gibt Auskunft über Kunstspaziergänge, Kurse und sonstiges Tamtam. Hinter der elipsenförmigen Rezeption stehen zwei Empfangsdamen.

»Ich habe einen Termin bei Folke Kruse«, wende ich mich an eine der beiden Frauen. »Um dreizehn Uhr.«

Sie bittet mich um meinen Namen und hebt den Telefonhörer ab.

»Er ist gleich da. Wenn Sie möchten, können Sie dort drüben warten.« Sie deutet zu einem roten Sofa unter einem Holzmobile mit flügelschlagenden Vögeln. Ich setze mich und beantworte in der Zwischenzeit ein paar SMS und E-Mails von Freunden, die ich viel zu lange ignoriert habe. Gebe ein Lebenszeichen von mir. Auch Anna aus der Zeitschriftenredaktion hat versucht, mich zu erreichen. So wie Issi, dreimal, dann eine SMS:

Wie geht es ihr?? Ist sie noch im Krankenhaus? PS Ich schicke die Aufnahmen an deine Mailadresse.

Meine Freundin Sandra hat mir auch eine SMS geschickt.

Wo bist du? Solltest du nicht schon vorgestern wiederkommen? Bist du bei der Alten eingezogen? Ruf mich an! Ich vermisse dich schrecklich! Liebe Grüße.

Ich antworte ihr und schreibe eine längere SMS an Oskar.

Schließlich öffnet sich die Tür der Verwaltungsabteilung, und ein kleiner Mann mit rötlichen Haaren und gemusterten Brillenbügeln erscheint. Ich stehe lächelnd auf. Argwöhnisch sieht er zu mir hoch, während er kräftig meine Hand schüttelt.

»Folke Kruse. Und Sie sind Elsa Lindqvist, die Journalistin?«

»Ebba Lindqvist«, verbessere ich ihn mit einem Nicken.

Zur Sicherheit zeige ich ihm meinen Presseausweis, das zeigt am ehesten Wirkung. Am Telefon habe ich mein Anliegen nur vage umrissen.

»Ich habe nur eine Viertelstunde Zeit, das reicht hoffentlich«, erklärt Folke, geht gemächlich voraus in den hellen Korridor und betritt ein großes verglastes Büro. Hinter seinem Schreibtisch steht ein protziger Arbeitssessel aus Leder. Er deutet auf einen schmalen Holzstuhl und lässt sich zurück in die Polster sinken.

»Worum ging es bei Ihrer Frage noch mal? Ich habe Ihr Anliegen am Telefon nicht ganz verstanden.«

»Nun ja, ich suche nach einem Künstler namens Bo Bix«, erläutere ich. »Ich recherchiere über ihn für einen Artikel, und er hat offenbar eine Skulptur für Laholm erschaffen, die 1956 von der Stadt erworben wurde und auf dem Gamlebytorg stehen soll.«

»Korrekt.« Folke nickt und verschränkt die Hände.

»Das Problem ist nur, dass da keine Skulptur steht«, sage ich. »Nur der Sockel ist noch da, mit dem Namen des Kunstwerks. *Distelhonig.*«

Folke schweigt einen Moment. Seine Augenlider zucken nervös, und er steckt sich eine Portion Kautabak unter die Lippe.

»Hat Ihr Besuch etwas mit dem Weihnachtsbüfett vom letzten Jahr zu tun?«

»Wie bitte?«

»Von welcher Redaktion kommen Sie? Ich habe nur geringes Vertrauen zu Journalisten, wissen Sie, ich habe schlechte Erfahrungen mit Leuten Ihres Fachs gemacht.« Er räuspert sich und sieht mich kühl durch seine Brille hindurch an.

»Das Weihnachtsbüfett ist mir egal … ich interessiere mich nur für Bo Bix«, versichere ich ihm.

Folke Kruse scheint den Wahrheitsgehalt meiner Worte abzuwägen und wippt mit dem Stuhl. Das Leder knarrt.

»Die Skulptur ist bedauerlicherweise verschwunden.«

»Aber sie ist doch in der Broschüre der Touristeninformation verzeichnet«, sage ich erstaunt.

»Ich weiß. Das ist ein Druckfehler. Eine Ente sozusagen. Die Skulptur ist bei einer Restaurierung vor einigen Jahren verschwunden.« Folke Kruse schiebt seine Brille hoch. »Und Sie sind sicher, dass Sie an keinem Enthüllungsartikel schreiben?«

»Ich schwöre es hoch und heilig«, erwidere ich.

»Na gut.« Er scheint sich ein klein wenig zu entspannen. »Ich weiß nur, dass die Skulptur vor ein paar Jahren restauriert werden sollte und dabei irgendwie verloren gegangen ist. Hier herrschte zeitweise ein einziges Chaos, weil wir ein neues Magazin bezogen haben. Viele Kunstgegenstände und Skulpturen sind eingelagert, und diese Skulptur ist vermutlich an einem falschen Ort gelandet. Damals saß ich noch nicht auf diesem Posten, deshalb kann ich Ihnen nicht mit Einzelheiten dienen. Es existiert ein interner Suchauftrag nach ihr, das ist alles, was ich Ihnen dazu sagen kann.« Folke Kruse gestikuliert ratlos.

»Verstehe«, sage ich und verziehe missmutig den Mund.

Ich möchte mehr wissen. Und wenn man kritisch auftritt, bekommt man meistens weitere Auskünfte. Die Menschen möchten anderen im Allgemeinen gefallen und sie zufriedenstellen. Eine Eigenschaft, die übrigens rasch zerstörerisch sein kann, besonders in Beziehungen.

»Existiert noch die Kaufurkunde? Vielleicht kann ich den Künstler dann leichter aufspüren. Von ihm gibt es nämlich auch keine Spur mehr, wissen Sie«, sage ich.

Ein gewisses Maß an Insiderinformationen macht schließlich die meisten Leute kooperativer.

»Der Künstler?«, Folke sieht erstaunt aus.

Ich nicke.

»Ja. Es wäre hilfreich, wenn ich seine Personalien hätte. Oder gibt es hier in der Gemeinde vielleicht jemand, der ihn kennen könnte?«

»Von wann stammt noch gleich die Skulptur?«

»Von 1956.«

»Das wird schwierig. Von denen, die damals hier tätig waren, ist heute niemand mehr im Dienst.« Folke Kruse fährt sich über seine unrasierte Wange. »Vielleicht könnte ich jemanden bitten, im Archiv nachzusehen. Mit der Dokumentation nehmen wir es hier sehr genau. Das ist für uns so etwas wie eine Ehrensache, wir sind schließlich eine Stadt mit einer langen Geschichte.«

»Die mehrmals niedergebrannt ist«, punkte ich mit meinem Wissen.

Folke wirkt beeindruckt.

»Ganz genau. Deshalb gehört es zu unseren Stärken, alte Dokumente aufzubewahren, vor allem solche, die mit der Kultur der Stadt zu tun haben. Wir hatten eine sehr begeisterungsfähige und tüchtige Archivarin, die viele Jahre hier tätig war, jetzt aber vor Kurzem in Rente gegangen ist. Leider sind wir gerade etwas unterbesetzt, aber wir werden natürlich sehen, was wir tun können.« Folke Kruse beugt sich vor. Seine Augen blitzen auf. »Bo Bix, sagten Sie? Ich muss zugeben, dass er mir nicht viel sagt. War er berühmt?«

»Sonderlich berühmt wohl nicht.«

»Tja, das ist meistens so.« Er nickt. »Nur einer kleinen Handvoll Künstler gelingt der Durchbruch, aber es geht ja auch darum, etwas für die Kultur zu tun. Als Gemeinde, meine ich. Wir sind im Besitz von unglaublich vielen Kunstgegenständen, alle kann man nicht im Kopf haben.«

Er zuckt mit den Schultern und erhebt sich von seinem Stuhl.

»Ich verspreche Ihnen aber, Ihr Anliegen weiterzugeben. Kann ich Sie unter der Nummer erreichen, von der aus Sie mich angerufen haben?«

»Ja. Vielen Dank, dass Sie sich Zeit für mich genommen haben.« Ich schüttele seine Hand und lächele freundlich.

Das hilft meistens. Beziehungsweise hat geholfen.

RATGEBERIN FÜR LEBENSFRAGEN UNTREU

Hat den Ehemann für umschwärmten Kollegen verlassen

Die beliebte Ratgeberin für Lebensfragen und Radiomoderatorin Ebba Lindqvist hat ihren Mann für ihren Kollegen, den ehemaligen Popmusiker Erik Erkils, verlassen. Sie hatte ihren Mann zuvor schon eine Weile mit ihm betrogen. Ebba, die eine Anzahl Beziehungsratgeber über den Zusammenhalt in der Ehe verfasst hat und viele Jahre über gemeinsam mit ihrem Mann Tom Lindqvist als eifrige Partygängerin galt, hat sich jetzt also unbekümmert über alles hinweggesetzt, was sie selbst immer gepredigt hat. Erst im Januar moderierte sie die Sendung Das Liebeslabor *zum Thema* An der Beziehung festhalten *live und Open Air auf dem Stockholmer Veranstaltungsgelände Gärdet.*

Ebba Lindqvist, deren Prominenz sich vor allem auf ihre amüsanten Betrachtungen ihres eigenen Ehelebens gründete, hat ihren Lebensgefährten nun also nach dreiundzwanzig gemeinsamen Jahren hintergangen.

»Was sie getan hat, ist abscheulich«, so der Kommentar von Tom Lindqvist.

Obwohl ich mein nächstes Buch *Harmonische Scheidung* halb fertig geschrieben und einen ganzen Ordner voller sorgfältig sortierter Tipps und Ratschläge gesammelt hatte, gelang es mir selbst nicht, auch nur aus einem einzigen davon Nutzen zu ziehen.

Bleiben Sie sachlich und gelassen. Einen Scheiß drauf!

Fassen Sie einen klaren Plan. Oder auch nicht.

Bleiben Sie gelassen. Stürzen Sie sich nicht Hals über Kopf in eine neue Beziehung. Vorhang.

Die öffentliche Ebba war ein Musterbeispiel an reiflicher Überlegung und herausragendem Verständnis. Die private Ebba versagte in jeder Hinsicht.

Trotzdem entschlossen Tom und ich uns zu einer Paartherapie. Tom war verzweifelt, aber so großmütig, dass er den Versuch unternehmen wollte, unsere Beziehung wieder zu kitten – und ich war bereit, alles zu tun, um das Unvermeidliche hinauszuzögern.

»Es ist gar keine große Überraschung, dass es Menschen, die sich selbst gut mit Beziehungen auskennen, schwerfällt, dies auf privater Ebene umzusetzen«, erklärte die Familientherapeutin und betrachtete mich mitleidsvoll, während Tom und ich in ihrer Praxis an den entgegengesetzten Enden der Couch saßen.

»Ganz genau. Man kann sich also fragen, warum wir hier sind«, erwiderte ich grimmig.

»Stellen Sie sich vor, Sie beide könnten das, was Sie voneinander unterscheidet, in einen Vorteil verkehren.« Die Therapeutin legte den Kopf schief und lächelte sanft.

Ich tauschte einen hastigen Blick mit Tom. Unter anderen Umständen hätten wir uns insgeheim über ihr frommes Verständnis amüsiert. Flüchtig erinnerte ich mich daran, wie lange wir zufrieden mit unserer Partnerschaft gewesen waren, eben weil wir uns in unserer Andersartigkeit akzeptierten. Wir gehörten nicht zu den Paaren, die eine größtmögliche Einhelligkeit anstrebten, sondern die individuellen Unterschiede respektierten. Wir waren wie zwei kräftige Bäume. Zwei parallele Linien. Zwei Einzelplayer unter einem Himmel und so weiter und so fort. Doch anscheinend nicht für immer und ewig.

Einander zu ergänzen war unsere Paradedisziplin gewesen.

Aber jetzt hatte ich es gründlich satt, verschieden zu sein, immerzu verständnisvoll und kompromissbereit. Ich suchte Übereinstimmung und wollte nicht länger immerzu meinen Verstand einsetzen müssen. Meine Loyalität gehörte mit einem Schlag meinen Emotionen. Mein Herz hatte gesprochen, und ich sah es als meine Pflicht an, seinem Ruf zu folgen. Ich war blind verliebt und davon überzeugt, zum ersten Mal in meinem Leben klar zu sehen. Das Bild, das dabei zutage trat, war erschreckend, aber ich konnte es nicht mehr ungesehen machen. Ich wollte nicht auf Erik verzichten.

Ich weiß nicht, was ich erwartet hatte. Dass Tom Verständnis für mich aufbringen würde? Er tat sein Bestes, solange er noch hoffte, dass ich zu ihm zurückkehren würde. Als er erkannte, dass ich ihn ganz bewusst verlassen hatte, wurde er zu meinem erklärten Feind. Das erinnert mich an etwas, was ich einmal gehört habe: Dass man einen Menschen erst kennt, wenn man mit ihm auf Reisen war. Ich könnte noch hinzufügen, dass man einen

Menschen erst kennt, wenn man sich von ihm getrennt hat.

»Ich hasse dich! Du hast mein Leben zerstört!«, schrie Tom so laut, dass die Nachbarn im Treppenhaus stehen blieben und verwundert diesen bislang so ruhigen Ehemann ansahen.

Die Worte »Du hast mein Leben zerstört!« erschütterten mich zutiefst. Im Handumdrehen wurden unsere gemeinsamen zwanzig Jahre vom Tisch gewischt, und das nur, weil ich nicht mehr mit ihm leben wollte. Er widerrief sie, bereute sie. Und alles war meine Schuld.

Kann ein Mensch wirklich das Leben eines anderen zerstören? Ich hatte nicht darum gebeten, diese Verantwortung zu übernehmen. Man verschenkt sein Herz ohne Hintergedanken, kann dafür nicht verlangen, im Gegenzug ein ganzes Leben zu bekommen, sagte ich mir zu meiner eigenen Verteidigung. Aber seine Worte durchbrachen meinen Schutzwall, den ich mir durch meine Verliebtheit zugelegt hatte, und nach und nach sickerten Schuldgefühle durch.

In der ersten Zeit unserer Trennung und nachdem ich mehr oder weniger unmittelbar in Eriks kleine Einzimmerwohnung eingezogen war, empfand ich eine nie gekannte Erleichterung. Ich hätte am Boden zerstört sein müssen, war ich doch die Ehefrau auf dem Irrweg, die allen anderen zufolge vollkommen den Verstand verloren hatte. Stattdessen überwältigte mich eine Welle des

Glücks, wenn ich durch das staubige Fenster mit der kahlen Fensterbank sah. Meine Kleidung lag in einem Koffer. Ungerührt zog ich etwas x-Beliebiges an. Ich fühlte mich jung und wie neugeboren, oder vielleicht fühlte ich mich auch zum ersten Mal in meinem Leben überhaupt jung. Als Twen hatte ich meine Zeit damit verbracht, Geld in Haushaltsgegenstände zu investieren, Alufolie und Butterbrotpapier nebeneinander in Küchenschubladen einzusortieren, Aerobic zu machen und zu arbeiten. Jetzt stellte ich fest, dass ich nur sehr wenig zum Leben brauchte, und vor allem ganz andere Dinge, als ich immer geglaubt hatte. Auf einmal konnte ich die Dinge von außen betrachten und denken: Mein altes Ich hätte sich an dem hier schrecklich gestört. Jetzt ist mir das völlig schnuppe. Eriks umständliche Denkweise, seine Vorliebe für Verschwörungstheorien, seine Nimm-den-Tag-wie-er-kommt-Haltung. Ich nahm alles wie gegeben hin. Seine Aussage, dass er seine glücklichsten Momente unter Drogeneinfluss gehabt habe und er am liebsten in einer großen, veganen Wohngemeinschaft leben würde, fand ich spannend und überhaupt nicht anstrengend. Ich hielt mich für unvoreingenommen und aufgeklärt. Er wiederum schätzte Seiten an mir, über die ich mir vorher nie Gedanken gemacht hatte: »Du hast so eine praktische Ader, du umgibst dich mit schönen Dingen. Du hast so einen guten Geschmack.«

Häufig schliefen wir eng verschlungen beim Musikhören ein und unternahmen nächtliche Spaziergänge.

»Wie lang die Nacht doch ist, wenn man sich nicht darum schert, sie schlafend zu verbringen«, sagte Erik.

Ich stimmte ihm zu.

Wir verfolgten gemeinsam den Sonnenaufgang über den Dächern, erzählten von unseren Familien, unseren Sehnsüchten, unseren Wunschvorstellungen. Wir sprachen über die Zukunft, wie sie für uns aussehen sollte. Der Gedanke, dass wir uns vielleicht nie begegnet wären, war beinahe zu viel für mich.

Wenn Erik schlief, hörte ich ihn im Schlaf leise murmeln, lauschte seinen Atemzügen und hätte vor lauter Liebe zu ihm weinen können. Lieber Gott, mach, dass ich den Rest meines Lebens diese kleinen Laute hören darf, dachte ich.

Mehr brauche ich nicht: nur diese leisen Laute. Seine Atemzüge.

Sonst nichts. Das redete ich mir ein.

Tom und ich wechselten uns wochenweise ab. Wenn ich in unserer Wohnung war, zog Tom bei seiner Mutter ein. Er war immer schon fort, wenn ich nach Hause kam, nur eine vor Geschirr überbordende Spüle erwartete mich als stiller Gruß. Wenn ich mit Oskar zusammen war, hatte ich eine schier unglaubliche Energie und wollte Dinge wieder wettmachen. Ich war entschlossen, unter den gegebenen Umständen eine möglichst gute Mutter und immer für ihn da zu sein. Wir spielten Gesellschaftsspiele, backten Kuchen, strichen sein Kinderzimmer, machten abendliche Radtouren und fuhren zum Schwimmen.

Aber manchmal erschien mir das alles plötzlich so irreal, dass ich irgendwo Halt suchen musste. Dann machten sich die heimtückischen Schuldgefühle bemerkbar und gaben mir das Gefühl, in einem viel zu engen Käfig eingesperrt zu sein. Ich konnte keinen Ausweg erkennen, konnte mich nicht umdrehen, konnte nicht einmal mehr sehen, wo oben und unten war.

Es stimmt, dass die Sichtweise bei vielen Dingen eine Rolle spielt, und jetzt wusste ich nicht einmal mehr, wo ich stand und woran ich mich halten sollte. Wie konnte man Entscheidungen treffen, wenn man sich schon entschieden hatte? Wie konnte man jemals darüber hinwegkommen, dass man selbst untreu gewesen war? Ich verlor mein Gedächtnis, vergaß Verpflichtungen, kam nicht zum Elterngespräch. Das sonderbare Gefühl, in zwei Welten zu leben, stellte sich allmählich ein. Manchmal war ich so erschöpft und durcheinander, dass ich sogar vergaß, dass ich aus Toms und meiner gemeinsamen Wohnung ausgezogen war. Wenn ich dann mitten in der Nacht aufwachte, wusste ich zuerst gar nicht, wo ich mich befand.

Ich hätte mich an den Spruch halten sollen, der besagte: Agiere nie aus einem Moment der Leidenschaft heraus! Oder wie Pietro Metastasio es ausdrückte: Wer sich vor dem Sturme fürchtet, der gehe nicht auf's Meer.

Aber das tat ich nicht. Ich hörte nicht zu. Mein kritisches Denken hatte mich im Stich gelassen. Dopamin. Serotonin. Oxytocin. Der hinterlistige Teil des Körpers, der uns blind gegenüber den Dingen macht, damit wir uns auf eine Beziehung einlassen und Nachkommen produzieren, hatte sich meiner voll und ganz bemächtigt.

Wie alle Verliebten wurde ich unbesonnen und waghalsig.

Vor einigen Jahren hatte ich auf der Welle des Erfolgs ein Sparkonto eröffnet, das ich *Fahr zur Hölle*! getauft hatte. Eine Freundin hatte mir erzählt, dass sie einen Teil ihres Monatslohns auf so ein Konto verschob, um sich ein gewisses Maß an Freiheit zu verschaffen oder um ihre Stelle zu kündigen, falls ihr einmal danach wäre. Damals fiel mir die Vorstellung schwer, dass ich dieses Geld einmal wirklich gebrauchen könnte, aber jetzt gab ich so manches davon aus und erstand zwei Fahrkarten nach Berlin mit luxuriöser Hotelübernachtung für Erik und mich.

Ich stelle das Fahrrad in den Fahrradständer vor der Seniorenresidenz, spähe drinnen ängstlich zum Empfang und husche mit abgewandtem Kopf zum Fahrstuhl. Ich fürchte mich davor, Camilla zu begegnen, wage mir nicht einmal auszumalen, was sie von den neuesten Entwicklungen halten würde. Gott sei Dank hat das Krankenhaus selbst Kontakt zur Residenz Tallgården aufgenommen, sodass ich zumindest nicht mit Camilla persönlich sprechen musste. Auf Veronikas Etage ist es dunkel und still. Die Tür zu Haralds Wohneinheit steht einen Spalt offen, und ich kann einen frisch geölten Parkettfußboden erkennen, bereit für die Möbel eines anderen Bewohners. Vor der Tür stehen noch einige Kanister Öl und ein zusammengerolltes Bodentuch. Ich schließe die Tür zu Veronikas Wohnung auf.

Die Luft ist stickig, und es herrscht eine Hitze wie in einer Sauna. Ich ziehe meine Sandalen aus und öffne weit die Balkontür. Das grelle Tageslicht scheint durch die Kronen der verwelkten Kirschbäume. Nur ein paar vereinzelte rosa Blütenblätter machen noch deutlich, dass er vor nicht allzu langer Zeit in voller Blüte gestanden hat. Weiter hinten auf dem Hof bemerke ich einige Gartenarbeiter in Blaumännern, die triumphierend Motorsägen schwenken. Vermutlich soll wieder etwas runtergeschnitten werden, das sich erdreistet hat, zu wuchern.

Veronikas Kaffeebecher und eine ausgekratzte Joghurtschüssel stehen noch auf dem Tisch. Ich trage das schmutzige Geschirr in die Küche. Im Spülbecken stehen ein paar Teller, und der Mülleimer muss geleert werden. Ich stelle das Radio an, wasche ab und wässere die Topfpflanzen. Dann gieße ich die vergorene Milch aus dem Kühlschrank weg und stelle das Geschirr zurück in den Schrank.

In einem fremden Zuhause sich mit Alltagsdingen zu beschäftigen, gefällt mir. Als ich fertig bin, brühe ich mir eine Tasse Kaffee auf und suche im Wohnzimmer die Sachen zusammen, die ich Veronika mitbringen soll.

Auf dem Bücherregal unten stehen Fotoalben aufgereiht. Ich ziehe das Album *Erinnerungen an den Sommer 55* heraus und setze mich aufs Sofa. Die dünnen Vorsatzblätter rascheln, als ich es aufschlage. Quadratische Schwarz-Weiß-Aufnahmen sind ordentlich einsortiert. Ein paar Frauen sitzen mit Handarbeiten an einem niedrigen Tisch. In ihren gemusterten Kleidern und mit den gelegten Haaren wirken sie zugleich zäh und patent. Ihr Alter zu schätzen, ist nicht leicht, es sind ganz einfach Damen. Manche tragen eine Brille, alle wirken gut gelaunt. Die Bildunterschriften sind verblichen: *Nanny, Linnea und Elna beim Kaffeetrinken.* Eine weitere Aufnahme zeigt einen fettleibigen Mann vor einem großen Wagen, einem amerikanischen Schlitten. Ob das da im Hintergrund wohl die Pension ist? Ich meine, das Schild entziffern zu können. *Miramar.* Auf einer anderen Aufnahme stehen Veronika und die junge Frau, die wie Marilyn Monroe aussieht, vor einem Radiogeschäft mit großem Schaufenster. *Television bei Torkel!* Veronikas platinblonde Cousine posiert wie selbstverständlich, während die hochgewachsene Veronika steif wie eine Bohnenstange dasteht und reserviert in die Kamera blickt. Auf einem anderen Foto stehen Leute dicht gedrängt vor dem Radiogeschäft und blicken geschockt hinein. Etwas Unerhörtes scheint vor sich zu gehen. Vermutlich irgendeine Fernsehsendung. War das vielleicht das Jahr, in dem die ersten Fernseher verkauft wurden?

Ich blättere weiter und suche nach dem Bild von Bo mit den Mädchen am Strand, das wir uns kürzlich angesehen haben. Ich muss ziemlich lange blättern, bis ich es finde.

Sie liegen zu dritt im Sand und sehen mich aus zusammengekniffenen Augen an, die fremde Betrachterin aus der Zukunft. Oben in der rechten Ecke flimmern Sonnenreflexe. Auf einmal meine ich einen leisen Windhauch vom Meer her zu spüren, obwohl es draußen vollkommen windstill ist. Mein Herz klopft laut. Bo mit seinem zurückgestrichenen Haar und seiner geraden, markanten Nase erinnert an einen alten Filmschauspieler. Sein Mund hat etwas fast Feminines an sich.

Ungeduldig blättere ich weiter. Auf einem anderen Bild tragen ein paar junge Männer mit nacktem Oberkörper eine Badekabine. Vielleicht ist Bo dabei, das ist schwer zu erkennen. Eine Aufnahme zeigt wieder die blonde Frau rittlings auf dem Rücken eines Mannes sitzend, der im Sand liegt. Eine Bildunterschrift fehlt. Eine kräftig gebaute Frau liest auf einer Luftmatratze eine Zeitschrift. Kaffeekränzchen. Porträts von fremden Personen. Irgendwo muss es doch wohl noch mehr Bilder von Bo geben. Zumindest von ihrer gemeinsamen Zeit in Göteborg. Oder hat Veronika sie vielleicht wegen Uno aussortiert? Vielleicht war er eifersüchtig. Es ist keine Selbstverständlichkeit, Fotos von ehemaligen Liebschaften in gemeinsamen Fotoalben aufzubewahren. Vielleicht hat Veronika sie ja an einem sicheren, geheimen Ort versteckt. Ich überlege, wo sie sie hingetan haben könnte, und sehe mich im Zimmer um. Vorsichtig gehe ich zum Schrank und öffne die Tür. Viele Kostüme, Blusen und Röcke, sorgfältig auf Bügel aufgehängt. Ich sehe die Kleidung durch. Einige Kleider sind mittlerweile unmodern; die Schnitte und Materialien stammen aus einer anderen Zeit. Eine rote Hose aus Polyester. Ein lilafarbenes Abendkleid aus Brokat. Bügelfreie Strandkleider mit Blumenmotiven. Ein Kostüm mit Bleistiftrock und Kostümjacke mit senfgelben und flaschengrünen Rauten auf cremeweißem Hintergrund. Ich halte es mir an und betrachte mich im Ganzkörperspiegel.

Als ich noch erfolgreich war, gab ich schwindelerregende Summen für luxuriöse, extravagante Kleidung aus, die mir den richtigen lässigen Look verliehen. Natürlich war das alles nur eine Täuschung. Eigentlich war ich sehr penibel, was mein Äußeres betraf. Vor jedem meiner Vorträge oder Moderatorenaufträge kaufte ich mir etwas Neues, ging zum Friseur und schminkte mich sorgfältig. Frauen! Ihr seid genau richtig, so wie ihr seid!, proklamierte ich manchmal auf der Bühne. Rasiert euch nicht die Beine! Wagt es, auf natürliche Weise zu altern! Herrgott noch mal! Mensch zu sein, ist wirklich nicht leicht.

Behutsam lege ich das Kostüm wieder zusammen und stecke es für Veronika ein, bevor ich mich mit einer zweiten Tasse Kaffee und dem Fotoalbum wieder auf das Sofa setze.

Hinten ist eine Fotografie von Veronika in Hosen und Dufflecoat. Sie ist im Haus aufgenommen worden. Das Licht ist fahl. Sie steht zur Kamera gedreht und hält einen Sockelständer hoch. *Herbstreinemachen in der Pension.* Auf diesem Bild ist es also schon Herbst. Vielleicht kamen Bo und sie ja zurück, um bei den Aufräumarbeiten nach Saisonende zu helfen. Vielleicht hält Bo ja sogar die Kamera? Es ist schließlich nur meine persönliche Interpretation, dass sie von daheim vertrieben wurden wie zwei Verbrecher. Vielleicht liegt es an dem Wort, das sie selbst gebraucht hat: *durchgebrannt.* Das hat was von Mädchenromanen und Abenteuer, aber es kann auch sehr gut sein, dass Veronika ein wenig übertrieben hat. Dass Bo der wahre Traum einer jeden Schwiegermutter war, der dabei half, das Wasser abzustellen, den Rasen zu mähen oder was auch immer man damals tat, um nett und gefällig zu sein. Die Fotografie darunter zeigt eine kräftig gebaute Frau in Mantel und Baskenmütze. *Signe sperrt die Küche ab*, steht darunter. Ich spüre den Geruch des herannahenden Herbstes und nach Wollkleidung beinahe von den Seiten aufsteigen. Es folgen einige Naturaufnahmen, allerdings keine der üblichen Naturfotografien aus jener Zeit. Sie zeigen keine Sonnentage oder schönen Aussichten. Stattdessen eine Bank in blassem Herbstlicht. Ein kleines weiß getünchtes Haus auf einer überwucherten Wiese. Die Blätter sind von den Bäumen gefallen. Ein sich schlängelnder Waldweg, auch dieser gesäumt von kahlen Bäumen. Auf der letzten Seite des Albums ist es Weihnachten. In Schönschrift ist vermerkt: *Weihnachten 1955*. Auf dem Sofa, ganz am Rand, sitzt Veronika. Sie wirkt steif, blass und schmal. Im Gegensatz zu den anderen schaut sie nicht in die Kamera, sondern aus dem Fenster. Im Vordergrund sind Signe und zwei weitere Frauen zu sehen. Vielleicht ist eine von ihnen Veronikas Mutter. Keine Männer. Ich schaue mir das Bild genauer an, versuche, die unsichtbare Grenze der Zeit auszuradieren, die mich und die junge Frau auf dem Foto voneinander trennt. Sie ähnelt mir ein wenig, wie ich jetzt bemerke, sieht aus wie eine jüngere Ausgabe von mir mit ihrem glatten mittelblonden Haar und dem schmalen Gesicht. Eine junge Frau an einem Festtag vor langer Zeit, der eigentlich heimelig und gemütlich sein sollte. Aber die junge Frau scheint mit ihren Gedanken ganz woanders zu sein.

Als ich endlich kurz vor Ende der Besuchszeit das Krankenhaus erreiche, sitzt Veronika aufrecht im Bett, isst ein belegtes Brot und trinkt Kaffee. Ich packe die mitgebrachten Sachen aus und setze mich, verschwitzt von der langen Fahrradfahrt, auf einen Stuhl.

»Bitte sehr. Tut mir leid, dass das so lange gedauert hat«, sage ich und lege die Tüte auf das Bett, in die ich auch etwas Obst und einige Rätselhefte hineingetan habe.

»Das ist nicht weiter schlimm, ich kann mich nicht beschweren. Ich bin vor allem müde.« Sie legt die Tüte auf den Tisch, auf dem schon ein kleiner grauer Behälter steht.

»Was ist denn das?«, frage ich und zeige darauf.

»Ein automatisches Blutdruckmessgerät. Der Arzt hat gesagt, dass mein Blutdruck zu hoch ist. Ich soll offenbar kein Salz mehr essen. Ich habe fast vergessen, weshalb ich ursprünglich hergekommen bin. Wie spät ist es eigentlich?«

»Viertel vor vier.« Ich lege meine Hand auf den Bettrand. »Als ich gestern zu Besuch war, waren Sie ein klein wenig durcheinander. Wissen Sie das noch?«

Ausweichend schüttelt sie den Kopf.

»Vielleicht war ich das. Wenn man erst anfängt zu suchen, kann man bestimmt tausend Fehler an mir finden, aber das ist jetzt vielleicht gerade nicht so wichtig.« Abweisend spitzt sie die Lippen und nimmt sich ein Kreuzworträtsel.

Daraufhin fällt mir wieder ein, dass ich mich bemühen sollte, neue Aufträge an Land zu ziehen. Vielleicht neue Kreuzworträtsel mit dem Thema Musik austüfteln. *Vergessene Popstars*. Schwierigkeitsgrad fünf.

»Ein Wort für starken Regen mit zehn Buchstaben. Fängt mit S an, was könnte das sein?« Fragend sieht Veronika mich an.

»Sturzregen vielleicht?«

»Perfekt, das passt!«

Zufrieden notiert sie die Buchstaben mit einem Kugelschreiber. So lösen nur mutige Menschen Kreuzworträtsel – mit Kugelschreiber, nicht mit Bleistift. Ich überlege, ob ich ihr erzählen soll, dass ich in Laholm war und nach Bos Skulptur gesucht habe, aber aus irgendeinem unerfindlichen Grund lasse ich es sein. Wer A sagt, muss auch B sagen, und dann muss ich ihr auch erzählen, dass ich versuche, ihn für sie zu finden. Das möchte ich nicht – noch nicht. Außerdem gelingt es mir vielleicht nicht, und dann enttäusche ich sie womöglich.

»Können Sie mir nicht etwas mehr von Bo und Ihnen erzählen?«, bitte ich sie. »Sind Sie sich wirklich sicher, dass er die Kunsthochschule Valand besucht hat?«

»Natürlich. Ich bin ja nicht senil.«

»Und das war 1955, oder?«, versichere ich mich.

»Das habe ich doch schon gesagt, oder?«

»Und was haben Sie beide gemacht, nachdem Sie nach Göteborg durchgebrannt waren?«

»Tja …«

Sie legt den Kopf schief.

»Verschiedene Dinge eben, dies und das.«

»Was zum Beispiel?«, hake ich nach.

»Er hat natürlich gemalt, er hat ja weiterhin die Kunsthochschule besucht. Ich habe eine Zeit lang in einer Parfümerie gearbeitet.«

»Und wo haben Sie gewohnt?«

»Sie stellen ziemlich viele Fragen.«

»Ich bin neugierig.«

»Ja, das habe ich schon gemerkt.«

Veronika legt das Rätselheft auf die Bettdecke.

»Wir haben auf einem Dachboden gewohnt. Nur eine schmale Treppe führte hinauf, einen Fahrstuhl gab es nicht. Wir haben ihn möbliert gemietet, mit dem unbequemsten Sofa, das man sich nur vorstellen kann. Die Spiralen waren kaputt und stachen aus der Polsterung hervor, sodass wir links und rechts davon sitzen mussten. Das Mauerwerk des Schornsteins befand sich mitten im Raum, der sehr klein war. Nur eine einfache weiße Spitzengardine hing am Fenster. Frisches Wasser mussten wir unten auf dem Hof holen, aber mehr brauchten wir nicht. Wie viel braucht man eigentlich wirklich? Wozu diese vielen Besitztümer? Sie versklaven einen doch nur.«

»Und was geschah dann? Weshalb endete Ihre Beziehung?«, frage ich.

Sie zuckt die Achseln.

»Das ist kompliziert. Dafür gab es verschiedene Gründe.«

»Und er hat sich nach Ihrer Trennung nie mehr bei Ihnen gemeldet?«

»Er hat mir eine Ansichtskarte geschickt, aber die habe ich erst viele Jahre später gefunden. In der Pension war in der Eingangshalle eine ganze Wand nur mit Ansichtskarten gepflastert. Die Menschen schrieben uns von nah und fern und bedankten sich für den Aufenthalt bei uns; mit manchen Gästen schrieb sich meine Mutter das gesamte Jahr über. Seine Postkarte geriet dazwischen. *Grüße aus Göteborg* stand auf der Vorderseite, und ein Springbrunnen mit Poseidon war darauf abgebildet.«

Veronika sieht aus dem Fenster.

»Ich fand sie, als Uno und ich die Pension auflösten, aber das war erst fünfzehn Jahre später. Ich weiß nicht, wer sie ursprünglich an die Wand gepinnt hat. Sölve vielleicht, unser Mädchen für alles. Er hat wohl nicht gesehen, dass sie persönlich an mich adressiert war. Und so hat sie all die Jahre dort gehangen, ohne dass ich davon wusste.«

»Und was hat er geschrieben?«

»Dass er an mich denkt und mich nicht vergessen hat. Er besaß eine schöne, fast feminine Handschrift.«

Sie seufzt auf und reibt sich die Schläfen.

»Wie geht es Ihnen denn überhaupt? Sie sehen etwas müde aus.«

»Ich habe letzte Nacht schlecht geschlafen«, gestehe ich ihr.

»Aus irgendeinem besonderen Grund?«

Ich pule ein Stück Nagel von meinem Zeigefinger; die Stelle fängt an zu bluten.

»Das ist eine lange Geschichte.«

»Ich habe Zeit.« Geduldig verschränkt sie die Hände über dem Rätselheft. Mit den Kissen im Rücken wirkt sie wie eine genesende Königin auf ihrem Thron.

Ich gebe mir einen Ruck.

»Ach, es ist ein hartes Jahr gewesen. Ein furchtbares Jahr, könnte man sagen.«

»Warum denn das? Was ist passiert?«

»Ich habe mich vor zwei Jahren scheiden lassen. Wir waren fast zwanzig Jahre zusammen, aber dann habe ich jemanden kennengelernt, in den ich mich Hals über Kopf verliebt habe. Erst ging meine Ehe in die Brüche und dann vor neun Monaten die Beziehung zu dem anderen. Er wird jetzt Vater.«

Sie betrachtet meinen Bauch.

»Aber Sie sind nicht die Mutter?«

»Nein. Seine ehemalige Exfreundin. Es war angeblich keine Absicht, ist aber passiert.« Ich weiche Veronikas Blick aus.

»Ist das Kind denn schon auf der Welt?«

»Nein, aber es könnte jetzt jeden Tag so weit sein.«

»Ach herrjemine!« Veronika zieht die Augenbrauen hoch.

»Ich weiß«, sage ich.

»Und jetzt fühlen Sie sich einsam und verlassen?«

Ich nicke.

»Es gibt so vieles, was ich gern anders gemacht hätte. So vieles, das ich bereue. Wenn ich es nur besser gewusst hätte.«

»Was denn, zum Beispiel?«

»Ich glaube, dass ich versucht habe, ihn zu sehr zu ändern. Er war ein Bohemien, ein viel nachlässigerer Typ als ich. Spontaner.«

»Sehr spontan, wenn er eine andere Frau geschwängert hat.« Veronika nickt nachdrücklich. »Im Nachhinein ist man immer schlauer, aber Sie haben sich doch nach Kräften bemüht, oder nicht? Etwas anderes kann ich mir bei Ihnen nicht vorstellen. War er vorher schon Vater?«

»Nein.«

»Es ist also sein erstes Kind?«

»Ja.«

»Und Sie haben schon Kinder?«

»Ja, einen zwölfjährigen Sohn. Er heißt Oskar.«

»Dann gönnen Sie ihm das. Seien Sie froh über die Zeit, die Sie mit ihm hatten, die kann Ihnen niemand nehmen.« Sie greift nach einem Papiertaschentuch und schnäuzt sich unbekümmert.

»Aber wir haben uns geliebt!«, protestiere ich. »Ich liebe ihn immer noch.«

»Jemanden zu lieben, reicht aber nicht immer. Wann haben Sie sich zuletzt gesehen?«

»Vor neun Monaten. Als er mir sagte, dass sie schwanger ist.«

»Vielleicht sollten Sie sich bei ihm melden. Ihm wie eine gute Freundin gratulieren, wenn das Kind auf der Welt ist. Das wäre eine Möglichkeit, immerhin in Ihrem Leben weiterhin Kontakt zu ihm zu haben. Im Übrigen kann niemand in die Zukunft sehen. Er ist zumindest am Leben und gesund. Er ist ja nicht tot. Haben Sie noch Geschwister?«

»Ja. Zwei.«

»Und Freunde?«

»Viele.«

»Und Sie kommen finanziell zurecht?«

»Bislang ja.«

»Dann haben Sie eigentlich noch ziemlich viel. Und jung sind Sie auch noch.«

»Na ja, geht so. Ich bin dreiundvierzig.«

»Und was soll ich dann erst sagen?« Vorwurfsvoll sieht sie mich an.

»Na gut, im Rentenalter bin ich noch nicht«, gebe ich zu.

»Machen Sie sich bewusst, was Sie haben, und denken Sie weniger daran, was Sie nicht haben. Etwas zu bereuen hat sich noch nie gelohnt.«

Sie zieht die Kostümjacke aus der Plastiktüte.

»Wo haben Sie denn den alten Lappen her? Hat der etwa noch in meinem Schrank gehangen?«

»Ja. Ich fand es so schick, deshalb habe ich es mitgenommen.«

»Ich dachte, ich hätte es längst weggeworfen. Lange her, dass ich da hineingepasst habe.«

Sie nimmt die Kleidungsstücke aus der Tüte und breitet sie vor sich auf der Decke aus.

»Möchten Sie sie vielleicht haben? Das Kostüm ist von guter Qualität. Francie hat es einmal genäht. Das Muster stammt aus der *Vogue.*«

»Meinen Sie das ernst?«

»Natürlich. Nehmen Sie es nur.«

»Vielen Dank.« Ich nehme es an mich. Ich weiß nicht, warum, aber ich freue mich maßlos über dieses Geschenk.

Veronika tätschelt meinen Arm und widmet sich erneut ihrem Kreuzworträtsel. Ich schaue sie an. Am liebsten würde ich sie umarmen. Wahrscheinlich ist meine momentane Erleichterung nur vorübergehend, aber ich verspüre sie.

Ein Funken Hoffnung, dass alles wieder besser wird.

Auf dem Krankenhausflur läuft mir ein Arzt in die Arme. Obwohl er es eilig hat, bleibt er geduldig stehen.

»Ich habe eine Frage zu Veronika Mörk von Zimmer zwölf«, sage ich. »Sie liegt hier wegen einer Gehirnerschütterung und eines verstauchten Knöchels.«

»Und worum geht es? Sind Sie Ihre Tochter?«

»Nein. Nur eine Freundin. Als ich sie gestern besucht habe, war sie ziemlich verwirrt und hielt mich für jemand anderen, aber heute ist sie wieder so wie immer. Ich mache mir Sorgen um sie. Ist das wirklich eine normale Reaktion?«

Prüfend sieht er mich an.

»Es ist nicht ungewöhnlich, dass die kognitiven Funktionen älterer Menschen versagen, wenn man ein Trauma dieser Art erleidet. Irgendein Dummkopf hat sie schließlich mit dem Auto angefahren. Man fragt sich wirklich, was in manchen Menschen vor sich geht«, sagt er mit einem Kopfschütteln.

Ich erröte heftig.

»Unfälle bedeuten immer heftigen, unerwarteten Stress. Das hängt einerseits mit der Gehirnerschütterung zusammen und andererseits mit dem Unfall. Allein ein Krankenhausaufenthalt kann bei einer Frau in ihrem Alter vorübergehend zu Verwirrung führen.« Er wirft einen Blick in eine Akte, die er aus dem Stoß in seinem Arm gezogen hat. »Wir haben sie gestern geröntgt, als sie hier eingewiesen wurde. Normalerweise vermeiden wir es, Patienten bei einer Gehirnerschütterung zu röntgen, aber sie hat schon ein gewisses Alter erreicht, und die Gefäße eines älteren Menschen im Gehirn sind dünner, empfindlicher, weshalb es wichtig sein kann, da einen Blick drauf zu werfen. Aber uns ist keine größere Blutung, kein

Schlaganfall aufgefallen. Es gibt also keinen Grund zur Besorgnis.«

»Aber wenn sie nun Alzheimer oder so etwas hat? Kann man das erkennen?«, frage ich.

»Nein, da muss man ganz andere Untersuchungen machen. Aber ich könnte ihr nach ihrer Entlassung eine Überweisung für eine entsprechende Untersuchung in einem medizinischen Versorgungszentrum ausstellen.«

»Das wäre gut«, erwidere ich.

Nachdenklich beißt er sich auf die Lippe.

»Normalerweise kann ich wegen solch unkomplizierter Verletzungen wie in ihrem Fall nicht länger ein Bett bekommen, aber im Moment haben wir ein paar Betten frei. Ich könnte sie noch ein paar Nächte hierbehalten, wenn Sie möchten, damit wir sie noch etwas länger beobachten können.«

»Danke, das wäre nett.«

Er nickt.

»Sonst ist es meistens umgekehrt, dass wir nicht genügend Betten haben. In diesem Sommer testen wir hier übrigens eine neue Therapieform, eine Maltherapie. Sie wird jeden Nachmittag zwischen drei und fünf Uhr im Speisesaal stattfinden. Vielleicht hat Frau Mörk ja einmal Lust, das auszuprobieren? Nur herumzuliegen kann manchmal ziemlich langweilig sein. Der Kurs fängt morgen an.«

»Das klingt gut. Ich werde sie fragen«, sage ich.

»Tun Sie das. Und jetzt muss ich los, wenn Sie sonst keine anderen Fragen mehr haben.«

Er wirft einen Blick auf seine Uhr.

»Nein, das war alles.«

Er geht durch die Glastüren, sieht aus wie ein Engel in seinem weißen Mantel.

Irgendwo summt eine Lüftung. An meinen Tinnitus habe ich den ganzen Tag noch keinen Gedanken verschwendet.

Als ich nach einem kurzen Stopp am Eiskiosk Havsbaden und einem Bad am Vejbystrand wieder in meiner Unterkunft bin, verkündet ein Pling!, dass ich eine neue Mail bekommen habe. Ich bin nach der langen Fahrradtour auf angenehme Weise müde und entspannt. Meine Beinmuskeln schmerzen leicht. Die Mail kommt von der Universität Göteborg. Im Anhang befindet sich ein angefordertes Dokument und zwei Auszüge aus Studentenregistern von 1955. Mit einem Bier setze ich mich auf den Balkon, öffne die Liste der Skulpturenklasse und überfliege rasch die Namen:

Gert Andersson
Lars Svensson
Sven-Åke Fors
Raimo Mäkinen
Hans Ljungkvist
Bo-Ivar Axelsson
Henrik Folkesson

Kein Bo Bix. Ich öffne die andere Liste. Auch nichts. Immerhin zwei Frauen haben damals Malerei studiert.

Aber wo steckt Bo Bix? Vielleicht könnte ich ja zu einem seiner Mitstudenten Kontakt aufnehmen. Vielleicht hat er mit dem Studium aufgehört oder ist in einen anderen Jahrgang gewechselt. Sein Name ist immerhin so originell, dass jemand sich an ihn erinnern müsste. Ich hole meinen Laptop und recherchiere die Namen im Internet. Es gibt sechshundertdrei Gert Anderssons in Schweden. Tausend Lars Svenssons. Etwas zu viele, um sie durchzutelefonieren. Ich versuche es mit Raimo Mäkinen. Im Telefonregister sind vier Männer dieses Namens verzeichnet, aber das Alter scheint bei keinen von ihnen zu passen.

Ein Vogel macht einen Klecks auf den Balkontisch und fliegt über das gegenüberliegende Hausdach davon. Fluchend hole ich etwas Toilettenpapier und wische ihn weg. Ich habe es mir hier auf diesem kleinen Balkon gemütlich gemacht wie in einem eigenen Nest. Selbst ein Mini-Holztisch und ein Kunststoffstuhl können ein Zufluchtsort sein. Heimlich habe ich sogar ein paar Zweige des Pfeifenstrauchs an der Hausecke abgepflückt und sie in eine Kristallvase aus der Bar gestellt. So einfach wie hier könnte ich wohnen. Solange ich nur ein klein wenig Ausblick habe. Und wenn es nur immer warm wäre, damit ich ewig den Sommer genießen könnte. Die Wärme verschafft Linderung. Zerstreut google ich den Begriff *Gehirnerschütterung*. Das ist symptomatisch für die Arbeitsweise meines Gehirns in der letzten Zeit. Sowie ich mir etwas vornehme, beschäftige ich mich mit etwas anderem. Früher kannte ich das nicht von mir. Ich konnte mich immer gut konzentrieren. Mittlerweile aber schwindet meine Konzentration ebenso rasch wie ein Gespenst bei Tageslicht.

Frauen und ältere Menschen besitzen ein hohes Risiko, nach einer Gehirnerschütterung ein postkommotionelles Syndrom zu erleiden, d. h. sie leiden unter länger währenden Symptomen wie Kopfschmerzen, Schwindel und Verwirrtheit. Angst und Depressionen können objektive und subjektive Beeinträchtigungen der Gehirnfunktionen auslösen. Die Symptome bessern sich durch die Einnahme von Antidepressiva. Manche Studien haben gezeigt, dass annähernd die Hälfte aller Patienten mit postkommotionellem Syndrom vor dem Eintreffen des einschneidenden gesundheitlichen Ereignisses an Depressionen litten.

Aber depressiv hat Veronika eigentlich nicht gewirkt. Das bin nur ich.

Ich trinke einen Schluck Bier. Die Haut an meinen Wangen spannt aufgrund der vielen Sonne. Im Speisesaal wird schon das Abendessen serviert. Brot mit Hering als Vorspeise und Kohlauflauf mit Preiselbeermarmelade als Hauptgericht. Kaffee und Kuchen.

Heute habe ich Appetit.

1955

Der Bankdirektor war ins Kreiskrankenhaus gebracht worden. Eine Adrenalinspritze sorgte dafür, dass sein Rachen wieder abschwoll. Seiner Frau zufolge, die angerufen hatte, hatte er nur mit knapper Not überlebt. Sie hatte meine Mutter ebenfalls darüber informiert, dass sie ihren Aufenthalt in der Pension umgehend beenden würden. Ihr Gepäck solle direkt an ihre Heimatadresse in Lund geschickt werden. Die Frau des Bankdirektors war sehr aufgebracht gewesen, und jetzt war Veronikas Mutter übler Laune.

Überstürzt abreisende Bankdirektoren waren schlecht für das Geschäft. Nach dem Abendessen, das in gedämpfterer Stimmung als sonst verlaufen war, hatten die Gäste eigenhändig mit höchst eigenwilligen Methoden versucht, die Bienen zu orten. Frau Cedergren hatte mit dem Stock so hart gegen Wände und Decken geklopft, dass die Tapete darunter gelitten hatte. Die Akustik gebe Aufschluss darüber, wo sich das Nest befände, wie sie behauptete. Der Landgerichtsrat hatte sich in die Küche verirrt, wo er meinte, ein Summen vernommen zu haben, und hatte beim Hinausgehen das Einkochgerät mit sich gerissen, das in tausend Stücke zersprungen war. Frau

Dunker und ihre Nichten weigerten sich, ihr Zimmer zu verlassen. Signe hatte ihnen das Abendessen hinaufbringen müssen, ausgerechnet in Honig marinierten Schweinebraten. Die neuen Gäste, die inmitten dieses ganzen Zirkus angekommen waren, hatten im Gesellschaftszimmer Platz genommen und sich angesichts des Aufstands besorgte Blicke zugeworfen. Alle waren zeitig auf ihre Zimmer gegangen, niemand mochte nach diesem ereignisreichen Tag noch Canasta oder Gin Rummy spielen.

Mittlerweile war es schon neun Uhr abends. Veronika hatte ein flaues Gefühl im Magen. Bestimmt ging Frau Cedergren in ihrem Zimmer auf und ab und führte Selbstgespräche. In einer Stunde würde sie vermutlich die Tür öffnen und in das Gesellschaftszimmer gehen, sich vielleicht ein Glas Likör einschenken und eine Patience legen, um den Schlaf herbeizulocken.

Im Zimmer war es stickig. An der Decke schien der kleine dunkle Fleck wieder eine neue Gestalt angenommen zu haben. Er sah aus wie ein unbekanntes Land auf einer Landkarte. Was sollte sie tun? Bo hatte sie gebeten, um neun Uhr auf sein Zimmer zu kommen. Einerseits wollte sie hingehen, andererseits nicht. Was erwartete er von ihr? Was wäre, wenn er sie missverstehen würde und annahm, ihr Besuch bedeutete, dass sie bis zum Äußersten gehen wollte? So machte man das ja vielleicht in Göteborg. Was sollte sie dann tun?

Draußen auf dem Korridor fiel eine Tür ins Schloss. Das war mit Sicherheit Frau Cedergren.

Ungeduldig stand Veronika auf und setzte sich an den kleinen Toilettentisch. Er war nicht so schön wie der von

Francie, den sie sich bei der nächstbesten Gelegenheit einfach aus einem Gästezimmer geliehen hatte. Veronikas Tischchen aber besaß einen Tischspiegel und kleine Schubladen, in denen sie Seife, Binden sowie den Bindengürtel aufbewahrte. Damenbinden zu kaufen, war teuer. Ihre Mutter, die in ihrer Jugend Tücher oder selbst gehäkelte Binden benutzt hatte, hielt diese Ausgabe für unnötig, sodass Veronika ihr eigenes Taschengeld für diesen privaten Luxus ausgeben musste. Veronika war nie besonders versessen auf Make-up oder Parfüm gewesen, aber eine Flasche Kölnisch Wasser, die ein Gast vergessen hatte, hatte sie behalten. Jetzt holte sie sie hervor, löste den Drehverschluss und parfümierte sich ein wenig damit hinter den Ohren und an den Handgelenken. Dann fuhr sie sich mit der Bürste durchs Haar. Francie zufolge sollte man die Haare jeden Abend hundert Mal bürsten, damit sie frisch glänzten. Aber wer machte sich schon die Mühe? Die Sonne hatte Veronikas schulterlange Haare ausgebleicht und ihnen einen goldenen Ton verliehen, was hübscher aussah als ihr übliches fades Aschblond. Das konnte man noch nicht einmal eine richtige Farbe nennen. Veronika nahm den Lippenstift, den sie für die Tanzveranstaltung geliehen hatte. Er schmeckte ein wenig ranzig.

Von irgendwoher war ein dumpfes Bienensummen zu hören. Das Vibrieren übertrug sich auf sie, erfasste ihren Kopf, ihren Hals, ihre Brüste, verlief hinunter bis zu einem unbestimmten Punkt zwischen ihren Schenkeln. Ihre Augen blickten ihr aus dem Kommodenspiegel entgegen. Sie konnte jederzeit wieder hinunter in ihr Zimmer gehen. Nur einen Moment bleiben und ein bisschen mit ihm plaudern. Sich mit ihm zusammen eine Platte anhören.

Veronika war ganz übel vor Nervosität. Aber schließlich stand sie auf, öffnete die Tür und schlich leise über den Flur zur Treppe.

Er öffnete ihr die Tür, in seinem Mundwinkel hing eine Zigarette. Die Luft im Zimmer roch verbraucht und nach Qualm. Das Rollo war halb hinuntergezogen. Auf dem Fußboden lag der Teppich, den sie selbst zu Beginn des Sommers aus der Rumpelkammer geholt hatte, damit es im Zimmer etwas wohnlicher wurde. Auf dem Klapptisch in der Zimmerecke stand ein geöffnetes Reisegrammofon. Daneben lagen verstreut ein paar Mappen, Kreiden und Papier.

»Komm rein. Ich habe versucht, so gut es ging ein paar Dinge fortzuräumen, kann die Zeichnungen aber noch nicht zusammensuchen. Die Kohle färbt so schrecklich ab. Nording hat mir eine ganze Schachtel Zeichenkohle vermacht, ich habe so viele, dass ich sie aufbrauchen muss«, sagte Bo mit einem breiten Lächeln.

Sie verspürte einen Anflug von Ärger. Sie hatte noch nie in ihrem Leben Zeichenkohle *gesehen*. War sie nicht furchtbar teuer? Fast bereute sie, dass sie gekommen war.

»Stolpere nicht über die Kommodenschublade, die unterste lässt sich nicht richtig schließen. Möchtest du einen Drink?«

»Was hast du denn da?«

Er nahm eine Whiskeyflasche von der Fensterbank.

»Eine kleine Notversorgung von daheim. Ich habe auch Soda da, wir können ihn damit mischen.«

»Einen kleinen nehme ich gern.«

»Eis habe ich leider keins.«

Sie sah zu, wie er Whiskey und Soda mischte. Dann reichte er ihr das Glas. Er selbst nahm seinen Zahnputzbecher und prostete ihr damit zu. Der Drink war stark. Veronika schlenderte in dem kleinen Zimmer umher. Es war tatsächlich noch viel kleiner, als sie es in Erinnerung gehabt hatte. Die Bettlampe war die einzige Lichtquelle und erhellte das Zimmer mit blassem, gelbem Schein. An der Decke hatte sich ein Stück Tapete gelöst. An der Wand hing ein alter Spiegel mit einem lackierten Mahagonirahmen. Sie trat an den Tisch mit den Zeichnungen und betrachtete sie. Es waren kleine, schlichte Szenen aus dem Pensionsalltag: Der Apotheker beim Lesen der Tageszeitung. Frau Cedergren mit ihrer Häkelarbeit. Frau Dunkers Nichten mit ihren Gläsern voller Sahne.

»Schöne Zeichnungen.«

»Ein paar sind mir ganz gut gelungen.« Bo hob die Achseln. »Wenn du magst, darfst du gerne eine haben. Sozusagen als Andenken.«

Veronika musterte die Zeichnungen. Wie lange musste man eigentlich eine Zeichnung betrachten? Sie war noch nie in ihrem Leben in einem Kunstmuseum gewesen, stellte sich aber vor, dass man jedem Gemälde eine gewisse Zeit widmen musste, damit es einen berühren konnte. Man rannte doch nicht durch eine Ausstellung und erwartete, dass das irgendwelche Gefühle in einem weckte. Schließlich suchte Veronika sich ein Stillleben mit einer Blumenvase aus.

»Vielen Dank.«

»Gern geschehen.« Nervös fuhr er sich über die Wange.

Sie warf einen Blick auf die Schallplatten. Manche Namen kannte sie, Elvis Presley, Bill Haley und Benny Goodman.

»Möchtest du eine Platte auflegen?« Er sah sie fragend an.

»Dann aber nur in leiser Lautstärke. Sonst wird Frau Cedergren noch wahnsinnig.« Sie verzog den Mund zu einem zaghaften Lächeln.

»Das können wir natürlich nicht riskieren.« Bo ging zum Grammofon.

»Hast du schon von Miles Davis gehört?«

»Nein.«

»Er hat mit Charlie Parker und Dizzy Gillespie und seinen Leuten zusammengespielt. Hier bei uns ist er nur wenigen bekannt, nur wir eingefleischten Jazzfans kennen ihn. Diese Platte ist ein Direktimport aus Amerika, die Freunde meines Bruders haben sie besorgt.«

Bo nahm behutsam die Platte aus der Hülle, auf der ein Mann abgebildet war, der mit geschlossenen Augen Trompete spielte. Er legte sie auf den Plattenteller und kurbelte geübt das Grammofon an. Durch den Drink hatte Veronika sich schon etwas entspannt. Ihre Wangen glühten. Trotz ihrer Nervosität verspürte sie so etwas wie kühle Entschlossenheit. Sie wollte hier sein, es war herrlich und aufregend. Als hätte sich die ehemalige Dienstkammer plötzlich in ein heimliches Musiklokal verwandelt, das einem das Tor zur großen weiten Welt öffnete. Göteborg. Das war immerhin die zweitgrößte Stadt Schwedens. Die eingebauten Lautsprecher knackten, und eine einsame Trompete erklang.

»Dies ist seine zweite Platte in diesem Jahr. Der Vetter eines Freundes hat auf einem Schiff nach New York angeheuert und Miles Davis dort in einem Club spielen sehen. Er hat auch John Coltrane und andere Hardbop-Größen erlebt. Die Art, wie er spielt, klingt simpel, ist aber anspruchsvoll. Experimentell. Er folgt keinen Regeln, macht es ganz auf seine eigene Art.« Bo drückte die Kippe im Aschenbecher aus. »Was hältst du davon?«

»Ich finde, es klingt irgendwie hypnotisch«, sagte Veronika und nahm noch einen Schluck von ihrem Drink.

»Hypnotisch? Ja, vielleicht hast du recht.«

Er lachte auf und kratzte sich über ein paar eigenwillige Bartstoppeln.

»Du bist wirklich besonders.«

Dieses Wort – *besonders* – löste einen leisen Widerwillen in ihr aus. War es wirklich gut, besonders zu sein? Es klang irgendwie fragwürdig. Lilla Märta war besonders. Und Fräulein Elin, die Gast in der Pension gewesen war und ihr Gebiss im Klosett hinuntergespült hatte. Fortan musste sie Haferschleim essen, bis der Zahnarzt ihr die neuen Zähne gemacht hatte. Veronika wollte lieber hübsch und unbeschwert sein. Sie versuchte, sich kleiner zu machen, indem sie die Hüfte abknickte. Vielleicht fand er ja, dass sie wie eine Fahnenstange aussah? Ihre Arme fühlten sich nackt an. Sie hatte sich eine Menge Gedanken über ihre Kleiderwahl gemacht. Hatte sich nicht herausputzen wollen, das hätte zu gekünstelt gewirkt. Schließlich war ihre Wahl auf ein einfaches, ärmelloses Kleid aus weißem Brokat gefallen, das ihre Mutter ihr genäht hatte. Sie hatte sich den Stoff selbst zu ihrem Geburtstag aussuchen dürfen.

»Hast du morgen eigentlich irgendetwas Besonderes vor?«

»Hm, ich glaube nicht.« Sie schüttelte den Kopf.

»Was hältst du davon, mich ins Atelier zu begleiten? Ich könnte dort gut etwas Gesellschaft gebrauchen. Vielleicht kannst du mir ja bei der Skulptur helfen. Ich habe mich festgefahren. Wäre gut, wenn jemand mal einen anderen Blick darauf hat. Ich hab keine Ahnung, wie ich das verdammte Ding gestalten soll.«

»Und warum nicht?«

»Weil im Brennofen alles noch einmal seine Form ändert. Ich weiß kaum noch, was ein Rechteck und ein Dreieck ist. Alles ist ein einziges Durcheinander. Heute bin ich nur hingefahren und habe eine Stunde lang dagesessen und vor mich hin gestarrt. Außerdem kann ich dem Modell nichts mehr abgewinnen.«

»Was ist daran denn falsch?«

»Es kommt mir so starr und gekünstelt vor.« Bo zuckte mit den Schultern.

»Vielleicht solltest du dich mit etwas anderem beschäftigen, um die Lust daran wieder zu wecken? Vergiss sie für ein paar Tage und zeichne stattdessen etwas.«

»Ja, vielleicht.« Nachdenklich nickte er. »Mit dir kann man so gut reden. Du bist kein Püppchen, das nur ihr Aussehen im Kopf hat.«

»Ich weiß, dass ich nicht so gut aussehe wie Francie, falls du das meinst.« Veronika wand sich ein wenig.

»Das wollte ich damit nicht sagen.«

Er stellte sein Glas auf den Tisch, stand auf, umschloss ihr Handgelenk und führte sie wortlos zum Spiegel.

»Sieh dich doch einmal an! Du hast etwas ganz Eigenes, obwohl ich nicht richtig sagen kann, was es ist. Du scheinst deine Überzeugungen zu haben, und du bist natürlich. Und süß bist du auch, aber vielleicht sehe das nur ich?« Er legte seine Hand leicht an ihre Taille.

Ob er wohl hören konnte, wie laut ihr Herz schlug? So wurde das immer in Büchern beschrieben, *er konnte ihr Herz schlagen hören*. Aber er schwieg und ließ sie schließlich wieder los.

»Also, kommst du morgen?«

»Ja, gut.« Sie musste schlucken und nickte.

»Prima, dann sind wir Arbeitskameraden!« Bo zerzauste ihr Haar. Auf einmal war sie niedergeschlagen. So sah er sie also, als eine gute Kameradin, mit der man sich die Zeit an einem Ort vertreiben konnte, an dem es keine anderen jungen Leute gab. Bis auf Francie, und die war vollauf mit sich selbst beschäftigt. Heute Abend war sie zu einem alten Bekannten geradelt, um Bingo mit ihm zu spielen.

»Es tut mir leid, dass ich dir keinen bequemen Sessel anbieten kann, aber wir können uns hierhersetzen.«

Er setzte sich auf die Bettkante und klopfte auf den Platz neben sich. Sie war verlegen. Das Bett war nachlässig gemacht. Das Unterlaken guckte unter der Decke hervor. Schließlich aber setzte Veronika sich doch ein

Stückchen von ihm entfernt hin und nippte an ihrem Drink.

»Hast du noch Geschwister, oder lebst du allein mit deiner Mutter?«

»Nein, wir sind nur zu zweit.«

»Und was macht deine Mutter im Winter? Denn die Pension ist doch bestimmt nur im Sommer geöffnet, oder?«

»Sie arbeitet nebenher im Hotel Savoy in Malmö und nimmt privat Näharbeiten an. Sie hat mir auch diesen Rock hier genäht.« Veronika hob den Saum ihres Kleides ein wenig an. Er streckte die Hand aus und fuhr tastend darüber. Als er sie dabei leicht mit der Hand streifte, rann ihr ein Schauer über den Rücken.

»Schön. Auch der Stoff. Er passt zu dir. Erinnerst du dich noch daran, dass du an meinem ersten Abend hier meine Lederjacke stibitzen wolltest?« Bo lächelte.

»Ich wollte sie nicht stibitzen, ich wollte sie nur einmal anprobieren.« Sie lachte auf.

»Jaja. Das sagen alle.« Er lehnte sich an die Wand und verschränkte die Arme hinter dem Kopf. »Ich habe übrigens ein Gemälde im Schrank gefunden. Es stand ganz hinten.«

Er ging zum Schrank und öffnete die kleine Schranktür mit dem Haken.

Veronika lehnte sich zurück. Sie war angenehm benommen vom Alkohol. So entspannt hatte sie sich schon lange nicht mehr gefühlt, noch dazu in Gesellschaft eines anderen Menschen. Einem Jungen! Einem jungen Mann.

»Hier, ich finde es ziemlich gelungen.« Bo drehte es um. Veronika setzte sich mit einem Ruck auf. Ihr Herz machte einen Salto. Das Bild hatte sie seit ihrer Kindheit nicht mehr gesehen, trotzdem erkannte sie es augenblicklich wieder. Es stellte ein heftiges Unwetter dar, und ein einsames kleines Ruderboot, das den Wellen völlig ausgeliefert schien. Der Himmel war mit breiten, unheilvollen Pinselstrichen in Rot und Lila gemalt. Es war ein Jugendwerk ihres Vaters, das früher einmal ungerahmt in ihrer Stadtwohnung im Eingangsflur gehangen hatte. Nach seinem Tod war es gegen ein fröhlicheres Bild mit zwei Kindern ausgetauscht worden, die an einer Gartentür spielten. Seitdem hatte sie nicht mehr an dieses Bild gedacht. Jetzt löste es Panik in ihr aus.

»Es war ganz verstaubt. Ich finde es originell, warum hängt es nicht unten? Im Speisesaal könnten doch gut ein paar aussagekräftigere Bilder hängen.« Bo drehte sich um und sah sie an.

Veronika schnürte es die Kehle zu.

»Keine Ahnung, es war wohl zu düster. Die Gäste möchten so etwas nicht sehen.« Sie musste schlucken.

»Nicht? Mich persönlich deprimieren ja all diese beliebigen Motive und heiteren Farben viel mehr, die überall hängen. So als würde alles nur eine Daseinsberechtigung erhalten, wenn es verdammt noch mal Fröhlichkeit ausstrahlt.« Vorsichtig strich Bo über den Rahmen.

»Das Boot wird schließlich untergehen. Warum soll sich das jemand anschauen müssen?« Veronika klang aufgebrachter, als sie wollte.

»Bist du dir da sicher? Das Boot gleitet doch auf den Wellen, obwohl es so klein ist.«

Bo legte den Kopf schief und hielt das Gemälde vor

sich. »Ich glaube ja eher, dass es den starken Willen symbolisiert, einen Weg durch den Sturm hindurch zu dem weit entfernten Strand zu finden, obwohl man nicht sicher weiß, ob auf der anderen Seite wirklich ein solches Ziel existiert. Aber das düstere Meer trägt immerhin das Boot. Die Tiefe trägt es. Hat das nicht etwas Hoffnungsvolles? Ich finde schon.« Er nahm die Zigarettenschachtel vom Tisch.

»Ist das nicht etwas zu viel verlangt, andere zu nötigen, sich das Unglück anderer anzusehen?« Veronika spürte, wie ihr Hals von Röte überzogen wurde.

»Aber die Dinge werden doch deshalb nicht besser, wenn man vorgibt, dass das Leid überhaupt nicht existiert.«

Veronika saß mucksmäuschenstill da und bereute ihre Worte. Sie dachte an die Küche daheim in Malmö, die unbegreiflichen Kritzeleien ihres Vaters auf dem Rand der Tageszeitung und auf der Rückseite von Quittungen und Kuverts. Seine Stimmungsschwankungen. In seinem Zimmer hatte er sogar die Wand an seinem Bett bemalt, mit hieroglyphenartigen Nachrichten, auf die nur er allein sich einen Reim hatte machen können.

Mit einer heftigen Bewegung stand sie auf. Plötzlich wollte sie nur noch Schutz suchen und zurück in ihr Zimmer.

Erst jetzt erkannte Bo, dass etwas nicht stimmte. Er lehnte das Gemälde an die Wand, kam zu ihr und strich ihr über die Haare.

»Ist alles in Ordnung mit dir? Ist irgendwas?«

Sie nahm einen großen Schluck von ihrem Drink.

»Mein Vater hat dieses Bild gemalt.«

»Dein Vater?« Überrascht sah Bo sie an.

»Ja. In seiner Jugend.«

»Du hast nie erwähnt, dass er ein Künstler war.«

»Das war er auch nicht. Er arbeitete auf der Kockum Werft, als Schweißer. Er ist auf dem Baugerüst ausgerutscht und auf den Baudock gestürzt. Kam dabei ums Leben.«

»Wie furchtbar!« Bo setzte sich auf das Bett, zog sie mit sich und legte den Arm um sie. »Und wann war das?«

»Das ist jetzt sieben Jahre her.«

Auf einmal stieg das Bild ihres Vaters vor den großen schwarzen Eisentoren der Werft vor ihr auf. Um halb fünf strömten Arbeiter und Angestellte durch die Tore. Die Angestellten in Anzügen und die Arbeiter in Hemd und Hosen. Daran erkenne man den Unterschied zwischen ihnen, wie ihre Mutter ihr erklärt hatte. Anschließend ergossen sie sich wie die Lemminge auf ihren Fahrrädern in die Stadt.

»Mein Beileid. Hat er viel gemalt?«

»Nein, nicht sonderlich viel. Er spielte vor allem gern Geige.«

»Also war er eine Künstlerseele«, sagte Bo mit einem nachdenklichen Nicken.

»Ich nehme es an.« Veronika sah zu Boden. Die Matratzenränder, die unter dem Laken hervorsahen, erschienen ihr auf einmal fließend, als wären es Rinnsale. »Einmal brachte er einen Hund mit nach Hause; eine Dänische Dogge, die er in Dänemark gekauft hatte.«

»Einen Hund? Und, habt ihr ihn behalten?«

»Nein, das ging nicht, er war zu groß. Mein Vater sagte, er hätte ihn bei einer Wette gewonnen, aber wir mussten ihn an Leute mit einem Bauernhof verschenken. Mein Vater konnte manchmal auf solche fixen Ideen kommen. Er war launenhaft und unstet.«

Sie verstummte. Launenhaft war ein Wort, das sie von ihrer Mutter hatte. Veronika hatte eine vage Ahnung, dass viele Wörter dieser Welt nur Umschreibungen für etwas anderes waren, das aber so beschämend oder kompliziert war, dass man es nicht aussprechen konnte. Also benutzte man stattdessen andere Wörter. Nervliche Probleme. Verstört. Überspannt. Launenhaft. Eigenartig. Worte, hinter denen sich eine tiefere Wahrheit verbarg, die aber im Grunde mehr Fragen als Antworten aufwarfen. Und vor diesen Antworten musste man sich selbstverständlich hüten.

»Manchmal denke ich, dass ich mehr um ihn trauern sollte.«

»Trauer und Verlustgefühle sind etwas ganz Individuelles. Jeder hat seine eigene Art, zu trauern.«

»Glaubst du wirklich?«

»Da bin ich mir ganz sicher. Bist du ihm ähnlich?«

»Ich möchte ihm nicht ähnlich sein.«

»Aber das kann man sich doch nicht aussuchen, oder? Meine Mutter sagt immer, man sollte froh sein, so zu sein, wie man ist, weil man sowieso nicht so sein kann, wie man sein soll.« Bo lächelte so breit, dass seine Lachgrübchen zu sehen waren. Veronikas Herz krampfte sich zusammen. Sie wollte ihn so gerne berühren, wagte es aber nicht, die Initiative zu ergreifen. Wenn sie es sich nur genügend wünschte, würde es ja vielleicht trotzdem passieren.

Zaghaft lehnte sie sich an ihn.

»Aber woher soll man wissen, wer man ist? Ich weiß ja noch nicht einmal, ob ich im Herbst auf diese Haushaltsschule gehen möchte. Überall werden so viele Anforderungen an einen gestellt, und es gibt so viele Entscheidungen, die man treffen muss, obwohl man eigentlich keine Ahnung hat. Diese vielen Fragen. Ich finde das schwierig.«

Bo nickte lebhaft.

»Und wie! Glaubst du denn, ich weiß, was ich will?«

»Tust du das nicht?«

»Kein bisschen. Ich weiß noch nicht einmal, wie ich jemals diese Skulptur fertigstellen soll. Mein Vater sagt, dass man einen Schritt nach dem anderen machen soll, wenn man im Zweifel ist. Aber eines weiß ich mit Sicherheit.«

»Und was?«

Er sah ihr tief in die Augen, bis auf den Grund ihrer Seele.

»Ich weiß, dass ich froh bin, dass du hergekommen bist. Und ich weiß, dass ich dich küssen will.« Er umschloss ihr Handgelenk. Ihr Herz raste. Der Duft des Pfeifenstrauchs zog auf einmal durch das halb geöffnete Fenster herein. Bo lehnte sich vor, seine Bartstoppeln kitzelten ihre Wange. Seine Haut roch frisch, wie nach Äpfeln. Sie schloss die Augen bis auf einen kleinen Spalt. Sie wollte ihn sehen, seinen Anblick in sich aufnehmen.

Plötzlich waren seine Lippen einfach da, auf ihren. Sein Mund war warm. Mit der Zungenspitze fuhr er tastend über ihre Unterlippe, bis er schließlich ihre Zunge fand. Zwei Zungenspitzen, das war alles. In einer alten Dienstkammer, kaum größer als ein Schrank. Nur noch ihre Münder und Zungen schienen zu existieren.

Es war hypnotisch.

Und das war das Gefährliche, das Verbotene daran, das, was in den Fortsetzungsromanen immer ausgelassen wurde und jetzt wie eine mächtige Welle alles mit sich fortriss.

Gleich nach dem Frühstück radelten sie zum Atelier. Die Luft war angenehm mild und der Himmel mattblau. Zurück in ihrem Zimmer, hatte Veronika gestern Nacht kaum Schlaf finden können. Ihre Lippen waren nach den vielen Küssen noch ganz empfindlich. Weiter waren sie Gott sei Dank nicht gegangen. Er begleitete sie noch vor Mitternacht zu ihrem Zimmer und küsste sie zum Abschied auf den Nacken. Danach hatte sie allein in der Dunkelheit gelegen und das, was geschehen war, vor ihrem inneren Auge immer und immer wieder Revue passieren lassen. Sie hatte seine Zunge gespürt. Seine Hände, die über ihren Rücken glitten.

Veronika schluckte und sah zu Bo, der ein Stückchen vor ihr fuhr. Beidseits des Weges dehnten sich frisch geerntete Roggenfelder aus. Die Stoppeln erinnerten sie an die Garnfäden, die aus dem Teppich in Bos Zimmer hervorragten. Alles erinnerte sie gerade an ihn. Sie sah die Schweißperlen auf seinem sonnengebräunten Nacken.

Bo hatte sich tief über den Lenker gebeugt, sein Hemd blähte sich wie ein Segel. Er drehte sich um.

»Beobachtest du mich?« Er lächelte.

»Ein bisschen.« Sie ließ ihren Lenker los und hob die Arme in die Luft. Unter den Gummireifen knirschte es.

»Das kann ich auch!« Er ließ seinen Lenker ebenfalls los und fuhr schwankend einige Meter, bis der Kiesweg so wellig wie ein Waschbrett wurde und er auf dem Untergrund nur noch schwerlich das Gleichgewicht halten konnte. Sie holte ihn ein, und sie fassten sich an den Händen.

»Hier ist es.« Er nickte und bremste vor einem kleinen Dickicht ab. »Wir können die Räder hier abstellen und das letzte Stück über die Weide zu Fuß gehen.«

»Hier gibt es doch hoffentlich keine Stiere?«

»Nein. Nur nette Schafe.« Er lehnte ihre Räder an den Steinwall. Dann reichte er ihr die Hand und ließ sie auf dem Weg zur Weide vorangehen. Es war nur ein schmaler, von Tieren ausgetretener Pfad. Veronika lief sonst nie über Weiden. Als kleines Mädchen war sie einmal stundenlang auf den Weideflächen umherirrt, die nur von Steinwällen voneinander getrennt gewesen waren. Nachdem sie endlich wieder zurück auf die Landstraße gefunden hatte, war sie völlig außer sich gewesen.

Jetzt herrschte eine betäubende Hitze. Kein Lüftchen wehte. Hier und da breiteten sich mächtige Baumkronen über ihnen aus. Überall summten Insekten.

»Da vorne ist es. Kannst du es sehen?« Er zeigte auf ein kleines weißes Haus aus Stein mit einem baufälligen Ziegeldach. Ringsherum schoss das Gras in die Höhe. Am

Giebel stand eine kaputte Regentonne, umgeben von verwelktem Rotklee. Weiter hinten auf dem Grundstück inmitten von Nesseln konnte sie vage ein Plumpsklo erkennen. Bo ging mit ausgreifenden Schritten durch das Gras. Von vorne sah das Haus aus wie jedes andre x-beliebige Häuschen, aber auf der Rückseite befand sich eine gläserne Veranda aus schiefen Fenstern.

»Die Tür ist offen«, sagte er mit einem Nicken.

Sie öffnete den Riegel. Im Atelier war es kühl, und es roch wie in einem Erdkeller. Aber auch nach Terpentin und Malkreide. Veronika war noch nie in einem Künstleratelier gewesen. Sie kannte nur den Zeichensaal ihrer Schule. Aber dort hatte es strenge Regeln gegeben, welche Farben und Pinsel benutzt werden durften.

Hier jedoch lagen Farbtuben, Pinsel und Paletten offen auf den Regalen. Vor den Fenstern stand eine farbbekleckste Staffelei mit einer weißen Leinwand. An der gegenüberliegenden Wand befand sich ein Ruhebett, wie gemacht für nackte Frauen während einer Aktstudie. Und erst das Licht! Es war klar und rein, wie Butter in der Pfanne. Sanft und honiggolden. Veronika wurde ganz feierlich zumute. Eine Sekunde lang wünschte sie sich, dass sie sich in aller Ruhe all das Wunderbare hier anschauen konnte. Die Farbe riechen. Die Pinsel berühren.

»Ist das dein Entwurf?« Sie trat an einen Tisch, auf dem ein kleines mit Goldfarbe bemaltes Modell stand. Ein Rechteck, das sich auf kunstfertige Art an ein Dreieck lehnte, das wiederum auf der Spitze balancierte. Die gesamte Skulptur stand auf einem quadratischen, grau gestrichenen Sockel.

Bo stellte sich hinter sie, die Hand leicht an ihrer Taille.

»Ja, genau. Den richtigen Maßstab zu finden, das ist wirklich schwierig. Hier drüben steht mein letzter Versuch.« Er ging zu einer Bank, wo ein unförmiger, mit feuchten Papierstreifen umwickelter Klumpen lag. Vorsichtig wickelte er sie ab, als wäre es eine Bandage. Veronikas Blick fiel auf seine empfindsamen Hände. Sie bemerkte, wie zärtlich seine Bewegungen waren, und wünschte sich, dass sie der Tonklumpen wäre.

»Das ist das untere Teil des Rechtecks. Die Teile müssen etappenweise gebrannt werden, damit sie nicht rissig werden, aber im Ofen schrumpfen sie so stark, dass ich sie kaum passgenau zusammenfügen kann. Hugo hätte mir eigentlich dabei helfen sollen, aber er hatte in den letzten Tagen so viel um die Ohren. Vorgestern hat er mit einem Kerl, den er lange nicht gesehen hat, gefeiert. Ich wollte ihn nicht stören.«

Der Ton roch metallisch. Sie wusste, dass auf dem Grund einiger Seen in der Umgebung blauer Ton zu finden war, manchmal selbst in der Erde. Eine ältere Dame in der Pension hatte behauptet, sie habe nur wegen des hohen Tonanteils in ihren Beeten Erdbeeren so groß wie Tennisbälle geerntet.

»Das Zeug trocknet im Nu. Man muss es ständig feucht halten, und das ist bei dieser Hitze ganz schön schwierig.« Vorsichtig wickelte er den Ton wieder ein.

»Und wo steht der Brennofen?«

»Da drüben.« Bo deutete in eine Ecke, wo Spatel und Messer in Krügen standen, davor eine Töpferscheibe mit einem Pedal.

»Das alles habe ich gebrannt, aber es ist misslungen.«

Er ging zu einem Tisch mit einer Ansammlung von Klumpen.

»Ich bekomme sie nicht gerade hin, das ist das Problem. Sieh dir nur das Dreieck an! Es sieht aus wie ... tja, ich weiß nicht ...«

»Wie der Eiffelturm?« Schelmisch sah sie ihn an.

Er schüttelte sie leicht und gab ihr einen Kuss auf den Mund.

»Den habe ich dir gestohlen«, flüsterte er in ihr Haar. »Möchtest du eigentlich etwas trinken? Es ist Saft da.«

»Ja, gerne.«

Er ging zu einer Nische mit einem großen Trog. Vermutlich war er schon dort gewesen, als das Gebäude noch als Schweine- oder Schafstall gedient hatte. Hier draußen auf Lyckan gab es vor allem einzelne Bauernhöfe und Ställe. Er suchte nach Gläsern, fluchte leise, als ihm eines entglitt und zu Boden fiel, und nahm Waffeln aus einer Dose. Veronika setzte sich auf einen Sprossenstuhl an den kleinen Klapptisch.

Die Stille im Atelier wirkte fast einschläfernd. Nur einfache, weiß verputzte Wände, die sehr schlichte Einrichtung, und dann die warmen, ochsenblutrot gestrichenen Sprossenfenster. Es war ein wundervoller Ort; hier hätte sie leben können. Bo reichte ihr ein Glas Saft und trank seins in einem Zug aus.

»Vielleicht möchtest du ja auch etwas zeichnen? Francie sagte doch, dass du auch manchmal zeichnest.«

»Na ja, aber hauptsächlich zum Vergnügen.« Verlegen sah sie auf die Tischplatte.

»Umso besser. Im Moment muss ich mich spielerisch rantasten. Ich suche mal die Sachen zusammen, dann können wir eine Zeit lang nebeneinander arbeiten. Was hältst du davon?«

Er stand auf, ohne ihre Antwort abzuwarten, und ging zu dem Regal, auf dem ein Zeichenblock und Pinsel lagen.

»Hier, bitte.«

Er reichte ihr einen noch eingeschweißten Aquarellmalblock und ein Glas Wasser und stellte den Farbkasten auf den Tisch.

»Bleistifte sind in der Dose. Nimm dir, was du willst. Ich hole den Ton auch hierher.«

Sie rutschte mit dem Stuhl etwas näher an den Tisch heran. Unter den Holzbeinen knarrten die Dielen. Sie hatte noch nie einen Zeichenblock besessen. Meistens hatte sie auf den Rändern von Zeitungen oder benutzten Quittungsblöcken gezeichnet, vor allem zarte, junge Frauen in weiten Röcken und mit schmaler Taille. Stupsnasen. Große Augen. Sie zeichnete die Illustrationen in den Nähanleitungen ihrer Mutter ab. Manchmal hatte sie sich ausgemalt, selbst Modezeichnerin zu werden und sogar eigene Kleidungsstücke zeichnen zu dürfen. Neben ihren erfundenen Kreationen schrieb sie dann beispielsweise in zierlicher Schrift: *Kreation aus graublauem Stoff mit weißen Streifen. Rokokoärmel mit Stickerei. Hellblauer Empiregürtel. Entzückend.*

Sie schlug den Zeichenblock auf und betrachtete die weiße Fläche. Was sollte sie zeichnen? Auf einem Regal über dem Tisch stand eine staubige Flasche mit einer Distel. Die Distel war vertrocknet, aber ihre Stacheln immer noch kräftig lila. Sie besaß in all ihrer Schlichtheit eine ganz besondere Schönheit. Mit dem Bleistift fing Veronika an, sie in der unteren Ecke des Blattes mit dünnen Strichen zu skizzieren.

Bo saß ihr gegenüber und sah ihr zu.

»Du darfst gerne das gesamte Blatt füllen. Es gibt genügend Papier«, bemerkte er mit einem Lächeln.

Er griff nach dem Tonklumpen und modellierte ihn mit geübten, energischen Handgriffen.

Ein Weilchen saßen sie so da. Nur das Kratzen des Stiftes auf dem Papier und das Geräusch, das der Tonkloß beim Umdrehen machte, waren zu hören. Immer wenn Veronika Bo ansah, erfasste sie eine Welle einer fast lähmenden Sehnsucht. Begierde. Der Wunsch, mit ihm zu verschmelzen, dass er sie berühren möge. Sie war beinahe wütend auf ihn, weil er so starke Gefühle in ihr weckte.

Sie starrte auf das Muttermal in seinem sonnengebräunten Nacken, auf die feinen Härchen hinter seinen Ohren.

Er stellte sich direkt hinter sie.

»Wenn du hier den Schatten etwas weiter links hinfallen lässt, wirkt das Blatt lebendiger. Und dort, wo das Bild am dunkelsten sein soll, schattierst du es mit kleinen, dicht gedrängt gezeichneten Strichen. Siehst du, was dann passiert?« Bo gab ihr den Stift zurück und ließ seine Hand einen Moment auf ihrer liegen.

Ein Schauer überlief sie.

»Du frierst doch nicht etwa?«

»Nein. Das ist es nicht der Grund.«

»Eine kleine Erkältung?«

Sie schüttelte den Kopf.

»Es liegt an dir. Du bist meine Erkältung. Oder eher etwas noch Ernsteres. Eine Lungenentzündung.«

»Eine Lungenentzündung?« Er lachte auf. »Die überlebt man doch! Wie wäre es mit etwas Lebensbedrohlicherem? Grünem Star? Oder TBC?«

»Du lässt mich erblinden.«

»Das klingt gut.« Beifällig nickte er und legte seine Hand auf ihre Schulter. »Blindheit ist etwas Ernstes. Du wiederum bist wie die Menière-Krankheit.«

»Was ist das?«

»Man leidet unter Schwindel. Einer meiner Lehrer hatte das. Das klingt doch schick, oder?«

»Sag es noch einmal.«

»Menière-Krankheit.«

»Ich kann nichts hören. Du hast mich mit Taubheit geschlagen.«

Er hockte sich vor sie.

»Wie nahe muss ich dir denn kommen, damit du mich hören kannst?«

»Du musst noch näher kommen.«

»So?«

»Noch etwas mehr.«

Sein Oberkörper war jetzt zwischen ihren Beinen. Sie legte ihre Handfläche auf seine Brust. Konnte seinen Herzschlag spüren.

»Ich möchte dich am ganzen Körper küssen«, sagte er gedämpft.

»Können wir uns nicht nackt ausziehen und uns dort hinlegen?«

Mit einem Nicken deutete er in Richtung des Ruhebettes. Sie wusste, dass sie Nein sagen sollte. Dass sie warten, sich beherrschen sollte. Aber sie wollte ihn unbedingt nackt sehen. Und nur so mit ihm daliegen, nebeneinander.

»Dann aber in Unterwäsche.«

Er nickte.

»Wir machen es so, wie du es möchtest.«

Er nahm ihre Hand, und sie sanken unbeholfen auf die schmale Liege.

Ihr Mund war trocken, als er ihr wortlos das Kleid auszog. Er hatte mit dem BH zu kämpfen, und es misslang ihm, ihn aufzuhaken. Schließlich zog er den Büstenhalter einfach zur Seite und fuhr tastend mit dem Mund über ihre Brustwarzen. Sie war bisher erst einmal auf die Brust geküsst worden, von Birger Sjögren aus der Parallelklasse in der Walpurgisnacht, allerdings mit dem Kleid dazwischen. Er war der einzige Junge ihres Jahrgangs gewesen, der genauso groß war wie sie. Sie erinnerte sich vor allem daran, wie sie versucht hatte, ihn dazu zu bewegen, damit aufzuhören. Trotzdem hatte er ihre Brustwarze in seinen Mund genommen, mitsamt dem Stoff, und verzweifelt daran gesogen. Sie hatten sich im Park an einen Baum gelehnt, und Veronika hatte Angst gehabt, dass jemand vorbeikommen könnte. Besonders angenehm war es auch nicht gewesen.

Jetzt aber verspürte sie ein Kribbeln im Bauch, als Bos Zunge ihre Brustwarze erreichte. Trotzdem war sie froh, dass ihre Brust nicht vollkommen entblößt war. Brüste waren empfindsam. Und was wäre, wenn er sie nicht schön fände? Seine Hände glitten über ihre Hüften hinab und unter ihren Rock, wo sie die Ränder ihrer Unterhosen entlangstrichen. Halbherzig schob sie seine Hand beiseite.

»Warte.«

»Entschuldige. Ich möchte dich nur so gern fühlen.«

Sie merkte, dass sie zwischen den Schenkeln feucht wurde, peinlich feucht. Ihre Erregung verursachte ihr Übelkeit. Sollte das wirklich so sein? Es fiel ihr schwer, immerzu seine Hand beiseitezuschieben und sich gleichzeitig zu wünschen, dass er sie dort ließ. Würde sie sie nicht wegschieben, könnte sie aber hemmungslos wirken. Und wenn sie seine Hand zu energisch wegschob, würde er aufgeben. Es war ein Balanceakt, der ihnen beiden höchstes Feingefühl abverlangte. Wie machte man es richtig? Ihr Gesicht war glühend heiß. Das ganze Atelier drehte sich um sie. Sie war siebzehn Jahre alt und noch unschuldig. Sollte sie es ihm sagen oder war das nicht nötig? Vielleicht würde er sie nur für kindisch halten oder aber glauben, dass sie vorgreifen würde? Sie küssten sich leidenschaftlich. Seine Finger kehrten wieder zum Bund ihrer Unterhose zurück. Sie merkte, wie sich seine Finger langsam und methodisch unter den elastischen Taillenbund vortasteten. Als er ihren bloßen Schoß erreichte, stöhnte er auf. Sie öffnete ihren Mund an seiner Schulter, seine Haut schmeckte salzig.

Noch nie waren andere Finger als ihre eigenen in ihr gewesen, noch nie hatte sie ihre Hand auf das Geschlecht eines Mannes gelegt. Jetzt ließ sie ihre Hand zaghaft über seine Unterhose gleiten. Er war hart. Und die Größe erschreckte sie. Was war Penis und was Hoden? Sie tastete. Zögernd hatte er begonnen, sie zu streicheln. Sie war sehr erregt und wusste gleichzeitig, dass sie diese Sache beenden musste. Zum einen war es zu früh, und zum anderen sollte sie ja wohl eine ungefähre Vorstellung von der gemeinsamen Zukunft mit dem Mann haben, mit dem sie ins Bett ging. Diese unzusammenhängenden Gedanken halfen Veronika, sich wieder zu sammeln, und sie schob seine Hand beiseite.

»Wir müssen warten.«

»Worauf?«

»So ist das einfach.«

Enttäuscht sanken sie beide zurück auf die Liege.

»Hat es dir nicht gefallen?« Mit glänzenden Augen und geweiteten Pupillen sah er sie an.

»Doch.« Ihre Stimme war kaum mehr als ein Flüstern.

Er legte die Finger auf ihre Lippen und sah ihr in die Augen. Sein Haar war zerzaust.

»Ich kann warten, wenn du das möchtest. Es ist nur so, dass man andauernd auf alles Mögliche warten muss. Immer nur warten. Man kann auch zu lange warten, und dann kommt es nie so, wie man es sich erhofft hat. Für manche Dinge kann es auch zu spät sein. Wann soll man all das tun?«

Eine Fliege flog surrend gegen das Fenster.

»Ich weiß nicht.« Hilflos schüttelte sie den Kopf.

»Küss mich noch einmal.«

Sie tat, was er sagte, aber irgendwie war die Luft raus und der Kuss nur noch halbherzig. Er streichelte ihr ein paarmal über die Haare. Dann stand er auf und ging zum Tisch. In seiner Unterhose war immer noch eine Wölbung zu erkennen.

»Was zum Teufel soll ich bloß damit machen?«, sagte er und deutete auf seine halb fertige Skulptur.

Veronika drehte sich auf die Seite und zog eine Decke über sich.

»Kannst du diese trostlose Idee nicht einfach aufgeben und stattdessen eine andere Skulptur entwerfen, bei der klare Linien keine so große Rolle spielen? Etwas, das sich nicht in ein enges Korsett zwängen muss und ungezähmter sein darf?«

»Und was soll das sein?«

»Ich weiß nicht. Vielleicht eine Pflanze oder eine Blume. Wie wäre es mit einer Distel?« Sie zuckte die Achseln. Sie spürte immer noch ein Pochen zwischen den Schenkeln.

»Aber Laholm hat doch diese geordert und dafür bezahlt.«

»Was sollen sie denn unternehmen? Sie können es jetzt ja kaum noch rückgängig machen. Du hast doch nichts zu verlieren.«

Er musterte sie. Ein verletzlicher Ausdruck stand in seinen Augen. Sie schimmerten.

»Kannst du dir vorstellen, mir dabei zu helfen?«

»Ich würde alles tun, was mir möglich ist.«

Er ging zurück zum Ruhebett, legte sich stillschweigend wieder neben sie und schloss sie mitsamt der Decke fest in seine Arme.

2019

Erik und ich gewannen – ironischerweise – einen Radiopreis für die beste Dating-Sendung des Jahres. Die Preisverleihung war am selben Tag, an dem meine Scheidung öffentlich bekannt wurde, was die Klatschpresse natürlich mitbekam. Wo immer Erik und ich hingingen, wurde über uns getuschelt. Vor der Gala war ich nervös und schon bei unserer Ankunft beschwipst. Im Foyer stolperte ich über mein Kleid und stürzte. Als wir den Preis in Empfang nahmen – eine unbeholfene Imitation eines Herzens mit Flügeln aus Bronze – hatte ich einen Tunnelblick. Nach der Gala wollte mir eine Journalistin einige Fragen stellen, und als sie mich erst einmal im Visier hatte, kam sie schnell zur Sache:

»Ihr Exmann behauptet, Sie wären die letzte Person auf der Welt, die er in Beziehungsfragen um Rat bitten würde. Er sagt, Sie wären, Zitat, ›ein Scharlatan, der versucht, aus dem Unglück anderer Geld zu schinden‹. Was sagen Sie dazu?«

Ich hätte natürlich gar nicht darauf antworten sollen. Aber ich tat es und sagte:

»Ich finde, dass er die Klappe halten sollte.«

Diese Aussage wurde eine viel zitierte Schlagzeile.

Ebba Lindqvists Rat an ihren Ex: Halt die Klappe!

Als Krönung des Ganzen lag mein neues Buch *Harmonische Scheidung* gerade druckfrisch in den Läden. Ich konnte es nicht mehr zurückziehen, weil ich vertraglich gebunden war und den Vorschuss schon ausgegeben hatte. Die Marketingabteilung des Verlags jubelte insgeheim bestimmt. Schadenfreudige Kommentare in den sozialen Medien und hämische Artikel wechselten sich ab. Ich war eine dankbare Zielscheibe.

Besonders eifrig gepredigt hatte ich während meiner Karriere immer eines: *Reagieren Sie nie verbittert!* Diese verhasste Verbitterung. Die Todessünde schlechthin. Aber auf einmal war mein Herz selbst voller Verbitterung. Während Tom sich weigerte, auch nur ein Wort mit mir zu wechseln, gab ich in meinem Buch am laufenden Band oberschlaue Tipps: *Sorgen Sie sich um das Wohl Ihres Exmannes! Zeigen Sie sich um der Kinder willen kooperativ! Machen Sie sich bewusst, was Sie Schönes miteinander geteilt haben!* Und vor allem immer wieder: *Reagieren Sie nie verbittert*! Verbitterung ist ansteckend. Sie lähmt, frisst einen auf und macht einen abstoßend. Genauso wie Zorn. Ich hatte so lange Verständnisbereitschaft gepredigt, dass ich mir auf meine eigene Wut überhaupt keinen Reim machen konnte. Eine Scheidung ist in unserer heutigen Gesellschaft kein Stigma mehr. Aber nicht länger mit dem Elternteil seines Kindes kommunizieren zu können schon. Und jetzt fiel der ganze Stuss, den ich von mir gegeben hatte, auf mich selbst zurück.

Mir wurde seitens meines Senders ans Herz gelegt, mich freizustellen, um wieder *etwas zu mir zu kommen*.

Außerdem sollte in der Redaktion umstrukturiert werden. Obwohl das *Liebeslabor* gerade erst einen Preis gewonnen hatte, war es nicht sicher, ob es Bestand haben würde. Es gab neue Ideen für eine Sendung zum Thema Liebe und Beziehungen. Neue Moderatoren standen schon Schlange. Es wehte ein neuer, frischer Wind.

Schließlich reichte ich, weil ich zu stolz war, von selbst meine Kündigung beim Sender ein und bekam eine Abfindung von ein paar Monatsgehältern. Doch obwohl sich mein Scheidungsratgeber nicht sonderlich gut verkaufte, gab es für mich doch bestimmt andere Betätigungsfelder. Ich konnte als freiberufliche Journalistin arbeiten und Vorträge halten. Oder vielleicht zur Abwechslung mal einen Käsehobel kaufen gehen? Erik hatte keinen. Aber irgendetwas in mir war ins Wanken geraten. Wenn ich einkaufen ging, packte mich das Gefühl, dass die Menschen mich zwischen den Regalen hindurch beobachteten. Nachdem ich so lange für meinen Mann und Oskar die Großeinkäufe erledigt hatte, brauchte ich jetzt nur noch einen kleinen Einkaufskorb. Es war ein seltsames Gefühl, wie ein Leben auf Pump. Ich hatte noch ein anderes Leben, und das lief plötzlich ohne mich ab. Ob Tom wohl an Oskars Brotdose dachte? Seine Lieblingskleider wusch und sie über Nacht auf der Heizung trocknete? Körperlich war ich von meinem alten Leben getrennt, aber mein Geist, meine Gedanken weilten noch oft dort. Dieses Gefühl, zweigeteilt zu sein und an zwei Orten parallel zu existieren, ebbte nicht ab, es wurde mein neuer Normalzustand.

Erik arbeitete weiter für den Radiosender und wurde rasch für andere Sendungen gebucht. Er war beliebt, ein populärer Kollege, der außerdem zum Tischtennismeister gekürt wurde, nachdem die Redaktion eine Pingpongplatte angeschafft hatte. Viele schienen Mitleid mit ihm zu haben, weil er im Kreuzfeuer meiner schmutzigen Scheidung gelandet war. Ich dagegen saß zu Hause, blätterte in Samenkatalogen und dachte, dass ich meditieren und über meinen Ex und unsere gemeinsame schöne Zeit nachdenken sollte. To-do-Listen schreiben, Pläne schmieden und mich um eine richtige gemeinsame Wohnung kümmern sollte. Ich hätte meine ganze Energie auf den Neubeginn konzentrieren sollen.

Einen Einjahresplan entwerfen. Einen Fünfjahresplan. Einen Siebenjahresplan.

Aber Dinge, die mir früher nur so zugeflogen waren, wurden jetzt auf einmal zu unüberwindlichen Hürden.

Ich hatte nicht länger einen Plan, mein einstiges Lieblingswort.

Das Tückische an der Liebe ist das Risiko, sie auch wieder verlieren zu können, oder zumindest die Kontrolle zu verlieren. Die leidenschaftliche Liebe ist wie ein schwarzes Loch. Gerät man erst in die Nähe seines Kraftfeldes, wird man unabdinglich hineingesogen, ohne zu wissen, in was für einer Welt es einen wieder ausspuckt.

In meinem früheren Leben hatte ich immer alles unter Kontrolle gehabt, aber Erik hatte ein Loch in meinen Verteidigungswall gerissen. Und für mich glich dieses Loch einer Falltür. Als sie erst einmal geöffnet war, vermochte ich weder meinen Ängsten noch meinen Bedürfnissen Einhalt zu gebieten. Ich verlangte, dass Erik mich lieben sollte, wie man ein Kind liebt. Vorbehaltlos. Intensiv. Selbstlos. Er sollte für alles Verständnis aufbringen, alles auffangen und über alles hinwegsehen. Und als er das tat, fühlte ich mich noch verletzlicher als vorher, bevor ich zugelassen hatte, dass er mich liebte.

Ja, Liebe kann einen schwach machen. Man kann sich fühlen wie ein Samenkorn, das sich aus seiner Samenkapsel löst und davonschwebt. Vielleicht so weit weg von der Erde, dass man nie mehr zurückfindet.

Ich liebte Erik so sehr, dass ich Angst hatte, ihn zu verlieren. Manchmal wurde diese Angst so groß, dass ich daran dachte, ihn zu verlassen. Vielleicht ist er gar nichts für mich, dachte ich, wenn wir eine Auseinandersetzung hatten und ich meinen Blick von seinem Gesicht abwandte, damit mich sein Gesichtsausdruck nicht zu sehr aus der Fassung brachte. Ich ging auf Distanz, um nicht unterzugehen. Legte mir ein dickes Fell zu, gab vor, nicht verletzlich zu sein, damit ich nicht vernichtet wurde.

Aber ich war immerhin noch so verletzlich, dass ich bei ihm blieb.

Ich nahm nun ab und zu mal Oskar mit in Eriks Wohnung. Die vielen Musikinstrumente beeindruckten ihn natürlich. Erik brachte ihm einige Akkorde auf der akustischen Gitarre bei und richtete eine gemütliche Ecke mit Sitzkissen her. Er benahm sich Oskar gegenüber sehr fürsorglich, kaufte ihm ein Fahrrad, unternahm Ausflüge mit ihm, spielte Spiele. Es war rührend, machte mir aber auch schmerzlich bewusst, wie wertvoll das war, was ich zerstört hatte.

Ich hatte eine Entscheidung getroffen, war dadurch aber in zwei Hälften geteilt.

Sowie unsere Scheidung durch war und Tom mir meinen Anteil an der Wohnung abgekauft hatte, gingen Erik und ich zu Wohnungsbesichtigungen. Weil es Erik an eigenem Kapital mangelte, war die Auswahl bedenklich eingeschränkt. Für mich bedeutete dies ein echter Abstieg, was mich stärker störte, als ich zugeben wollte. Nach ein paar Wochen fanden wir eine Zweizimmer-Neubauwohnung in dem Stockholmer Vorort Hammarby Sjöstad. Man konnte direkt in die Fenster der Nachbarn auf der gegenüberliegenden Straßenseite blicken. Sie schwebten hinter den großen Fenstern wie Goldfische in einem Aquarium umher. Tom und ich hatten in einer schönen Villa aus der Jahrhundertwende mit Balkon gewohnt. Jetzt musste ich mich mit einem PVC-Boden und einer Standardküche zufriedengeben. Nachts konnte ich die hohl klingenden Töne von dem Synthesizer hören, wenn Erik spielte. Vor dem Fenster hängte er ein Stofftuch auf, das er einmal auf Bali gekauft hatte. Nach wie vor konnten wir einen ganzen Abend lang nur daliegen und miteinander reden. Über irgendwelchen Blödsinn lachen. Uns mitten auf der Straße küssen. Aus Wochen wurden Monate.

Er ließ die IKEA-Tüte auf den Schlafzimmerboden fallen und kramte morgens darin herum, um etwas einigermaßen Sauberes zum Anziehen zu finden. Der Charme, den das Ganze mal auf mich ausgeübt hatte, nahm mit der Zeit immer mehr ab. Also legte ich seine Kleidung in Schränke und Schubladen.

Immer häufiger träumte ich von meiner alten Wohnung und dass alles wieder wie früher war. Meine Gedanken schweiften zu den Dingen, die mir einst Vergnügen bereitet hatten. Der Großeinkauf. Die gemeinsamen Mahlzeiten mit Toms wundervoller Familie. Vor dem Fernseher abhängen. Ich war glücklich und unglücklich zugleich, fühlte mich aber dazu gezwungen, diese Gefühle vor anderen zu verbergen. Erik war der Ansicht, ich würde mich zu sehr an Vergangenes und Überholtes klammern und mir zu viele Sorgen machen. Ich neidete ihm seine Einstellung. Er hatte keine Familie, die er verlassen hatte. Er musste sich nicht quälen, fühlte sich nicht zwischen Verantwortung und Schuldgefühlen und einer neuen Liebe zerrissen. Aber in solchen Momenten klopfte er liebevoll auf den Platz neben sich in der Kissenecke, sah mich an und sagte: »Komm her, Liebling! Alles wird gut.« Und dann zwang er mich wie eine widerspenstige Katze mit sanfter Gewalt, mich zu setzen. Tätschelte sorglos meinen Kopf und legte die Decke über meine Beine. Steckte sie um mich herum fest. Und das rief mir wieder in Erinnerung, dass ich das gewollt hatte, es immer noch wollte. Dass ich ihn liebte und zu ihm gehörte und mit niemand anderem als ihm zusammen sein wollte. Und dass es gleichzeitig alles andere als unkompliziert war.

Es gab so vieles, über das ich gern mit Erik reden würde, aber mittlerweile ist so viel Zeit seit unserer Trennung vergangen, dass es mir schwerfällt, mich bei ihm zu melden. Und ich habe Angst, dass es zu sehr wehtun würde und ich mir Dinge würde anhören müssen, für die ich nicht die Kraft habe. Zum Beispiel, wie glücklich er ist, oder er erzählt mir von seiner neuen Liebe und dem Baby. Stattdessen denke ich lieber so an ihn wie Veronika an Uno – dass er auf einer Weltreise ist, von der er vielleicht, vielleicht auch nicht irgendwann zurückkehrt.

Der Tinnitus ist ein Geräusch, das der Patient wahrnimmt, das aber keinen tatsächlichen akustischen Ursprung hat. Es ist ein Phantomgeräusch, für das es keine zufriedenstellende wissenschaftliche Erklärung gibt.

Mit der Liebe und dem Verlustschmerz verhält es sich ganz ähnlich.

1955

Nach dem Debakel mit dem Bankdirektor reisten auch andere Gäste frühzeitig ab. Darunter der Apotheker, bei dem plötzlich Fieber aufgetreten war und der deshalb fürchtete, dass ein möglicher Bienenstich zu viel der körperlichen Belastungen sein könnte. Auch eine Dame, die es auf eine Allergie schob, hatte mit ihrer Schwester die Pension verlassen.

Die eiserne Garde, bestehend aus Arvid Lundqvist, Hauslehrer Söderström, Frau Cedergren und Frau Dunker samt ihren Nichten an der Spitze, war jedoch geblieben. Frau Cedergren hatte eine neue Gewohnheit etabliert: Vor den Mahlzeiten im Speisesaal einen Teelöffel Kaffeepulver anzuzünden. Das halte, wie sie meinte, die Bienen fern und würde außerdem für ein appetitanregendes Aroma sorgen. Die Meinungen darüber gingen natürlich auseinander, aber die übrigen Gäste ließen sie machen. Nicht zuletzt war es amüsant und ziemlich komisch, dieses Ritual zu verfolgen und Frau Cedergren dabei zuzusehen, wie sie mit ernster Miene feierlich den Teelöffel in der Hand hielt und einen der Herren bat, ein Streichholz zu entzünden. Dann schritt sie ein Weilchen wie ein katholischer Priester mit seinem Weihrauchfass im Speisesaal umher und verteilte gnädig den Rauch, indem sie den Teelöffel langsam durch die Luft schwenkte.

»Welch ein Glück, dass dieses Jahr nicht der Feuerwehrhauptmann hier Ferien macht«, scherzte Söderström. »Was er wohl dazu gesagt hätte?«

»Ist das ein Orakel?«, erkundigte sich eine halb erblindete Frau aus Stockholm, die allein angereist war und eigentlich ein Zimmer in der Pension Riviera gebucht hatte, jedoch einen Monat zu spät dort eingetroffen war und mit dem weniger ausgebuchten Miramar hatte vorliebnehmen müssen.

»Ihre Pension beherbergt wirklich eine eigenartige Gästeschar«, hatte sie zu Veronika gesagt. »Hält diese Frau auch Séancen ab?«

Durch die vorzeitige Abreise mancher Gäste konnten Veronika, Bo und Francie nun mit den anderen Gästen im Speisesaal essen. Normalerweise nahm sich Veronika immer nur ein paar Reste in der Küche und aß sie an dem kleinen Klapptisch hinter der Speisekammertür. Manchmal leisteten ihr dort Signe und ihre Mutter Gesellschaft, die die täglichen Höhepunkte und Missgeschicke zum Besten gaben: »Fräulein Andrén hat in diesem Jahr einen Hund mitgebracht. Wir müssen das Tier im Garten anbinden, damit es nicht abhaut. Heute waren die Kartoffeln versalzen. Frau Dunker hat so viel gegessen, dass sie Verstopfung bekommen hat.« Veronikas Mutter besaß die seltene Gabe, dass ihr nichts entging, selbst wenn sie sich nur für einige Sekunden in einem Raum aufhielt. Sie hatte Argusaugen, wie Signe es nannte.

Jetzt saßen Veronika und Bo an einem der gedeckten Fenstertische im Speisesaal. Sie hatten ein paar wunderbare Tage miteinander verbracht, waren heimlich zum Atelier gefahren, hatten auf dem Ruhebett gelegen und sich geküsst, gemalt, Butterkekse gegessen und Tee getrunken. Veronika hatte sich beherrscht. Sie hatten vieles, aber nicht *das* getan, obwohl ihr Körper so sehr bereit war, dass ihr ganz übel war. Trotzdem wollte sich die Befriedigung, weil sie sich in Beherrschung übte, nicht einstellen. Das, womit Signe und ihre Mutter und alle anderen Erwachsenen einem ständig in den Ohren lagen – beherrsch dich, dann geht's dir später besser –, schien nicht zu stimmen.

Am Ende der Weideflächen hatten Bo und sie eine kleine Strandbucht entdeckt, wo sie nackt gebadet hatten, bevor sie sich auf eine Decke in den Schatten eines Baumes gelegt und zugesehen hatten, wie sie beide vor Erregung eine Gänsehaut überlief. Danach waren sie zurück zur Pension geradelt, und jeder war auf sein Zimmer geschlichen. Veronika hatte niemandem ein Sterbenswörtchen erzählt. Noch nicht einmal Francie. Manchmal war Francie sehr redselig, und Veronika wollte nicht riskieren, dass all das Schöne durch einen einzigen zufälligen Kommentar zunichtegemacht wurde. Außerdem erschien ihr das, was ihr gerade widerfuhr, viel zu überwältigend, als dass sie es in Worte fassen konnte. Mit Worten konnte man nur das ausdrücken, was schon passé war, sagte ihr der Instinkt. Deshalb hatte sie auch diverse Vorwände gehabt, als Francie immer ungeduldiger wurde und rumgequengelt hatte, sie solle doch mitkommen, wenn sie Briefe aufgeben müsse, etwas in der Stadt zu erledigen habe oder Wäsche wegbringe. Lügen hatte Veronika noch nie zuvor erfunden.

Am gegenüberliegenden Tischende saß Frau Dunker mit ihren Nichten und schob den Mädchen drängend zwei Gläser hin, die sie austrinken sollten.

»Trinkt jetzt eure Sahne, Mädchen, bevor das Essen serviert wird!«

Die Mädchen, zehn und zwölf Jahre alt, waren dürr und schmächtig und mussten aufgepäppelt werden, und deshalb mussten sie zu jeder Mahlzeit ein Achtel Sahne trinken. Frau Dunker pflegte immer eine Woche vor ihrer Ankunft anzurufen und daran zu erinnern, dass diese auch vorrätig war. Die Sahne wurde in braunen Glasflaschen geliefert, die wie Medizinfläschchen aussahen und von denen sie sorgfältig und mit strenger Miene mit einem eigenen Messbecher die Sahne abmaß. Die Mädchen, die sich zum Verwechseln ähnelten, verfolgten die Prozedur mit angeekeltem, gläsernem Blick und schluckten sie, ohne zu protestieren, hinunter. Am Ende ihres einmonatigen Aufenthaltes sahen die Mädchen meistens gesund aus, waren sonnengebräunt und hatten etwas Speck auf die Rippen bekommen. Frau Dunker wertete jedes Hektogramm mehr als ihren persönlichen Erfolg und nickte zufrieden, wenn die Sprache auf die Gesundheit und das Gewicht der Mädchen kam. Der Vater der Kinder war ihr missratener Bruder, der Alkoholprobleme hatte, und die Mutter der Mädchen wiederum hatte es mit den Nerven. Alkohol und Nerven. Das war eine schlechte Kombination. Trotzdem gab es nur wenige

Bezeichnungen für dieses Leid. Man nannte es einfach ein *Elend*, und dieser Begriff ließ genügend Spielraum. Die vier Wochen am Meer seien die einzige Erholung, die ihren armen Nichten vergönnt sei, erzählte Frau Dunker, während sie gnädig die Hände über dem Bauch verschränkte. Das hinderte sie aber nicht daran, jeden Tag einen strengen Plan für die Mädchen aufzustellen, samt Freistilschwimmen im Meer sowie fünfzehn Minuten Strandgymnastik – die Frau Dunker zum nur schlecht verhohlenen Vergnügen der übrigen Anwesenden persönlich leitete. Wenn sie die Mädchen endlich um neun Uhr ins Bett verfrachtet hatte, kam sie in ihrem Nachthemd, das sie rasch über ihre Tageskleidung gezogen hatte, weil sie vorgeblich selbst schlafen gehen wollte, in das Gesellschaftszimmer, spielte mit den anderen Gästen Karten oder lauschte dem Weltempfänger.

Im Speisesaal war es heiß, obwohl mehrere Fenster geöffnet waren. Am Tag war der Hitzerekord von dreißig Grad im Schatten gebrochen worden. Die Luft- und die Wassertemperatur wurde jeden Tag auf dem Block am Eingang notiert. Es war mehr als fünfzig Jahre her, dass das Meer so warm gewesen war, sage und schreibe siebenundzwanzig Grad. Bo schmiegte unter dem Tisch seinen Fuß an ihren. Veronika fühlte sich wie elektrisiert. Es fiel ihr schwer, sich auf das Menü zu konzentrieren, das auf cremeweißem Papier mit Schreibmaschine getippt worden war. Dies übernahm immer Sölve, und er nahm es sehr ernst. Als Vorspeise gab es Hering auf Knäckebrot und als Hauptgericht Schweinebraten mit Dillkartoffeln. Als Nachtisch Veronikas Lieblingsdessert, einen mit schwarzem Johannisbeersaft vermischten Grießbrei, der zu einem herrlich luftigen rosafarbenen Schaum verquirlt wurde. Signe schlug die Nachspeise fast eine Stunde lang auf, damit sie richtig schaumig wurde.

Während Veronika nachdenklich auf das Menü blickte, als wäre sie ein ganz gewöhnlicher Gast, wanderte Bos Fuß langsam über ihren Fußknöchel aufwärts. Sie sah auf und merkte, dass er einen ernsten Blick auf sie geheftet hatte. Frau Dunker lehnte sich mit einem Räuspern vor.

»Sie sind die reinsten Bohnenstangen, diese Mädchen, aber die Sahne tut ihr Übriges. Und ein kleiner Klecks Butter in der Frühstücksgrütze. Da setzt man Fett an, auch wenn es ein bisschen dauert. Natürlich liegt das auch daran, wie jemand veranlagt ist, und die Sonne hilft. Sie haben bestimmt schon gehört, dass die Kinder in Norrland wegen dem mangelnden Sonnenlicht krumme Beine haben? Rachitis nennt sich das. Mit R wie in Ragnar. Soll ich es für Sie buchstabieren?«

»Das ist nicht nötig.« Bo lächelte kurz und schüttelte desinteressiert den Kopf.

»Die Knochen werden weich, wenn sie nicht genügend Kalk bekommen. Sonnenlicht ist wichtig.«

Frau Dunker wischte unsanft, aber zufrieden, einen Streifen Sahne von der Wange des jüngeren Mädchens. Kann diese Matrone nicht endlich einmal still sein, dachte Veronika.

»Der Aufenthalt hier kostet ja einiges, aber ich bin froh, den Kindern zumindest ein wenig etwas Gutes tun zu können. Solange ich es mir leisten kann, ihnen etwas

Sonne und Salzwasser zu gönnen, tue ich das gern«, sagte Frau Dunker mit frommem Lächeln.

Veronika tauschte mit Bo einen vielsagenden Blick.

»Salzwasserbäder härten ab, und die Zimmer hier sind ja so empfehlenswert! Das Haus wird ja nur drei Monate im Jahr betrieben und ist deshalb frei von Bazillen. Oder etwa nicht?«, wandte sich Frau Dunker an Veronika.

»Doch, da haben Sie recht.«

»Der Winter macht den Bazillen bestimmt den Garaus. Nur diese vielen Bienen in diesem Jahr sind zum Verrücktwerden. Frau Cedergren hat sich eingebildet, heute Nachmittag vom Klavier ein Summen gehört zu haben, und der Dozent musste den Klavierdeckel öffnen und nachsehen.«

»Und, waren Bienen im Klavier?«, fragte Bo und nahm sich ein Stück Brot.

»Nein. Aber eine Unmenge toter Fliegen und eine dicke Staubschicht. Sie hatte sich von hinten auf die Saiten gelegt. Frau Cedergren hatte die Idee, alles mit Klebeband wegzumachen. Raffiniert, oder?«

Veronika konnte sehen, wie Bos Kiefernmuskeln zuckten. Sie musste selbst einen Lachanfall unterdrücken.

»Falls die Mädchen gestochen werden, dann wage ich mir gar nicht auszumalen, was dann wäre. Sie haben ja so wenig Widerstandskraft. Trink jetzt deine Sahne aus, Kerstin! Auch den Rest noch!«

Bos Fuß hatte seine Richtung geändert und kitzelte sie jetzt an der Rückseite ihres Oberschenkels. Veronika unterdrückte einen leisen Schauer.

Sie überlegte, wie es wohl wäre, frisch mit ihm verheiratet zu sein und hier ihre Flitterwochen mit ihm zu verbringen. Vielleicht lebten sie gemeinsam in einer Wohnung im neu erbauten westlichen Zentrum von Malmö und besuchten an den Wochenenden Opern- und Musicalvorstellungen? Unternahmen lange Spaziergänge und unterhielten sich über Bücher und Kunst. Wie es wohl wäre, jede Nacht zusammen im selben Bett zu liegen, die Arme eines Mannes um sich zu spüren? Veronika blickte auf und stellte fest, dass die jüngere von Frau Dunkers Nichten sie aufmerksam musterte. Das Mädchen verlor nie auch nur ein Wort, besaß aber hellwache, klare, blaue Augen. Augen, die alles sahen, man konnte nichts vor ihnen verbergen und ihnen nichts vormachen. Ihr Blick hatte fast etwas Unheimliches an sich. Als könnte das Mädchen Gedanken lesen.

»Morgen gibt es Scholle mit Remouladensoße und Erbsen«, sagte Frau Dunker. »Die Kinder lieben Remouladensoße. Das stimmt doch, Kinder?« Die Mädchen antworteten nicht. Die Jüngere aber sah immer noch unentwegt Veronika an.

Signe kam zu ihrem Tisch, die gestärkte Schürze adrett über das dunkelblaue Kleid gebunden.

»Soso, hier sitzt also die Gesellschaft und wartet wie königliche Hoheiten darauf, dass ihm das Essen serviert wird. Ist denn alles zu Ihrer Zufriedenheit?«

»Ich sagte gerade, dass dazu gut ein Bier schmecken würde«, sagte Bo. »Könnten Sie mir eines bringen, schöne Signe?«

»Soweit ich weiß, sind Getränke im Künstlerpaket

nicht enthalten, aber wenn Sie mir versprechen, es nicht weiterzusagen, werde ich sehen, was ich tun kann«, erwiderte Signe mit wohlwollendem Nicken.

»Aber diese junge Dame hier muss sich streng an Milch oder Wasser halten. Sie hat noch nicht das Alter erreicht.« Mit strengem Blick sah sie Veronika an.

In just diesem Augenblick kam es an der Tür zum Speisesaal zu einem kleinen Aufruhr.

»Entschuldigen Sie, ich kann nur mit einem Auge sehen, ich bitte um Entschuldigung.« Francie war im Speisesaal erschienen. Sie trug Slacks mit Pepitamuster. Sie stützte sich auf den Servierwagen, lächelte tapfer und winkte zu ihnen herüber. Francie hatte wirklich Talent, einen Auftritt wie ein Filmstar hinzulegen. Insgeheim ärgerte Veronika sich, sie wäre lieber allein mit Bo geblieben.

»Ihr da drüben esst doch wohl nicht ohne mich? Wo verflixt noch mal seid ihr den ganzen Tag lang gewesen?«

Francie stolzierte zu ihrem Tisch.

»Ach, wir hatten nichts Besonderes vor«, sagte Veronika und warf Bo einen verstohlenen Blick zu.

»Aha. Ich war in Båstad und habe eingekauft. Was sagt ihr zu der Hose? Todschick, oder?« Francie machte eine kleine Pirouette und hielt das Band in die Luft, das hinten wie ein karierter Schwanz vom Gürtel herabhing. »Mit diesem Gürtel kann man selbst die Taillenweite bestimmen. Fantastisch, oder?« Sie setzte sich neben Bo, der rasch seinen Fuß von Veronikas Bein fortzog. Die Leere an der Stelle, wo gerade sein Fuß gewesen war, tat fast weh.

»Heute Abend dürfen wir hier offenbar Musik genießen. Ein Radiohändler aus Åstorp ist mit einem ganzen

Kofferraum voller neuer Scheiben hergekommen. Er baut gerade da drüben seine Ausrüstung auf.« Francie deutete zur Glasveranda. »Wir sollen nach dem Abendessen die Tische beiseiteräumen.«

»Endlich! Es wurde auch Zeit, dass hier mal ein bisschen Leben in die Bude kommt.« Bo lächelte.

»Es ist so schön, dass du immer gleich Feuer und Flamme für alles bist. Du bist so positiv, ganz anders als Roy. Er fand immer einen Grund, um über irgendwas zu meckern.« Francie feuerte ein verführerisches Lächeln ab und legte die Hand auf Bos Schulter. Veronika verspürte einen schmerzhaften Stich.

Das Mädchen, das Veronika nach wie vor quer über den Tisch hinweg anstarrte, hatte ihr Essen immer noch nicht angerührt. Jetzt reckte sie ihren kleinen Kopf vor und fragte:

»Liebst du ihn?«

Ihre Stimme war so dünn, dass sie kaum zu hören war. Das Mädchen zeigte auf Bo.

»Sind Sie ein Paar? Wollen Sie heiraten?«

Frau Dunker lachte befangen und tätschelte den Kopf des Mädchens.

»Die beiden sind noch viel zu jung zum Heiraten, Herzchen. Vielleicht hegen sie eine kleine Schwärmerei füreinander«, sagte sie und zwinkerte.

»Nein, sie sind verliebt«, beharrte das Mädchen.

Veronika merkte, wie ihr das Blut in die Wangen stieg. Francie sah sie plötzlich wachsam an.

»Sie hat eine so lebhafte Fantasie.« Frau Dunker schüttelte den Kopf. »Erst kürzlich hat sie geträumt, dass der

Bankdirektor eine Biene verschluckt hat und mit dem Krankenwagen fortgebracht wurde.«

Sie aßen schweigend weiter. Francie aß langsam und umständlich, was ihr gar nicht ähnlichsah, wo sie das Essen sonst doch nur so in sich hineinschlang. Immer wieder warf sie Veronika forschende Blicke zu. Die Stimmung am Tisch hatte sich geändert. Es war, als würden die Worte des Mädchens noch immer über ihnen schweben und ließen sich nicht vertreiben.

Passend zum Kaffee war das Knistern von Schallplatten aus dem Gesellschaftszimmer zu hören, wo der Radiohändler souverän den Plattenspieler bediente. Ein moderner Foxtrott ertönte aus den Lautsprechern.

»Na, was sagt ihr? Sollen wir tanzen?« Francie erhob sich jäh. Auffordernd streckte sie Veronika die Hand entgegen. Veronika ergriff sie widerstrebend. Francie wusste nur zu gut, wie schlecht Veronika tanzte. Anfang des Jahres hatten sie versucht, sich gemeinsam verschiedene Tänze beizubringen, und jedes Mal hatte Francie danach erklärt, wie herrlich und lustig das doch sei, während Veronika mit ihrer Größe und ihren Füßen gehadert hatte, die ihr einfach nicht gehorchen wollten.

»Ich bin die Frau, du bist der Mann«, sagte Francie. »Du bist ja so groß, das passt also gut.« Veronika war schwindelig, ihr Hals war trocken. Nach dem vielen Essen fühlten sich ihre Füße schwer wie Blei an. Noch tanzte niemand, aber Francies Griff war hart, als sie tanzend den Speisesaal durchquerten. Veronika spürte die altbekannte Panik in ihr aufsteigen. Jene Panik, überall herauszuragen. Ungraziös zu sein. Eine Außenseiterin. Sie kam sich vor wie ein Elefant im Porzellanladen.

»Aber was tust du da? Tritt mir nicht ständig auf die Zehen! Du tanzt ja wie ein Mauerblümchen, das noch nie länger aufbleiben durfte!«, rief Francie schrill.

Aber ihre Worte waren nicht an Veronika gerichtet. Sie sah zu Bo, der am Tisch saß und sie beobachtete. Veronika wäre am liebsten im Boden versunken. Bis in den Keller, zu den Kisten mit Sekt und Himbeersoda.

Es hieß, man könne Liebesperlensträuchern nicht den Garaus machen. Selbst wenn man sie in einem Herbarium trocknete und presste, konnten sie nach mehreren Monaten – ja, sogar Jahren – plötzlich wieder treiben. Auf den Trampelpfaden quer über die Weide wucherten sie ungehindert zwischen Gras und Johanniskraut. Die gelben Blüten des Johanniskrauts wurden rot, wenn man sie zwischen den Fingern zerrieb. Alte Bauersfrauen aus der Gegend gebrauchten sie nach wie vor zum Schutz vor Blitzeinschlägen und Verzauberung, indem sie sie als Gebinde in den Türrahmen oder über die Stalltür hängten.

Überall war das Summen von Insekten zu hören, dieses beharrlich fordernde, hungrige Geräusch von Wesen, die nach etwas verlangten – Nektar, Blut, Blütenstempel, Staubgefäße, Fleisch. Insekten, die auf Teufel komm raus nicht klein beigaben. Die alles heimsuchten. Veronika hatte in dieser Nacht einen Entschluss gefasst. Es gab nichts mehr, auf das es sich zu warten lohnte, nichts, was länger beherrscht werden musste, das für später zu bewahren wäre, bis es zu spät war. *Wir dürfen die Sommernacht nicht verschlafen*, so lautete die Zeile eines Liedes. Sie wollte auch nicht beiseitegelegt und für später aufbewahrt werden, jetzt, da sie endlich voll erblüht war.

Sie waren wortlos und dicht nebeneinander Händchen haltend den Pfad entlanggegangen. Sie hatte die Tür des angenehm kühlen Ateliers geöffnet, und sie hatten sich in stillem Einvernehmen sofort auf das Bett gelegt. Nur das Geräusch ihrer hektischen Atemzüge war zu hören gewesen. Das Rascheln von zu Boden fallender Kleidung. Das Knistern der Tagesdecke. Das Quietschen der Matratze.

Sie hatte ihn überreden müssen, ihm versichert, dass sie es wirklich wollte.

»Bist du sicher, dass du es möchtest?«

»Ja.«

»Und du wirst es hinterher auch nicht bereuen?«

»Nein.«

Sie zog ihn auf sich und bewegte ihn dazu, sich in sie hineinzupressen. Es tat etwas weh. Und es war schnell vorbei. Er bat sie um Entschuldigung, so solle es eigentlich nicht ablaufen, aber weil er ihn rechtzeitig herausgezogen habe, bestehe auch nicht die Gefahr, dass sie schwanger werde. Veronika war zufrieden. Mehr als das – sie war erleichtert. Auf der Tagesdecke war kein Blutfleck zu sehen. Sie hatte gelesen, dass man manchmal blutete, aber vielleicht kam das erst noch? Sie war nicht länger unschuldig. Es war eine schwindelerregende Erkenntnis. Sie wusste, dass sie Zeit brauchte, um das alles gründlich zu verarbeiten. Alles, was geschehen war, musste sie noch einmal genau nachempfinden, wenn sie in ihrem eigenen Bett in der Pension lag. Aber in diesem Moment genügte es ihr, in einträchtigem Schweigen in seinen Armen zu liegen, noch ganz in Gedanken bei dem, was gerade geschehen war. Ihre Hand lag – ganz eigenmächtig – auf seinem Schenkel. Jetzt war es ihrer. Sie war erwachsen geworden. Der buttergelbe Schein des Lichts fiel durch die großen Atelierfenster auf ihre nackten Leiber. Der Sommer draußen war wie eine stille Mauer, hinter der sie geschützt dalagen, wie Bienen, die in einem Blütenblatt schliefen. Er war noch immer etwas niedergeschlagen, weil alles so schnell vorbei gewesen war, das merkte sie ihm an. Immer wieder drehte und wand er sich und murmelte leise Worte des Bedauerns. Aber irgendwie stimmte sie das froh. Weil er so mit seinen Unzulänglichkeiten beschäftigt war, konnte sie ihren eigenen Zustand, all die Gefühle, die sie erfüllten, viel besser genießen. Als sie ihren Arm wegzog, quietschten die Spiralen.

»Mir hat es gefallen«, sagte sie schließlich.

»Beim nächsten Mal wird es vielleicht besser.«

Beim nächsten Mal. Sie wollte nicht offenbaren, wie erleichtert sie war. Es würde also ein nächstes Mal geben.

»Ja«, sagte sie nur und fuhr behutsam mit dem Finger über seinen Bauch. Die gelockten Haare auf seiner Brust kräuselten sich wie kleine glitzernde Wellen.

Am liebsten hätte sie ihm gesagt, dass sie ihn liebte, das wäre irgendwie passend gewesen. Aber sie ließ es sein. Diese Worte hatte sie noch nie zu jemandem gesagt.

»Magst du mich?«, fragte sie ihn stattdessen.

»Und wie!«

Behutsam legte er seine Hand auf ihre Wange und betrachtete sie zärtlich.

»Ich möchte dich gerne zeichnen, genau so, wie du jetzt gerade aussiehst.«

»Und was bekomme ich dafür?«, neckte sie ihn und lächelte ihn an.

»Du darfst das Bild behalten, wenn es fertig ist.«

»Selbst dann, wenn du nicht damit zufrieden bist?«

»Ja. Selbst dann.«

»In Ordnung.« Sie lachte auf und stützte sich auf die Ellbogen. »Wo willst du mich zeichnen?«

»Du kannst dich dort auf die Fensterbank setzen. Da ist das Licht so schön. Ich hole nur eben ein paar Utensilien.« Mit einem kindischen Satz schoss er aus dem Bett.

Veronika zog sich ihr hellblaues Kleid wieder an, ließ die Unterhose aber auf dem Fußboden liegen. Als sie zum Fenster ging, fühlte sie sich frei und verwegen. Die Fensternische war so breit, dass selbst sie dort Platz fand. Im Fensterglas war eine Luftblase eingeschlossen; vor langer Zeit einmal hatte sich der Atem eines Menschen dorthin verirrt. Und jetzt waren sie zu zweit hier, jetzt war es an ihnen, zu atmen und die Leichtigkeit des Seins zu spüren.

Bo zog den Sprossenstuhl hervor und setzte sich mit dem Zeichenblock in der Hand in einem kleinen Abstand vor sie.

»Entspann dich, so gut es geht. Tu so, als würde es mich gar nicht geben.«

Er legte den Kopf schief und begann sie zu skizzieren, während sein ernster Blick über ihren Hals, ihre Schultern, Brüste und Beine glitt. Ihre Haut kribbelte. Er musterte sie eingehend, und auch Veronika betrachtete ihn, wie er hoch konzentriert bei der Sache war. Seine sonnengebräunten, von Adern durchzogenen Unterarme, seine Hand, die den Stift hielt, während sein düsterer Blick jeden Zentimeter ihres Körpers in Augenschein nahm. Das drollige Muttermal an seinem Nacken war ihr schon so vertraut, als wäre es ihr eigenes. Gewann er diese Schönheit nur dadurch, dass sie ihn ansah? War sie in seinen Augen schön? Lag Schönheit, wie er behauptet hatte, im Auge des Betrachters und ließ sich hervorlocken? Konnte man Begierde hervorlocken? Bo hatte gesagt, dass alles von Interesse sein könne, wenn man es nur ausreichend lange betrachte. Selbst ein Zweig, ein Wassertropfen oder das Gesicht eines Menschen. Wenn sie mit ihm zusammen war, fühlte sie sich nicht plump und unbeholfen. Sie merkte, dass sie eine andere sein konnte, vielleicht der Mensch, der sie in ihrem tiefsten Inneren war. Frei. Gelassen. In sich ruhend.

Sie setzte sich aufrechter hin.

Ab und an griff Bo nach den Aquarellfarben und tauchte den schmalen Pinsel ins Wasser.

»Bekämen wir ein Kind, würde es eine kaum sichtbare Oberlippe haben, weil wir beide schmale Oberlippen haben. Aber es würde garantiert deine schönen Augen und meine großen Füße erben.« Er lächelte.

Ihr schwirrte der Kopf. Kinder? Hatte er schon so weit gedacht? Oder machte er vielleicht nur Spaß? Plötzlich fiel ihr ein, dass sein Aufenthalt hier nur noch knapp zwei Wochen dauerte. Wie sollten sie in dieser kurzen Zeit, die ihnen blieb, ihre Sehnsüchte stillen?

»Ich möchte nicht, dass du fährst.« Sie musste schlucken und sah ihn an.

Er legte den Pinsel beiseite, stand auf und kam zu ihr. Mit einer heftigen Bewegung zog er sie an sich.

»Dann komm mit mir. Komm mit mir nach Göteborg. Was sollst du denn auf dieser Haushaltsschule? Du bist doch wohl alt genug, um dir eine richtige Arbeit zu suchen. Du kannst in einem Café, einem Büro oder wo auch immer arbeiten. In der Stadt werden händeringend Arbeitskräfte gesucht. Dann können wir abends in Jazzklubs gehen und einen richtigen Drink zu uns nehmen. In Skansen neben dem Löwen sitzen und uns gemeinsam den Sonnenuntergang ansehen. Ich würde dich verwöhnen, das verspreche ich dir.«

»Und von welchem Geld?« Ihre Wangen brannten.

»Geld?« Bo zuckte mit den Schultern. »Ich würde ein paar Extraschichten bei meinem Vater einlegen. Aushilfsjobs im Hafen annehmen. Wenn andere das können, warum nicht wir?«

»Und wo sollen wir wohnen?«

»Bei meinen Eltern, bis wir etwas Eigenes finden.«

»Und was würden sie sagen, wenn du mit einem fremden Mädchen daherkämst?«

»Sie würden dich mögen. Wer würde das nicht?« Er strich ihr über die Haare und sah sie verschmitzt an. »In dem Haus, in dem meine Eltern leben, führt eine kleine Treppe zum Dachboden, und dort gibt es eine geschützte

Nische zum Schlafen. Dort war ich schon einige Male. Morgens wird man von den ersten Sonnenstrahlen geweckt und hat einen sagenhaften Blick über den gesamten Stadtteil Haga. Dort würde ich gern mit dir sein. Und Liebe mit dir machen.« Er strich ihr zärtlich eine Haarsträhne aus der Stirn.

»Das klingt wundervoll. Meinst du das wirklich ernst?«

»Ich schwöre es. Komm mit mir.« Er zog sie fest an sich. Sie schloss die Augen an seiner warmen Brust.

2019

In Joars Broschüre steht, dass der Tinnitus seine Gestalt ändern kann. Dass aus dem Pfeifen ein Brausen und aus dem Brausen ein Rauschen werden kann. Das heißt nicht, dass man es vermeiden soll, sich alltäglichen Geräuschen auszusetzen. Ganz im Gegenteil. Je mehr man dem Tinnitus anderen Geräuschen aussetzt, umso erträglicher wird er. Man sollte nie die Hand auf die Ohren pressen und auf den Tinnitus horchen, wenn man allein ist. Ignoriert man ihn beharrlich, hört man ihn schließlich kaum noch. Man lernt, mit ihm zu leben.

Kann man mit allem lernen zu leben? Die Vorstellung, dass das möglich wäre, ist fast trauriger, als wenn es nicht gehen würde. Man kann lernen, auf vieles zu verzichten. Man kann vieles in etwas anderes verwandeln. Wenn man dazu gezwungen wird, und das ein Leben lang. Mit so vielem muss man sich aussöhnen.

Ich liege in meinem Zimmer und surfe faul mit dem Smartphone. Aus *Popstars* wird durch die Autokorrektur *Popcorn*. Normalerweise verkneife ich es mir, Erik zu googeln. Jetzt tippe ich die Anfangsbuchstaben seines Namens ein. Alles Weitere erledigt die Suchhistorie. Ich habe einen Rückfall erlitten, bereue ihn aber sofort.

Auf dem Foto sitzt Erik auf einem Spielplatz auf einer Schaukel. Der dazugehörige Artikel stammt aus einer Provinzzeitung und wurde erst gestern veröffentlicht. Sofort wird mein Mund trocken. Hinter Erik steht nämlich Cirkusgirl und stößt die Schaukel mit einem seligen Lächeln auf dem Gesicht an. Strahlender Blick. Schwanger. Hingerissen.

»Ich kann jeden Augenblick Vater werden. Mein Leben war noch nie so schön«, lächelt Erik Erkils, der früher eine Beziehung mit der ehemaligen Ratgeberin für Lebensfragen und Moderatorin Ebba Lindqvist gehabt hat. Eine ziemlich stürmische Beziehung, wie Erik zugibt. Aber jetzt sei im Leben des ehemals bekannten Popstars alles im ruhigeren Fahrwasser.

»Ich habe für ein paar Jahre eine Pause eingelegt, mache jetzt aber wieder das, was ich am liebsten tue: Musik.«

Erik arbeitet an einer neuen Platte namens Neustart, *die vermutlich im Spätherbst auf den Markt kommen wird.*

»Ich habe mit der Vergangenheit abgeschlossen. Jetzt möchte ich nur noch ein guter Vater für mein Kind sein und ein guter Partner für meine Frau.«

Gibt es in Eriks Leben mit seiner Neuen denn gar keine Probleme?

»Unsere Aquarienfische hatten Nitrit im Wasser. Das ist im Augenblick meine einzige Sorge.«

Ich pfeffere das Handy aufs Bett und merke, wie sich mein Hals wiederholt zusammenschnürt, als müsste ich würgen. Eine Platte? Dabei hatte ich ihn die ganze Zeit ermutigt, unterstützt und ihm zugehört. Seine Instrumente vom Pfandhaus ausgelöst und ihm zum Geburtstag Zeit in einem Tonstudio geschenkt. Nächtelang war ich wach geblieben und hatte mit ihm darüber geredet, was nötig wäre, damit er wieder in die Gänge käme. Und nun will er also eine Platte veröffentlichen, weil er sein Leben auf die Reihe gekriegt hat? Und was bitte, soll das heißen, Aquarienfische?

Meine Hände fangen an zu zittern. Es ist, als hätte ich einen Kurzschluss erlitten, als wäre ein Licht in mir erloschen.

1955

Veronika schlug langsam die Augen auf. Das Sonnenlicht fiel in breiten Streifen auf den Dielenboden. Der Teppich auf dem Boden lag schief, sie waren darauf eingeschlafen, bevor sie sich irgendwann in der Nacht in das schmale Bett gelegt hatten. Sein Arm umschlang immer noch ihre Taille, vom Schlaf erschlafft.

Glück.

Weshalb ließ es sich so schwer beschreiben? Das Glück suchte nicht nach Erklärungen. Es war zufrieden und sich selbst genug. Es brauchte keine Worte. Nur das Unzulängliche brauchte sie, das fiel ihr jetzt, im Halbschlaf, plötzlich wie Schuppen von den Augen. Das Glück war jetzt. Das Glück hinterließ nichts.

Noch war sie nicht richtig wach. Ihre Glieder waren noch ganz benommen vom Schlaf, ihr Geist umnebelt. Langsam rief sie sich ihre gemeinsame Nacht ins Gedächtnis. Wie sein Mund zärtliche Küsse über ihren Rücken getupft hatte. Wie er gemurmelt hatte: »Ich würde dich am liebsten auffressen, mit Haut und Haaren verschlingen.« Wie er ihre Schenkel gespreizt und sie dort gestreichelt hatte. Urplötzlich bekam sie einen heftigen Orgasmus. Geschockt hatten sie sich angesehen. Aber er hatte nicht gleich seinen Finger wieder aus ihr herausgezogen, sondern sie nur angelächelt. Jetzt presste sie bei dem Gedanken daran ihren Rücken gegen seinen Bauch; Wärme durchströmte sie. Jeder Gegenstand im Zimmer schien auf einmal eine ganz neue Bedeutung gewonnen zu haben. Es war so, als trüge man neue Kleider oder würde plötzlich den wahren Sinn eines Wortes verstehen.

Seine Hand zuckte, und er küsste sie auf den Nacken.

»Du bist ja noch da«, murmelte er.

»Ich muss gleich gehen«, erwiderte sie flüsternd.

»Bleib.« Er hielt sie fest.

»Ich kann nicht.« Sie machte Anstalten, sich zu erheben und ihre Kleider zusammenzusuchen.

»Wir haben nichts Falsches getan«, sagte er mit trotziger Stimme und stützte sich auf die Ellbogen. »Ich möchte mit dir zusammen einschlafen und wieder aufwachen, ohne befürchten zu müssen, dass irgendjemand uns ertappen könnte.«

»Ich weiß. Aber meine Mutter wäre außer sich. Das muss nicht sein.«

Er sah sie an und zog sie zurück auf das Bett, den Mund an ihrem Ohr.

»Bitte, komm doch mit mir nach Göteborg. Man muss auch manchmal etwas wagen, damit etwas daraus wird.«

Er drückte sie abermals an sich. Sie sagte nichts. Nickte nur. Sie fühlte sich so geliebt von ihm, dass es keiner weiteren Erwiderung bedurfte.

Am Nachmittag, kurz vor der Schließzeit, war sie zur Bibliothek gefahren. In der Zeitschriftenecke fand sie eine drei Tage alte Ausgabe der *Göteborgs-Posten*, mit der sie zu einer Lesekabine schlich, um sie ungestört durchzusehen. Nachdem der Mann von gegenüber aufgestanden war, wagte sie schließlich, die Stellengesuche am Ende der Zeitung aufzuschlagen.

Junge Sekretärin mit Kenntnissen in Maschineschreiben ab sofort in Festanstellung gesucht.

Sie besaß keine Kenntnisse in Maschineschreiben. Man konnte bestimmt Kurse belegen, aber woher sollte sie das Geld nehmen? Bo hatte gesagt, dass sich das mit dem Geld irgendwie regeln würde, aber gleichzeitig vage geklungen, als sie ihn fragte, wie er sich das vorstelle.

Kindermädchen mit nachweislicher Erfahrung und guten Referenzen gesucht.

Sie hatte keine Erfahrung mit Kindern.

Kontoristin.

Konditoreigehilfin.

Parfümerie sucht adrette junge Frau.

Veronika notierte sich die Telefonnummern der letzten beiden Anzeigen und steckte den Zettel in die Tasche. Parfümerie. Ja, warum nicht? Warum sollte sie Bo nach Göteborg gehen lassen, während sie eine Haushaltsschule besuchte, obwohl sie das noch nicht einmal wollte? Bei dem Gedanken, wieder in ihr altes Mädchenzimmer in Malmö zurückzukehren, wurde ihr eiskalt. Die Mutter und sie, die Pumpe auf dem Hof und die durchgesessenen Lehnstühle. Dieses unbestimmte Gefühl, das dort immer allgegenwärtig war, auch wenn niemand von ihnen es offen beim Namen nannte. Diese gedrückte Stimmung, die dafür sorgte, dass sie sich immerzu zügeln musste. Nach dem Tod ihres Vaters hatte ihre Mutter eine besonders geringe Toleranz gegenüber jeglicher Unordnung entwickelt. Es war, als würde man in einem Glashaus leben. Wie sollte sie das nur ertragen? Sie war nicht mehr dieselbe wie im Frühjahr, konnte nie wieder die sein, die sie zuvor gewesen war. Wollte es auch nicht. Eine tief sitzende Angst rumorte in ihr. Ihr kam das Poster von Doris Day, ihre Herbstkleidung und der Gummigeruch aus der Werkstatt nebenan in den Sinn. Selbst wenn sie in der Nähe der Schule ein preiswertes Studentenzimmer bekäme, sie konnte sich das alles nicht mehr vorstellen. Sie hatte Aufnahmen von jungen Frauen auf der Haushaltsschule in lächerlichen gestärkten Schürzen gesehen. Was sollte sie jetzt mit alldem?

Ihr Blick schweifte zu den Mietangeboten auf der rechten Zeitungsseite.

Zweizimmerwohnung im Stadtteil Majorna mit Plumpsklo auf dem Hof möbliert zu vermieten, 140 Kr./Monat.

Hundertvierzig Kronen. Das war viel Geld, aber nicht unvorstellbar viel, falls sie eine Arbeit bekäme und Bo nebenher in der Tischlerei seines Vaters arbeiten würde. Oder als Hafenarbeiter, wie er es selbst vorgeschlagen hatte. Die restliche Summe könnten sie vielleicht von seinen Eltern borgen. Würde sie es wagen, ihre Mutter um Hilfe zu bitten? Warum nicht.

Veronika sah schon die zwei Zimmer vor sich, mit modernen Jalousien und einer ansprechenden kleinen Couchgarnitur. Ein Bett mussten sie haben, nicht unnötig breit, aber groß genug, damit sie beide hineinpassten. Eine Kochplatte genügte. Sie würden einfach leben, von der Liebe. Lieber Liebe als Bequemlichkeit. Sie würde Bo von ihrem Plan erzählen.

Es war erst eine Woche her, seitdem sie ihn das erste Mal geküsst hatte, aber es kam ihr vor, als würde sie ihn schon ihr ganzes Leben kennen. Wenn sie miteinander verschlungen in seinem Bett lagen, war es so, als wäre sie in ihrem bisherigen Leben wie eingesperrt in einer harten Schale gewesen. Bo hatte diese Schale aufgebrochen, mit seinen Berührungen, seiner Denkweise, seinen Fragen und seinen Küssen. In dem Moment vor dem Aufstehen heute Morgen waren sie sich so nahe gewesen, dass sie nicht zwei voneinander getrennte Individuen, sondern ein Ganzes gewesen waren.

Noch ahnte niemand etwas. Bis auf Frau Dunkers Nichte, an jenem Abend beim Abendessen. Francie schien ihren Argwohn schon wieder abgelegt zu haben, und ihre Mutter war mit den Gedanken ganz woanders. Sie versuchte, den Buchungskalender nach den Stornierungen wieder zu füllen. Das Gerücht von den Bienen hatte die Runde gemacht und weitere Gäste verschreckt, die erst noch hätten anreisen sollen. Sie hatten sogar eine Anzeige in die Lokalzeitung setzen müssen, in der sie mit gesenkten Zimmerpreisen warben, um neue Gäste anzulocken und die Wogen zu glätten.

»Verzeihen Sie, aber wir schließen jetzt.« Die Bibliothekarin ließ auffordernd ihren Schlüsselbund klirren.

Schnell stand Veronika auf, faltete die Zeitung zusammen, zog ihren Sommermantel an und verließ die Bibliothek. Rastlos schlenderte sie ein Weilchen umher und besah sich die Schaufenster. Eine Parfümerie. Eine Konditorei. Ja, warum nicht? Vielleicht sollte sie es trotz allem wagen und Francie um Rat fragen?

2019

Die Stimme am Telefon klingt so zart und schwach, dass ich die Anruferin kaum verstehen kann.

»Guten Tag. Spreche ich mit Ebba Lindqvist?«

»Ja.«

»Mein Name ist Asta Axelsson. Störe ich?«

»Nein, nein. Von wo aus rufen Sie an?« Ich drücke meine Zigarette im Blumengefäß aus.

»Meine Tochter arbeitet am Empfang im Gemeindehaus, sie hat mir erzählt, dass Sie den Künstler Bo Bix suchen, stimmt das? Sie waren offenbar beim Bürgerservice und haben sich nach ihm erkundigt.«

»Das ist richtig.« Ich presse das Handy dichter ans Ohr.

»Wissen Sie, ich war bei der Einweihung seiner Skulptur dabei. Dieser schönen Arbeit mit der Distel.«

Ich schließe die Balkontür und setze mich auf das Bett.

»Ach ja?«

»Ja. Die Skulptur, die auf dem Altstadtmarkt gestanden hat.«

»Ich weiß. Kannten Sie den Künstler?«, frage ich.

»Nein, aber ich hatte von ihm gehört. Mein Vater hat damals als Straßenarbeiter gearbeitet und diese Skulptur dort aufgestellt. Beziehungsweise den Brunnen, der ursprünglich dort stand. Ich weiß noch, dass es Probleme mit den Wasserleitungen gab.«

»Sie waren also bei der Einweihung anwesend?«

»O ja! Es wurden Bänder durchschnitten und das ganze Brimborium. Rotes Seidenband war es, ich durfte es anschließend behalten, weil ich Seidenband so liebte und es damals ja noch ziemlich selten war.«

Sie räuspert sich.

»Der Künstler war allerdings nicht selbst vor Ort. Er konnte wohl nicht kommen, aber dafür andere Repräsentanten. Der Bürgermeister mit seiner Frau und einige Gemeindebeamte.«

»Sie haben ihn also nie persönlich getroffen?«, sage ich enttäuscht.

»Nein, leider nicht.«

Die Frau am anderen Ende der Leitung verstummt.

»Aber da war diese Sache mit dem Pseudonym, so heißt das doch, oder?«

»Dem Pseudonym?«, frage ich nach.

»Ja. Bo Bix war nur ein erfundener Name. Das galt damals als modern, als schick.«

»Wollen Sie damit sagen, dass er eigentlich ganz anders hieß?«

»Ganz genau. Sein richtiger Name lautete Bo-Ivar Axelsson. Daran erinnere ich mich so gut, weil ich selbst Axelsson mit Nachnamen heiße, und wir – mein Vater und ich – ein wenig verprellt waren, weil der Künstler ihn anscheinend für nichtssagend hielt. Ich bin später nie wieder auf seinen Namen gestoßen, aber das kann man vielleicht auch nicht verlangen. Künstler leben ja oft zurückgezogen. Was aus ihm wurde, weiß ich nicht, aber ich meine, mich zu erinnern, dass er später ein Rahmengeschäft eröffnet hat.«

»Bo-Ivar Axelsson«, wiederhole ich.

»Genau. Die Skulptur war sehr gelungen, das weiß ich noch. Zwischen den Stacheln eines großen Distelballs rann das Wasser hervor. Die Skulptur war aus Bronze. Sie stand lange dort auf dem Platz, aber dann ging anscheinend die Sprinkleranlage kaputt. Was aus ihr geworden ist, weiß ich nicht.«

»Sie ist bei einem Umzug verloren gegangen«, sage ich. »Ach, wie schade. Hoffentlich wird sie wiedergefunden.«

Sie hustet.

»Ich weiß ja nicht, ob es Ihnen hilft, aber ich dachte, ich rufe Sie wenigstens an. Man weiß ja nie.«

»Sie haben mir sehr geholfen, vielen Dank!«, erwidere ich.

»Gern geschehen. Viel Glück bei der Suche.«

Ich lege auf und durchsuche die Stapel auf dem Schreibtisch nach der Studentenliste der Kunsthochschule. Schließlich finde ich sie. Und da steht unzweifelhaft auch der Name.

Bo-Ivar Axelsson. Dass ich den Zusammenhang selbst nicht schon vorher erkannt habe, ist mir schleierhaft! Ich habe offenbar nachgelassen, was das Ziehen von simplen Schlüssen betrifft.

Rasch rufe ich auf dem Handy das Telefonverzeichnis auf und warte ungeduldig. Mit zitternden Fingern tippe ich den Namen Bo-Ivar Axelsson ins Suchfeld. Nur zwei

Personen sind unter diesem Namen aufgeführt. Bei einer passt das Alter nicht, der andere aber ist vierundachtzig Jahre alt und lebt in Göteborg.

Neben der Nummer steht *Svalans Rahmengeschäft.*

1955

Francie öffnete die Tür und ließ Veronika ins Zimmer. Von der Decke hing ein blau gestrichener Vogelkäfig mit einer hineingequetschten Topfpflanze. Als Veronika kürzlich bei Francie hereingeschaut hatte, war er noch nicht da gewesen, aber Francie hatte eine Menge solch origineller Ideen. An das Fußteil ihres Bettes hatte sie einen roten Fahrradkorb mit einer frisch angefangenen Strickarbeit gehängt. Vermutlich würde Francie sie nie beenden. Sie probierte gerne Neues aus. Im letzten Jahr hatte sie sich eine Mundharmonika gekauft, die zu spielen sie aber schnell leid geworden war. Davor war sie besessen von Näharbeiten und exotischen Mustern gewesen. Besessen. Dieses Wort gebrauchte Francie häufig. Von etwas oder jemandem besessen sein. Sie war schon von allem möglichen besessen gewesen. Im Augenblick war es Marilyn Monroe. Veronika fiel plötzlich ein, dass dies das letzte Jahr war, in dem es so sein würde wie bisher: Dass Francie mit irgendwelchen Ideen daherkam und Veronika ihr bewundernd zusah.

Wehmut ergriff sie.

Morgen würden Bo und sie nach Göteborg fahren. Bo hatte schon Fahrkarten für den Zug um 06.05 Uhr gekauft. Veronika hatte ihrer Mutter immer noch nichts von ihren Plänen erzählt. Sie würde ihr auf dem Bürotisch im Flur einen Brief hinterlassen. Ihre Mutter stand um halb sieben auf. Um diese Zeit hätte der Zug schon Halmstad hinter sich gelassen.

Veronikas Magen krampfte sich zusammen, aber sie versuchte, das zu ignorieren. Sie hatte schon gepackt. Alles, was sie mitnehmen wollte, passte in eine Beuteltasche. Zuerst hatte sie nicht gewusst, was sie mitnehmen sollte. Was brauchte man für ein neues Leben? Schließlich hatte sie nur das Notwendigste hineingestopft, zwei Sets Unterwäsche, einige Kleider und Strümpfe, die Zahnbürste, den Kamm, einige Bücher. Den Rest würde sie sich nachschicken lassen, wenn alles nach Plan lief. Zögernd setzte sie sich auf das nachlässig gemachte Bett in Francies Zimmer. Ihr Mund war vor Nervosität ganz trocken.

Du versprichst viel, hältst aber wenig
das find ich ziemlich dämlich
Ich soll immer für dich da sein, das ist allerhand,
drum fahr' ich jetzt ins Ausland.

Francie trällerte das Lied aus dem Radio mit. Singen konnte sie nicht besonders. Das gehörte zu den Dingen, um die Veronika Francie immer beneidet hatte – dass es ihr egal war, was die Leute über sie sagten. Und jetzt war sie, Veronika, zum ersten Mal selbst im Begriff, etwas Vergleichbares zu tun. Etwas, das noch weitaus extremer war, als einen alten Schlager mitzusingen, wenn man keine gute Stimme hatte.

Francie nahm ihre Haarbürste vom Schminktisch und fuhr sich noch einige Male damit durchs Haar. Sich mit ihr zu treffen, hieß häufig, sich mit ihrem Spiegelbild zu treffen. Francie betrachtete sich in Taschenspiegeln, Badezimmerspiegeln und Flurspiegeln, während Veronika hinter ihr stand, bemüht darum, in den flüchtigen Momenten, in denen sie sich ausnahmsweise einmal nicht ansah, ihren Blick aufzufangen. Aber es hatte auch gemeinsame Momente gegeben. Veronika musste an all die Male denken, an denen sie mit Francie allein am Strand gelegen hatte und Francie fest und bestimmt verlangt hatte, dass Veronika sich auf den Bauch legte, damit sie ihr einen Mitesser auf dem Rücken ausdrücken konnte. Oder sie hatte sie wie bei einer Kuranwendung im Thermalbad mit Tang abgerieben. Gemeinsam waren sie mit dem Fahrrad nach Kattvik gefahren, um Fisch in der Räucherei auf die Hand zu kaufen, der in fettiges Zeitungspapier eingewickelt war. Sie waren zusammen im Meer geschwommen, und Francie hatte ihr beigebracht, einen Kopfsprung vom Steg zu machen. Veronika räusperte sich und wollte gerade etwas sagen, als Francie ihr zuvorkam.

»Roy hat angerufen.« Francie drapierte eine lockige Haarsträhne auf ihrer Stirn.

»Ach, und was wollte er?«

»Er hat sich offenbar eine neue Donna zugelegt. Das ging schnell. Typisch Mann! Sie können es nicht ertragen, auch nur einen Moment allein zu sein. Vor zwei Wochen hat es ihm wegen einer gelösten Verlobung den Appetit verschlagen. Jetzt hat er sich offenbar ein neues Auto zugelegt und chauffiert sie herum wie einen Filmstar. Sie heißt Vibeke und ist Dänin.«

Francie seufzte und legte die Bürste beiseite.

»Vielleicht habe ich ihm zu früh den Laufpass gegeben, ich weiß kaum noch, warum wir uns überhaupt getrennt haben.«

»Du hast gesagt, dass er faul ist und keinen Funken Ehrgeiz im Leib hat.«

»Jetzt scheint er aber in die Gänge gekommen zu sein, denn er hat auch eine neue Stelle bei einer Schlosserei in Helsingör. Die Frage ist jetzt – was wird aus mir?«

Hilfe suchend sah Francie Veronika im Spiegel an, mit kummervollem Ausdruck auf ihrem Puppengesicht.

»Was willst du damit sagen? Du bist doch schon jemand.« Nervös glättete Veronika den Bettüberwurf.

»Was bin ich denn? Sag es mir, was bin ich überhaupt?«

»Du bist ... vieles. Mutig. Gut aussehend. Schlagfertig. Du wirst doch Schauspielerin werden.«

»Ach, ich weiß nicht.«

Francie zuckte die Achseln.

»Vielleicht habe ich mir das alles nur so zusammenfantasiert. Manchmal frage ich mich, ob mit mir alles stimmt, so wankelmütig, wie ich bin. Wie soll ich mich überhaupt an jemanden richtig binden? Nimm Roy. Er ist ein netter Kerl und sieht gut aus, aber als er anrief, hatte ich ihn schon fast vergessen. Jetzt aber, wo er ein anderes Mädchen hat, will ich ihn zurück. Kannst du mir das erklären?«

Trotzig sah sie Veronika an.

»Du kannst froh sein, dass du keinen Freund hast.«

Wütend riss Francie die Haare aus der Haarbürste und ließ sie in den Papierkorb fallen.

»Wolltest du eigentlich etwas Besonderes?«

»Nicht direkt.«

Ausweichend sah Veronika zu Boden. Aus dem Garten war das Geschirrklirren und gedämpftes Gelächter zu hören. Bald würde das der Vergangenheit angehören. Welche Geräusche wohl zwischen den Mietshäusern in Göteborg widerhallten? Und wie sollte sie nur die Straßenbahn finden? Sie sah Francie an.

»Könntest du dir vorstellen, in einer Parfümerie zu arbeiten?«

»In einer Parfümerie? Nein, warum sollte ich?«, erwiderte Francie.

»Ich weiß nicht, ich frage mich nur, wie das wäre. In einem Geschäft oder in einem Café zu arbeiten, ob das Spaß machen würde.«

»Warum willst du das wissen? Du gehst ja sowieso in ein paar Wochen auf die Haushaltsschule. Ist irgendetwas vorgefallen?«

Misstrauisch kniff Francie die Augen zusammen.

»Um Himmels willen! Du bist doch nicht etwa schwanger, oder?«

Veronika wurde rot und schüttelte heftig den Kopf.

»Nein. Nichts dergleichen.«

Francie drehte sich auf dem Sitzschemel um und musterte sie durchdringend.

»Bist du dir da auch sicher? Du hast dich in der letzten Zeit etwas bedeckt gehalten. Was ist los mit dir? Du benimmst dich so seltsam. Bist du verliebt?«

Veronika erwiderte nichts darauf.

»Moment mal. Es ist doch nicht Bo, oder?«

Sie legte die Haarbürste beiseite.

»Was meinst du?« Veronika sah sie angespannt an.

»Bist du in Bo verliebt?« Mit einem triumphierenden Lächeln lehnte Francie sich vor.

Veronika nickte. Sie schämte sich, weil sie das Gefühl hatte, einen Verrat zu begehen. Es war, als nähme Francie einem den Wind aus den Segeln, bevor man die Dinge überhaupt ausgesprochen hatte. Als galten Veronikas Erlebnisse in Gegenwart ihrer Cousine nichts, gerieten völlig ins Hintertreffen.

»Oha, das hätte ich nicht gedacht! Du bist doch sonst so schlau. Dass du auf seine Tricks hereinfallen würdest, hätte ich nicht gedacht! Obwohl ich bei dem Abendessen neulich schon so eine Ahnung hatte. Vergiss ihn, bevor die Sache zu weit geht, das sage ich dir. Denn zu weit ist es doch wohl noch nicht gegangen, oder?«

Veronika schwieg. Francie richtete sich mit ernster Miene auf.

»Ich sage das nur, weil ich es gut mit dir meine, das weißt du doch wohl? Der Typ ist ein Frauenheld, das habe ich gleich gesehen. Mich führt man nicht so leicht hinters Licht. Hätte ich gewollt, hätte ich ihn mit einem Fingerschnipsen haben können, aber so leichtfertig bin ich nicht. Man muss sich auch etwas beherrschen. Sonst bekommt man einen schlechten Ruf.«

Veronika glaubte, der Boden würde unter ihr nachgeben.

»Welchen Floh hat er dir denn in den Kopf gesetzt? Dass du in einer Parfümerie arbeiten könntest?«

Francie stand auf, setzte sich neben Veronika auf die Bettkante und legte die Hand auf ihr Knie.

Veronika war wie gelähmt. Sie hatte doch kein Wort gesagt, und trotzdem hatte Francie eins und eins zusammengezählt und das Ergebnis für schmutzig und beschämend befunden.

»Wenn du dich darauf einlässt, wird er dich wahrscheinlich im Handumdrehen verlassen, das musst du doch wissen! Für ihn bist du nur ein kleiner vorübergehender Zeitvertreib, mit dem er sich während seines Aufenthaltes hier amüsiert. Das ist auch nicht weiter schlimm. Es gibt ja außer mir keine anderen jungen Frauen hier, und ich war ja, wie gesagt, nicht an ihm interessiert.«

Tröstend tätschelte sie Veronikas Knie.

»Aber deshalb dir weiszumachen, dass ihr eine gemeinsame Zukunft habt! Er sollte sich schämen. Warum solltest du etwas so Dummes tun? Ihr seid ja noch nicht einmal miteinander verlobt.«

Sie schnaubte laut.

»Und du bist dir auch sicher, dass du nicht schwanger bist?«

Benommen schüttelte Veronika den Kopf.

»Du bist viel zu gutgläubig, das ist das Problem. Es ist gut, dass du es mir gesagt hast, bevor es zu spät ist. Wenn du etwas über Männer wissen willst, dann frag mich in Zukunft zuerst, ja?«

Sie tätschelte Veronikas Hand.

Aber Veronika hörte ihr schon gar nicht mehr zu. Francies Stimme war nur noch ein Rauschen, ein verzerrtes

Geräusch. Veronika starrte blicklos auf den blauen Vogelkäfig mit der bedauernswerten, eingezwängten Zimmerpflanze.

Die Sommernacht schmerzte in ihrer Brust. Sie brachte eine Vorahnung mit sich über alles Vorstellbare und Unvorstellbare, über die Perspektiven und Ausweglosigkeit aller Dinge. Der Sommernacht war man schutzlos ausgeliefert. Ihr Herz hämmerte. Es war erst vier Uhr morgens. Noch war es dunkel. In zwei Stunden würden sie sich am Bahnhof treffen, so hatten sie es vereinbart. Ihre Tasche stand schon bereit, versteckt hinter der Tür, falls jemand auf die Idee kommen sollte, einfach hereinzuschneien. Gegen Mitternacht war Veronika hinuntergeschlichen und hatte den Brief an ihre Mutter auf den Bürotisch gelegt, obwohl sie sich ihrer Entscheidung überhaupt nicht sicher war. Nur mit Mühe hatte sie den Brief geschrieben. Sie hatte ihn mehrmals begonnen und die Entwürfe wieder fortgeworfen. Alles, was sie ausdrücken wollte, hatte irgendwie falsch und gestelzt geklungen, aber schließlich hatte sie immerhin das Notwendigste zu Papier gebracht: Dass sie ihre Flügel ausbreiten, das sichere Nest verlassen und flügge werden wolle. Dass sie nicht die Kraft habe, darüber zu streiten, weil sie wisse, dass ihre Mutter Nein sagen würde, wenn sie sie vorher gefragt hätte. Wie lange sie fort sein werde, könne sie noch nicht sagen. Sie wolle nicht auf die Haushaltsschule gehen, sondern selbst die möglichen Ausgaben bestreiten, die auf sie zukämen. Mit einem hoffnungslosen *Bitte versuch mich zu verstehen*! hatte sie den Brief beendet.

Aber Veronika wusste, dass ihre Mutter kein Verständnis für sie haben würde. Sie hörte schon jetzt, wie sie ihre Tochter aburteilte und wie Francie sagte, dass sie naiv und viel zu leichtgläubig sei. Dass sie ihre gesamte Zukunft aufs Spiel setze. Aber Veronika spürte, dass etwas ganz anderes auf dem Spiel stand, das mit ihrem eigenen Mut zu tun hatte. Vielleicht ging sie genauso sehr um ihrer selbst willen wie um der Liebe willen. Weil etwas Einschneidendes geschehen musste. Wenn nicht jetzt, dann nie. Dieser Sommer war anders, das hatte sie schon lange gewusst. Als versetze der Wind ihr von hinten einen Stoß in eine Zukunft, ein Schritt, den sie im Alleingang nie gewagt hätte.

Ihre Mutter hatte nie einen Mann geliebt, das hatte sie selbst zugegeben. Ihrer Ansicht nach brachten Männer nur Unglück und Gefahren mit sich. Sie war flüchtig in Veronikas Vater verliebt gewesen, aber jäh aus dieser Verliebtheit erwacht, als ihr klar wurde, dass sie einen Tagträumer geheiratet hatte, völlig realitätsfern und voller Unzulänglichkeiten. Nach dem Tod des Vaters hatte sie Veronika einmal bei einer Gelegenheit anvertraut, dass man nur kurz trauern sollte. Man sollte der Trauer einen flüchtigen Moment Gesellschaft leisten und dann mit anderem weitermachen. Das wäre vermutlich auch das Rezept gewesen, das sie Veronika verabreicht hätte: einen Moment der verlorenen Liebe gedenken und dann mit den Haushaltsaufgaben fortzufahren. Lernen, wie man

Quittungen ausstellte, wie man die Fächer in der fettigen Börse auseinanderhielt, sich mit den Ordnern vertraut machte, um dann vielleicht später die Pension zu übernehmen. Nicht so vielen fixen Ideen nachzuhängen.

Plötzlich fiel ein Streifen Tageslicht auf das Gemälde, das am Schrank lehnte. Sie hatte es aus Bos Zimmer mitgenommen, es aber nicht an die Wand hängen wollen. Der Himmel mit seinen dicken, unheilvollen lila und roten Farbfetzen schien zu erbeben. Schwer hingen die Wolken über der geduckten Gestalt in dem einsamen Ruderboot. Obwohl unausweichlich ein Unwetter aufzog, war diese Gestalt so dumm gewesen und aufs Meer hinausgefahren. Veronika erschauerte, stand auf und trat ans Fenster. Über den Wipfeln der Kiefern wurde es hell. Ihr kamen Francies Worte in den Sinn: *Der Typ ist ein Frauenheld*. Das verletzte sie, auch wenn sie wusste, dass Francie sich irrte. Trotzdem dachte sie, wie grausam die Menschen manchmal aus reiner Boshaftigkeit waren, und daran, wie angreifbar sie sich fühlte. Wie sollte sie nur in der großen weiten Welt zurechtkommen? Würde sie für ihren Entschluss büßen müssen? Sie sammelte sich und atmete tief ein. Eine Reise nach Göteborg – das war keine Reise zum Nordpol. Warum hatte sie nur solche Angst? Sie hatte das unangenehme Gefühl, dass sie die Antwort darauf schon in ihrem tiefsten Inneren kannte: Fordere das Schicksal lieber nicht heraus, indem du dir einbildest, glücklich werden zu können. Du wirst deine eigene innere Unruhe niemals abschütteln können. Du musst achtsam leben. Du solltest einen sicheren Weg wählen, einen Weg, den du bewältigen kannst.

Veronika warf einen Blick auf das Gemälde. Sie konnte den Untergang dieser kleinen Nussschale schon vor sich sehen, so als würde eine mächtige Woge über ihr zusammenschlagen. Der Bug war eine Spur heller als das Heck.

War sie selbst aus dem Holz geschnitzt, das Widerstände überwand und schwamm? Oder war sie jemand, der unterging?

Sie würde es nie erfahren, wenn sie es nicht ausprobierte.

Sie war schon fertig angezogen für die Reise, trug das blaue Kleid und die kurze blassgraue Wolljacke. Der Fahrschein lag griffbereit in ihrer Brusttasche.

Veronika öffnete die Tür und horchte auf Geräusche auf dem Korridor. Aber kein Laut war zu hören. Sie konnte auch am Bahnhof warten. Etwas frische Luft würde ihr vielleicht sogar guttun. Rauszukommen und sich nicht mehr von den Wänden erdrückt zu fühlen. Ein letztes Mal glättete sie den Bettüberwurf.

Dann beugte sie sich vor, griff nach der Tasche und drückte die Klinke herunter.

So leise, wie sie nur konnte, schloss sie die Tür hinter sich.

2019

Er hatte das Sofa gekauft, ohne mich vorher zu fragen. Wir hatten uns darauf geeinigt, es zusammen zu kaufen, und der Weg dorthin hatte uns viel Mühe gekostet. Es war unser erstes gemeinsames größeres Möbelstück, und ich hatte auf diese Anschaffung bestanden. Ich wollte eigentlich auch nicht nur ein Sofa. Ich wollte Dinge, die Permanenz besaßen. Ich wollte es wieder so bequem haben wie in meinem früheren Leben, wollte die Sicherheit und die Ordnung, die einem diese Dinge gaben. Solange Erik und ich noch frisch verliebt gewesen waren, hatte ich noch nicht einmal eine Mülltüte für den Müll gebraucht, aber je mehr Zeit verging, ohne dass wir gemeinsame Pläne schmiedeten, umso rastloser wurde ich. In den Tag hineinzuleben war eben genau das – nichts vorauszuplanen. Einander nichts zu versprechen. Alles dem Schicksal zu überlassen.

Also nahm ich den Sofakauf sehr ernst und sah ihn als einen Fingerzeig dafür an, dass wir uns an den gemeinsamen Aufbau von etwas Langfristigerem wagten. Erik fand, wir sollten uns nach einem gebrauchten Sofa aus zweiter Hand umschauen, das nichts kostete. Ich dagegen wollte ein neues. Mein Plan hatte Hand und Fuß:

Einrichtungskataloge anschauen, Stoffproben anfordern, Farben und Modelle vergleichen, im Laden probesitzen und dann nachdenken. Wir verbrachten einige Wochenenden damit und legten in den Cafés eine Pause ein, in denen wir früher schon gewesen waren und wo wir uns stundenlang in die Augen gesehen hatten. Aber einen Entschluss bezüglich des Sofas zu treffen, fiel uns schwer. Daunenpolster waren herrlich, aber schnell durchgesessen. Schaumstoff war irgendwie hart, Rosshaar oder Vlies, abnehmbare Bezüge und Beine, Muster oder nicht – wir hatten viele Entscheidungen zu fällen. Irgendwie fühlte ich mich unbehaglich. Je länger wir zauderten und überlegten, umso symbolischer wurde die ganze Sache. Schließlich legten wir die Anschaffung erst mal auf Eis.

Jeder ging wieder seinen individuellen Interessen nach. Ich bekam Angst, wenn ich ihn nachts auf dem Synthesizer herumhämmern hörte. Nur selten wollte er mir etwas von seinen selbst komponierten Stücken vorspielen. Manchmal jobbte er als Tontechniker auf diversen Gigs, kam spät nach Hause und schlief morgens bis in die Puppen. Ich fand ihn so antriebslos. Er wollte auch später keine Kinder mit mir haben, kümmerte sich auch nicht mehr besonders viel um Oskar, hatte kein Interesse daran, unsere Wohnung gemütlich einzurichten. Ihm reichte es, hier und da ein bisschen was zu rauchen, sich alte Platten anzuhören und Sprösslinge in Glasgefäßen heranzuziehen. Er träumte davon, eventuell zum Festival Burning Man zu fahren, konnte den Transatlantikflug aber nicht mit seinem Gewissen vereinbaren.

Oskar war jede zweite Woche bei uns. Das Mindeste, was man von einer Mutter verlangen konnte, war doch ein Sofa, auf dem sie es sich mit ihrem Sohn am Freitag zum Wochenausklang gemütlich machen konnte, oder etwa nicht? Aber es war keines in Sicht. Noch dazu nagte das schlechte Gewissen an mir, weil ich unsere Familie zerstört hatte. Demonstrativ saß ich, den Laptop auf den Knien, in der Kissenecke im Wohnzimmer. Wir hatten noch nicht einmal eine funktionierende Wandlampe angeschraubt. Alles verwahrloste. Nicht zuletzt ich selbst.

Als ich eines Tages heimkam, stand ein ausladendes verschlissenes Chesterfield-Sofa aus dunkelgrünem Leder mitten im Wohnzimmer. Und darauf lag ein dösender Erik.

»Was soll denn das sein?«, sagte ich.

»Unser neues Sofa. Na ja, was heißt schon neu«, korrigierte er sich. »Es hat schon ein paar Jahre auf dem Buckel, aber es war umsonst.«

»Aber da klafft doch ein Riesenloch!«, sagte ich entsetzt.

Das Leder hatte sich vom Rahmen gelöst und war mit Klebeband wieder daran befestigt worden.

»Bequem ist es trotzdem. Außerdem kann man eine Decke darüberlegen, dann sieht man es nicht mehr«, erwiderte Erik ungerührt.

Ich trat näher. Die kleinen Löcher, an denen sonst die Nieten saßen, waren voller Staub. Und der Farbton war noch schlimmer als auf den ersten Blick. Es war ein Kotzgrün.

»Und woher kommt das?«

»Es hat schon lange in Petters Probenraum gestanden. Es hat also keinen Besitzer.«

»Es hat keinen Besitzer?«

»Na ja, jetzt hat es einen. Jetzt gehört es uns.«

»Können wir es nicht wieder zurückbringen?«

»Ich glaube nicht. Mein Vertrag dort ist gerade ausgelaufen, es hieß also jetzt oder nie.«

»Es ist aber sehr groß.«

»Es ist gemütlich. Fühl doch mal!« Erik klopfte auf das Kissen neben sich.

Ich bekam Herzrasen. War schweißgebadet.

»Ich möchte es nicht haben. Wie kannst du es einfach hier hinstellen, ohne mich vorher zu fragen?«

Mit ehrlichem Erstaunen sah Erik mich an.

»Aber du konntest dich doch nie richtig entscheiden. Für dich ist sowieso nichts gut genug.«

»Ich kann diese Farbe nicht ertragen. Ich möchte, dass es verschwindet. Sofort!«

»Meinst du das wirklich ernst?«

»Ja.«

»Mensch, gib ihm wenigstens eine Woche! Es ist nur ein Sofa. Das ist doch nicht wichtig!«

Ich ging in die Küche und holte mir ein Glas Wasser, um mich zu beruhigen. Ich hatte das Gefühl, die Wände würden über mir einstürzen. Sähe unser gemeinsames Leben etwa so aus? War unser Sofakauf nur mein letzter Versuch gewesen, etwas verändern zu wollen, was sich nicht verändern ließ? Seine Sorglosigkeit war lobens- und beneidenswert, bedrückte mich aber eher.

Sie flößte mir sogar ein schlechtes Gewissen ein. Es führte mir so klar vor Augen, dass ich kein Mensch war, der jemandem Weihrauch streuen konnte und der Meinung war, dass ein bisschen Dreck noch keinem geschadet habe. Wie ich es auch drehte und wendete – seine Lebensphilosophie ließ mich penibel wirken. Ich war kleinlich, er großzügig. Er wusste den wahren Wert der Dinge zu schätzen. Ich legte nur Wert auf Äußerlichkeiten.

Das Sofa war nicht das Problem – das Problem war ich.

»Das muss hier raus!«, schrie ich vollkommen unbeherrscht, sowie ich zurück im Wohnzimmer war. »Sieh zu, dass dieses verfluchte Ungetüm hier verschwindet!«

Das Leder knarrte, als er vom Sofa aufstand. Er ging in den Flur und zog sich die Schuhe an.

»Du spinnst ja!«, brummte er. Ich hörte das Schlagen der Haustür. Dann war es still.

Er blieb die ganze Nacht fort. Später stellte sich heraus, dass er bei einer alten Bekannten übernachtet hatte, die erst kürzlich nach Stockholm gezogen war.

Und zwar bei seiner Exfreundin, der Akrobatin. Freja.

Ich lege mich in meinem Zimmer auf den Boden und mache Joars Entspannungsübungen, bevor ich all meinen Mut zusammennehme, um in Svalans Rahmengeschäft anzurufen. Einen Kontakt zwischen dem Körper und dem Boden herstellen. Sich auf das Jetzt konzentrieren.

In sich hineinspüren. Einatmen. Was soll ich sagen, falls er rangeht? Soll ich ihm sagen, dass ich aus eigenem Antrieb Verbindung zu ihm aufnehme? Oder soll ich lügen und behaupten, dass Veronika über meinen Anruf Bescheid weiß? Soll ich ein Treffen vorschlagen? Aber was mache ich, falls er ablehnt? Ich weiß ja noch nicht mal, ob er noch am Leben ist. Vielleicht wird das Geschäft ja auch nur unter seinem Namen weitergeführt. Schließlich raffe ich mich auf, überwinde mich und gebe die Nummer ein.

Es klingelt fünfmal, dann nimmt jemand ab.

»Svalans Rahmengeschäft, Elin Axelsson am Apparat.«

»Guten Tag. Ich möchte gern mit Bo-Ivar Axelsson sprechen. Bin ich da bei Ihnen richtig?«

»Ja, das sind Sie. Wie ist Ihr Name?«

»Ebba Lindqvist. Er kennt mich nicht, aber es geht um eine Privatangelegenheit.«

»Einen Moment, bitte. Er ist gerade oben, es dauert einen kleinen Augenblick. Können Sie dranbleiben?«

»Natürlich.«

Mein Herz klopft wie verrückt. Er lebt noch. Das erste Hindernis ist schon mal aus dem Weg geräumt. Nervös kritzle ich auf dem Block herum. Die Seiten, auf denen Veronikas Antworten auf meine Interviewfragen hätten stehen sollen, sind leer. Schließlich höre ich ein Knistern in der Leitung und eine sich räuspernde Stimme.

»Hier spricht Bo Axelsson.«

Seine Stimme klingt weitaus jünger, als ich erwartet habe. Vielleicht ist es doch jemand anders?

»Guten Tag. Mein Name ist Ebba Lindqvist. Ich rufe aus einem vielleicht erst mal etwas seltsam klingenden Grund an.«

»Falls Sie etwas verkaufen wollen – ich kaufe nichts.«

»Nein, damit hat es nichts zu tun.«

»Warten Sie, ich will mich nur kurz setzen.«

Wieder knistert es im Hörer, dann ertönt ein Scharren, so als würde jemand einen Stuhl heranziehen.

»Da bin ich wieder. Worum geht es denn?«

»Nun ja. Ich bin gerade in Båstad. Ich habe hier zufällig eine Frau kennengelernt, die mir erzählt hat, dass Sie sich im Sommer 1955 kennengelernt haben, als Sie in der Pension ihrer Mutter wohnten. Die Pension hieß Miramar. Stimmt das?«

In der Leitung ist es still.

»Hallo? Sind Sie noch da?« Ich presse das Handy fester ans Ohr.

»Ich habe nicht ganz verstanden, wer Sie sind. Sind Sie eine Verwandte von ihr?«

»Nein. Ich bin Journalistin. Ich bin eigentlich nach Båstad gekommen, um die Dame in einer anderen Angelegenheit zu interviewen, aber sie hat viel von Ihnen gesprochen. Über die Zeit, die Sie zusammen verbracht haben.«

Ich schweige einen Moment, aber in der Leitung bleibt es stumm.

»Ich habe hoffentlich nicht den Falschen erwischt?«, füge ich hinzu.

Daraufhin ist ein tiefes Ausatmen zu hören.

»Das ist lange her. Aber ja, es stimmt. Entschuldigen

Sie, wenn ich etwas erschüttert bin. Das kam jetzt so überraschend. Wie geht es ihr?«

»Eigentlich ziemlich gut. Sie hatte vor Kurzem eine Gehirnerschütterung, wird aber bald aus dem Krankenhaus entlassen. Es fehlt ihr nichts Ernstes.«

»Oha. Ansonsten ist sie gesund?«

»Ja. Sie lebt hier in einer Seniorenresidenz. Ihr Mann ist vor einigen Jahren verstorben, und da wollte sie nicht länger in ihrem Haus wohnen bleiben. Sie scheint sich dort, wo sie jetzt lebt, wohlzufühlen.«

»Sie ist also all die Jahre in Båstad geblieben?«

»Ja. Ihr Mann und sie haben die Pension ihrer Mutter übernommen und noch ein paar Jahre weitergeführt, bis sie in einem Hotel in Helsingborg die Buchführung gemacht hat. Die Pension steht leider schon lange nicht mehr. Sie wurde abgerissen.«

»Hat sie Kinder?«

»Nein, leider nicht.«

Nachdenklich brummt er vor sich hin. Ich umklammere mit klammen Fingern das Handy. Auf einmal frage ich mich, was ich hier tue. Wohin soll dieses Gespräch führen? Was glaube ich, damit erreichen zu können? Ist das nicht ein Kapitel, mit dem ich schon längst abgeschlossen hatte? Menschen miteinander zu vereinen, mir einzubilden, mich mit der Liebe auszukennen?

»Es war gar nicht so leicht, Sie aufzuspüren«, fahre ich zögernd fort. »Ich war felsenfest davon überzeugt, dass Ihr Name Bo Bix lautet, bevor ich herausfand, was es damit auf sich hatte.«

Ich schweige kurz.

»Ich war sogar vor ein paar Tagen in Laholm, um mir Ihre Skulptur anzusehen«, sage ich dann.

»Ach ja? Und, steht sie noch dort?«

»Aber wissen Sie denn nicht, dass sie verschollen ist?«

»Nein, das wusste ich nicht. Wie ist es dazu gekommen?«

»Sie ist offenbar im Zuge einer Restaurierung verschwunden. Die Gemeinde nimmt an, dass sie versehentlich falsch magaziniert wurde. Ich habe aber mit einer Frau sprechen können, die bei der Einweihung Ihrer Skulptur dabei war, ihr Vater hat sie damals aufgestellt. Sie hat mir auch erzählt, dass Sie mit richtigem Namen Bo-Ivar Axelsson heißen.«

»Na, *das* hätte Veronika aber doch wissen müssen!« Er lacht auf.

»Ja? Weshalb denn?«

»Na, sie war es doch, die sich diesen Namen für mich ausgedacht hat. Bix.«

»Wann war das denn?«

»Na, in dem Sommer damals. Ich habe ja nur wenige Werke erschaffen, aber meine beiden Skulpturen habe ich mit diesem Künstlernamen signiert.« Er räuspert sich. »Beinahe wäre die Skulptur für Laholm übrigens gar nicht fertig geworden. Ich habe sie erst im Jahr darauf fertiggestellt, als ich zurückkam. Ich bin zur See gefahren.«

»Sie sind zur See gefahren?«

»Ja. Aber nur ein paar Monate, nach der Kunsthochschule. Ich bin eine Zeit lang ziellos umhergetrieben und wusste nicht so recht, was ich werden sollte. Ich hatte natürlich große Pläne, aber sich als Künstler seinen

Lebensunterhalt zu verdienen, ist ja nicht gerade einfach. Man muss sehr gut und rege sein oder aber viel Geld haben, wenn man das schaffen will. Schließlich habe ich auf einem Schiff angeheuert, das nach Südafrika fuhr. Habe gedacht, dass ich mich genauso gut etwas in der Welt umsehen könnte, bin aber nie weiter als bis nach Lissabon gekommen.«

Er hustet.

»Ich war absolut nicht für die Arbeit als Matrose gemacht. Kam nie richtig mit dem Seegang zurecht. Als ich wiederkam, konnte ich von einem alten Bekannten eine Werkstatt in Göteborg benutzen und habe die Skulptur dort in nur einer Nacht fertiggestellt. Am nächsten Morgen habe ich mich sofort ins Auto gesetzt und bin damit zur Gießerei gefahren. Ich war mir zu dem Zeitpunkt gar nicht mehr sicher, ob die Stadt Laholm die Skulptur überhaupt noch haben wollte, aber das wollte sie. Dieser Kreis hat sich am Ende also geschlossen.«

Er verstummt.

Mir geht ein seltsamer Gedanke durch den Kopf – der Mann, mit dem ich gerade telefoniere, hat Veronika einmal geküsst. Vor sechzig Jahren. Leidenschaftlich wahrscheinlich. Wie viele Menschen wohl dadurch verbunden sind? Durch die Erinnerung an gemeinsame Küsse?

Ich spreche es einfach an, es hat keinen Zweck, die Sache unnötig in die Länge zu ziehen und die Frage zurückzuhalten.

»Ich weiß ja nicht, ob es angebracht ist, aber ich könnte mir vorstellen, dass Veronika sich sehr darüber freuen würde, Sie wiederzusehen«, sage ich und schlucke.

»Und sie konnte mich also nicht selbst anrufen?«

»Sie weiß nichts von meinem Anruf. Ich wollte Sie zuerst fragen. Wie Ihre Haltung dazu ist. Wenn Sie sie nicht treffen möchten, muss ich ja nicht erst alte Gefühle in ihr aufrühren«, sage ich mit sicherer Stimme, mit meiner alten Moderatorinnen-Stimme.

Wieder herrscht kurzes Schweigen. Ein leises Scharren ist zu hören.

»Und wann, haben Sie gedacht, sollte ein Treffen stattfinden?«

»Tja … Wann hätten Sie denn Zeit? Es verkehrt ja regelmäßig ein Zug nach Båstad, und ich könnte Sie am Bahnhof abholen. Von Göteborg dauert die Zugfahrt nur knapp zwei Stunden. Veronika liegt noch im Krankenhaus in Ängelholm.«

Er stößt einen langen, unentschlossenen Seufzer aus. Weshalb möchte jemand überhaupt nach so vielen Jahren wieder seiner Jugendliebe gegenübertreten? Hätte ich nicht selbst auch lieber die Erinnerungen ruhen lassen sollen? Das Schweigen dehnt sich aus.

»Oder sind Sie vielleicht verheiratet und haben eine eifersüchtige Ehefrau?«, versuche ich zu scherzen.

»O nein!« Er lacht trocken auf. »Was diese Sache betrifft, herrschte etwas Unstetigkeit in meinem Leben. Ich habe zwei Ehen hinter mir. Die Frau, mit der Sie gerade gesprochen haben, ist meine jüngste Tochter Elin. Ihr Lebensgefährte und sie führen hier mittlerweile das Geschäft. Ich schaue nur ab und zu vorbei und störe. Das kann schnell passieren, ich wohne nämlich direkt über dem Geschäft.«

»Das ist ja praktisch«, sage ich. »Und Sie haben später also nicht weiter als Künstler gearbeitet? Entschuldigen Sie meine Neugierde.«

Seine Stimme klingt eine Spur widerborstig, seine Atmung wird schwerer, als er erwidert:

»Ich sage Ihnen etwas – Bilder zu rahmen, ist eine Kunst. Die Menschen sehen sich häufig ebenso sehr den Rahmen an wie das Bild. Manchmal sogar eingehender, das hängt vom Bild ab. Der passende Rahmen entfaltet die Wirkung eines Kunstwerks oft überhaupt erst richtig. In den Sechziger- und Siebzigerjahren liefen die Geschäfte gut, bevor es fertige Rahmen zu kaufen gab. Dann lief es schlechter, aber wir hatten eine feste Stammkundschaft, die diese Handwerkskunst zu schätzen wusste. Wir haben nach wie vor viele Kunden wegen unseres guten Rufs. Meine Tochter arbeitet mit einem eigenen Tischler zusammen, der nach dem Wunsch der Kunden arbeitet. Sie hat mehr Geschäftssinn, als ich es je hatte.«

»Sie haben noch ein zweites Kunstwerk erwähnt. Wo befindet sich das heute?«, sage ich.

»In einem zahnärztlichen Versorgungszentrum in Blekinge. Es ist ein Wandrelief aus Keramik. Seitdem habe ich vor allem für mich privat Dinge gemacht, aber das ist mittlerweile auch schon lange her.«

Ich gehe zum Fenster. Draußen auf der Straße fährt ein junger Mann auf dem Fahrrad vorbei, auf dem Gepäckträger sitzt ein Mädchen. Das Fahrrad schwankt, sie lachen.

»Also, was sagen Sie? Könnten Sie sich vorstellen, nach Båstad zu kommen?«, frage ich.

»Ja, das könnte ich wohl. Wie wäre es mit morgen? Passt das?«

»Morgen ist perfekt. Soll ich die Zugverbindungen für Sie heraussuchen?«

»Nein, das kann ich noch selbst. Ganz so ahnungslos bin ich nicht.«

»Prima. Melden Sie sich einfach, mit welchem Zug Sie kommen. Oder schicken Sie mir eine SMS.«

»Ich besitze kein Handy. Da bin ich wohl der Einzige in Schweden, aber ich finde, die Dinger rauben einem zu viel Zeit. Ich mag lieber vor mich hin träumen, aber ich melde mich irgendwie, damit Sie wissen, wann ich ankomme.«

»Gut, abgemacht! Wie aufregend!«, erwidere ich. Eine offenkundige Untertreibung.

1955

Sie war mucksmäuschenstill gewesen. Die Treppe war ihr Komplize, sie hatte kein einziges Mal geknarrt. Jetzt öffnete Veronika einen Spaltbreit die Küchentür. Auf der gegenüberliegenden Seite, links neben der großen Vorratskammer, lag die Tür zum Hinterhof. Dann musste sie nicht am Haupteingang vorbei. Wenn sie den Hang hinunterlief, wäre sie von der Pension aus schon bald nicht mehr zu sehen. Auf der Arbeitsplatte stand eine Schüssel mit Teig, die Wölbung war unter dem Küchenhandtuch zu erkennen. Veronika trat leise in die Küche.

»Ich habe auf dich gewartet.«

Geschockt blieb sie stehen.

Signe saß mit verschränkten Händen im Dunkeln an dem kleinen Klapptisch hinter der Vorratskammertür. Vor ihr auf dem Tisch stand eine leere Tasse, an der ein geöffnetes Briefkuvert lehnte. Veronika erkannte es, sie hatte es nicht zugeklebt, als sie es auf den Schreibtisch gelegt hatte.

»Setz dich.« Signes Stimme klang seltsam dumpf.

Veronika schielte zur Hintertür.

»Die Tür ist verschlossen, du kommst hier nicht weg.«

Signe hielt den Schlüssel hoch, der an einer Schnur um ihren Hals hing.

»Es gibt da ein paar Dinge, die du wissen solltest, bevor du davonläufst und eine große Torheit begehst. Ich weiß, dass du alles gut durchdacht hast, aber ich hatte da so eine Vorahnung.«

Signe schüttelte den Kopf.

»Das kann man schließlich schon auf hundert Meter Entfernung sehen, dass du dich vollständig in diesen jungen Mann verguckt hast, aber ich habe es dir gegönnt. Ich habe es euch gegönnt.«

Veronika rührte sich nicht. Sie war sich unschlüssig, was sie tun sollte.

»Ich habe mich entschieden, du kannst mir also genauso gut den Schlüssel geben«, sagte sie schließlich. »Wenn nicht, nehme ich den Haupteingang. Du kannst mich nicht aufhalten, dafür ist es zu spät.«

Der Klang ihrer Stimme überraschte sie selbst. Sie klang stark und fest, schien nicht ihre zu sein. Aber Signe nahm keine Notiz davon.

»Deine Mutter hat dich immer gut behütet, und das ist jetzt der Dank dafür, oder wie?« Signe schob den Brief unter die Tasse. »Glaub ja nicht, ich wüsste nicht, wie es ist, verliebt zu sein, das weiß ich sehr gut. Wenn man jung ist, meint man, die Weisheit mit Löffeln gefressen zu haben, aber es fehlt einem noch der nötige Überblick«, sagte Signe mit einem heftigen Kopfschütteln.

»Aber ich hätte nie gedacht …« Sie verstummte.

»Ich bin siebzehn, ich muss doch wohl über mein eigenes Leben bestimmen dürfen?« Veronikas Stimme klang noch immer so ruhig wie eben. Aber jetzt umklammerte sie den Griff der Tasche.

»Du bist noch nicht mündig, aber darauf kommt es mir nicht an. Ich will über etwas ganz anderes mit dir reden. Und jetzt setz dich!«

Signes Augen glitzerten im Halbdunkel. Zögernd setzte sich Veronika, zog den Stuhl aber ein klein wenig zur Seite.

Noch war es trübe draußen und alles in Schatten und Zwielicht gehüllt. Der Eisenherd. Die Edelstahlspüle. Die Kessel an ihren Haken. Signe auf ihrem Stuhl. Alles war gespenstisch fahl.

»Als deine Mutter die Pension übernommen hat, hätte ich nie erwartet, dass sie das schaffen würde. Es gibt nicht viele, die so viel Schneid wie sie haben, allein eine Pension zu betreiben, das kann ich dir sagen! Und deine Mutter war frisch verwitwet und hatte darüber hinaus noch ein kleines Mädchen am Hacken. Und damit meine ich dich. Ich dachte, dass sie das höchstens zwei Sommer lang durchhalten würde.«

Signe verstummte und schien zu überlegen, wie sie fortfahren sollte.

»Du weißt ja, dass ich euch schon lange kenne. Schon vor dem Tod deines Vaters. Wir stammen ja aus demselben Viertel in Malmö, deine Mutter und ich.«

Überrascht schüttelte Veronika den Kopf.

»Ich glaube, dass du dich nicht daran erinnerst, weil du damals noch so klein warst … Aber als der Unfall auf der Werft geschah, kämpfte deine Mutter beinhart darum, dass ihr beide in eurer Wohnung wohnen bleiben konntet. Am Ende bezahlte Kockums ihr eine kleinere Summe Schmerzensgeld. Sie hätte bestimmt mehr bekommen können, wenn sie abgewartet und zu einem Anwalt gegangen wäre, aber sie nahm das, was ihr angeboten wurde … und dann bekam sie die Gelegenheit, diese Pension zu pachten. Sie kam als Erstes zu mir und fragte mich, ob ich mit ihr gehen und ihr helfen würde. Ich lebte allein, und sie wusste nur zu gut, was einem in der Küche des Savoys abverlangt wurde, half sie dort doch selbst manchmal aus, um sich etwas dazuzuverdienen.«

»Ich kann aber nichts für all das, was passiert ist, und ich habe ein eigenes Leben. Niemand kann mich zwingen, hierzubleiben.« Veronika machte Anstalten, aufzustehen.

Signe schien sie nicht gehört zu haben.

»Aber ich mochte deine Mutter nicht nur, weil sie so fleißig und tüchtig war. Nein, sie war auch jemand, der gut zuhören konnte. Man konnte auch mal offen mit ihr reden.« Signe nickte langsam.

»Und was hat das mit mir zu tun?«

»Es war ja Glück im Unglück, dass die Werft überhaupt Schmerzensgeld für deinen Vater gezahlt hat. Denn in Wahrheit war es ja überhaupt gar kein Unfall.«

»Was willst du damit sagen?«

Veronika starrte sie an.

»Das, was ich sage. Er hatte seine Schuhe im Umkleideraum zurückgelassen, deine Mutter hat all seine Siebensachen wiederbekommen. Mitsamt dem Zettel, der in einem Schuh steckte.«

»Was für ein Zettel? Wovon redest du?«

»Es war ein Brief. Und er war nicht viel länger als dieser hier.«

Signe legte die Hand auf den Brief unter der Tasse.

Veronikas Hals schnürte sich zu. Es war kaum merkbar heller im Raum geworden. Sie konnte jetzt Signes Augen sehen, das war seltsam. Veronika hatte sie noch nie wahrgenommen, dunkelblaue Augen mit Schlupflidern und kurzen Wimpern. Aber in ihnen lag nicht der übliche humorvolle Ausdruck, wenn Signe sie augenzwinkernd scherzhaft ermahnte oder lachte, wenn sie sich mit ihren runden Wangen über etwas amüsierte. Ihr Blick war ernst, es waren die Augen einer reifen Frau. Wie alt war Signe eigentlich?

»Ich weiß nicht, wovon du sprichst.« Veronikas Mund war ganz trocken geworden.

»Er ist nicht gestürzt, Veronika. Er ist aus freiem Willen gesprungen. Der Brief war ein Abschiedsbrief. Er hat darin um Verzeihung gebeten und um Verständnis, aber er war kein starker Mensch. Er hatte nicht mehr alle fünf Sinne beisammen, glaubte, dass die Schatten Schlangen wären, die er aufsammeln musste. Er konnte nicht mehr zwischen Traum und Wirklichkeit unterscheiden, und mit so etwas zu leben, ist nicht leicht. Wer weiß, vielleicht war es ein Delirium oder ein Nervenzusammenbruch. Aber er ist aus freien Stücken gesprungen.«

Signe hatte ihre Hand auf Veronikas gelegt.

»So, jetzt weißt du es.«

»Aber ... die Polizei war doch da. Die Polizei hat doch gesagt, dass er ausgerutscht ist!«

»Die Polizei wusste es nicht besser, sie nahm an, dass es ein Unfall war. Das dachten auch alle auf der Werft, alle, bis auf den Vorarbeiter deines Vaters, der den Brief im Schuh fand. Aber er weihte deine Mutter erst unmittelbar vor der Beerdigung ein. Da gab er deiner Mutter den Brief. Begreifst du jetzt, warum du sie nicht im Stich lassen kannst, so wie es dein Vater getan hat, indem du ihr nur einen kümmerlichen Abschiedsbrief hinterlässt?«

Signe lehnte sich vor und senkte die Stimme.

»Sie hat schon ein Familienmitglied verloren. Sie hat nicht die Kraft, noch jemand zu verlieren. Ich gönne dir deine Verliebtheit, aber nimm um Gottes willen deine Verantwortung wahr und warte noch. Hält eure Beziehung ein Jahr lang und findet er Arbeit, könnt ihr ja über eine Fortsetzung eurer Beziehung nachdenken. Aber wozu diese Eile?«

»Aber wir haben uns verabredet! Wir wollen in einer halben Stunde fahren.« Auf einmal klang Veronikas Stimme schrill.

»*Er* wird in einer halben Stunde fahren. *Du* wirst hierbleiben, wie wir es besprochen haben, und im Herbst auf die Haushaltsschule gehen.«

Signe rüttelte Veronika an der Schulter.

»Was du vorhast, ist kindisch, Veronika. Sonst nichts. Begreifst du das nicht? Um ehrlich zu sein, bin ich besorgt, dass du so etwas tust, es sieht dir gar nicht ähnlich. Vorsicht ist besser als Nachsicht, das rate ich dir zu deinem eigenen Besten. Ich setz uns jetzt eine Kanne Kaffee auf, und du ziehst dich um. Und morgen ist ein neuer Tag.«

Endlich löste sie ihren Griff um Veronikas Schulter.

»Nein.« Veronika schüttelte den Kopf.

»Doch.« Signe war schon aufgestanden und ging zum Herd. Aber Veronikas Nein bezog sich nicht auf das, was

Signe annahm. Der Wunsch, zu Bo hinauszulaufen, war ungebrochen. Aber sie wusste, dass sie das nicht tun würde. Sie wusste jetzt, dass sie nicht den Mut dazu haben würde. Für einen flüchtigen Moment hatte sie diesen Mut besessen. Für einen flüchtigen Moment war es ihr vorstellbar erschienen.

Aber auf lange Sicht wäre es unvorstellbar.

Das Pfeifen des Zuges klang nicht wie eine Zugpfeife. Es klang schrill wie ein verzweifelter Schrei. Und diese abgrundtiefe Verzweiflung spürte auch sie, als sie hemmungslos schluchzte.

Veronika lag bäuchlings auf ihrem Bett und ließ ihren Tränen freien Lauf. Signe war an ihrer Stelle zum Bahnhof gegangen, um Bo zu sagen, dass sie, Veronika, nicht kommen würde. Veronika hatte noch nie einen solchen Schmerz empfunden. Sie würde ihn auch nie in Worte fassen können. Es war allein ihr Kummer, ihr Verlust und ihre Einsamkeit.

Jemand klopfte leise an die Tür. Für einen kurzen Augenblick hoffte sie, dass er es wäre, dass die vergangene letzte Stunde sich nie ereignet hätte, dass sie immer noch eine junge Frau war, die mit ihrem Liebsten einen Zug besteigen wollte, und keine Tochter, deren Vater den Freitod gewählt hatte. Doch dann ging die Tür auf und Francie kam herein; sie trug nur einen Morgenrock und ihr albernes Babydoll. Ihr Blick flackerte, als sie sich auf den Bettrand setzte.

»Ich habe gehört, was passiert ist. Das geht vorbei.« Unbeholfen legte sie die Hand auf Veronikas Rücken. »Es war richtig, dass du nicht mit ihm gegangen bist, du hättest es sowieso nur bereut. Es kommen auch noch andere Züge. Es war gut, dass du auf mich gehört hast.«

Veronika gab keinen Ton von sich.

2019

Sowie ich in die Bar kam, in der wir uns verabredet hatten, merkte ich, dass etwas nicht stimmte. Ich hatte vorher schon so eine vage Ahnung gehabt. Nach unserer Auseinandersetzung wegen des Sofas war die Stimmung zwischen Erik und mir nicht gerade harmonisch gewesen. Wir gingen getrennt zu Bett. Hinterließen dem anderen nur eine kurze Nachricht, wo wir waren. Verbrachten kaum mehr einen Abend gemeinsam zu Hause. Wenn wir uns doch einmal begegneten, waren wir gereizt oder übertrieben liebevoll. Ich wusste keinen Ausweg aus dieser verworrenen Situation. Erik saß mit düsterem Gesichtsausdruck in der Bar. Sein Bier hatte er nicht angerührt. Allein das war schon ein schlechtes Zeichen.

»Ich muss da über etwas mit dir reden.« Er sah mich starr an.

»Das klingt ernst«, erwiderte ich.

»Es ist auch ziemlich ernst.«

Ich trank das halbe Bier, das vor mir stand, in einem Zug aus.

»Dann sag schon. Was ist los?«

Um uns herum lachten die Leute, zeigten einander Videos auf dem Handy, tranken Wein, unterhielten sich, hielten Händchen. Ich hatte auf einmal nur ein Flimmern vor den Augen. Irgendwie wusste ich, das war das Ende.

»Es ist etwas passiert. Ich habe es nicht geplant. Es ist einfach passiert.« Erik wollte nach meiner Hand greifen, aber sie entglitt ihm.

»Wir hatten zuletzt mit Schwierigkeiten zu kämpfen, das weißt du ja selbst«, sagte er zögernd.

»Jetzt sag endlich, worum es geht, zieh es bitte nicht in die Länge!«

»Freja ist schwanger. Ich … ich bin … es ist mein Kind.«

Alles um mich herum trat in den Hintergrund. Mein Herz blieb stehen, gleichzeitig schien es davonzugaloppieren. Meine Glieder waren wie betäubt, wie von mir abgeschnitten. In meinem Inneren schwoll langsam ein schriller, durchdringender Ton an, der sich immer mehr ausdehnte und sich wie in einem langen, schmalen Tunnel zu kanalisieren schien. Schließlich übertönte er alles. Ich schüttelte heftig den Kopf.

»Das kann nicht wahr sein.«

»Doch.« Erik unternahm einen neuen Versuch, nach meiner Hand zu greifen. »Es wäre etwas anderes, wenn sie zwanzig wäre, aber sie ist über vierzig und bisher kinderlos. Das ist ihre letzte Chance. Weißt du, dass die Wahrscheinlichkeit, in diesem Alter noch schwanger zu werden, nur bei zwei Prozent liegt? Zwei Prozent, verstehst du? Ich habe das wirklich nicht geplant! Ich wünschte, dass es nicht passiert wäre, aber jetzt ist es passiert, und sie möchte das Kind zur Welt bringen. Das

Mindeste ist doch, dass ich der Angelegenheit eine ehrliche Chance gebe.«

Ich starrte auf seine Fingernägel. Die zerkaute Nagelhaut. Die mir so vertrauten halbmondförmigen Nikotinverfärbungen. Ich öffnete meinen Mund, aber es kam kein Ton heraus. Ich hörte nur den Pfeifton in meinen Ohren.

»Was soll das heißen?« Meine Stimme klang verzerrt. »Willst du mich verlassen und mit ihr zusammenleben?«

»Das will ich versuchen, ja.«

Er nickte zögernd.

»Ich weiß, dass es seltsam klingt. Aber vielleicht ist es ja gar nicht mal so verrückt. Mündet nicht jede Verliebtheit irgendwann in einen Alltag? Wenn man die Sache vom anderen Ende her aufzurrt, dann sieht man die Beziehung ja vielleicht klarer? Realistischer? Vielleicht ist es dann wahrscheinlicher, dass die Beziehung hält.«

»Aber ... warum kannst du sie nicht das Kind zur Welt bringen lassen und ihr teilt euch später das Sorgerecht? Musst du deshalb mit ihr zusammenleben, nur weil ... nur weil sie ...«

Ich brachte es nicht über mich, das Wort *schwanger* auszusprechen.

»Ich möchte nicht zu den Vätern gehören, die ihr Kind nur hier und da mal sehen.« Er sah mich an. »Wenn ich Vater werde, möchte ich an der Kindheit des Kindes teilhaben. Für es da sein. Und Freja ist ein netter Mensch.«

»Ich will nicht hören, was für ein netter Mensch sie ist!«, schrie ich.

Ein paar junge Frauen am Nebentisch drehten sich um

und starrten mich an, bevor sie anfingen, miteinander zu tuscheln.

»Du wolltest doch nie Kinder. Du hast doch immer behauptet, sie wären eine Umweltkatastrophe!«

»Jetzt ist es aber nun mal so gekommen …« Erik wand sich unbehaglich.

»Unsere Beziehung war in der letzten Zeit ja nun wirklich nicht perfekt, das weißt du selbst. Und du wirst auch weiterhin ein unglaublich wichtiger Mensch in meinem Leben sein. Kannst du nicht versuchen, Verständnis dafür aufzubringen? Bitte!«

»Wie kannst du das von mir verlangen? Spinnst du? Bist du verrückt? In so einem Fall will ich kein wichtiger Mensch in deinem Leben sein!«

Ich hatte mich erhoben. Meine Beine zitterten so sehr, dass sie mich kaum trugen. Sämtliches Blut war mir aus dem Kopf gewichen und in die Beine gesackt; meine Glieder waren schlaff wie die einer Puppe.

»Beruhig dich doch, Ebba. Setz dich. Lass uns darüber reden, ja?«

»Worüber denn reden? Du hast dich doch schon entschieden.«

»Für mich ist es auch nicht leicht.«

Flehend sah er mich an. In seinen Augen schimmerten Tränen.

»Du hast ja schon ein Kind. Wenn irgendjemand das verstehen müsste, dann doch du.«

Aber das Geräusch in meinen Ohren hatte seine Stimme längst verdrängt. Ich hörte nichts mehr, nur noch ein schrilles, monotones Kreischen.

Einen abgrundtiefen Schrei, der aus meinem tiefsten Inneren kam. Nichts anderes existierte noch. Nur noch dieses Geräusch und meine in sich zusammengekauerte Gestalt. Eine einsame Gestalt, die Todesängste ausstand.

Veronika war es irgendwie gelungen, es sich gemütlich herzurichten. Ein Blutdruckmessgerät, ein Brillenetui und einige sorgsam aufgereihte Stifte liegen auf den Tisch. In der Blumenvase ist frisches Wasser. Auf einer Untertasse liegt ein halb gegessener Apfel. Über den Besucherstuhl hat sie ihren gelben Schal drapiert. Sie selbst thront mit frisch gebürsteten Haaren und aufgelegtem Lippenstift, gestützt von Kissen, im Bett. Auf ihrem Schoß liegt ein neues Kreuzworträtselheft. Gedankenverloren sieht sie auf, als ich komme.

»Weckt Anstoß. Sieben Buchstaben. Fängt an mit S.«

»Skandal?«, schlage ich vor und setze mich.

»Danke. Ein Problem weniger.« Sie kritzelt die Buchstaben in die Felder und greift nach ihrem Wasserglas.

»Ich habe Neuigkeiten, Veronika«, sage ich.

Sie legt das Rätselheft auf das Bett und wendet sich mir zu. Sie trägt heute das Sommerkleid, das ich ihr mitgebracht habe, und hat einen dünnen lilafarbenen Schal kunstfertig um ihren Hals geschlungen.

»Ach ja?«

»Es hat etwas mit Bo zu tun …«, sage ich zögernd und fingere rastlos an den Knöpfen meiner Bluse herum.

Veronika erstarrt kaum spürbar. Ein nervöser Schauer läuft mir über den Rücken. Bis jetzt habe ich einfach vorausgesetzt, dass sie sich über die Neuigkeiten freuen würde.

Jetzt schwant mir, dass das vielleicht nicht der Fall ist.

»Ich habe ihn gefunden«, sage ich. »Er hat ein Rahmengeschäft in Göteborg, das mittlerweile seine Tochter übernommen hat. Ich habe gestern mit ihm telefoniert. Er möchte Sie gerne besuchen. Morgen. Er hat sich einen Zug herausgesucht, der morgen Nachmittag in Båstad ankommt. Was sagen Sie dazu?«

Die Sonne, die durch das Fenster hereinfällt, taucht ihr Gesicht in helles Licht. Ihr Mund ist so fest zusammengekniffen, dass ihre Lippen weiß sind. Sie sagt keinen Ton.

»Es war ganz schön schwierig, ihn aufzuspüren, sein wirklicher Name lautet ja gar nicht Bo Bix«, erläutere ich nervös. »Ich musste ein bisschen suchen und ein paar Nachforschungen anstellen.«

»Sie haben sich also nach ihm auf die Suche gemacht, ohne mir etwas davon zu sagen?«

Veronikas Gesicht ist dunkelrot.

»Ich wollte Sie damit überraschen. Sie haben in Ihrem Leserbrief doch geschrieben, dass Sie sich fragen, wo er wohl ist. Als Journalistin kenne ich mich mit Recherchen aus, und deshalb dachte ich …« Ich zucke lahm die Achseln.

Sie starrt mich an.

»Haben Sie denn völlig den Verstand verloren?« Sie nimmt ihre Brille ab. Ihre Hand zittert. »Hätte ich in dieser Sache Ihre Hilfe gebraucht, dann hätte ich gefragt!

Du meine Güte, das nenne ich wirklich dreist!« Sie ist ans Bettende zurückgerutscht, wirkt panisch.

Ich merke, dass meine Wangen anfangen zu glühen.

»Entschuldigen Sie, ich wollte nicht …«

»Wollten Sie darüber einen Artikel schreiben, oder welche Hintergedanken hatten Sie dabei? Kommen einfach her und ziehen mir einen Haufen Geschichten aus der Nase. Worauf sind Sie eigentlich aus? Haben Sie nicht selbst genügend Probleme? Das hat doch ganz danach geklungen. Haben Sie nicht ein Kind, um das Sie sich kümmern sollten?«

Ihre Augen sprühen Funken. Im Krankenzimmer ist es mucksmäuschenstill geworden. Erst jetzt wird mir bewusst, dass noch andere Patienten hinter ihren Vorhängen liegen und unserer Unterhaltung lauschen. Vor lauter Angst krampft sich mein Brustkorb zusammen.

»Ich dachte, dass Sie sich freuen würden«, erwidere ich.

»Freuen? Mit so etwas muss man sich doch erst mal vertraut machen, das müssten Sie doch verstehen.«

Ihre Stimme zittert vor Wut.

»Außerdem weiß ich sehr gut, dass er nicht Bo Bix heißt. Ich habe mir schließlich den Künstlernamen für ihn ausgedacht. Bo-Ivar Axelsson, das ist ja der reinste Zungenbrecher«, sagt sie mit einem verächtlichen Schnauben.

»Er hat Sie jedenfalls nicht vergessen«, bemerke ich leise. »Er möchte Sie gerne besuchen, aber ich rufe ihn natürlich an und sage ab.«

»Das ist bestimmt am besten. Ich kann für mich selbst sorgen, danke auch. Ich brauche keine Hilfe. Jedenfalls keine Hilfe dieser Art. Sie haben nichts als Unglück über mich gebracht. Ich finde, Sie sollten jetzt gehen. Und zwar sofort. Und kommen Sie ja nie wieder!«

Irgendwie gelingt es mir, mich aufzurappeln. Ich stolpere über ein Stuhlbein und verlasse wie betäubt das Zimmer.

Im Zimmer ist es so stickig, dass ich kaum atmen kann. Schwitze ich wegen der Hitze, oder ist es Angstschweiß? Ich weiß es nicht. Ich weiß nur, dass ich mich zutiefst schäme. In meinem Kopf rauscht es. Ich möchte mich am liebsten in Luft auflösen. Was habe ich mir bloß dabei gedacht, ich Idiotin? Bin ich denn völlig verrückt geworden? Wie konnte ich mich bei Bo melden, ohne Veronika vorher zu fragen, ob es ihr überhaupt recht ist? Wie arrogant kann man eigentlich sein? Habe ich mir vielleicht erhofft, dafür gelobt zu werden, oder dass sie mir auf Knien dafür danken würde?

Ich krieche auf das Bett und umarme das Kissen. Ich muss mich an irgendetwas klammern, damit ich nicht geradewegs in Grund und Boden versinke. Angst schnürt mir die Kehle zu. Nein, das stimmt nicht. Die Angst erdrückt mich.

Schließlich taste ich nach meinem Handy. Ich muss Bo anrufen und so schnell wie möglich das Treffen absagen. Ich gebe die Nummer von Svalans Rahmengeschäft ein. Achtmal lasse ich es klingeln, aber niemand nimmt ab. Ich versuche es noch einmal, mit demselben Ergebnis. Nicht einmal ein Anrufbeantworter schaltet sich ein. Es ist Freitagnachmittag, vielleicht ist schon Ladenschluss. Keine andere Telefonnummer ist im Telefonbuch verzeichnet. Im schlimmsten Fall muss ich ihn morgen am Bahnhof mit dem Mietwagen abholen, den ich gebucht habe, und ihn geradewegs wieder zurück nach Göteborg fahren. Ich versinke noch tiefer in die Kissen, bevor ich es noch einmal probiere. Noch immer nimmt niemand ab. Ich spiele unruhig an meinem Handy herum und scrolle rasch die neuesten Nachrichten durch, ohne sie überhaupt richtig zu lesen. Als führten meine Finger ein Eigenleben, logge ich mich auf Instagram ein. Unwillkürlich wandert mein Zeigefinger zum Suchfeld. Leider schlägt es mir automatisch die Buchstabenfolge Cirkusgirl133 vor.

Eigentlich rechne ich gar nicht damit, etwas Neues zu erfahren. Es ist eher ein gedankenloser Reflex. Die Internetverbindung baut sich nur langsam auf.

Ich bin geschockt, als ich das Bild sehe. Es wurde erst vor einer Stunde hochgeladen. Es kommt mir unwirklich vor. Es zeigt – ein klein wenig unscharf – Erik. Mit dunklen Augenringen und abstehenden Haaren. Auf seinem Brustkorb liegt ein in eine Decke gewickelter Säugling. Seine Augen sind geschlossen, und er sieht genauso unschuldig und zugleich seltsam uralt aus wie nur Neugeborene. Seine Wangen sind rund, die Hände kleine weiße Pingpongbälle. Ich starre auf seinen kleinen, deutlichen Amorbogen. Eriks Amorbogen. Es gibt keinen Bildtext, nur zwei Herzen.

Ich habe ohne Spinalanästhesie entbunden, habe einen Beinbruch, eine Blinddarmoperation und einen Kreuzbandriss hinter mir – nichts davon aber ist vergleichbar mit dem Schmerz, den ich jetzt empfinde. Was ist das nur für ein seltsames Geräusch, das klingt wie das Wimmern einer Kuh in Seenot? Stumpf stelle ich fest, dass dieses Wimmern von mir kommt.

Ich habe zwei Schlaftabletten mit einem Bier aus der Bar heruntergespült und bin endlich eingeschlafen, als mein Handy klingelt. Ich taste nach dem Telefon und sehe, dass es halb zwölf in der Nacht ist. Die Nummer ist unbekannt. Ich nehme trotzdem ab.

»Ja, bitte?«

»Ebba? Hier spricht Veronika. Entschuldigen Sie die späte Störung, hoffentlich habe ich Sie nicht geweckt?«

»Nein. Kein Problem«, flunkere ich mit belegter Stimme.

»Ich hatte heute so ein furchtbar schlechtes Gewissen, nachdem Sie gegangen sind. Ich war so dumm. Aber ich war so geschockt, das alles kam so überraschend.«

»Nein, ich war es, die sich danebenbenommen hat«, beschwichtige ich sie. »Ich hatte kein Recht, ihn eigenmächtig anzurufen, ich hätte Sie vorher fragen sollen. Entschuldigen Sie, dass ich mich so blöd verhalten habe.«

»Sie müssen nicht die Märtyrerin spielen. Eine Entschuldigung reicht.« Sie verstummt. »Haben Sie das Treffen schon abgesagt?«

»Ich habe es versucht, ihn aber nicht erreicht. Er besitzt kein Handy. Machen Sie sich keine Sorgen, ich kümmere mich morgen darum.«

»Lassen Sie es. Ich habe noch mal darüber nachgedacht, und wenn er Lust hat, kann er genauso gut kommen.« Sie räuspert sich. »Es muss ja nicht so lange sein, oder? Auf eine Tasse Kaffee reicht vielleicht?«

»Das reicht bestimmt«, erwidere ich und setze mich im Bett auf.

»Wann kommt er denn morgen an?«

»Um zwei. Ich habe einen Mietwagen gebucht, wollte ihn am Bahnhof abholen und ihn dann direkt zum Krankenhaus fahren.«

»Schaffen Sie es vielleicht, vorher noch in meine Wohnung zu fahren und mir mein gelbes Kleid zu holen? Es hängt im rechten Schrank ganz vorn. Und mein Kosmetiktäschchen? Ich möchte mich gern etwas herrichten, wenn er sich nun schon die Mühe macht, mich zu besuchen.«

»Natürlich. Ich habe ja immer noch die Schlüssel.«

»Nehmen Sie auch ruhig noch ein zweites Kleid zur Auswahl mit, falls Sie etwas sehen, das Ihnen gefällt.« Sie verstummt. »Was hat er eigentlich gesagt, als Sie ihn angerufen haben? Wie hat er geklungen?«

»Er klang erstaunt, aber auch erfreut. Und etwas besorgt, als ich ihm von Ihrer Gehirnerschütterung berichtet habe, aber ich konnte ihn beruhigen.« Ich schalte die Nachttischlampe ein. »Er ist übrigens zweifach geschieden. Das heißt, er ist jetzt alleinstehend.«

»Aha. Aber Kinder hat er?«

»Ja. Zwei, glaube ich. Seine älteste Tochter hat sein Geschäft übernommen. Sie heißt Elin Axelsson. Er wohnt in der Wohnung über dem Geschäft, sie stehen also in engem Kontakt. Wir können übrigens auch in ein nettes Café fahren, wenn Ihnen das lieber ist? Wir müssen ja nicht notwendigerweise im Krankenhaus bleiben.«

»Das entscheiden wir spontan. Wir können ja auch nicht sämtliche Pläne umstoßen. Er muss sich eben ein klein wenig anpassen.«

Am liebsten würde ich sie fragen, warum das denn nicht geht und was sie daran hindert?

»Dann ist das beschlossen«, sagt Veronika erleichtert. »Dann will ich jetzt versuchen, noch etwas zu schlafen. Nicht viele hätten sich die Mühe gemacht, die Sie sich gemacht haben. Jemanden aufzuspüren. Natürlich hätten Sie mich vorher fragen können, aber ich weiß, dass Sie es gut gemeint haben.«

»Na, ob das wirklich so gut war, weiß ich nicht, das wird sich wohl erst morgen herausstellen.«

»Kommen Sie doch rechtzeitig vor dem Mittagessen mit den Kleidern zu mir, damit wir noch ein bisschen Zeit zum Anprobieren haben. Und nehmen Sie bitte auch mein Shampoo und den Föhn mit, ja?«

»Aber ja. Sie können mich auch morgen früh noch anrufen, falls Ihnen noch etwas anderes einfällt«, sage ich.

»Bin ich albern, dass ich so nervös bin?«

»Natürlich nicht! Ich wäre genauso aufgeregt. Sie haben Mut, das wird aufregend morgen. Bis dann, halten Sie jetzt lieber Ihren Schönheitsschlaf.«

Ich lege auf und sehe aus dem Fenster in die helle Sommernacht, wie ein verheißungsvoller Lichtstreif am Horizont – zumindest für den, der noch zu hoffen wagt. Ich stehe auf und öffne die Balkontür. In der Ferne sind pumpende Technobässe zu hören. Vielleicht schlürft ja das verwöhnte Jungvolk in Båstad in irgendeinem Club Champagner aus weißgoldenen Flaschen. Und gibt sich den Sehnsüchten hin, die wir alle hegen.

Ansonsten leistet mir nur noch die Nacht Gesellschaft.

Ich habe Veronika die Kleider vorbeigebracht und den Mietwagen an der Tankstelle abgeholt. Es ist ein silberner Skoda. Der Schlüssel sieht überhaupt nicht aus wie ein Schlüssel, aber schließlich schaffe ich es, die verdammte Karre zu starten. Ich bin so aufgeregt, als hätte ich selbst ein Date. Die Blumen in den Parks sind vertrocknet. Draußen herrschen dreißig Grad im Schatten. In einem Café in der Stadt mache ich einen Zwischenstopp und trinke einen Kaffee, während ich darauf warte, dass die Zeit vergeht. Bos Zug kommt erst in einer Stunde an. Seit gestern bin ich nicht mehr online in den sozialen Medien gewesen. Mein Schock sitzt tief. Ich habe nur mit ein paar Freunden telefoniert und ihnen von der Geburt des Kindes erzählt. Jetzt macht mein Handy Pling! Sandra hat mir eine SMS geschickt.

Im Augenblick wirst du bestimmt von Kummer geschüttelt und leidest Seelenqualen. Aber bald werden sich auch klare Momente in deine Angst und deinen Kummer mischen und letztendlich überwiegen. Hab Geduld!

Ich sehe aus dem Fenster. Einige Touristen gucken suchend auf ihr Smartphone und laufen an der Kreuzung auf und ab. Suchen etwas, was dort wohl nicht zu finden ist. Ein Mädchen versucht, ein paar Köter in Schach zu halten, deren Leinen sich verheddert haben. Ich übe mich darin, das alles einfach nur zu beobachten, meinen eigenen Kummer in den Hintergrund treten zu lassen, indem ich meine Aufmerksamkeit auf etwas anderes lenke und mich nicht so stark auf mich selbst konzentriere. Gleich werde ich Bo Bix kennenlernen. Ich trinke meinen Kaffee aus und mache mich auf zum Bahnhof.

Der Zug soll um 14.21 Uhr in Ängelholm eintreffen, aber er hat zwanzig Minuten Verspätung. Ich setze mich auf eine Bank und kaue nervös an meinen Nägeln. Bahnhöfe sind interessante Orte. Sie erinnern einen immer daran, dass alles fortwährend in Bewegung, dass nichts von Dauer ist. Es macht Spaß, den Zügen bei der Ein- und Abfahrt und den Schaffnern zuzusehen, die in ihre Trillerpfeifen blasen und in ihren warmen Synthetik-Uniformen die Stellung halten. Bahnhöfe sind nicht zuletzt eine Heimat für eine beträchtliche Menge Menschen, die nicht wissen, wohin sie gehören. Bettler, lärmende Teenager, Gelangweilte, psychisch Labile, Beiseitegeschobene. Vielleicht warten sie – genau wie ich – darauf, dass mit einem Zug ein Passagier eintrifft, der ihrem Leben eine Veränderung gibt.

Es knistert in den Lautsprechern, und eine schleppende Stimme verkündet, dass der Zug aus Göteborg in Kürze auf Gleis zwei einfahren wird. Ich stehe auf. Bo habe ich gebeten, nach einer Frau mit langen blonden Haaren und

Shorts Ausschau zu halten. Ich habe nur ein sechzig Jahre altes Foto von ihm. Der Zug kommt an der Schranke in Sicht und fährt langsam quietschend ein. Ich bin schrecklich aufgeregt.

Er steigt als Letzter aus dem Zug, mit nichts weiter als einer Schultertasche. Er ist größer, als ich dachte, schlaksig und hat graues Haar, sieht aber gar nicht aus wie vierundachtzig. Doch vielleicht bin ich auch voreingenommen. Aber das muss er sein. Bo. Eine Mutter mit Kinderwagen und eine Gruppe junger Leute um die zwanzig sind die einzigen sonstigen Passagiere. Er sieht mich und hebt unsicher die Hand. Ich gehe ihm entgegen.

»Sind Sie Bo Ivar-Axelsson?«, frage ich.

»Ja, das bin ich«, erwidert er mit einem Nicken und reicht mir die Hand. Er trägt ein blaues Hemd mit aufgekrempelten Ärmeln. Keine Brille. Keine Armbanduhr. Keinen Ehering. Seine Augen unten den buschigen, grau melierten Augenbrauen blicken wach.

»Und Sie müssen Ebba Lindqvist sein?«

»Das stimmt. Hatten Sie eine gute Fahrt?«

»Ja, es lief alles reibungslos.«

Er sieht sich auf dem Bahnsteig um.

»Ist sie nicht mitgekommen?«

»Nein, sie ist noch im Krankenhaus. Ich habe mir gedacht, dass wir direkt dorthin fahren, ich bin mit dem Auto hier.« Ich halte den Schlüsselbund hoch und deute zum Parkplatz.

»In Ordnung.« Er nickt. Auf seinem Gesicht liegt ein sanftmütiger Ausdruck. Er ist mir sofort sympathisch.

Wirkt aufrichtig und gradlinig. Irgendwie ist es so, als würde ich ihn schon lange kennen, als wäre ich ihm schon einmal begegnet. Langsam schlendern wir zum Wagen. Die Luft wabert vor Hitze. Sämtliche Farben scheinen zu verschwimmen. Das schwarze Blechdach des Bahnhofs glitzert wie Öl.

»Der da ist es«, sage ich, zeige auf das Auto und schließe auf. Bo quetscht seine lange Gestalt auf den Beifahrersitz. Ich fahre in Richtung Hauptstraße.

Bo schweigt. Die Schultertasche liegt auf seinem Schoß. An seiner Schläfe schimmert eine kurze braune Haarsträhne zwischen all dem Grau und verleiht ihm etwas Rebellisches.

»Ich habe schon so viel von Ihnen gehört, dass es mir beinahe schwerfällt zu glauben, dass es Sie wirklich gibt. Dass Sie nicht nur eine Figur aus einer Geschichte sind«, sage ich und schiele zu ihm hinüber.

»Das fällt mir selbst manchmal schwer. Je länger man lebt, umso unbegreiflicher erscheint einem das Leben. Ist es weit bis zum Krankenhaus?«

»Nein, nur fünf Minuten Fahrt.«

»Und Sie sind sich auch sicher, dass sie möchte, dass ich sie besuche? Es ist doch nicht nur eine fixe Idee von ihr, oder? Bei dieser Hitze wäre das nicht weiter erstaunlich. Ich habe in der Zeitung gelesen, dass die Vogeljungen sich wegen der Hitze aus den Nestern werfen.« Er lässt die Seitenscheibe herunter.

»Doch, sie möchte, dass Sie kommen«, sage ich. »Sie hat mich gestern spätabends noch angerufen und war sehr aufgeregt.«

»Eigentlich war sie viel zu gut für mich, sie war … Tja, ich weiß nicht. Intelligent. Scharfsinnig. Und schön. Und obendrein künstlerisch begabt. Ich konnte nur ein klein wenig zeichnen. Eigentlich hat es mich gar nicht so sehr überrascht, dass sie damals nicht zum Bahnhof kam, ich hatte schon halb damit gerechnet.«

»Was meinen Sie?«, frage ich nach.

»Ach, nichts weiter.« Er schweigt einen Moment und sieht aus dem Fenster. »Ich weiß nicht, ob sie es erwähnt hat, aber wir wollten damals am Ende des Sommers zusammen nach Göteborg durchbrennen.«

Ich umklammere das Lenkrad und halte an einer Ampel.

»Ach so?«

»Ja. Sie hatte nicht den Mut, es jemandem zu sagen, weshalb wir die Fahrkarten heimlich gekauft haben. Meine Eltern wussten natürlich, dass ich sie mitbringen würde, und waren einverstanden. Meine Mutter hatte sich immer eine Tochter gewünscht, und sie wäre ebenso gut mit einer erwachsenen Tochter zufrieden, hat sie gesagt. Veronika und ich wollten uns irgendwann eine eigene Wohnung suchen … und eine Arbeit.«

Er verstummt. Ungläubig starre ich ihn an.

»Moment mal. Jetzt komme ich nicht mehr mit. Sie sind doch gemeinsam durchgebrannt, oder etwa nicht? Sind Sie nicht zusammen mit dem Zug nach Göteborg gefahren?«

»Nein. Sie kam nicht. Ich musste allein fahren. Die Köchin aus der Pension kam zum Bahnhof und sagte, dass sie es sich anders überlegt hat und es auch nichts bringt, zu bleiben und sie zu überreden. In dem Punkt klang die Köchin sehr entschieden. Heute hätte ich mich mit so einer Antwort nicht zufriedengegeben, aber ich war damals erst einundzwanzig und wusste es nicht besser.«

Er zuckt mit den Schultern.

»Aber … mir hat sie erzählt, dass Sie durchgebrannt sind und auf einem Dachboden gehaust haben.«

»Einem Dachboden? Nein, das stimmt nicht. Der einzige Dachboden, auf dem wir jemals waren, war der Dachboden der Pension. Da haben wir mal nach Bienen gesucht. Vielleicht meinte sie das? Unsere Erinnerung ist häufig trügerisch. Vieles, woran man sich zu erinnern glaubt, hat gar nicht stattgefunden. Das habe ich mal gelesen.«

Er lehnt den Kopf zurück.

Ich sehe ihn erstaunt an. Hat Veronika mich angelogen? Oder hat die Erinnerung sie getrogen? Oder hat sie vielleicht einfach dreist ihre eigene Lebensgeschichte für eine gutgläubige Zuhörerin etwas umgedichtet?

»Sie haben also nie zusammen in Göteborg gelebt?«, frage ich noch einmal nach.

»Nein, leider nicht. Ich habe ihr ein Mal geschrieben, habe aber keine Antwort bekommen. Ich war allerdings auch kein Held darin, mich gut auszudrücken. Vielleicht fand sie ja, dass meine Zeilen nichts taugten. Und dann lernte ich schließlich ein anderes Mädchen kennen. Das war allerdings erst eine ganze Zeit später. Ja, erst später.«

»Nachdem Sie zur See gefahren waren?«

»Ja. Sie wurde sofort schwanger, und es kam, wie es kommen musste. Damals galt es als anstößig, unverheiratet Kinder zu bekommen. Ungerechterweise besonders für die Frauen. Und deshalb heirateten wir rasch, so war es am besten.« Er nickt.

Mir schnürt sich die Kehle zu.

»Und Veronika haben Sie einfach vergessen?« Meine Stimme klingt schärfer als beabsichtigt.

»Nein. Weshalb sollte ich sie vergessen haben?«

Verwundert sieht er mich an.

»Das waren doch zwei völlig verschiedene Paar Schuhe. Das eine hatte mit dem anderen nichts zu tun. Außerdem hatte sie lange nichts von sich hören lassen, deshalb dachte ich wohl, dass sich die Sache erledigt hätte und ich mich genauso gut darauf konzentrieren könnte, ein guter Vater zu sein. Nicht wie viele andere Männer meiner Generation, für die die Arbeit an erster Stelle kam und die meinten, dass Kinder nur Frauensache wären.«

Ich umklammere das Lenkrad noch fester, sodass meine Knöchel ganz weiß werden.

»Und wie lief Ihre Ehe?«

»Wir blieben ein paar Jahre zusammen. Ich gründete in jener Zeit das Rahmengeschäft und hatte meine Tochter viel bei mir. Man könnte fast sagen, ich war in Elternzeit. Elin hat schon mit drei Jahren angefangen, Bilderrahmen zu malen, richtig ausgeklügelte Dinger, und ist dann einfach ihren Weg gegangen. Irgendwas muss ich also richtig gemacht haben. Sie und ich haben uns immer sehr nahegestanden. Ich glaube, weil wir schon seit den ersten Lebensjahren ein enges Verhältnis haben.«

Ich habe einen dicken Kloß im Hals.

»Haben Sie auch Kinder?« Er sieht mich an.

Ich nicke.

»Dann wissen Sie ja, wovon ich rede. Diese Zeit bekommt man nie wieder zurück, man muss sie gut nutzen. Viele Männer messen dem nicht so viel Gewicht bei, selbst heute nicht. Ich habe auch noch einen Sohn aus zweiter Ehe, Markus. Er ist Informatiker, und ich begreife nicht mal die Hälfte von dem, was er tut. Aber er hat mir gezeigt, wie ich im Internet Dinge bestellen kann. So bekomme ich jeden Tag mein Essen geliefert, direkt bis vor die Tür, das ist toll.«

Bo klappt die Sonnenblende herunter und betrachtet sich verdrossen im Spiegel.

»Wie sehe ich überhaupt aus? Ist ja furchtbar, wie alt ich geworden bin.«

»Sie sehen gut aus«, versichere ich ihm. »Sie bereuen es doch wohl nicht, hergekommen zu sein?«

»Nein. Ich bin nur nervös, aber es ist sicher am besten, es gleich hinter sich zu bringen, wenn ich sowieso schon mal da bin.«

»Genau! Vielleicht wird es ja auch ganz nett.«

Ich erblicke das Hinweisschild zum Krankenhaus und biege ab. Der Parkplatz liegt fast verlassen da. Ich stelle den Wagen ab und halte Ausschau nach dem nächsten Parkscheinautomaten. Als ich aussteigen will, bleibt Bo sitzen, als hätte er gar nicht bemerkt, dass wir da sind.

»Ist alles in Ordnung mit Ihnen?« Behutsam berühre ich ihn am Arm.

Zögernd nickt er.

»Es ist uns nicht vergönnt, viele Menschen im Leben zu lieben. Das habe ich meinen Kindern immer zu vermitteln versucht – dass selbst eine Verliebtheit im Teenageralter etwas bedeutet. Vielleicht bedeutet es sogar noch mehr, wenn man jung ist, bevor man sich zum Schutz gegen die Außenwelt ein dickes Fell zulegt. Unter dem Strich vermögen wir in unserem Leben nur wenige Menschen zu lieben.«

Er dreht sich zu mir um. Wirkt verletzlich. In seinen tiefblauen Augen liegt ein erwartungsvolles Leuchten.

»Ich fühle mich gerade wieder wie ein Teenager«, fügt er hinzu.

»Das soll erlaubt sein«, erwidere ich und öffne die Tür.

Hoffentlich hat er nicht die Tränen in meinen Augen gesehen.

Auf den Krankenhausfluren ist es still. Ich höre nur ein entferntes Husten, und Bo, wie er vor Aufregung schwer atmet. Ein schwacher Geruch nach Desinfektionsmittel dringt aus der Putzkammer neben dem Fahrstuhl.

»Sie liegt da drüben«, sage ich und zeige auf die offen stehende Tür zu Veronikas Zimmer.

Bo bleibt stehen und legt die Hand auf meinen Arm.

»Ich habe ganz vergessen, ihr Blumen mitzubringen. Ich wollte hier in der Nähe welche kaufen. Sollen wir lieber umkehren?«

»Nein, jetzt gibt es kein Zurück mehr«, sage ich und gehe voraus ins Zimmer.

Ein warmes Licht schimmert durch die Gardinen. Auf dem Tisch liegen ordentlich aufeinandergestapelt

Veronikas Rätselhefte. Meine Blumen stehen noch da, aber Veronikas Bett ist leer und frisch bezogen. Ich bleibe wie angewurzelt stehen.

»Wo ist sie?« Mit unsicherem Blick sieht Bo sich im Zimmer um. Selbst das Bett auf der anderen Seite des Vorhangs, in dem der schnarchende Mann lag, ist leer.

»Ich habe keine Ahnung. Ich werde mal jemanden vom Personal fragen«, erwidere ich.

Ich gehe wieder auf den Flur und stoße auf einen jungen Krankenpfleger. Seine Dreadlocks sind sorgfältig unter einem weißen Haarnetz verstaut.

»Hallo. Wissen Sie zufällig, wo Frau Mörk ist? Sie ist nicht in ihrem Zimmer.«

Ein Lächeln erhellt sein Gesicht.

»Frau Mörk! Natürlich weiß ich, wo sie ist, ich habe ihr gerade eben erst die Haare gemacht.« Er lacht auf. »Sie bekommt doch Besuch von einem alten Jugendfreund und wollte dafür gerne Locken gelegt haben, aber wir haben hier keinen Lockenstab, deshalb habe ich sie ihr stattdessen geflochten.«

»Ich habe den Jugendfreund mitgebracht, aber wir können sie nicht finden«, erwidere ich.

Der Pfleger wirft einen raschen Blick zur Wanduhr.

»Die Maltherapie hat vor einer halben Stunde angefangen. Bestimmt ist sie dort. Schauen Sie mal im Speisesaal nach.« Er steht auf und späht neugierig den Korridor herunter. »Wo ist er denn?«

»Er wartet in ihrem Zimmer.«

»Er sollte besser aufpassen, sie sieht toll aus!« Er pfeift und zieht vielsagend die Augenbrauen hoch.

Ich gehe zurück zu Bo.

»Sie ist gerade bei der Maltherapie«, sage ich zu ihm.

»Ja, das Malen hat ihr immer schon gelegen.« Er fährt sich durch die Haare. Unter den Achseln seines hellblauen Hemds haben sich Schweißflecken gebildet. Er sieht aus wie ein kleiner, nervöser Schuljunge.

Im Speisesaal herrscht konzentrierte Stille. An zwei langen Tischen sitzen ein paar Patienten vor großen Papierbögen und malen. Wassergläser, Acrylfarben, Wasserfarben, Perlen und Bänder in verschiedenen Farben liegen auf den Tischen. Ganz hinten am Fenster sitzt Veronika. Ihre welligen Haare umgeben ihr Gesicht wie ein Heiligenschein. Sie trägt das gelbe Kleid mit der schmalen Taille und den bezogenen Knöpfen. Ihr Rücken ist so gerade und ihre Schultern so schmal wie die eines jungen Mädchens. Der Ausschnitt des Kleides unterstreicht ihre hübsche Nackenlinie. Noch hat sie uns nicht bemerkt, sie scheint tief in ihre Malerei versunken.

Die Kunstlehrerin, eine junge Frau mit kubistisch gemustertem Kleid und einem Gesicht wie eine Porzellanpuppe, hebt nur die Hand zur Begrüßung und legt vielsagend einen Zeigefinger auf die Lippen. Ich versetze Bo einen leichten Stoß in die Seite und deute diskret zu Veronika, aber er hat sie schon entdeckt. Sein Gesichtsausdruck hat sich auf unergründliche Weise verändert.

Irgendwie kommt es mir auf einmal aufdringlich vor, sie so zusammen zu beobachten. Deshalb gehe ich zum

Fenster und betrachte die Kiefern. Ich befinde mich auf derselben Höhe wie die Baumwipfel. Ein Vogel segelt gerade am Fensterbrett vorbei, er scheint auf einer unsichtbaren Welle zu gleiten. Auf der gegenüberliegenden Seite des Wendehammers kann ich grüne Markisen erkennen, die die gelbe Fassade des Krankenhauses beschatten. Ein Stuhl scharrt über den Boden, und ich drehe mich um. Bo ist zu Veronikas Tisch gegangen und hat sich neben sie gesetzt. Ich sehe, wie sie zusammenzuckt und die Hand vor den Mund schlägt. Als sie sich zaghaft umarmen, glitzert das Sonnenlicht auf ihren Haaren. Er flüstert ihr etwas ins Ohr. Niemand sonst scheint dem, was dort vor sich geht, Beachtung zu schenken. Alle sind vertieft in ihr künstlerisches Schaffen. Aber Bo und Veronikas Blicke haben sich immer noch nicht wieder voneinander gelöst.

Schließlich schleiche ich auf Zehenspitzen hinaus. Als ich mich noch einmal umdrehe, sehe ich, dass beide das Blatt Papier zwischen sich gelegt haben. Veronika hält einen Pinsel in der Hand und taucht ihn ins Wasserglas. In Bos Hand liegt ein Bleistift.

Sie scheinen sehr vertraut miteinander.

Den Mietwagen habe ich Bo überlassen. Er wird Veronika im Lauf des Tages bei der Rückkehr in ihre Wohnung behilflich sein. Die Nacht hat er im Gästezimmer des Krankenhauses verbracht, mit eigener Kochplatte und Fernseher. Jetzt sitzen wir zu dritt vor dem Eingang in der

Sonne und essen ein Eis. Veronikas Koffer ist gepackt. Den gelben Schal hat sie sich um die Schultern gebunden.

»Und was haben Sie jetzt vor?«, fragt Bo und sieht mich gegen die Sonne anblinzelnd an.

»Für mich wird es Zeit, wieder nach Hause nach Stockholm zu fahren. Es gibt da ein paar Dinge, mit denen ich mich dringend befassen muss. Und Sie beide? Was haben Sie vor?«

»Wir wollen einen kleinen Ausflug in die Umgebung unternehmen, solange wir noch den Wagen haben.« Er fasst nach Veronikas Hand. »Und dann werden wir mal sehen. Ich schaue mir auch mal die Töpferwerkstatt in ihrem Keller an. Und wann geht Ihr Zug?«

»Um vier«, sage ich.

»Soll ich Sie zum Bahnhof fahren?«

»Nein, danke, das ist nicht nötig.« Ich wende den Blick ab. Es hat keinen Zweck, diesen Moment länger hinauszuzögern. Man kann sowieso nicht in die Zukunft blicken.

»Sollen wir dann aufbrechen?« Bo steht auf und greift nach Veronikas Koffer.

»Melden Sie sich bitte, wenn Sie wieder zu Hause sind, damit ich weiß, dass alles gut gegangen ist«, sagt Veronika zu mir. Sie legt die Hand auf meinen Arm.

Ich nicke und sehe zu, wie sie beide, Arm in Arm, zum Auto gehen. Bo öffnet den Wagenschlag für Veronika. Sie sieht mich noch einmal kurz an, bevor sie einsteigt. Dann verlassen sie den Parkplatz und fahren langsam davon.

Die Klimaanlage im Zug ist ausgefallen. Um einen Tumult unter den Passagieren zu verhindern, verteilt das Zugpersonal Tütchen mit Süßigkeiten und Wasserflaschen. Ich habe mich auf den letzten freien Platz im Speisewagen gesetzt und mir einen Shrimps-Salat bestellt. Am Vormittag habe ich von einer neuen Zeitschrift einen Auftrag für ein großes Kreuzworträtsel erhalten und bin schon mit Stift und Papier bewaffnet. Ich überlege, ob ich eines meiner eigenen Handyaufnahmen für ein Bilderrätsel verwenden soll, das bedeutet einen Honorarzuschlag. Es soll ein schweres Kreuzworträtsel sein, Schwierigkeitsgrad fünf Sterne. Eine neue Stufe auf der Karriereleiter, sozusagen. Vielleicht kann ich ja einige der Wörter unterbringen, die ich auf meiner Liste notiert habe. Wörter, die es kaum noch gibt, nur in Kreuzworträtseln. LIMONADE. FEHLENDES ZEITGEFÜHL. SAALPATIENT.

Ich schaue mir die Grüppchen an den anderen Tischen an. Die Stimmung ist ungewöhnlich heiter. Vielleicht liegt es ja an der vorübergehenden Notsituation mit der defekten Klimaanlage, dass alle ihre sonstige menschliche Wachsamkeit über Bord geworfen haben. Geblieben ist nur ein gemütliches Miteinander zwischen vor Hitze schwitzenden Menschen auf Reisen und das rhythmische Geräusch der Räder auf den Schienen.

Als ich mir gerade eine zweite Tasse Kaffee einschenken will, bekomme ich eine SMS. Die Nachricht ist kurz und bündig:

Distelhonig *im Magazin gefunden. Zwischen Möbeln aus der Aula. Die Skulptur wird jetzt unter-*

sucht und anschließend wieder aufgestellt. Ich hoffe, es geht Ihnen gut.
Mit freundlichen Grüßen, Folke Kruse, Laholm.

Auf dem dazugehörigen Bild ist eine Skulptur zu sehen. Sie steht auf einer Palette, ihr Sockel ist in Luftpolsterfolie eingewickelt. Die Statue zeigt einen Distelball an einem schlanken Stängel. Die Bronze ist von Grünspan überzogen. Die Skulptur ist kleiner, als ich erwartet habe, aber sehr gelungen. Eine kleine Vertiefung darin diente wohl als Wasseraustritt für den Springbrunnen. Ich sehe mir das Bild genauer an. Die Stacheln strecken sich, doch sitzen zugleich in der Blumenkapsel fest. Auf einmal verspüre ich ein schmerzhaftes Ziehen.

Schließlich schicke ich Folke Kruse eine Dankesnachricht und nach kurzem Zögern eine weitere SMS hinterher:

Haben Sie das Bild vielleicht auch in hoher Auflösung? Dann mailen Sie es mir bitte. Dürfte ich es in dem Fall für ein Kreuzworträtsel mit dem Thema Unbekannte Skulpturen *verwenden?*
LG *Ebba Lindqvist*

Ich sehe aus dem verschmutzten Fenster. Die Rapsfelder stehen in voller Blüte. Jetzt werden wir bis in den Himmel wachsen!, scheinen sie zu rufen. Diesmal wende ich meinen Blick nicht von meinem Spiegelbild in der Scheibe ab. Dort sitzt eine Frau. Ich möchte sie am liebsten an den Schultern packen und sie schütteln, sie auffordern: Los, lass uns gehen! Der Weg ist das Ziel.

Es dämmerte noch nicht einmal. Nur ein sanfter grauer Schein drang durch den Spalt der Gardine. Der Wind trug schon einen Anflug von Herbst mit sich. Übermorgen würden Veronika und ihre Mutter ihre Sachen zusammenpacken und wieder nach Hause in die Stadt zurückkehren. Francie war bereits wieder nach Kopenhagen gefahren. Lilla Märta hatte Veronika beim letzten Reinemachen der Zimmer geholfen, und obwohl das Mädchen nur selten ein Wort von sich gab, hatte Veronika das Gefühl, dass sie wusste, was Veronika durchmachte. Lilla Märta hatte draußen auf Lyckan einen Blumenstrauß für sie gepflückt, geknickst und gesagt: »Ich finde, dass du es verdient hast, glücklich zu sein.«

Doch bald würde auch sie fort sein. Veronika würde an der Haushaltsschule anfangen, und die Dunkelheit würde sich wie ein Vorhang über die eiskalten Straßen Malmös herabsenken. In der letzten Zeit hatte Veronika sich in der Art Trance befunden, nur gearbeitet, gegessen und geschlafen. Jetzt aber war sie seltsamerweise hellwach.

Sie sah zum Wecker auf dem Nachttisch. Es war viertel nach vier. Weshalb war sie aufgewacht? Hatte ein Geräusch sie geweckt? Ein Weilchen lag sie still da und horchte konzentriert, aber in der Pension war alles still. Im Zimmer war die Luft abgestanden. Seit Bos Abreise hatte sie nicht einmal mehr gelüftet.

In der frühen Dämmerung aufzuwachen, hatte etwas Unbehagliches. Manchmal überkam sie dann das Gefühl, als ob die Welt unwirklich wäre. Als ob die Bäume und Gegenstände noch nicht sie selbst wären, nur leere Hüllen voller Schatten.

Am besten schlief sie einfach wieder ein. Sie kniff die Augen in einem tapferen Versuch zu. Gerade wollte sie mit reiner Willenskraft in einen oberflächlichen Traum eintauchen, als sie auf ihrem Gesicht ein paar Tropfen spürte. Regnete es etwa ins Zimmer? Aber woher sollte der Regen kommen? Oder hatte die Wasserleitung ein Leck? Ihre Gedanken waren wirr und schläfrig. Da, noch mehr Tropfen! Veronika setzte sich auf und strich sich über die Wange. Die Flüssigkeit war klebrig. Veronika schaltete die Nachttischlampe ein. Da stimmte doch etwas nicht! Die Wasserrohre verliefen nicht durch die Decke. Was zum Teufel tropfte denn da nur? An der Decke war der Fleck zu sehen, den sie schon den ganzen Sommer über angeguckt hatte. Jetzt aber schien er seine Form verändert zu haben. War nicht länger ein unförmiger Kreis, sondern ein langer dunkler Riss der sich von der Deckenlampe bis zum Türrahmen zog.

Da, ein weiterer Tropfen, direkt auf die Stirn. Sie fuhr mit dem Finger darüber und leckte daran.

Es war kein Wasser, das da heruntertropfte – es war Honig. Süß und mit einem vollen, blumigen Geschmack.

Veronika warf die Bettdecke beiseite, knipste die Deckenlampe an und stieg auf den Schreibtischstuhl. Links und rechts des Risses hatte die Decke einen dunkleren Farbton. Der Riss glänzte. Veronika verharrte. Dort, in dem Luftspalt zwischen Bos und ihrem Zimmer, war jetzt ein unaufhörliches, dumpfes Summen zu hören, das ihr nur zu vertraut war.

Bienensummen.

Vorsichtig fuhr sie noch einmal mit dem Finger über den Riss mit der klebrig glänzenden Flüssigkeit und leckte sich über den Finger, um sich noch einmal zu vergewissern. Ja, es war Honig aus einer Bienenwabe.

Irgendwo zwischen ihrem und dem kürzlich von Bo verlassenen Zimmer versteckte sich das Bienennest.

Der Bienenzüchter Sven Vide kam mit dem Motorrad. Praktischerweise trug er schon seine weiße Imkermontur, als er es am Lattenzaun abstellte. Er kam direkt von seinem Hof, auf dem er Tausende Honigbienen in kleinen grünen Schubkästen hielt. Manchmal sah er in seiner weißen Kleidung aus wie ein aufgescheuchtes Gespenst, wenn er auf Lyckan auf seinem Motorrad umhersauste, einen Schweif wütender Bienen hinter sich herziehend, die er versehentlich gereizt hatte und nun abschütteln wollte. Sven Vide galt als etwas sonderbar, er war unverheiratet und lispelte.

Jetzt betrat er die Pension und blickte sich mit Kennermiene um.

»Wie lange geht das schon so?«

»Seit Juni.« Veronikas Mutter beäugte ihn misstrauisch, wie er in seinen hohen Gummistiefeln umherging. »Aber zuerst haben wir nicht viel von ihnen gemerkt. Wir dachten erst, es wären Wespen. Der Winter ist ja so warm gewesen, und wir dachten, dass … nun ja, schließlich aber hat uns der Dozent darüber aufgeklärt, dass es sich um Bienen handelt. Und jetzt, im August, waren sie geradezu eine Plage. Die Gäste sind uns am laufenden Band davongerannt. Sie ernähren sich doch von Masonit, oder?«

»Wer? Die Gäste?«, erwiderte Vide augenzwinkernd.

»Nein, die Bienen natürlich.« Ihre Mutter warf gereizt den Kopf zurück. »Ich befürchte, dass sie die Wände und Decken ausgehöhlt haben.«

»Bienen ernähren sich von Blumen. Von Nektar«, stellte Vide klar und klopfte prüfend einige Male über der Hutablage gegen die Wand. »Und Sie nehmen an, dass sie in der Decke ihr Nest haben?«

»Ja, in der Decke zwischen dem ersten und zweiten Stock. Sehen Sie? Da sind schon wieder zwei. Da, am Fenster!« Veronikas Mutter zeigte dorthin.

Vide ging hinüber, fing routiniert eine Biene mit seiner behandschuhten Hand und betrachtete sie eingehend.

»Eine Honigbiene«, stellte er mit einem Nicken fest. »Könnte eine von meinen sein. Das ist schon einmal während der Distelblüte passiert, dass ein paar ausgebüxt sind und sich in den Küstenwiesen verirrt haben. In diesem Jahr haben die Disteln ja besonders üppig geblüht. Wir haben dieses Jahr einen richtigen Distelsommer.«

Er kramte in einem mitgebrachten Eimer mit Werkzeug.

»Vielleicht kann das junge Fräulein hier mir ja den Weg nach oben zeigen? Dann kann ich mal sehen, was ich tun kann. Aber bitte niemand sonst. Sonst scheuchen wir die Bienen nur unnötig auf. Bei Bienen muss man Vorsicht walten lassen«, fügte Vide mit hoheitsvollem Nicken hinzu.

Veronika ging vor ihm die Treppe hinauf.

»Können Sie vielleicht Ihr Nachthemd über Ihre Kleidung ziehen, falls Sie mir behilflich sein wollen?«, bat er Veronika, als sie ihr Zimmer erreichten. »Bienen mögen keine kräftigen Farben. Sie sind sehr sensibel.« Er sah sie mit seinen hellen, seltsamen Augen an.

Gehorsam streifte sich Veronika das Nachtkleid über und setzte sich ein Stückchen von Vide entfernt auf das Bett, während dieser die Stehleiter aufklappte. Dann stieg er langsam hinauf und zog sich routiniert den weißen Schleier aus Nylon vor das Gesicht. In einer Hand hielt er eine gelbe Metallflasche mit einer Düse.

»Was ist denn in der Flasche?«, fragte Veronika leise.

»Vor allem Kuhmist. Und ein paar Arzneimittel.« Prüfend tastete Vide die Decke ab. »Das wirkt einschläfernd auf sie.«

»Aber ist das nicht auch für uns Menschen gefährlich? Werden wir nicht auch schläfrig?«

»Nein, nur die Bienen.« Er nahm eine kleine Brechstange aus der Tasche und hebelte vorsichtig ein Stück der Zimmerdecke auf.

Das Summen klang jetzt lauter und breitete sich im gesamten Raum aus. Vides Kopf war jetzt fast vollständig verschwunden.

»Du liebes bisschen! Wenn das kein dickes …«, keuchte er, aber seine letzten Worte gingen in einem schrillen Summen unter. Rasch drückte er auf die Düse der Flasche, und eine weiße Dunstwolke verteilte sich im Zimmer. Veronika hatte Angst, gestochen zu werden, aber Vide hatte ihr versichert, dass alles gut gehen würde, solange sie ruhig und still sitzen bliebe. Bienen könnten die Angst spüren, sie waren klüger als die Menschen, davon schien Vide fest überzeugt zu sein. Zur Sicherheit hatte Veronika sich trotzdem einen hauchdünnen Schal wie einen Vorhang vors Gesicht gehängt, durch den sie hindurchsehen konnte. Vide steckte die Flasche erneut unter die Decke und sprühte noch einige Male.

»Das Eimerchen!«, rief er, und sein lispelndes S klang wie das Summen der Bienen, als spräche er ihre Sprache.

Veronika reichte ihm den Eimer. Eine ganze Weile fuhrwerkte er da oben herum. Die Stufen der Leiter knarrten. Als er schließlich wieder herunterkam, ragte ein riesiger Wachsklumpen aus dem Eimer, von dem Honig triefte. Die letzten Dunstschwaden des Mittels hingen noch immer im Raum. Vide erinnerte an einen Flaschengeist, wie er da so stand.

»Sehen Sie sich das an!«, sagte er und streckte den Behälter vor.

Veronika ging zögernd zu ihm und blickte hinein. Sie hatte erwartet, dass die Bienen zumindest in der Wabe gereizt umherkrabbeln würden, doch sie saßen ganz ruhig mit fächerartig übereinander ausgebreiteten Flügeln in der glänzenden Wabe. Vibe hob seinen Schleier an und musterte die Bienenwabe andächtig.

»Haben Sie so etwas schon einmal gesehen?«, fragte er.

»Nein, noch nie«, erwiderte Veronika.

»Eine Bienenwabe gehört zu den schönsten Dingen, die unser Herr erschaffen hat. Finden Sie nicht auch?«

Vorsichtig band er seine Haube mit dem Netz darüber fest, damit keine Biene mehr herauskrabbeln konnte.

»Sie werden sie doch wohl nicht töten, oder?«, fragte Veronika besorgt.

»Nein, nein. Ich bringe sie jetzt nach Hause in ihre heimischen Bienenstöcke. Aber sie werden nie wieder dieselben sein. Nicht, nachdem sie den Geschmack der Freiheit gekostet haben.«

Er zwinkerte ihr vielsagend zu.

»Wenn Sie möchten, können Sie die Wabe nach dem Umzug von mir bekommen. Die Waben hören nie auf, einen Honiggeruch zu verströmen. Eine Bienenwabe vergisst nicht.« Er deutete mit einem Kopfnicken zur Tür.

Veronika öffnete sie für ihn und sah ihn dann mit dem Eimer die Treppe hinuntergehen. Tiefernst wie ein Priester, der eine wichtige Botschaft verkündet, dass etwas unwiederbringlich verloren gegangen ist.

Danksagung

Ich bedanke mich bei Erik Magnusson und Frederic Täckström, durch deren Sachbuch *Här njuta vi av lifvet* ich viel über den schwedischen Badekurort Båstad und den Pensionsalltag im Wandel der Zeit erfahren habe. Vielen Dank ebenfalls an den Verein Gamla Båstad, der historische Dokumente über das alte Båstad auf ihrer Internetseite bereitstellt. Ein Dankeschön gilt auch dem Arzt Jens Enoksson, der mir Auskunft über medizinische Dinge wie unter anderem eine Gehirnerschütterung gegeben hat. Ich danke darüber hinaus der Pension Enehall, deren inspirierendes Milieu teilweise in die Schilderung der Pension Miramar eingeflossen ist. Die Pension in meinem Buch hat im Übrigen nichts gemeinsam mit der Pension Furuhem, die es früher einmal in Båstad gegeben hat.

Nicht zuletzt gilt mein Dank dem Team der Ahlander Agency. Bedanken möchte ich mich außerdem bei Frans und Elsa.

Eventuelle Fehler habe ich selbst zu verantworten.

Zitate und sonstige Referenzen

S. 45: Verwirrung ist stets der Beginn kreativen Wandels. Zitat Thomas Weiss

S. 45: … Irrtümer sind Tore zu neuen Entdeckungen. Zitat James Joyce

Skulpturen in Laholm

S. 294: Der Tanz. Im Original: Dansen

Die badenden Kinder. Im Original: De badade barnen

Es hätten Sterne sein sollen. Im Original: Det borde varit stjärnor

Das Mädchen mit Vögeln im Haar. Im Original: Flicka med fåglar i håret

Die Befreiung des Quadrats. Im Original: Kvadratens frigörelse

Lachsmosaik. Im Original: Laxmosaik

Der Marmorknabe. Im Original: Marmorpojken

Der Gedächtnisbrunnen. Im Original: Minnesbrunnen